中公文庫

ラスト・コード

堂場瞬一

中央公論新社

目次

ラスト・コード

第1部　発端

1

何か、和《なご》む……。

グラウンド全体を見下ろせる、小高い丘。美咲《みさき》にとって、ここは孤独で穏やかな時間を楽しめる貴重な場所だった。何しろ普段は、いつでも近くに誰かがいる。学校だけではなく、寮でも友だちと一緒。気のいい仲間たちばかりだけど、時々息が詰《つ》まる。

中学生で、いきなりアメリカの全寮制の学校に放りこまれるのは、結構タフな経験だ。他にも選択肢はあったと思う。父親の勧めに抵抗して、日本で普通に中学校に通ってもよかったのだし。でも、母親が亡くなって以降、ますます家のことを顧《かえり》みなくなった父親から留学の話を聞かされた時には、一瞬も考えないまま、首を縦に振ってしまった。

あの家には、家族はなかった。「父親という立場の男」と住んでいただけ。父親にすれば、アメリカの教育で娘の才能を伸ばしてやろうという気持ちだったかもしれないけど、本音《ほんね》では厄介払《やっかいばら》いしたかっただけだろう。何しろあの人の頭の中には、自分の研究のことしかないいんだから。そもそも、家族なんか持っちゃいけない人だったんだと思う。ママも、よくあんな人と結婚する気になったよね……明るく美しい母親の面影を思い出すと、少しだけ風景が歪《ゆが》んだ。

そんなはず、ない。

もうとっくに乗り越えたんだから、泣くわけがない。あの時、一生分泣いたし。大きく目を見開いて、グラウンドを駆け回る選手たちの動きを凝視する。そうすると自然に目が乾き、視界がはっきりしてくるから。

乾いた暖かな風が、頰《ほお》を撫《な》でていく。海が近いせいか、かすかに潮の香りがした。そこに、丘一面に生えた長い芝生から立ち上る緑の香りが混じる。日本の学校では、校庭は埃《ほこり》っぽい臭いしかしなかった。髪が乱されて顔にかかるのが嫌で、後ろで一本にまとめて縛る。頭の皮膚《ひふ》がきゅっと後ろに引っ張られる緊張感が心地好い。

もうすぐ夏休みなんだ、と改めて思う。アメリカに来て初めての夏休み。去年のクリスマス休暇には、慌てて――それこそ最後の授業が終わってすぐ、寮を出た。父親に会いたかったわけではなく、ただ日本の空気を吸いたかったから。あの時は、自分がひどく弱くなった感じがした。言葉には不自由していなかったし――幼稚園の頃から英会話学校に通わせてくれた母親に感謝——授業も簡単についていけるレベルだったが、やはり環境の変化で、気持ちは歪んだはずだ。

でもあの時、家には一度行っただけだった。年末年始だというのに、父親が一軒家への引っ越し準備をしていて……懐かしいマンションの部屋は滅茶苦茶で、とても寝る気にはなれず、ずっとホテルに泊まっていた。あんなことなら、帰国しない方がよかったと思う。どうせ、日本には友だちなんかいないんだし。

で、何をしていたかというと、毎日本を読んでいた。神保町《じんぼうちょう》の書店街へ通っては本を買い、読み終えたらそのまま同じ街の古書店に流す。本の内容は、自然に頭の中に残っていった。

短い春の休みには、帰国しなかった。そして夏——。

迷っている。日本では友だちがほとんどいなかったが、驚いたことにアメリカでは親しい仲間ができた。夏休みになれば、寮からは人がいなくなってしまうけど、「家に遊びに来ればいい」と誘ってくれる友人もいる。ちょっとしたホームステイ、そしてアルバイトもしてみたい。十四歳で、何の仕事ができるかは分からないが、もう日本での生活に未練はなかった。

日本に行けば、どうしても父親に会うことになる。それが嫌だった。親戚もいない、二人だけの家族なのだから、必然的に家に帰るしかないわけで……息が詰まるのは簡単に想像できる。帰らなくてもいいよね、と自分に言い聞かせる。父親は何も言ってきていないし、ずっとアメリカにいたっていいはずだ。とにかくあの人は、私が邪魔なんだから。ずっとアメリカに住んで、将来は本当にアメリカ人になってしまうことが、親孝行なんだと思う。

でも、そもそも親孝行がそんなに大事？　あの人は孝行すべき対象なんだろうか？

「ミサキ？」

声をかけられ、振り向いた。一本に縛った髪が揺れて、頬を軽く打つ。美咲は小さな笑みを浮かべて手を振った。寮の部屋で一緒のアイリーンが、息を切らしながらこちらに歩いてくる。標準体重をだいぶオーバーしているが、丸い顔に浮かぶ笑みは天下一品だ。夢である女優になるためには、相当のダイエットを覚悟しなければならないだろうが、彼女の笑顔を大きなスクリーンで観られたら、自分も嬉しい。

「また、こんなところで」

「孤独を楽しむ時間も必要なの」

「何、格好つけてるの？」

「別に」

横に立ったアイリーンが腕を絡ませてきた。ぽってりとして冷たい素肌の感触が心地好い。

「夏にうちに来る話、考えてくれた？」

「ああー、そう……たぶん、お邪魔することになると思う」

「そう？　よかった。ママが楽しみにしてるんだ」

そのママは、アイリーンに百ポンドほど肉をつけただけで、容貌《ようぼう》はそっくりだ。初めて写真で見た時には、笑いを堪《こら》えるのに必死になった。アイリーンは、ダイエットに成功して女優になるか、あるいは遺伝と環境のせいであと百ポンドの肉を身につけることになるのか。女優になりたいという気持ちが本物なら、自分も手助けするつもりだった。まず、彼女が隠しているスナック類を密《ひそ》かに処分し続けること。この追いかけっこは二人の間では定番のゲームで、見つけて没収した翌日には、戦利品としてクラスメートに分配される。

「ロスは初めてなんだよね？」

「ここ以外、どこも行ってないから」

実際、ほとんど学校と寮に缶詰状態なのだ。アメリカでの学園生活がどんなものか、まったく予備知識もなしに来てしまって——我ながら大胆だったと思う——驚くことばかりだった。

どこかへ出かけようと思っても、学校の周りには何もない。近くを鉄道とフリーウェイが通っているだけで、学校のすぐ裏は禿山《はげやま》だ。食事は全部寮で済ませるから困らないけど、暇潰《ひまつぶ》しができない。一番近いショッピングセンターだって、二キロほども離れている。

空が高い。背の高いビルがないせいだけど、地面が直接空につながっていく感じは、東京では絶対に味わえないものだった。それはそれで快適だけど、心が晴れることはない。

私はこれから、どこへ行くんだろう。

流されるつもりはないけど、自分の意思もない。時々父親に対する文句を思い浮かべながら、それでも自分で何とかしよう、という気持ちだけは殺さなかった。何でも話せる友だちはできたし——日本では考えられないことだった——これからゆっくり時間をかけて考えていけばいいんだから。高校までは、一貫制のこの学校にいて、その後アメリカの大学に進んで。そこまでは想像できる。でも、その後はどうすればいいんだろう。どうしたいんだろう。

「また、難しい顔してる」アイリーンが美咲の肘《ひじ》を小突いた。

「あ、ごめん」彼女の指摘は正しい。ここのところ、気づくと眉間《みけん》に皺《しわ》が寄っている。これじゃ、十四歳の顔が台無しだ。中指で眉間を擦《こす》り、唇を大きく横に引き伸ばした。

「それでよろしい。笑った方が可愛いよ」気取った口調でアイリーンが言った。「何か、考え事？」

「これからのこととか。まだ何も決められないから」

「そうか。ミサキは複雑だからね」

彼女には、家の事情をすっかり話している。母親が亡くなったこと。技術者の父親が変わり者で、どうも自分は邪魔にされているらしいこと。最初に話をした時、アイリーンが涙を零《こぼ》したので、美咲は動転した。普通、人のことで泣く？　作り話かもしれないのに……自分なら、真っ先にそれを疑うだろう。だが、友人になったばかりのアイリーンの涙は沁みた。今まで、自分のことでこんな風に泣いてくれた人はいなかった。

「夏休み、楽しみじゃない？」アイリーンが屈託《くったく》のない笑みを見せる。

「そうだね」

「いろいろ計画してるから。本番まで秘密にしてることもあるからね」

「楽しみにしてる」

ふと、腿《もも》の所で振動を感じた。携帯……私に電話してくる人なんかいないはずなのに。まさか、父親？　あり得ない。あの人は、私がアメリカに来て以来、一度も直接電話してきたことがないのだ。普段はメールだけだし、それだって月に一回あるかどうか。一種のコミュニケーション障害に違いない。

電話に出ると、初めて聞く声が耳に飛びこんできた。重苦しい、辛《つら》そうな声。だがその奥に、かすかにほっとするようなニュアンスが滲《にじ》んでいる。話を聞いているうちに、それも当然だろう、と思った。相手は肩の荷を降ろしたのだから。若い人みたいだから、こんなことは到底背負えないはずだ。きっと、面倒な仕事を押しつけられたのだろう。

ゆっくりと電話を耳から離し、終話ボタンを押す。泣けない自分が嫌になった。こんなに冷静、というか冷酷な人間だったかな……失神してもおかしくないような話だったのに。

「大丈夫？」

アイリーンが美咲の腕に掌《てのひら》を載せる。携帯電話が手から零れ落ち、芝生の上で跳ねた。

それを見てアイリーンが眉《まゆ》をひそめる。

「夏休み……」

「え？」

「夏休み、あなたの家に行けないかもしれない」

「どういうこと？」

「パパが殺されちゃった」

2

「ひでえな、おい」

先輩の声が耳を通り抜けていく。筒井明良《つついあきら》は、唇を引き結び、必死に吐き気《はけ》を堪えていた。目の前で死んでいる男……その姿よりも、臭気が吐き気を呼ぶ。強烈な血の臭いに加えて、排泄物《はいせつぶつ》の臭いがひどい。殺されると、死ぬ瞬間に肛門が緩んで——という話は聞いてはいたが、実際にその現場に立ち会うと衝撃は大きい。

唾《つば》を呑《の》むと、粘膜《ねんまく》が擦れる感覚で吐き気が助長される。

「吐くなら、ここは駄目だぞ。我慢しろよ」

「……大丈夫です」先輩の長沢《ながさわ》に言われ、もう一度唾を呑みこむ。唐突に吐き気が引っこんだので、現場の様子を何とか記憶に収めようとする。

真新しい一戸建ての家のリビングルーム。広さは十五畳《じょう》ほどあるが、あちこちに物が散らばっているので、かなり狭く見えた。部屋の片隅《かたすみ》には、新聞が積み重ねられている。いったい何か月分なのか……ソファの背には背広とワイシャツがかけられており、六月なのに何故か、丸められたトレンチコート――しかも裏地つき――が座面に置かれている。血の臭いに慣れると、かすかな汗の臭いが漂っているのにも気づいた。これは、あれだ……高校の部室の臭い。男の一人暮らしなのだろうが、それにしても雑である。だいたい、家具が真っ直ぐ置かれていない。ソファとテーブルの位置が揃《そろ》っていないし、ダイニングテーブルも窓に対して斜めになっている。これだけ置き位置が滅茶苦茶だと、部屋が狭く見えるのも当たり前だ。

いや、実際には犯人と格闘になり、家具が定位置からずれた可能性もある。いわゆる「争った形跡」というやつだ。だが、ソファに置いてあるコートやワイシャツは、この家の主のいい加減な性格を示している。

「死体を調べるぞ」

長沢に促され、筒井は我に返った。長沢はラテックス製の手袋をはめ直し、ゆっくりと死体に近づいて行く。筒井はその後に続き、彼の肩越しに死体を覗《のぞ》きこんだ。死体は仰向《あおむ》けに倒れており、胸から腹にかけてが真っ赤になっている。白いジャージを着ているせいで、血の赤――赤いのは殺されて間もないせいだ――がひどく鮮明だった。正面から何度も刺《さ》され、力尽きて仰向けに倒れこんだようである。右足が折れ曲がって尻の下になり、体が奇妙に捻《ねじ》れていた。何故か右目だけが薄く開いている。唇の隙間《すきま》からかすかに見える歯が、やけに汚いのに気づいた。喫煙者か……後ろを振り返ると、テーブルに灰皿と煙草《たばこ》の箱が置いてあるのが見える。灰皿は直径二十センチほどもあるガラス製だが、吸殻で一杯だった。縁まで溢《あふ》れるほどになってから、ゴミ箱へ持って行くタイプなのだろう。

長沢が死体の脇で膝《ひざ》を折った。鑑識《かんしき》の到着を待っているので、直接手は触れない。舐《な》めるように視線を這《は》わせながら、死体の様子を観察した。筒井は恐る恐る長沢の脇で床に膝をつけ、死体を見た。また唾を呑み、何とか吐き気をこらえる。

ジャージが胸から腹にかけて大きく裂けているのが、襲撃の激しさを物語る。犯人は夢中になって刺したはずで、床に零れ落ちた血の量から見て、かなりの返り血を浴びている可能性が高い。

カーテンが開いているので、外に停まったパトカーの赤色灯の光がもろに入ってきて、部屋を黒と赤の斑《まだら》に染め上げる。その中に浮かび上がる死体は、やはりグロテスクだった。

「ナイフか何かだろうな」長沢がぽつりと言って立ち上がる。「傷は一か所じゃない」

「滅多刺し、ですか」

「そんな感じだ」

筒井は何故か立てなかった。腰が抜けたわけではないが、吐き気が治まると、意識が死体に吸いこまれてしまう。殺人事件の現場で初めて見る死体。死体そのものは今まで何度も見てきたが、殺人事件の被害者は初めてで、その違いが気になった。突然、悪意によって命を奪われた死体……人の感情が見えるわけはないが、無念さが立ち上ってくるような気がする。

顔のせいか？　そういうわけでもない。死に際して苦しんだ様子はないし、半分眠っている——寝ぼけていて、今にも目を覚ましそうな様子だ。

「おい、ここは鑑識に任せるぞ」

声をかけられ、ようやく立ち上がる。長沢は、死体に向かって両手を合わせていた。筒井も慌ててそれに倣《なら》う。死体に敬意を払え——無念さを感じ取り、犯人逮捕の推進力にしろ。この春の異動で渋谷《しぶや》中央署の刑事課に来た時、最初に言われた台詞《せりふ》を思い出す。常に人の死に向き合うことになるが、それに慣れるな、というアドバイスも。死体を単なる「物」として扱わず、命を失った人、と見なければならない。

その感覚はまだよく分からなかったが、筒井はやけに肩が凝っているのを意識した。知らぬ間に緊張していたのだろう。

「課長たちと合流しよう。お前も初現場だからな、張り切っていこうぜ」

「分かりました」玄関へ引き返し、ビニール製のオーバーシューズを脱ぐ。血を踏んでいないかと心配になって確かめてみたが、オーバーシューズは綺麗なままだった。

外へ出ると、雨。梅雨《つゆ》に入ったばかりで、肌寒い陽気である。上着は着ているのだが、思わず身震いした。長沢が傘もささずに、近くの路上に停めたワンボックスカーに走って行く。筒井は最後に乗りこんだ。雨脚《あまあし》が意外に強かったせいで髪が濡《ぬ》れており、フロアに水滴が落ちる。ハンカチを取り出して乱暴に髪を擦ると、鋭い視線が一斉に集まった……慌ててハンカチをズボンのポケットに突っこみ、ドアを閉めてシートに腰かけた。

刑事課長の本間《ほんま》が腕時計に視線を落とし、箇条書きのように状況を説明する。

「機捜が、現在周辺を捜索している。交通課と交番の連中は山手通《やまてどお》りを検問中。今のところ、犯人らしい人間は引っかかってこない。それと、捜査一課が間もなく臨場する」

特捜本部事件になるのか……犯人の分からない殺人事件だから当然だが、筒井はまた唾を呑んだ。今夜はやけに喉《のど》が渇く。捜査一課が入ってきて特捜事件になれば、自分など単なる歯車になってしまうのはよく分かっているが、それでも背中にのしかかる責任の重さは簡単に想像できる。

腕時計を見る。今、午後十一時五分過ぎ。時間軸を巻き戻して、ここまでの出来事を整理する。

近所の人から「近くの家で大きな音がする」と一一〇番通報があったのが、午後十時十五分。すぐに所轄に連絡が入り、パトカーが現着したのがその七分後だった。既《すで》に「大きな音」は聞こえなくなっており、家のドアは細く開いていた。制服警官が中を確認して、遺体を発見したのが十時二十八分。それから署の当直に改めて連絡が入り、自分の携帯が鳴ったのは十時三十五分頃だった。着替えるのももどかしく家を飛び出したのが、その七分後。タクシーを飛ばして現場に入り、死体を確認――というタイムラインだ。

本間の指示を聞きながら、ネクタイを締め直す。慌てていたので、選ぶ間もなく適当に締めてきてしまったのだが……失敗だったか、と悔いる。黒に濃紺の細いストライプが入っており、遠目にはほとんど黒一色に見えるだろう。スーツも黒で、まるで葬式に参列するような格好だ。もちろん、人が死んでいるのだから、赤や黄色のネクタイをしてくるわけにはいかないが、これはいかにも縁起が悪い。

まあ、そんなことを考えても仕方ない。自分がここにいるのは、おまけのようなものなのだから。戦力としては誰も期待していないはずだ――と自虐的《じぎゃくてき》に考えてしまう。

「被害者は一柳正起《いちやなぎまさおき》、四十五歳と見られる」本間は断定しなかった。中指で眼鏡を押し上げ、手帳に視線を落とす。「まず、身元の確認を急げ。家族構成は……手元の情報だと一人暮らしだが、その確認も頼む。一課が入ってくるまでに、基本情報ぐらいは押さえておきたい。あとは、近所の聞き込み。なお、容疑者が見つかった場合は、そちらの確保に全力を尽くす」

その指示に、筒井は胸の奥が痛むのを感じた。現場で犯人と対峙《たいじ》する……後悔と恐怖が胸に満ちてくる。本間が厳しい表情で話を締めくくった。

「以上。今後の指示は聞き逃さないように。筒井も初めての殺しの現場だが、頼むぞ」

本間が無理に強張《こわば》った笑みを浮かべる。何もわざわざ俺の名前を挙げなくてもいいのに……筒井は、長沢と一緒に、一一〇番通報してきた人から話を聴くよう、命じられた。

刑事たちが一斉に立ち上がる。筒井は頭を低くしたまま、一番先に外へ出た。少し強くなった雨が頭を濡らす。安物とはいえ、これではスーツが台無しだ。隣に並んで歩き出した長沢は、ワイシャツの上に直に、濃い灰色のマウンテンパーカーを着こんでいる。撥水《はっすい》性《せい》が高いようで、弾《はじ》かれた無数の雨滴が付着していた。雨を見越してスーツは避《さ》けたのか……さすがに準備がいいと思ったが、長沢は自分とは二歳しか違わない。それでも自分よりずっと場数を踏んでいるのは間違いなく、こういうところに経験の差が出てしまうのだろう。

見られているのに気づいたのか、長沢が腕を振るってパーカーの袖《そで》から雨滴を払い落とす。

「これ、一枚あると便利だぞ」やけに優しげな笑みが浮かんだ。

「そうですよね」

「雨合羽《あまガッパ》になるし、寒い時はコート代わりに使える。俺はいつも、ロッカーに入れておくんだ」先輩らしいアドバイスのように聞こえるが、会話が切れないように気を遣《つか》っているだけなのは分かった。例によって、腫《は》れ物《もの》に触るような扱い。

「今夜、どこにいたんですか？」

「署にいたよ」

「何か仕事、あったんですか」やっぱり俺だけのけ者か。頬が引《ひ》き攣《つ》る。

「いや、何となくね。近くで飯を食ってるうちに遅くなって……何だよ、何か不満か？」

「いや、別に」気は遣っていても、夜の食事に誘うのは気が進まないわけか。それはそうだろう。面倒な男とわざわざつき合う人間はいない。

余計なことを考えるのは禁止だ、と自分に言い聞かせる。まずは仕事に専念しないと。しかし、一つのことが気になっていた。

「課長、さっき被害者の名前を断定しませんでしたね」

「ああ」

「一柳さんで間違いないんでしょう？」

「可能性、九十九パーセント、ぐらいかな」

「ああ」その言い方で合点《がてん》がいった。「もしかしたら、死んでいるのは犯人かもしれませんよね」

「揉《も》み合《あ》いの末にってやつかな」長沢が両手を擦り合わせた。

「じゃあ、一柳さんは？」

「それこそ、怖くなって家から逃げたとか」

一応うなずいたが、そのシナリオに無理があるのは分かっている。家にいた誰かと喧嘩《けんか》になり、主である一柳がその「誰か」を滅多刺しにして逃げる——考えにくい。それに、被害者は家の中で着るようなジャージ姿だった。訪問者——殺人者がそんな格好をしているとは考えにくい。

東急代官山《だいかんやま》駅に近い現場付近は、一戸建てが建ち並ぶ住宅街で、夜になると人通りも少なくなる。しかし今は、何台ものパトカーが路上を埋《う》めて赤い灯りを投げかけ、現場を見ようと恐る恐る家を出て来た人たちの顔が、あちこちから覗いていた。制服組が被害者宅の周りに規制線を張《は》り巡《めぐ》らせているが、そのぎりぎりまで押しかけるような野次馬はいない。高級住宅地ならではの、控え目な空気。それで少しは気が楽になったが、早く事件を解決しないとプレッシャーが高まりそうだ、と焦りを覚える。確かこの辺には、政治家や会社の経営者も多く住んでいるはずだ。「高級住宅地で、こんな事件を起こすな」と圧力が高まってくるのは容易に想像できる。

「よし、行くぞ」気合いを入れて歩き出した長沢の後を追う。彼は、一柳家の二軒隣の家まで早足で歩き、すかさずドアをノックした。ここも規制線の内側に入っており、周辺には警察関係者しかいない。

すぐにドアが開き、女性が顔を見せた。こんなに遅い時間だというのに、薄い化粧をしているのを見て、筒井はかすかな違和感を覚えた。警察が事情聴取に来ることを見越して、化粧し直したのか……気にするポイントが違うだろう、と白けた気分になる。

長沢と筒井は、すぐに玄関に入った。女性の緊張した様子から見て、玄関から先に進むのは難しそうだが、取り敢えず外の音は遮断《しゃだん》しなければならない。筒井はゆっくりとドアを閉めた。当然、鍵は開けたまま。ちらりと足元を見ると、スニーカーが二足出ているだけで、玄関は綺麗に片づいていた。

長沢が質問をぶつける後ろで、筒井はメモ取りに専念した。

女性は、和久井絵津子《わくいえつこ》、四十二歳。家族は夫と子ども二人。夫はまだ帰宅していなかった。小柄な女性で、髪は短くカットしている。丈の短い白いブラウスに、淡い水色のハイゲージのカーディガンという格好だった。

「物凄《ものすご》い音がしたので……心配になって会社にいる夫に電話したんです。そうしたら、警察に連絡した方がいいって」

「どんな音でした？」と長沢。

「何か物が割れるような……ガラスとかじゃなくて、もっとくぐもった音で」

筒井は家の中の様子を思い出した。液晶テレビが倒れて、床の上で画面が砕けていた。どれぐらいの音量だったかは分からないが、彼女はその音を聞いたのだろうか。

「何分ぐらい続いたんですか？」

「二分か三分……それから、悲鳴が聞こえたんです」

「男性の悲鳴ですか？」

長沢は、どうして分かりきったことを聴いているのだろう、と筒井は訝《いぶか》った。だがすぐに、相手の記憶を確かにするための軽い誘導尋問なのだと納得する。

「はい」

「どの時点でご主人に電話したんですか？」

「悲鳴が聞こえてからすぐです。何か、物凄い悲鳴だったから……」

「どんな感じの？」

「それは、『ギャー』って……物凄い大声でした」

「一柳さんの声でしたか？」

「分かりません」絵津子が首を振った。「話したことないですから。ご近所だけど、ほとんど会わないんです。あの家から聞こえてきたので、そうなんだろうと……」

「あの家なんですけど、一柳さんは一人暮らしなんですか？」

「そうだと思いますけど、あまりつき合いがないので……」

「一柳さんは、どんな人なんですか？」

「ほとんど顔を見たこともないんですよ。出かけるのは朝早くだし、夜も遅いみたいです。帰って来ない時もあるんじゃないかしら」

顔を見たことがない、と言う割には、よく観察しているものだ、と筒井は感心した——というか、少しだけ嫌な気分になった。何となく、隣人を監視しているような……刑事としては、昔ながらの近所のつながりがあるのはありがたい限りだが、仕事を離れて都会に住む三十歳の独身男に戻れば、余計な干渉は煩《わずら》わしい。一人暮らしのマンションでは、他の住人とすれ違えば互いに軽く会釈ぐらいはするが、言葉を交わしたことは一度もない。ほとんどの部屋が１ＬＤＫなので、独身のサラリーマンや学生が多いはずだが、隣に住む人が何者かも知らなかった。

「ここからだと、様子はよく分からないですよね」長沢が念押しする。「家が一軒挟まってるし、横並びだから」

「そうですね。本当に、たまに顔を見かけるぐらいで」

「昔からここに住んでいたんですか？」

「いえ、確か、今年の初めに引っ越してきたんです」

「一人で？」

「その時は一人だったと思います」

「引っ越しの挨拶《あいさつ》はなかったんですか？」

「それが……」絵津子の顔に戸惑いが広がる。寒くなってきたのか、何か怖いことを思い出したのか、一度大きく体を震わせた。「挨拶はあったんですけど、ちょっと普通と違った感じで」

「というと？」

「郵便受けに、タオルが突っこんであったんです」

「突っこんであった？　挨拶もなしで？」長沢が顔を上げ、疑問をぶつけた。両目が細くなっている。

「ええ、こう、無理矢理……箱が斜めになってました」

筒井は、玄関の外にあった郵便受けを思い出した。アメリカの家で見かけそうな、かまぼこ型の洒落《しゃれ》たデザインだが、それほど大きくはない。タオル入りの角ばった箱が無理矢理突っこまれ、風が吹けば落ちそうに揺れている光景が目に浮かんだ。

「いきなりタオルだけ入れてあったんですね？」長沢は一歩前に出て念押しした。

「ええ。だから最初は、気味が悪くて。ご近所の方に聞いてみたら、どこの家も同じだったようです」

これは相当の変わり者だ、と筒井は首を傾《かし》げた。近所に引っ越し挨拶をするのは、いかにも礼儀正しい。最近では廃《すた》れた習慣を律儀に守っているわけだが、その挨拶が言葉ではなく、いきなりタオルを投げこむとは……。

「話したことはないんですか」長沢がさらに突っこんだ。

「ええ」絵津子が顎《あご》に人差し指を当て、天井を仰いだ。「ないですね、一度も」

「じゃあ、近所づきあいは全然なかった、ということなんですね？　顔を見たら分かりますか？」

「それぐらいは」

まさか、長沢は死体の写真を見せるつもりなのだろうか。現場で簡単に撮影した写真は、指揮車の中で既にプリントアウトして、刑事たちに配られている。顔が血に染まっているわけではないが、確認のためとはいえ、死体の写真を見せて問題ないのだろうか。心配していると、長沢は写真を見せる代わりに、死体の容貌を説明し始めた。

「髪が長めで、少しウェーブがかかっている感じですか？」

「そうですね」絵津子が自分の髪をそっと押さえた。「耳が隠れるぐらいで」

「細面ですよね。顎なんか、きゅっと尖《とが》った感じで」

「ええ」

「髭《ひげ》は生やしていましたか？」

「覚えてませんけど、無精髭みたいなものは……」絵津子が首を傾げる。

「鼻の横に黒子《ほくろ》があったの、覚えてませんか」

「ああ、確かにそんな感じが……」頬に手を当てて、また首を傾げる。少し「言わされている」感が強い。長沢の質問はあまりにも矢継ぎ早で、相手に考える時間を与えない。

「白いジャージを着ているのを、見たことありませんか」筒井は思わず割りこんだ。部屋着にするジャージで、「白」を選ぶ人は案外少ないのではないだろうか。汚れが目立つのだ。

「ああ、ありますよ」今度は絵津子の答えは明快だった。「真っ白で。その格好で、新聞を取りに出てきたところを見たことがあります」

「アディダスなんですけど」

「ブランドは分かりません」

「どこにお勤めかは分かりませんか？」長沢が訊ねる。

「さあ、どうでしょう。聞いたことがないですけど」

「普通のサラリーマンですかね」

「普通のって、銀行とか商社とか、そういう職種ですか？」

「ええ」

「違うと思います」今度ははっきりと断言した。「ネクタイをしているのを見たことがないですから。スーツは着てましたけど……ジーンズ、ということもありましたよ」

「ＩＴ系とか？」

「そうかもしれません」

「どなたか、近所で親しかった人はいないんですかね」

「それは……いないと思いますよ」絵津子が顎を強張らせたまま首を振った。

「あの家に出入りしていた人、いませんかね」

「どうでしょう」絵津子が頬に手を当てた。「見たこと、ないですね。宅配便の人が来ることぐらいはあったかもしれないけど、誰かが訪ねて来るようなことは……なかったんじゃないでしょうか」

「そもそも独身かどうかも分からないですよね」

「独身じゃないんですか？」絵津子が目を見開く。

「いや、家族と離れて暮らしているとか……」

「家族が別にいるなら、わざわざ一戸建ての家に引っ越してきたりしないんじゃないですか？　それに、結婚指輪、してませんでしたよ」

長沢が、自分の左手に視線を落とす。

「私も結婚してますけど、指輪ははめませんよ。男なら、そういうのも珍しくないでしょう」

「ああ、まあ……」絵津子が口ごもる。「それはそうですね」

そのやり取りを最後に、二人は家を辞した。絵津子は冷静に応じてくれたが、満足な情報が取れたわけではない。勤め人らしい。かなり変わっている——分かったのは、ほぼそれだけだった。同情さえもない。殺されていたのが一柳だと確定したわけではないし、そうだとしても普段のつき合いがないから当然かもしれないが……それにしても、近所の人が殺されたとなったら、もっと衝撃を受けるのが普通ではないだろうか。涙も恐怖もなし。それだけ、一柳は変わり者、異分子と見られていたのかもしれない。

まあ、何とかなるさ、と筒井は楽天的に考えた。区役所で住民票を確認すれば、いつ、どこから引っ越してきたかは分かる。この近所では情報を得られなくても、以前住んでいた場所で聞き込みができるだろう。それに勤め先が分かれば、個人情報は一気に流れこんでくるはずだ。近所とのつき合いがない中年の独身男性のデータは、会社に集中している。一柳が自分の時間のほとんどを仕事に注ぎこんでいても、不自然ではない。

事情聴取していた短い間に、事態は急に動き始めていた。家を出た瞬間、無線から情報が流れてくる。

「被害者の一柳の勤務先が割れた。今、会社の人間がこちらに向かっている」本間の声は、少しだけ緊張していた。

筒井は思わず、長沢と顔を見合わせた。顎が長い彼の顔は、緊迫した状況の中でもどこか間が抜けて見える。

「どういうことなんですか」

「他からの情報じゃないのか」

「他って？」

「知らないよ」長沢が不機嫌に言った。「動き回ってるのは、俺たちだけじゃない。本庁の捜査一課の部屋に座ったままで、情報が取れる刑事もいるかもしれないじゃないか」

「でも、現場はここですよ」筒井は思わず言い張った。

「そんなことはどうでもいいんだ」長沢が面倒臭そうに吐き捨てる。「どこかの筋ではよく知られた有名人かもしれないしな。お前、一柳正起って名前に心当たり、ないか？」

「ないです」即座に断言する。

「俺たちが知らないだけかもしれない。だとしたら、恥ずかしい話だ」歩きながら器用に肩をすくめる。「管内の有名人を把握《はあく》してないとなったら、大問題だぜ」

所轄は政治家を筆頭に、一部上場企業の役員以上の人間、芸能人など、管内に住む著名人の住所は押さえている。何かトラブルがあった時に、すぐに対応できるように、だ。一般人と同じというわけにはいかない。

「芸能人、とかじゃないですよね」政治家よりもずっとプライバシーを重視する芸能人なら、こちらの網から漏《も》れている可能性がある。

「勤務先って言ってるんだから、会社員だろう。それにあれが芸能人だったら、せいぜい個性的な脇役だろうな」長沢が皮肉を吐く。「主役級とは思えない」

「そうですかね……それより勤務先、どこなんでしょう」

「聞き忘れたな」無線を取り上げて、一瞬躊躇《ためら》い、長沢がすぐに歩き出した。「直接聞いた方が早い」

確かに。それにこんな所で無線を使って怒鳴っていたら、誰に聞かれるか、分かったものではない。

三分後、指揮車に戻った筒井は、一柳の勤務先が「グランファーマ」だと知った。会社のことはよく分からないが、頭痛薬の「トラセリン」の発売元だと聞いて納得する。実際、自宅の薬箱にも入っているはずだ。

「正確には、グランファーマ総合研究所日本支部になる」メモを見ながら本間が言った。

「研究者ですか?」長沢が訊ねる。

「そのようだ」

「ああ」

何故か納得したように長沢がうなずく。筒井も得心してしまった。理系の研究者——変人でもおかしくない。文系の人間の、勝手《かって》な思いこみかもしれないが。

「一課からの情報なんですよね?」

長沢の質問に、無言で本間がうなずく。一見して不機嫌なのが分かった。現場の面子《メンツ》を潰された、と思ったのかもしれない。

「何で一課がいきなり……」筒井は思わず漏らした。まだ現場にも入っていないのに、動きが速過ぎる。

「いいから、聞き込みを続けるんだ」

本間が低い声で、脅しつけるように言った。筒井は首をすくめ、ワンボックスカーから飛び出す。大粒の雨が首筋から入りこんで背中を流れ落ちたので、首をすくめた。振り向くと、長沢の姿はない。車の中で本間と話しこんでいるようだが、妙に気になった。自分だけが何も知らされず、勝手に事態が動いていくような……一課が先に情報を手に入れるのは仕方ないと思う。割り出せなかった自分たちが悪いのだ。だが、自分だけが仲間外れになって、上司と先輩が話しこんでいるのは、何だか気分が悪い。

何の話をしているのか聞こうと、車に戻ろうとした瞬間、長沢が飛び出て来た。戸惑いと険《けわ》しさが入り混じった表情で、本音が読めない。パーカーのフードをすぐに被ったので、ますます表情が曖昧《あいまい》になる。

「どうした」長沢が低い声で訊ねる。

「いや」厳しい声で突っこまれ、筒井は首を振った。

「ほら、行くぞ。一課が入ってくる前に、できるだけ情報を集めるんだ」

本当は、一課は事情が全部分かっているのではないか——既に犯人も割り出しているとか——と、筒井は邪推した。自分たちは事情を知らず、動き回っているだけ。警察は何かと秘密にしたがる組織で、仲間内に対しても変わらないのだが、取り残されるのは嫌だった。

そうならないためには、結局走り回るしかない。むしろ一課を驚かせるような情報を引っ張ってこないと。

早足で歩き出す長沢を追って走り出す。足元で、濡れたアスファルトがびちゃびちゃと音を立て、初めてきちんと取り組む殺人事件捜査の難しさを想像させた。

3

「グランファーマ総合研究所は、現在、世界最高レベルの医療研究機関と言っていい。各地に支部を持ち、それぞれが得意分野で研究成果を競っている」

「新薬とか?」合いの手を入れながら、島泰久《しまやすひさ》は相手——高野《たかの》の本音を見切ろうとした。同期で警察庁に入庁し、今はともに警視庁に籍をおいているが、普段は一緒に仕事をしない相手で、顔もよく覚えていない。突然呼び出された後、最初にバッジを示されなかったら、信用しなかっただろう。

「ああ。ただ、目標、やり方はそれぞれの支部に任されている。本社はフランス。支部は現在、ジュネーブ、ロンドン、サンノゼ、東京の四か所にある」

「規模は？」島は言葉を挟んだが、それは会話を潤滑に進めるために過ぎない。意識は、目の前の男を観察することに向いていた。窓もない小さな会議室で、自分は椅子《いす》に腰かけているのだが、高野はまるで背後を取られるのを恐れるように、背中を壁にぴったりとくっつけて立っていた。島がつい貧乏揺すりしてしまうのに対し、微動だにしない。肝《きも》が据わった人間なのか、あるいは精神的に優位に立つための演技なのかは分からなかった。

「東京には三百人」高野が、感情の感じられない声で答える。

「かなり大規模だな」

「いや、この四か所の中では一番小さいんだ」

「東京の研究テーマは？」

「いろいろある。癌《がん》の治療に関する研究では、四つの研究所の中で一番進んでいるようだ」

島は思わず身を乗り出した。癌の特効薬……人類の悲願でありながら、未だに実現の見込みがない夢の技術だ。両親とも、早いうちに癌で亡くしている島は、癌に対する恐怖心が人一倍大きい。間違いなく自分も癌で死ぬ……父親が肺癌で死んだ後は禁煙し、母親が胃癌で倒れた時には酒をやめた。仲間内では「健康オタク」と馬鹿にされるが、そういう連中は、癌の怖さを知らないだけだ。

「大きなビジネスだな」島は合いの手を入れた。

「ああ。あんたや俺には想像もできないぐらいに」

何兆円、いや何兆ドル規模……もちろん、医学的にも大きな進歩になるが、それよりも、動く金の大きさに、島は目がくらむ思いがした。

「だが、日本支部の最重要の研究課題は、薬じゃない」

高野のもったいぶった言い方が癇《かん》に障《さわ》った。だが、まずは情報収集が大事、と自分に言い聞かせ、椅子の肘かけをきつく摑《つか》んで気持ちを落ち着かせる。

「というと？」

「ナノマシンだ」高野が指先をワイシャツの胸ポケットに入れて、煙草を一本引き抜く。禁煙のこの部屋では吸えるわけもないのに口にくわえ、ぶらぶらさせる。馬鹿者が、と島はつい思った。医療研究機関の話をしながら、癌を誘発させる煙草を手にするとは。怖さを知らない人間は、これだから困る。

「ナノマシン」繰り返しながら、島はうなずいた。

「説明が必要か？」

「少しは分かる」

分子サイズのロボット……のようなものか。自分の認識の低さに苛立《いらだ》ったが、普通の人の感覚はこんなものだろう。ニュースなどで名前は聞いたことがある、というレベル。高野は、島の見栄に気づいたのか、すらすらと説明を始めた。かなり研究している——仕事のためとはいえ——のが分かった。

「細胞より小さい、ウイルスサイズの機械だと考えてもらえばいい。機械といっても、我々が知っている機械とはまったく違う。金属のパーツを組み合わせた物をイメージしていると間違えるんだ」

「ああ」相槌《あいづち》を打ちながら、島は早くも頭が混乱するのを感じ始めていた。

「例えば、サッカーボールのような炭素分子を使って、タイヤの形を作ることができる。そういう技術は既にあるんだ。何かを運ぶ荷台を作ったり、特定の作業をする腕をつけたり。ある目的に特化した作業用のマシンを作る、というわけだな」

「そこまでは分かる。だが、医療用というのは——」

「癌の治療。今、それ以外に何がある？」高野が、島の言葉を遮《さえぎ》って質問をぶつけてきた。

「癌の治療だったら、まず抗癌剤だ。それと手術。免疫療法」

「だが今のところ、完璧《かんぺき》な、安全な治療法はない」いつの間にか、高野の台詞回しは歌うように滑らかになっていた。

「ああ」

「ナノマシンの場合、根本的な治療ができる。癌細胞を直接叩《たた》くんだ」

「つまり、細胞レベルで攻撃させる？」

「そういうこと」高野がにやりと笑う。出来のいい学生を相手にした大学教授のようだった。「ナノマシンは、細胞よりも――癌細胞よりも小さい。となると、ナノマシンが動き回って、自分よりも大きい癌細胞を見つけ出すのは難しくないわけだ。それで、癌細胞だけを効果的に叩けば、手術の必要がなくなる。作業内容をプログラミングしたナノマシンを、必要な量だけ体内に送りこめばいい」

島は、そのイメージを想像して、背筋に寒気が走るのを感じた。人間の体とは異質の物体が、血管の中をぞろぞろと移動して癌の患部を目指す……いや、細胞より小さいのだから、血管を経由しなくても動けるのかもしれない。自分の全身を、ナノマシンが静かに動き回るイメージは、あまり気持ちのいい物ではなかった。

「そんなことが、実現可能なのか？」

「フォトリソグラフィーという技術があるんだが、それでかなり小さな物まで作れる」

「フォトリソグラフィー」言葉の意味も分からず、島は繰り返した。自分は相当馬鹿に見えているだろうな、と思う。

「元々は、半導体素子やプリント基板を作るのに使う技術だ。知ってるだろうが、そういうものはかなり小さい。そうじゃなければ、パソコンや携帯電話が今のようにコンパクトになるはずがないからな」

「ああ」

「考え方としては、自己増殖、あるいは超小型の製造ラインを作ることも可能らしい。ナノマシンにナノマシンを作らせるわけだ」

「自己増殖だと、生物と変わらないな」

「ある意味、そういうことだ。ナノマシンに関して否定的な見方をする人は、それを怖がる」

「どういう意味かな？」

「自己増殖機能が、一世代だけなら何ということはない。一つが二つに増えるだけだ。だけど、どこかで暴走したらどうなる？　それこそねずみ算的に増えていくだろう。ナノマシンが無数に生まれるんだ。あまり時間がかからずに、陸地はナノマシンで埋め尽くされる」

「イメージが湧かないな」

「地表を覆い尽くして、生物の中にも入りこみ、増殖するための素材になる物体が消えるまで、永遠に増え続ける」

「勘弁《かんべん》してくれ」島は顔の前で手を振った。これでは出来の悪いＳＦかホラーだ。

「実際にはそんなことはないだろうがな……現代の技術は、まずフェールセーフを考える。活動停止するようなプログラムを組みこんでおけばいいんだから」

高野が確信めいた口調で言った。この話を続けると長くなりそうなので、島は話題を引き戻した。

「で、グランファーマ総合研究所日本支部は、ナノマシンの研究を進めている、と」

「そう……そしてナノマシンにおいて、現在最も重要な課題はエンジンなんだ」

「エンジン？」

「動力源といってもいい。特定の形を作ることはできても、それをどう動かすかは解決されていない。人間の筋肉の動きは、基本的に電気的な反応だということは分かるな？」

「ああ」

「物理的——機械的なエンジンをナノマシンに搭載《とうさい》することはできない。かといって、生物的な仕組みをナノマシンレベルで再現するのは、現代技術ではまだ不可能だ。ナノマシンに心臓や筋肉をつける、というのはできないわけだよ」

「まだ、ということは、将来的には可能性があるわけか」

「それが実現できれば、ナノマシンの実現可能性は一気に増す。今、世界中の研究者が狙《ねら》っているのはそれだよ。ノーベル医学賞間違いなしだし、医療技術が根本的に変わるだろうな。再生医療と組み合わせれば、人間の平均寿命は今よりずっと延びるだろう。必ず百歳まで生きられる人生が幸せかどうかは分からないが、生きる時間が長ければ、幸福に挑戦する機会は増えるはずだ」

何を、詩的なことを……しかし、亡き両親のことを考えると、島も感傷的になる。気持ちを立て直して訊ねた。

「一柳も、それを研究していたわけだな」

「ナノマシンのエンジン問題に関しては、世界でトップレベルの技術者といっていい」

「で？」

「理論が完成間近だった、という話がある」

「それは、彼の独自の研究として？」

「そうだ。しかし彼も会社員だから、手柄は自分一人の物ではなく、会社の物になるんだが……会社も十分手当てしないと、後で大変なことになる」

「特許を取って、利益を生み出し始めたら……」

「今後の医療産業の中で、大きな柱になるだろうな。だから十分な金を払わないと、会社が訴えられるかもしれない。特許の権利について、開発した人間にあるのか、申請した会社にあるのかは、難しい問題だ。裁判沙汰にもなっている」

「そうだな……しかし、今はその心配はしなくていいんじゃないか。一柳は死んだ」

「ああ」高野の喉仏《のどぼとけ》が上下した。くわえていた煙草をようやく引き抜き、「あんたの言う通りだ」と認める。

「それで、この話はどこへ行くんだろうか」専門外の話を聞かされ続け、島は軽い頭痛を覚え始めていた。既に家に帰っていたのを呼び出され、ほぼ初対面の男と三十分。高野に対する疑念は次第に晴れてきたが——説明は明朗で裏はなさそうだった——それでも疲労感は拭《ぬぐ》えない。夜も遅いのだ。

「簡単な話だ。うちとしては、おたくと共同で捜査したい」

「まさか」島は思わず鼻で笑ってしまった。この連中の場合、はっきり言えば、「捜査」ではなく「調査」である。相手を監視するのが主な仕事で、立件することなどほとんどない。年に一回でも公判に持っていければ、「今年はよくやった」と派手な忘年会をやるような部署なのだ。

「あんたたちだけでは、収拾がつかないと思う」高野が平然と言い放った。

「うちを舐めてるのか？」

「おっと」高野が薄い笑みを浮かべながら、攻撃を防ごうとするように、両手を前に突き出した。「お互いに、総合的に物を見なくちゃいけない立場だろうが。こんなところで喧嘩している場合じゃない」

「殺しは殺しだ。刑事部の事件だ」

「それで済めばいいが……今回は済まないだろうな」

高野があっさりと断言した。あまりにも当たり前のように言うので、島も思わずうなずいてしまった。すぐに思い直して「どういうことだ」と訊ねる。

「聞きたいか？　実は――」いきなり高野の携帯電話が鳴った。番号を確認すると、舌打ちして電話に出る。「はい……ああ、その件は分かってる。判子《はんこ》は明日で間に合うから。今、手が離せないんだ……いや、庁舎内にいるけど、忙しいんだ」

切った電話を憎々しげに睨《にら》みつける。

「なかなか勝手にさせてくれないな」

「この時間でも仕事か」

「うちだって忙しいし、俺にも立場がある。書類が全部回ってくるんだから……それより、話の続きだ。一柳は、うちも追いかけていた人間なんだ。これだけデータがあるんだから、信じてもらえると思うが」

「ああ」この男の喋《しゃべ》り方《かた》は気に食わなかったが、それは認めざるを得ない。

「この件は、下手《へた》をすると政治問題――外交問題に発展する可能性がある。殺しの捜査は、今まで通りに所轄を軸にやればいい。その間に、こっちとしては背後に何があるか、調べておくつもりだ。捜査一課の方で、手を貸してくれないか？」

「そういう事件だったら、おたくの専門だろうが」

「そういうことを言ってる場合じゃない。今回は、捜査一課の力が必要なんだ」

この男にすれば大きな譲歩だな、と島は思った。刑事部と公安部の諍《いさか》いの歴史を考えれば……公安畑を歩き続けるこの男が、刑事部に対して対抗心を抱いていてもおかしくはない。だが、それを克服して、頭を下げている――下げてはいないが、下げたも同然だ。

こちらも腹を据えてかからなくてはいけない、と島は覚悟を決めた。

4

「間違いないですか」

長沢の問いかけに、グランファーマ総合研究所日本支部の総務部長、清岡《きよおか》が無言でうなずく。顔色は白く、引き結んだ唇からも血の気が失せている。多くの人が、葬儀などで遺体を見た経験はあるはずだが、他殺死体となると話は別である。

「……間違いありません」

渋谷中央署の遺体安置所。筒井は故人の顔にそっと布をかけた。それでようやく緊張が解《ほぐ》れたようで、清岡が盛大に息を吐く。背筋をゆっくりと伸ばし、目尻に溢れた涙を人差し指でそっと拭った。この涙の意味は……筒井は彼の顔を観察した。綺麗に七三に分けた髪。急遽《きゅうきょ》呼び出されたせいか、ワイシャツには皺が寄っていて、ネクタイもしていない。ほっそりとした男で、支えていないと倒れてしまいそうだった。

長沢もその様子に気づいたのか、清岡の背中にそっと手を当てる。清岡がびくりと背筋を伸ばし、長沢の顔を見た。

「出ましょう。確認だけしてもらえば十分ですから」

清岡が無言でうなずく。ドアに向かう足取りは、小柄な彼にしては大股だった。廊下に出ると、大きく深呼吸して天井を仰ぐ。

「これからちょっと、話を伺《うかが》います」長沢が告げる。

「ここで、ですか？」ぎょっとしたように目を見開く。死体の近くにいるのが、よほど怖いらしい。確かに、遺体安置所がある渋谷中央署の地下一階には、死の臭いが濃厚に染みついているのだが、反応が極端過ぎる。

「楽に話ができる場所にしましょうか」

長沢は、清岡を一階にある失踪人《しっそうにん》捜査課の分室に誘った。失踪人捜査課は、都内を三つに分けて管轄する分室制度で、渋谷中央署には三方面分室が間借りしている。どうしてここを……最後に入ると、ソファで、男が一人寝ているのが目に入った。こちらの気配に気づくと、むっくりと起き上がる。長沢が一言挨拶して、一角にある面談室の鍵を借り、さっさと入って行った。

中へ入ると、長沢がここを選んだ理由がすぐに分かった。警察臭が薄いのだ。決まりきった什器《じゅうき》ではなく、特別に用意されたであろうテーブルや椅子はポップな色合いなので、ＩＴ企業の会議室のような雰囲気《ふんいき》もある。ただし、ガラス窓の向こうが駐車場というのはいただけない。それでも清岡は、警察らしからぬ雰囲気の部屋に入って、何とか落ち着いた様子だった。

「筒井、悪いけど、お茶を用意してくれ」

「何にしますか？」

悪いけど、はいらないだろう……下っ端の自分に対する過剰な気遣いに苦笑しながら、筒井は用意してきたノートパソコンをテーブルに置いて訊ねた。長沢が清岡の顔を見る。コーヒー、紅茶……様々な飲み物が頭の中を去来した様子だったが、清岡はかすれた声で「水をいただけますか」と言うだけだった。

筒井は、一階の交通課近くにある、自動販売機が固まった一角まで走った。ペットボトルを三本買い、まとめて抱えて立ち上がった瞬間、自動販売機のプラスティックのカバーに自分の顔が写りこむ。疲れは……ないな。床屋に行く暇がなくて、髪が耳を完全に覆うぐらいに伸びているのが鬱陶《うっとう》しいだけだ。課長に「髪ぐらいきちんとしておけ」と言われるのだが、時間がないのでしょうがない。顔つきはといえば、最近少しだけ目つきが鋭くなってきたように思う。これが刑事らしい顔かもしれない。この事件を経験して、また表情が変わるだろう。

また走って失踪課に戻る。どうやら正式な事情聴取はまだ始まっていないようで、二人は緊張感のない低い声で話をしていた。筒井は二人の前にペットボトルを置き、自分は長沢の横に座った。すぐにパソコンをスリープモードから復旧させ、メモの準備に入る。

「楽にして下さい」長沢が切り出した。「まず、一柳さんのご家族のことなんですが……こちらで知らせなければならない相手はいますか？」

「あの、娘さんは？」

「結婚していたんですか？」長沢が鋭い口調で確認する。この情報は初耳だ。

「奥さんは亡くなったんですが、娘さんがいるはずです」

「あの家にはいませんでしたよ」

いや、いる――いたのかもしれない。筒井は、先ほど調べた家の中の様子を思い出した。一階がリビングダイニングルームと水回り、二階には八畳の部屋が三つある。うち一つが一柳の寝室、もう一部屋はほぼ物置として使われていたようだが、残る一室が完全に空き部屋だった。妻を亡くしていても、娘がいるのだったら、3LDKの一戸建てに住んでいてもおかしくはない。空き部屋は娘の部屋ということなのか。誰かが住んでいる気配はないのだが……。

「いない？」清岡の顔が再び蒼褪《あおざ》めた。「いないってどういうことですか」

「いや、それは我々の方が聴きたいですよ」長沢が気色《けしき》ばんで言った。「どう見ても、一人暮らしでした」

「それは……ちょっと変だな」清岡が額を揉んだ。ゆっくり目を開けると、携帯電話を取り出す。「会社の方に連絡させていただいていいですか？　人事の担当者を待機させてありますので」

「どうぞ」

長沢が、清岡から視線を外さずに、ペットボトルのキャップを開けた。水をちびちびと飲みながら、彼の様子を見守る。清岡は、長沢の視線から逃れるように、うつむきがちに電話をかけ始めた。

「ああ、清岡です。悪いんだけど、一柳君の個人カードを確認してくれないか？　そう、家族について知りたいんだ」電話を掌で押さえ、顔を上げる。「今、調べさせています。ちょっと待って下さい」

長沢が無言でうなずく。筒井もキーボードに置いた手を離し、水を一口飲んだ。走り回っていたのと興奮のせいか、やたらと喉が渇く。タスクバーの時計が視界に入った。日付が変わって一時間が経っている。

「……ああ、はい。そうだよな、娘さんがいるんだよな」相手の話に意を強くしたのか、清岡が背中を伸ばす。手帳を取り出して、猛烈な勢いで相手の言葉を書きつけ始めた。「ちょっと待て、住所はどうなってる？　それ、前の住所じゃないか。じゃあ、こっちに何も知らせずに勝手に引っ越してたってことか。それはまずいよな……いやいや、そんなことはどうでもいい。それより、娘さんの情報、何かないのか？　そうか……分かった。

ちょっと調べてくれ」

　電話を切って、困ったような視線を長沢に向ける。

「娘さんは、いるんですね」念押しするように長沢が訊ねる。

「書類の上では、ですね」

「どういうことですか」

「ちょっと整理させて下さい」清岡が手帳を見下ろした。ひどい悪筆で、反対側から見ている筒井には、まったく読み取れない。声を出さずに唇を動かしながら、眉間に皺を寄せて手帳を凝視する。顔を上げると、「最初から説明します」と毅然《きぜん》とした口調で言った。

「お願いします」

　長沢が言うのに合わせて、筒井はキーボードに指をのせた。タイピングのスピードには自信がある。

「一柳は、三年前に奥さんを病気で亡くしています。私も葬儀には出ました」

「その頃はどこに住んでいたんですか」

「東急池上《いけがみ》線の石川台《いしかわだい》なんですが……マンションでした」

「代官山に引っ越してきた記録はないんですか？」長沢が首を捻《ひね》る。

「ええ。私はたまたま本人から聞いて知ってましたけど」

「いつ引っ越したんですか」

「年明け、ですね。半年ぐらい前です。でも、会社の公式な記録には残っていない」

「それは変ですね」長沢が首を傾げる。「いろいろと問題になるでしょう?」

「そうなんですよ。何かあった時に困るわけで……意味が分からない」

「たまたま忘れただけとか?」

「ああ」その一言で納得したようで、清岡がうなずく。「確かに、少し抜けたところがある人間でしたから。抜けたというか、細かいことは気にしないというか」

「でも、娘さんのことはどう説明します? 家にいないみたいですよ。部屋が一つ、余っていました」

「分からないな……」清岡が拳《こぶし》のつけ根で頭を叩いた。「娘さんの名前は、美咲さんです。今、十四歳ですね。中学二年生になるはずですが」

「会社の記録には、どこの学校に行っているかは書いていないんですか?」

「そこまではないんです。生年月日が分かるだけで」

「変ですね」

二人のやり取りをパソコンに打ちこみながら、筒井は自分も首を傾げていた。子どもがいるはずなのに、子ども部屋がない。どこか別のところで暮らしているのだろうか。例えば全寮制の学校に入って……あり得ない話ではない。

「その辺、社内で調べてもらえませんか?」長沢が頼みこんだ。「一柳さんと親しかった人、いるでしょう？　普通、家族のことも話しますよね」

「調べてみます。分かればすぐに連絡しますよ」清岡が腰を浮かしかけた。社内での調査は面倒だろうが、ここで長沢と対峙するよりはましだ、と考えているのだろう。

「他には誰かいないんですか？　ご親戚とか」

「いないようですね。ご両親は亡くなっているはずですし、兄弟もいない……あと、可能性があるとしたら奥さんのご家族ですが、そちらに関しては情報がないんです」

「分かっても、大変かな……」

長沢が自分に言い聞かせるように言った。その「大変」の意味は、筒井にはすぐに分かった。この後、家族に待っているのは葬儀である。三年前に亡くなったという妻の実家と一柳が現在もつき合いを保っているかどうかは分からない。関係が薄れているとしたら、葬儀を任せるのは一苦労だろう。警察が心配する問題ではないかもしれないが……。

「娘さん、どこか全寮制の学校に入っている可能性はないですか？」筒井は訊ねた。

「どうでしょう。残念ですけど、そこまで詳しいことは知らないので……とても賢い子らしいですけどね」

「そうなんですか？」

「あの、ジュニア数学オリンピックってご存じですか？」

清岡が唐突に切り出す。聞いたことがあったので、筒井はうなずいた。うなずき返して清岡が続ける。

「小学六年生の時に出てるんです。何でも特例だったらしいんですけどね。本当は中学生対象なのかな？　で、そこで金賞を取っちゃったそうで」

「すみません、それって凄いことなんですか？」自分にはまったく関係のない世界で、どうにもぴんとこない。

「たぶん……そうですね」自信なさげに、清岡が認めた。「スケートのジュニアの選手が、一般の大会に出ていきなり優勝するようなものかもしれません」

スポーツと数学では単純に比較できないが、図抜けた存在だったのは間違いないようだ。その頭脳は、優秀な研究者だという父親譲りなのだろうか。どうも、自分が知っている普通の家族とはだいぶ違うようだ。

「一柳さんが殺されるような理由に、心当たりはありませんか」

それまで家族中心で話してきたのに、長沢がいきなり本筋に切りこんだ。清岡が背筋をぴしりと伸ばして、喉仏を上下させる。

「私には、分かりません」

「会社として、何か把握してるんじゃないですか」

「それはないです」

「一柳さんは、普段はどんな仕事を？」

「ちょっと専門的になりますけど……私も把握できていないこともあります」

「総務部長なのに？」

「研究の内容まで知ることは、私の仕事じゃありません。彼らが快適に仕事できるようにするのが仕事ですから」清岡がむっとして言った。

「それは分かります」少しだけうんざりした口調で長沢が言った。「でもとにかく、話して下さい。話してくれないと、専門的なことかどうかも分かりませんから」

「ナノマシンについてなんですが」

会話が途切れた。清岡が、少しだけ自慢気な表情を浮かべるのを、筒井は見逃さなかった。だから言ったじゃないか、と非難するような視線に変わる。

「細胞より小さな機械、ということですよね」

筒井が助け舟を出すと、清岡が悔しそうに唇を引き結んだ。自分が優位に立てるチャンスを失った、と思っているのかもしれない。

「まあ、簡単に言ってしまえばそういうことです」

「医療用にも応用できるんですよね」

「だからこそ、世界中の大学や製薬会社が必死に取り組んでいるんですよ」

それからしばらく、清岡によるナノマシンの講義が続いた。筒井は何となく話についていけたが、長沢は早々とギブアップしてしまったようだった。筒井は時折質問を挟みこみながら、必死でメモを取った。清岡は終始真面目な表情だったが、筒井が「これが実現できたらノーベル賞ですよね」と持ち上げた時だけは笑みを零した。

「ちなみに、どんな人なんですか」

「メモ魔。バックアップ魔」清岡が寂しそうに笑った。「理系の人間にはよくいるタイプですが、何でもかんでも記録しておくんですね」

「心配性、ですか？」

「というより、それが当然だと思ってるんでしょう」

午前二時近くになって、ようやく清岡に対する事情聴取は終わった。後半はほぼ彼の独演会で、結局犯人に対する手がかりはなし。一柳は自宅と研究所の往復ばかりの生活だったようで、私生活は謎《なぞ》に包まれていた。

遅くなっていたので、さすがに特捜本部の捜査会議は翌朝に持ち越された。しかし本間が、刑事課のメンバーを集めて現状を説明してくれた。ともすれば眠りに引きこまれそうになる間延びした声が、本間の疲労を感じさせる。特捜本部が置かれる大会議室ではなく、いつも詰めている刑事課の大部屋で、というのも、緊張感を削《そ》ぐ原因になったはずだ。

「緊配《きんはい》では何も引っかからなかった」

否定的な一言から始まった説明を聞きながら、筒井は時間軸をもう一度整理した。通報の内容「大きな音がする」というのは、複数の人間が揉めて争っているのが聞こえたのだろう。実際に一柳が殺されたのは、その後のはずである。通報があってから、最初に警察官が駆けつけるまで七分かかっているから、犯人が一柳を殺して家を立ち去るまでの時間は五分……もしかしたらもっと短かったかもしれない。ということは、犯人はそれほど遠くへ行っていなかったはずだ。しかも徒歩で逃げた可能性が高い。代官山駅から近いあの辺りは静かな住宅街で、あの時間に車が急発進したりすれば、間違いなく誰かがその音を聞いているはずだ。現時点では徹底した聞き込みが行われたのに、誰も何も聞いていない。

　わずか数分で、走って現場から逃げ出す……車を停めておいても目立たない旧山手通りまで徒歩で逃げて、そこからは車を使ったのではないか、と想像した。一柳の家から旧山手通りまでは、必死で走れば一分か二分。この推理には無理がない、と自分で納得した。それだけ素早く動けば、緊急配備に引っかかってこないのも分かる。

「一柳のパーソナルデータについては、以下の通りだ」

　本間が説明する内容は、既に筒井の頭に入っているものだった。ただその後に続いた、他の聞き込みの報告が引っかかる。「変な人」という評判が、あちこちで出て来たというのだ。例の、引っ越しの時に郵便受けにタオルを投げこんだという話は、どこの家でも聞かれたという。しかし、一柳と言葉を交わした人間がまったく見つからない。いかに東京が他人に無関心な街とはいえ、会えば挨拶ぐらいはするだろう。マンションなどの集合住宅ならともかく、一戸建てに住む人は、それなりに近所づきあいを考えるはずだ。

だが、その常識は一柳には通用しないようだった。当然、近所の人と顔を合わせることもあったようだが、挨拶どころか、目を合わさないようにうつむいてしまうことが多かったという。そのため、「何かおかしなことをしているのではないか」と疑っている人もいたらしい。極度の人嫌い、変わり者ということなのだろうが、あまりにも異質な存在を見ると、普通の人は疑いだす。

ジャージ姿——恐らく、殺された時に着ていたものだろう——で、朝六時頃にうろついていたのを見た人もいたという。何か目的があってではなく、ただうろうろしていた。腕組みをし、聞こえないぐらいの小声でぶつぶつつぶやきながら、家の周りを歩き回る。薄気味悪い光景だったはずだ、と筒井は想像した。

そしてもう一つ、重要かどうかは分からないが、決定的な情報。

誰も娘の美咲を見ていない。

どうやら、あの家に引っ越して来た時、娘は既にいなかったようだ。中学生なのだから、少なくとも朝は毎日同じ時間に家を出るはずなのに、半年以上誰も姿を見ていないということは、あの家には美咲は住んでいない、としか考えられない。この娘が捜査のポイントになるかどうかは分からないが、見つけ出さなければならないのだ。もしかしたら、被害者の唯一の肉親。中学生の娘に、父親の死の始末を任せることはできないだろうが、知らせないわけにはいかない。

「――現在分かっている情報はこれぐらいだ。明朝、捜査会議は午前八時招集。あまり時間はないが、できるだけ体を休めてくれ」

その言葉で、打ち合わせは解散になった。背中に重い張りを感じながら立ち上がった筒井は、思い切り伸びをした。一度家に帰っていたので、一日を二回送ったようなものである。今夜はどうするか……家はそれほど遠くないので、タクシーを奢《おご》れば帰れないことはない。自宅のベッドはひどく魅力的に思えたが、往復にかかる時間を節約して、少しでも睡眠時間を稼ぐことにした。道場に布団を敷けば、すぐに眠れる。刑事課のメンバーもほとんどがそうするはずだ。埼玉県から通っている人もいることだし……だいたい自分は、明日の朝遅れるわけにはいかない。捜査会議が始まる前に、先輩たちのために眠気《ねむけ》覚《ざ》ましのコーヒーを用意するのが、新入りの役目なのだ。

「ちょっとつき合えよ」長沢に言われて、頭の上で伸ばしていた腕を下ろす。

「何ですか?」

「煙草」

筒井は吸わないのだが、先輩が「つき合え」と言うなら仕方がない。一階の駐車場に出て、隅にある喫煙場所に向かった。署の敷地内で唯一煙草が吸えるこの場所は、この時間だというのに煙草をふかす人たちが多く、白く煙っていた。それだけ今夜は、帰りそびれた人が多かったということなのだろう。

長沢は煙草に火を点《つ》けると、夜空に向かって煙を吹き上げ、一瞬手元の煙草を見詰めてから、灰皿から離れた。人に聞かれたくないらしい、と気づいて筒井は彼の側に寄った。

「例のナノマシンの話、よく分かったな」

「分かってるわけじゃないです。何かで読んで覚えていただけで」その「何か」が何だったのかも思い出せないが、筒井は記憶力だけには自信があった。一瞬見た物を、意識せずとも記憶してしまう。電車の中吊りなど、特にそうで、週刊誌を読みもしないでその週の内容が頭に入ってしまう。もちろん、週刊誌の見出しは、往々にして羊頭狗肉《くにく》になり勝ちで、覚えていても意味はないのだが。

「ややこしい話になりそうじゃないか」

「そうですか？」

「被害者が訳の分からない人間なんだから」

「まあ、そうですね」

長沢が、不味《まず》そうに煙草を吸って、咳《せ》きこんだ。今日何本目の煙草なのだろう……一件聞き込みが終わる度に煙草に火を点け、忙《せわ》しなく吸っていたのを思い出す。

「仕事もそうだけど、かなりの変わり者なんじゃないかな。近所づきあいがないとか、そういうレベルじゃないぞ」

「確かにそんな感じですね」

「裏の顔があるんじゃないかな。殺されるほどのトラブルは、普通のサラリーマンじゃ考えられない」

「ええ」

「仕事のトラブルだったら面倒だぞ。あの、訳の分からないナノマシンの話なんか、俺には無理だな」

この弱音《よわね》は本物だろうと思ったが、筒井は「大丈夫でしょう」と先輩を勇気づけた。こういう風にするのも、後輩の役目だろうと思いながら。

「お前、難しい話は頼むぞ。頼りになりそうだから」

「無理ですよ」また、無用に俺を持ち上げている。ここへ誘ったのだって、何も話がしたかったからではないだろう。お前は仲間だ、信頼しているというポーズを見せるため。そんな風に、本間課長に指示されているとしたら、辛い業務だ。苦笑して、筒井は首を振った。「俺だって、表面だけですから。本当はどういうものか、全然分かってないです」

「だけど、俺よりは詳しいんだから……問題は、仕事以外の部分でのトラブルだな。何だか一柳って、会社の人間も知らない顔を持ってそうじゃないか」

「そうかもしれません」

そうなるとやはり、引っ越した事実を会社にも正式に伝えていない、というのが引っかかる。何か会社に隠し事をしているのではないだろうか。住所ぐらいならともかく、もっと重要な秘密を……。

「俺は、娘の方が気になります」

「それもそうだな」長沢がうなずいた。

「中学生ですよ？　一緒に住んでいないのは、変じゃないですか」

「確かにな」長沢が、灰皿に煙草を捨てに行った。まだ灰皿の周りに人がたくさんいたので、そこには留まらず、新しい煙草に火を点けて戻って来る。「近所の学校を虱潰《しらみつぶ》しにすれば、在籍しているかどうかはすぐに分かるだろう」

「そこにいなかったらどうしますかね」

「前の住所を当たるしかないだろうな。引っ越す前……一年前だったら、十三歳で中学一年生か。付近の中学校と小学校を当たればいい。いくら何でも、小学生だったら、親と一緒に住んでいないのはおかしい」

「そうですよね」面倒臭いが、彼の言う通りに調べていけば、美咲には辿《たど》り着《つ》けるだろう。ふと、ほとんど意識しないまま、言葉が口をついて出た。「娘を捜すの、俺がやってもいいですかね」

　どうしてこんなことを言い出したのか、自分でも理由は分からなかったが、何か一つ、きちんと仕事をしてみたい、という意識はある。筒井はまだ、刑事課で——あるいは警察での居場所を見つけていない。何をやったら蹴り出され、何をやったら褒《ほ》められるか、見当もつかないのだ。周りが気を遣っている理由は分かっていたが、こんな状態は長くは続くまい。向こうも、こちらの様子を窺《うかが》っているだけなのだ。ひどく気詰まりで、真綿で首を絞められるような毎日。もしもここできちんと実績を残せば、自分と周囲の間にある薄い膜は破れるかもしれない。どこか白けた気分を拭い去って、本物の刑事になれるのではないか。とにかく、こんな中途半端な、宙に浮いたような状態は願い下げだった。そして実績を作るために、娘を捜すのは適切な仕事に思えた。極めて重要だが、それほど難しいわけではあるまい。

「まあ、希望ははっきり言うべきだな」長沢の言葉は歯切れが悪かった。「たぶん、考えてくれると思うから。だけど、どうして娘のことがそんなに気にかかる？」

「いや……何ででしょうね」純粋に娘の身の上を案じてはいる。だがそれより、自分だけで何事かを成《な》し遂《と》げたい、という気持ちが強かった。それを長沢に告げるのは、気が進まない。言えば、向こうはまた変に気を遣うかもしれないのだ。

「ま、言うだけ言ってみろよ」長沢が慎重な口調で言った。「でも、あまり期待するなよ。自分の勝手で動けないのがこの世界だし、特に特捜事件になると、どうしようもないぞ。歯車の一つになったつもりで動いた方がいい。そうしないと、全体の流れが狂うからな」

　指示する上の判断が間違っていたらどうするんだ……そう思ったが、言葉を呑みこんだ。今の自分は、そんなことを言うべきではない。その言葉は爆弾だ。

「何か、厄介な事件になりそうだな」

溜息《ためいき》を一つついて、長沢がまだ長い煙草を足元に放り捨てた。丁寧に踏み消し、筒井の顔を一瞬見てから踵《きびす》を返して非常口に歩いて行く。一人取り残された格好になった筒井は、彼が捨てた煙草を拾い上げて灰皿に捨てた。

5

「これで全部か？」島は疑いをこめて高野を見た。

「ああ」

「他にもまだ、何か隠してるんじゃないだろうな」

「この期《ご》に及んで、何を今さら」

高野が鼻で笑う。その態度は気に入らなかったが、覚悟はしているだろう、と島は判断した。少し先回りし過ぎている感はあるが、こういうことにかけては、刑事畑を歩いてきた自分よりも鼻が利くはずだ。事前に危機を察して、予防線を張る……もっとも今回は、そんな簡単なことではない。

島は、テーブルに積み上げられた資料の山に手を置いた。分厚いファイルフォルダで五冊分。どれにもびっしりと書類が詰まっている。

「相当念入りに調べていたみたいだな」

「一年がかりだ」高野が人差し指を立てた。「それが全て、無駄になるかもしれないが」

「本当にそうなると思ってるのか？」

「いろいろなパーツを当てはめて考えると……」高野が両手を組み合わせてこねくり回した。「そうなる可能性が高いな」

「で、あんたたちはそれを望んでいない？」

「もちろん」

「意地？」

「そんなもんじゃないがね。それなりの労力をかけた捜査が無駄になるのは、費用対効果の面で問題がある」高野が煙草をくわえる。

「で、俺たちにどうして欲しい？」共同で捜査、と言われたが、未だに現実味が薄い。

「まず、資料を読みこんでくれ。その後で、協力できるポイントを探っていこう」

「そっちの仕切りで、か」

「仕切りがどっちかなんて、どうでもいいんだ」高野が勢いよく首を振り、くわえた煙草が揺れた。「真相を闇に埋もれさせないことが大事なんだぜ」

島は反射的にうなずいた。どうにも薄っぺらい台詞。刑事部が扱う事件は、基本的に明快だ。経済事件の内偵を行う二課はともかく、一課は発生した事件に対応する。しかし高野たちは違う。政治的な取り引き、思い込みによる勝手な自粛《じしゅく》……そういうことは日常茶飯事のはずだ。真相を追及するより、自分たちの立場をよくする——最終的には予算を分捕《ぶんど》る——ことに重点を置いているだろう。

「今までに、こういう経験はあるのか」

「ないとは言わない。事件化するだけがこっちの仕事じゃないからな。自主的に打ち切ったり、上から圧力をかけられるのは、日常茶飯事とまではいかなくても、よくある話だよ」先ほどは正義感を振りかざしておきながら、あっさり翻《ひるがえ》したようなものだ。

「で、今回もそうなると見ている」

「話が大きいから」高野がうなずく。「今のところ、そういう動きはないが、物にならない可能性は高いだろうな。俺が上の立場だったら、まず間違いなく、捜査打ち切りを指示する。どうせ横やりが入るなら、自分たちでストップした方がましだ」

「これは殺しだぞ」島は憤《いきどお》りを抑えながら言った。「他の犯罪とは訳が違う」

「事件の重みだけで、捜査ができるわけじゃない。もっと大きな物もあるんだ」

「さすが、公安の人間は考えていることが違うな」今度は島が鼻を鳴らした。刑事部と公安部、キャリアの参事官同士。共通点も多いが、本当に協力してやっていけるのか、と不安になる。

「この資料を読む前に、まず概要を聞かせてくれ」

「そいつは面倒だな」壁に背中を張りつけたまま、高野が言った。「だいたい、まだ事件の全容が分かっていないんだ。捜査途中で説明するのは厄介なんだぞ……新聞風に言えば、見出しがつけにくい」

「俺たちはブンヤさんとは違うんだから。最初から説明してくれればいい」

「話は長いぞ」

「時間はある。夜は長いんだ」

島は腹の上で腕を組んだ。高野は明らかに嫌そうな顔をしていたが、結局諦《あきら》めたようで、椅子を引いて座った。この男が座るのを見るのは初めてかもしれないと思いながら、島は両手を組んで肘をテーブルにのせ、身を乗り出す。

どれだけ大がかりな話を聞かせてもらえるのかと、最初は皮肉に思っていたのだが、ほどなく島は、当初の予想よりもはるかにスケールの大きな話を知ることになった。

6

事件発生の翌日も、筒井は近所の聞き込みに回されていた。本間には、「娘の行方《ゆくえ》を捜したい」と申し出たのだが、聞き込み優先の捜査方針は変わらなかった。

自分が勤務する渋谷中央署の管内とはいえ、まだ転勤してきたばかりなので、この辺の地理には詳しくない。それでも歩き回っているうちに、次第に街の景色に慣れてきた。代官山の駅周辺は、上品さと賑《にぎ》やかさがバランスよく混じった繁華街。高層ビルが周辺に建ち並んでいるので空が切り取られてしまっているが、閉塞《へいそく》的な感じがしないのは、あちこちにオープンカフェがあるせいかもしれない。外でコーヒーを飲んだり、食事をしたりしている人の姿があると、街には開放的な雰囲気が漂う。小さなショップが多いせいで、全体にこぢんまりとした気配もあった。

一方、駅から少し離れた旧山手通りの近くにある一柳の自宅付近に来ると、風景が変わる。一見して高級住宅街の様相だが、高級そうなレストランも軒を連ねている。そういう店の前に、ランチタイムが終わった三時頃になっても列ができているのを見て、筒井は驚いた。暇な人もいるものだ、と呆《あき》れる。たかが昼飯を食べるために行列……しかも昼飯時でもないのに。

街の気配に馴染《なじ》みながら、ドアをノックする度に、「話したことはありません」「顔も知らない」という言葉に迎撃され、気持ちがささくれだつ。

今回も同じだった。表札で確認すると、「藤本」とある。出て来たのは、一部上場企業の役員を務めて退職した、という感じの上品な老紳士。言葉遣いは丁寧だったが、一柳の話が出た途端に眉をひそめた。

「お見かけしたことはありますがね、何というか……」

「何か問題があるんですか？」

「礼儀を知らないというか」

「何かあったんですね」

藤本は口ごもったが、それも一瞬だった。すぐに、堰《せき》を切ったように喋りだす。

「三か月ぐらい前だったんですけどね、夜、この辺を走っていて、近所のおばあさんとぶつかりましてね」

「走っていたというのは、トレーニングか何かで？」

「いや、勤め帰りでしょう。普通に背広を着ていましたし」藤本が苦笑する。

「それで、おばあさんと衝突した？」

「その、角のところで」藤本が右手と左手の先を直角に合わせた。「おばあさん、倒れましてね。腰が悪いんですよ。でも、助け起こすどころか、声もかけないでそのまま立ち去ってしまいましてね」

「それは、どういう……」筒井は頭の中で様々な想像をめぐらした。「そういう人だったんですか？」

「まあ、無礼な人なのは間違いないでしょうね」

「ヤクザっぽいとか、そういうことは？」

藤本が声を上げて笑った。

「それはないです。この辺に、そういう人は住んでませんよ」

「じゃあ、ただ無礼だったということですか」

「コミュニケーション能力に問題があった、と言うべきですかな。引っ越してこられた際に、ご近所の郵便受けにタオルを突っこんだ話、ご存じですか？」

「ええ」

「あり得ないですよね。そんなことをするよりも、一言挨拶して回った方が早いし、近所との関係も上手《うま》くいくじゃないですか」

「そうですね」

藤本の喋りは次第に熱を帯びてきた。

「この辺には、新しい人はそれほど多くないんです。昔から住んでいる人ばかりでね。だから、引っ越してきた人は何かと遠慮するものなんですが……あの人の場合は、遠慮とかそういうことでもないようですね」

「中学生の娘さんがいるらしいんですけど、見かけたことはありませんか？」

「娘さん？　ないですね。お一人で暮らしているんじゃないんですか」藤本が目を見開いた。

「家に、他の人の出入りはありませんでしたか？」

「それは……」藤本が一瞬口ごもった。

「あったんですか？」

「夜には、何度か」

「どんな連中ですか」筒井は一気に緊張を高めた。これまで、一柳の私生活は謎に包まれていた。どんな人間と交流があったか分かれば、事件を解きほぐす糸口になるかもしれない。

「あまりはっきり見てはいないんですが、男性ですね」

「いつも同じ人たちですか？」

「申し訳ないですが、そこまでは分かりかねます」藤本が頭を下げる。「それほど頻繁ではないし、私もずっと監視しているわけではないので……最近の話ですけどね」

「最近というのは？」

「ここ一、二か月ほど」

「女性の出入りはなかったんですね」筒井は念押しした。

「私が見た限りでは。とにかく、変わった人でしたからね。女性に縁があるとは思えない」

　それは偏見だと思ったが、筒井はうなずくだけにした。一柳という人間の本性をこの段階で決めつけるのは危険だ。

「何か思い出したら、連絡していただけますか」自分の名刺の裏に携帯電話の番号を書き加えて渡す。

「どうかなあ」藤本が、髪を短く刈り揃えた頭を掻《か》いた。「普段からおつき合いがある人ならともかく、話したこともないいんですから……それより、娘さんがいるというのは、本当なんですか？」

「そういう風に聞いています」

「変ですねえ。娘さんと暮らしていれば、見ないわけがないと思うけど。まさか、家の中に監禁されていた、ということはないでしょうね？」

「それはありません」苦笑しながら、筒井は首を振った。「家の中は徹底して調べましたから」

そのまま立ち去ろうかと思ったが、ふと思いついて訊ねてみた。

「あの家、幾らぐらいしますかね」

「さあ、どうでしょう」藤本が首を捻った。下品な話、と思っているのかもしれない。

「かなり高いんでしょうね」

「それは、まあ……土地込みで一億はしないだろうけど、八桁《けた》のかなり上の方じゃないですかね」

筒井は首を傾げた。一柳が優秀な研究者であったことは、勤務先での調査で明らかになっていたが、桁外れの年収を得ていたわけではない。今年四十五歳だが、去年一年間の収入は、税込みで一千万円を少し超えるぐらいだったという。同年代のサラリーマンに比べればかなり高額だろうが、自由に何でも買えるほどの収入とも言えない。四十五歳で、例えば八千万円の家を買うのがどれほど大変かは、筒井にも簡単に想像できた。三十五年ローンを組んで、払い終える時にはもう八十歳である。頭金がどれほどあったのか……もしかしたらキャッシュだったのかもしれない。亡くなった妻の死亡保険金が出たとか。そして妻の想い出の残るマンションに別れを告げ、新しく人生を始めるために家を購入した。

筋書きとしては悪くない。

だが、その過程で美咲はどこへ消えたのだろう。やはり、彼女の存在が気がかりである。

午後一旦署に戻ると、特捜本部が置かれた会議室がざわついていた。何か起きたな、と直感し、本間の許へ直行する。電話を耳に押し当てていた本間が会話を終えて顔を上げたところで、目が合った。

「娘が通っていた学校が割れた。お前、そっちをやってくれないか」

ほっとして、息を吐きながら筒井はうなずいた。これで娘に知らせてやることができるか……遺族に話をするのはいつでも辛い仕事だが、自分がやるべきだ、と思う。だが次の瞬間には、面倒な下準備は他の人間がやって、自分のためにお膳立てしてくれたのでは、と疑いが生じてくる。

「割れたと言っても、小学校……中学の途中までだがな」

「そうなんですか」筒井は思わず眉間に皺を寄せた。「途中」ということは、やはり転校したのだろうか。

「とにかく、学校に行ってくれ。まず状況を聴いて、娘の連絡先も確認するんだ。ここはお前に任せるからな」

「分かりました」

踵《きびす》を返して走り出そうとして、呼び止められる。

「ちょっと待て！　慌てるな」

一つ深呼吸してから振り返る。本間が手帳に走り書きしてページを破り、差し出した。受け取ると、住所が見える。筒井は知らない名前の小学校だったが、「学院」の文字が見えることから、公立ではないと分かった。

「これは？」

「天明《てんめい》学院。知らないのか？」

「高校なら知ってますけど……野球が強いですよね」筒井は静岡県の出身である。大学進学で東京に出てきたが、四年間ずっと多摩《たま》地区で過ごしたせいもあり、東京の小学校の事情など知るべくもない。

「幼稚園から大学まで一貫の名門校だよ。大学が一番レベルが低いが」本間が皮肉に笑った。「幼稚園のお受験は大変らしい。芸能人の子どもも多いそうだが、頭がいいとか、そういうことだけで決まるわけじゃないようだな」

「とにかく、行ってきます」メモを手帳に挟みながら——住所は既に記憶してしまった——筒井は言った。

「現場で一人になるぞ。大丈夫か？」

「もちろんです」

むしろ一人の方が動きやすい。聞き漏れがないように二人で動くのが聞き込みの基本だが、筒井は一人の自由さが気に入っていた。当然、自分が何かを聞き逃すなどとは、考えてもいない。集中していれば、そんなことはあり得ないのだ。

大崎《おおさき》まで、山手線で一本。JRを使うのが一番早いと分かってはいたが、何故か気が急《せ》いた。空いている覆面パトカーを使った方がよかったのでは、と後悔しながら、筒井は署からJR渋谷駅へ続く歩道橋を駆け上がった。

山手線で数分……その時間さえ惜しい。筒井はスマートフォンを使い、電車の中で天明学院の場所を検索した。地図で確認すると、西口から五百メートルほどだろうか。走れば数分だ。全力疾走を覚悟し、とにかく落ち着くように、と自分に言い聞かせる。

大崎駅の周辺は、近年大きく姿を変えている。巨大なマンションなどが建ち並び、山手線の駅の中では地味な印象のあった街のイメージがすっかり変わった。しかし駅から少し離れると、昔からの住宅街の表情が顕著になる。西口の高層ビル街を抜け、筒井は走った。雨を予感させる重苦しい空気が肌にまとわりつき、鬱陶しい。すぐに額に汗が滲んできた。

目指す天明学院は、池上線と山手線、東海道新幹線と大井町《おおいまち》線に囲まれた四角形のほぼ中央にある。この辺りは、駅前と違って、ほとんど区画整理もされておらず、戸建て住宅の他に、小さく古いアパートなども残っている。道路は狭く、道は分かりにくい。火事があったら大変だな……などと考えながら、ひたすら走る。いつの間にか全力疾走に近くなっており、ささやかな商店街ですれ違う人たちが、ぎょっとした視線を向けてきた。どうしてこんなに焦っているのか、自分でも分からない。

ごちゃごちゃした商店街が急に断ち切られたように終わり、空が開ける。天明学院は、相当広い敷地を誇《ほこ》っていると分かった。グラウンドでは、中学校の野球部とサッカー部が、場所を分け合って練習している。そういえば、高校では野球部だけでなくサッカー部も名門だったはずだ。そういうチームならさすがに、中学生と同じグラウンドで練習はできないだろう。都心部でなく、少し離れた場所に広いグラウンドがあるのではないか。

敷地は広いが、中の構造は分かりやすかった。グラウンドを取り囲むように三つの建物が建っているのだが、それぞれが小学校、中学校、高校と分かれている。幼稚園だけは、小学校と並んだ一層小さな建物に押しこめられているらしい。筒井は迷わず、中学校に向かった。

事前に連絡が入っていたのか、すぐに応接室に通され、副校長が応対してくれた。応接室は古いが調度品は高級そうなものばかりで、この学校がある程度裕福な親の子どもでないと受け入れないであろうことが想像できる。ソファは革が黒光りするほど古かったが座り心地は抜群で、疲労もあって、腰を下ろすと途端に眠気が襲ってくる。筒井は大きく目を見開き、壁にかかった歴代校長の写真を眺めながら、意識を鮮明に保とうとした。

少し遅れて副校長が入って来た。バインダーをテーブルに置き、筒井の向かいに腰を下ろす。テーブルが大きいせいで距離が離れてしまい、話しにくい。筒井は、テーブルの角を挟むソファに移り、距離を詰めた。

「間違いなく、一柳美咲さんは天明学院小学校、中学校に在籍していました」副校長が第一声で認めた。

「今は?」

「ええと……」副校長がバインダーをめくる。「中学一年の一学期が終わったところで退学しています」

「退学というのは?」途中、というのはそういう意味か。しかし中学校を「辞められる」ものか?

「アメリカに留学したんです」

「アメリカ？　中学生なのに？」

つい非難するような口調になってしまった。副校長がすっと身を引く。筒井は一つ咳払《せきばら》いをしてから、声のトーンを落として質問を続けた。

「中学生で留学は、早いんじゃないですか？」

「アメリカには、全寮制の中高一貫校もあるんです。そういう学校へ行ったんですね」下らない質問をするな、とでも言いたげな冷たい視線で、副校長が筒井を見る。

「それはどういうことなんですか？」少しだけ混乱しながら筒井は訊ねた。高校ぐらいになれば、短期留学プログラムを用意している学校も珍しくないだろう。夏休みの一か月だけホームステイしながら英語を学ぶとか……しかし美咲の場合は、そういう事情ではなさそうだ。

「まあ、個人の事情としか……」副校長が口ごもった。

「母親が亡くなったんですよね」

「ええ、三年前、五年生の時に」

「それが何か影響しているんですか？」

「どうもよく分からないんです。一方的に『留学する』と言ってきたんですね。その時にはもう、向こうの学校に入るのは決まっていたようで……親御さんが一度挨拶に来られましたが、それは単に形式的なものでした」

「一柳さんに会われたんですか？」

「私は会っていません。担任が応対しました」

担任に直接確認すること、と筒井は心の中でメモした。会社の同僚を除けば、直接一柳と会話を交わした数少ない人たちと言っていい。

「その先生に会わせていただけませんか？　直接話を聴いてみたいんです」

「それはちょっと……まず、私から説明させて下さい」

防波堤になるつもりか。確かに、教師や生徒への事情聴取は、学校側としては迷惑だろう。もちろん筒井としては、全ての情報を引き出すまでは引き下がるつもりはなかったが。

「では、お願いします」筒井は少しだけ体の力を抜き、ソファに背中を預けた。長期戦になるぞ、と相手に覚悟させる姿勢。

「去年の五月……急に『留学したい』という申し出がありまして、事情を聴いたようです。本人は、『アメリカで自分の力を試したい』と言ったようですが」

「よく出来る子だったみたいですね。ジュニア数学オリンピックで……」

「ああ、あれは大変なことでした。前代未聞ですよ」副校長の表情が少しだけ綻《ほころ》ぶ。

「そうなんですか？」

「ジュニア、ですから本来は中学生対象なんです。そこに小学生で特別に出場して、金賞ですからね」

「何か特別な教育はしているんですか？」

「まあ、そうですね……普通の公立の小学校、中学校よりは高度な指導をしています。ただそれは、あくまで受験レベルの指導という意味ですから。もちろん、学ぶ意欲の高い子どもは多いですから、数学クラブもあるんですけどね」副校長の口調は、どこか自慢気だった。

「じゃあ、彼女はそういうクラブで活動していたんですね」

「そういうわけじゃありません」副校長がファイルに視線を落とした。「まったく個人的な話なんです。自分で勉強して、大変なレベルになったわけでして……」

「かなり変わった話ですね」

「中には、そういう子もいるということです。何万人、何十万人に一人でしょうが」

これはレベルが違う。筒井は美咲という少女のイメージを思い浮かべようとしたが、上手くいかなかった。

「英語はどうだったんですか？　留学しようというぐらいだから、当然喋れるわけですよね」

「日常会話程度はこなしていたはずです。幼稚園の頃から、学校とは別に、英会話を勉強していたようですね」

「美咲さんの写真、ありますか？」

「ああ、こちらです」

副校長がファイルを広げ、差し出す。受け取った筒井は、中学校の個人情報表に添付してあった写真を凝視した。一目見て、マイナスの印象を抱く。五年後には大変な美人になっている可能性が高いが、とにかく生意気そうだ。細い卵型の顔、大きな目、引き結んだ薄い唇。こういう証明写真であっても、女の子なら少しは笑みを混ぜこもうとするはずだが、一切なかった。カメラに向かって戦いを挑むような、鋭い視線——「生意気」以外の言葉が出てこない。

「可愛げがないですね」

言ってしまってから、しまった、と思う。副校長も苦笑している。

「まあ、特別に頭のいい子でしたから。小学校時代は、あまり友だちもいなかったようです」

「浮いてたんですか？」あるいは苛《いじ》められていたとか。それが嫌で、日本を飛び出そうと考えるのも不自然ではない——十分な能力と金があれば、だが。

金、か。筒井の頭に、また疑問が浮かんだ。娘をアメリカに留学させるのに、どれだけの金が必要だろう。国内で、私立の学校に通わせる費用の比ではないはずだ。さらに真新しい家。一介のサラリーマンが負担しきれる額なのだろうか。

「我が校には、苛めはありませんよ」筒井の考えを読んだように、副校長が小声で素早く言った。

「じゃあ、よりレベルの高いところで勉強したいというのは、本当だったんですね」

「私が言うのも何ですが」副校長が中指で眼鏡を押し上げた。「日本の教育は、幅広く、そこそこ優秀な生徒を多く育てるのには適しています。ただ、特定の能力に秀でた生徒の力を、極限まで伸ばしてやるにはどうか、と」

「アメリカなら、飛び級もありますよね」

「そういうことです。とにかく彼女は、同年代の子どもたちとは頭の構造が違うんでしょう」苦笑しながら副校長が言った。「教育者としてこういうことを認めるのは悔しくもありますが、彼女のようなタイプは、アメリカの教育システムの中での方が、伸びるかもしれませんね」

「でも、中学一年生ぐらいで、そこまで考えて留学するものですか？」

「親御さんの考えもあるとは思いますが……私は直接お会いしていないので、何とも言えませんね」

担任に会う——先ほど頭の中でメモしたことを思い出したが、その前に、肝心のことを確認しておかなければならない。

「向こうの学校、教えて下さい。とにかく早く連絡を取らなくてはいけないんです」

「カリフォルニアです。ロサンゼルスの郊外にある、セント・マリーズスクール。中高一貫で、留学生も多く受け入れているようです」

「連絡先は分かりますか？　携帯電話の番号とか……」

「残念ながら、それは控えていません。向こうで新しい携帯を手に入れたはずですよ。日本の携帯も向こうでそのまま使えますけど、それではお金がかかって仕方がないでしょう」

「学校の方はどうですか」

副校長はすぐに、セント・マリーズスクールの番号を教えてくれたが、自分で電話するのは無理だな、と思う。英語が喋れないのだから、学校側に複雑な事情を説明して、呼び出してもらうわけにはいかないだろう。もちろん、英語が喋れる人間は警視庁の中にはいくらでもいるだろうが……できれば彼女の携帯の番号を知りたい。直接話をしたいのだ。

「あと、申し訳ないんですが、やはり担任の先生に会わせて下さい。父親――一柳さんに会っているんですよね」

「ええ」副校長が渋面《じゅうめん》をつくった。

「事が事なんです。一柳さんに関する情報が少ないんですよ。会ったことがある人には、話を聴いておきたいんです」

「分かりました」副校長が重い腰を上げた。「しばらくお待ちいただけますか？　こちらに呼びますので」

「結構です」携帯電話を取り出し、振ってみせる。「ここで電話してもいいですね？」

「いいですよ」うなずき、副校長が応接室を出て行った。

空いた時間を利用して、筒井は本間に連絡を入れ、これまで分かった事情を説明した。本間の指示は、「そのまま担任に話を聴け」だった。「できれば同級生も摑まえろ」と。

一人でそこまでやらなければならないとなると、大変だ。だが今は、話が一歩進んだせいで、気力が充実している。いつまででも粘るつもりだった。

五分ほどして、副校長が戻って来た。若い——筒井と同年代に見える女性を連れている。うつむき加減で部屋に入ると、深くお辞儀をして、筒井の向かいに腰を下ろす。話しにくいポジションだが、座り直すのも面倒だ……筒井はソファに浅く腰かけ直し、少しだけ身を乗り出した。

「一柳美咲さんのことについてお伺いします」

「はい」予想していた通り、蚊《か》の鳴くような声だった。

「最初、どんな風に留学の話を切り出してきたんですか」

「向こうで自分の力を試したい、と」

「その時、もうどこの学校に行くかは決まっていたんですか」副校長に聴いた話を繰り返す。

「はい」

ということは、学校側を無視して話を進めていたわけだ。最初に留学ありきで、学校への報告は後回し。それで何となく、日本の中学校に対する美咲の思いが理解できたように思えた。何かコネでもあるならともかく、普通は、まず学校側に相談してから留学を決めるのではないか。もしかしたら美咲は、留学先にコネを持っていたのかもしれないが。実は、親戚が近くに住んでいるとか。

「かなり意志は固い様子でしたか？」

「そうですね。もう決めて、事後報告みたいな感じでしたから」

「それは問題ないんですか」筒井は副校長に訊ねた。

「どこで学ぶかは、個人の自由に任されていますからね」副校長は、やはり渋い表情だった。学校が捨てられた、と思っているのかもしれない。

「義務教育的には……」

「それを言ったら、ご両親が仕事で海外に住んでいる子どもさんはどうなります？」

副校長の挑発的な言い方にむっとしたが、筒井はうなずいて言葉を呑みこんだ。何も言わないよりは、反発であっても言葉が行き交った方がいい。それに副校長の言うことは正しい。気を取り直して、担任に質問を続けた。

「留学すると話した時、どんな様子でしたか？」

「淡々と」

「普通、喜ぶとか、不安そうになるとか、そんな感じになるんじゃないですか」生意気そうな美咲の顔を思い浮かべる。クールな風を装っていたのかもしれない。

「私は、他に教え子が留学した経験がないから分かりません」担任がむっとして切り返した。「美咲さんが初めてです」

「それにしても、中学生が一人で留学、ですよね？　感情的にも乱れるものじゃないですか」

「淡々としていました」担任が繰り返した。

「父親の方はどうだったんですか？　一柳さんともお会いになったんですよね」

「こちらへ来てもらいました。さすがに一人で留学となると、親御さんにも真意を確かめたいと思って……でも、やっぱり淡々としていました。娘には最高の環境を用意したいから、ということで、それにはアメリカじゃないと駄目なんだって、繰り返し言ってました」

ある意味天明学院に対する侮辱《ぶじょく》だが、彼女はそれを受け入れたようだ。美咲が日本にいないことが、その証明である。

「留学は美咲さんの希望なんですか？　それとも一柳さんが計画したことなんでしょうか」

「それは分かりません。美咲さんは、十三歳にしてはしっかりしていた……し過ぎていた子ですから、自分で全部計画したのかもしれませんけど」

「そんなこと、できるんですかね」筒井は首を傾げた。自分が十三歳だった時のことを思い出すと、不可能に思える。あの頃、自分の周囲五メートル以外に、何が見えていただろう……。

「今は、ネットで情報が簡単に取れる世界ですから。学校にも、自分で直接メールで問い合わせをした、と言ってましたよ」

美咲が希望して一柳が後押ししたのか。あるいは一柳が美咲を誘導したのか。本当のことは、美咲本人に聴いてみないと分からない。

「親子の仲はどうでしたか？」

担任と副校長が顔を見合わせた。副校長がうなずきかけたが、担任はまだ戸惑っている様子だった。個人的な印象について話していいものかどうか、迷っているに違いない。

「はっきりした情報じゃなくていいんです。どんな風に見えたか、印象で十分ですから」

「よく分かりません。他人行儀な感じもしましたけど、あの年代の女子だったら、父親とは距離を置きたがるものだし、お母さんが亡くなって二年経っていたとはいえ、親子関係を構築し直すのも大変だったと思いますよ。一人欠けると、まったく新しい家族を作らなければならなくなりますから」

「そうですね」複雑な家庭事情なのは間違いない。

「とにかく、私たちに話した時には、もう行くことは決まっていた様子でした」

「それが一年前ですね」筒井は念押しをした。

「ええ。向こうの学校の新学期に合わせられるように渡米したようです」

「その後、連絡はないんですか」

「ない、ですね」担任の声が少しだけ小さくなった。

「一度も？」

「ないです。私には」

「先生だけでなく、友だちにはどうなんですか？　中学生ぐらいだと、先生や親よりも友だちを頼りにするでしょう？」

「ない、と思います」

「何だか、日本を捨てて行ったみたいですね」

重苦しい沈黙が応接室に満ちた。おそらく教師たちも、美咲の決断に対しては、対応しきれなかったのではないか、と思う。考えてみれば無茶な話だ。両親の仕事の関係などで海外の学校で学ぶなら、話は分かる。しかし自らの意思で、たった一人で海を渡るなど、無謀《むぼう》と紙一重ではないか。

そして父親は殺された。

筒井は首を振った。美咲が留学したことと、一柳が殺されたことには関係はないだろうが、美咲の身に降りかかった変化の幅を考えると、目がくらむ思いがする。わずか数年のうちに両親を亡くし、しかもまだ、父親が死んだ事実を知らない……。

「昔のクラスメートに話を聴いてくれませんか？　誰か、美咲さんの携帯電話の番号を知っているかもしれません」

「そう、ですね」担任の言葉は歯切れが悪かった。「もしかしたら、分からないかもしれません」

「孤立していたとか？」

「孤立を望んでいた、かもしれません。美咲さんは、日本の学校では居場所がなかったのかも」

「どういうことです？」

「一人だけレベルが違っていたら……私たちがこういうことを言うのは何ですけど、日本の学校は、異質な物を拒絶しがちです」

「要するに、頭が良過ぎた、ということですよね」

「ええ……」

美咲が何を考えていたかは想像するしかないが、今考えても仕方がないことだ。会うまでは……だが、実際に美咲と顔を合わせるまでには、まだ時間がかかりそうな予感がする。

セント・マリーズスクールには連絡がつかなかった。時差の関係もあるのだろう。日本の夜は、向こうの明け方。全寮制だというが、寮の方の電話番号は把握できなかった。連絡がつくのは時間の問題だろうが、できれば学校を通すのではなく、直接美咲の携帯電話の番号を知りたい。その調査は学校側に任せてきたが、教師たちはどうにも頼りない様子で、当てになりそうになかった。

「連絡がつかないんじゃ、どうしようもないな」本間が渋い表情を浮かべた。

「ええ。何とか、今夜中には連絡したいんですけど」

「天明学院には、携帯の番号を探るように頼んでるんだな？」

「はい。でも、変な感じですね」

「何が」本間が目を見開いた。

「父親の携帯に娘の電話番号が入っていないというのも……ちょっと考えられません」

パソコンでメールはしていたかもしれないが、父親の自宅のパソコンにはログインできていない。会社のパソコンは私用禁止ということで、今のところ、娘のメールアドレスは割れていなかった。もっとも、こんな情報をメールで知らせるわけにもいかない。

「どういうつもりか知らないが、ない物はないんだから仕方がない。まあ、居場所が分かったんだから、焦ることはないだろう……今夜の捜査会議で、この件はきちんと報告しろ。よくやったな」

「分かりました」褒め言葉を苦笑して受け流しながら、筒井は頭を下げた。そもそも、学校を割り出したのは他の人間で、自分がやった仕事は、さしたる労力を要するものではなかった。褒められても白けるだけだ。

捜査会議は午後九時から。まだ時間があるので、筒井は夕食を取りに外へ出た。それほどゆっくりしている暇はないから、明治通りを渡って署の向かいにある牛丼屋で済ませる。いつもの侘《わび》しい夕食だが、気持ちは萎《しぼ》まない。我ながら不思議だった。捜査はあまり進展せず、肝心の美咲を摑まえられないのに……自分は歯車に過ぎないと分かっているし、変に気を遣ってもらうのは不快だったが、事件の只中にいる高揚感《こうようかん》は何物にも替え難い。

取り敢えず腹が満たされたところで署に戻り、捜査会議に出席する。全体的に、まだ疲労感よりもやる気が勝っていた。筒井は自分の報告をそつなくこなし、明日以降も美咲との連絡担当を務めるように、と本庁の捜査一課長から直々《じきじき》に指示を受けた。俺でいいのか？　これもご機嫌取り——結果的にこちらの希望が受け入れられたのだから——かと、なんだか少し白けた気持ちになりながら、筒井は明日以降の手順を考え始めていた。

会議が終わったところで、長沢から「ちょっと」と呼び止められた。廊下の隅に引っ張っていかれ、「大丈夫なんだな？」と念を押される。

「何がですか？」

「娘の件、俺がプッシュしておいたからさ」嬉しそうな表情だった。

「そうなんですか？」筒井は反射的に頭を下げた。ご機嫌取りかもしれないが、自分を助けてくれたのは間違いないのだから。「ありがとうございます」

「いや、それはいいんだけど、この後が大変だぞ」

「分かってます」

「遺族の扱いは、警察の仕事の中でも一番難しいからな」

「でも、早めに慣れておいた方がいいですよね」

「よくそこまで前向きになれるな」長沢が溜息をつく。あまり年も変わらないのに、彼の磨《す》り減《へ》りぶりが想像できる溜息だった。

「何とかします」

「ま、無理しないようにな。向こうが動転して手に負えないようだったら、女に任せるのも手だぞ。難しい年頃の扱いに慣れている、少年課の連中とか」

「自分たちの仕事ですから、自分でやりますよ」

「まあ、お前がそう言うなら、頑張ってもらうしかないな」

「大丈夫です……すみません」携帯電話が震え出したので、慌てて頭を下げる。

　副校長からだった。美咲の携帯電話の電話番号が割れた。これで、今晩中に連絡が取れるかもしれない……再び気合いが入り直すのを感じ、筒井は拳をきつく握り締めた。

7

「かなり確度の高い情報だぞ」高野が島に言い聞かせるように言ってうなずいた。

「筋も通っているな」島もうなずき返す。こいつらの捜査とはこういうものか、と理解できるようになっていた。まず、小さな手がかりから全体像を推測し、それに合わせて情報を集める。フレームアップになりかねないが、今回はこのやり方が正しい、と認めざるを得ない。もちろん、まだ埋まっていないポイントはあるが、それはいずれ詰められるのではないだろうか——捜査を続けられれば、だが。

問題は、全体をどう処理するか、だ。殺人事件の犯人には辿り着けるかもしれないが、そこから先、どう進めていくべきか、今の段階ではまったく分からない。それは島だけでなく高野も同じようで、手元にある情報と推理を披露した後は、黙りこんでしまった。

その沈黙を破るように、高野の携帯電話が鳴る。彼は「ああ」とか「そうか」とか短い相槌を打つだけで、相手の話に耳を傾けている。電話を切ると、小さく溜息をついてから言った。

「今、情報が入ってきた。一つ、悪い話がある」

　それで島は合点がいった。

「誰がそんなことをする？」

　高野が親指を横に倒して見せた。必ずしも正しい方向を向いていたわけではないが、そ
れで島は合点がいった。

「隣、か」警察庁。

「他に誰がいる？　うちに命令できるのは隣だけだ」

「その隣に、さらに命令している奴らがいるだろう。あるいは懇願《こんがん》。それとも脅し」

「霞ヶ関《かすみせき》。あるいは永田町《ながたちょう》だな」高野が鼻で笑った。

「冗談じゃない」島はテーブルを叩いた。こんな状況は予想されたことであり、我ながら芝居がかった仕草だと思ったが、怒りは本物である。「あんたら、それでいいのか」

「命令は命令だ。下が一々逆らっていたら、公務員の組織は機能しない。それにこれは、予想してたことだからな」

「本当にそれでいいのか」島は念押しした。

「いいも悪いも、仕方がない」

　その言い方に、島は高野の無念を感じ取った。この男とて、歯車の一つでいたくはない、と思っているだろう。高度な官僚組織の中核にいるのだから、ある程度は先も読めている

はずだ。何か、上手くすり抜ける手段も考えているかもしれない。

　だが、それより先に、自分の身の上を案ずるだろう。保身──同じキャリア官僚である島も同様だ。上の命令に背いて行動すれば、必ずしっぺ返しがくる。それは明日でも一週間後でもなく、何年もしてからかもしれない。忘れた頃に、とんでもない人事の発令という形で人生がひっくり返るのは、よくある話だ。

「誰か、本音でかけ合える人間はいないのか？」島は少しだけ焦りを感じながら訊ねた。

「いないことはない」

「だったらそこへ働きかけて──」

「無理だ。どこかで必ず止められる」高野が肩をすくめた。「隣のトップとか……駄目だな。霞ヶ関や永田町の指示を無視はできないだろう」

「トップにいる人間は、もう失うものがないんだぜ」天下りを考えなければ、だが。「多少無理しても……」

「そんな簡単なものじゃない」高野が首を振った。「それぐらい、政治に疎《うと》そうなあんたでも分かるだろう」

　島は唇を引き結んだ。隣──警察庁のトップである現長官は、任期があと一年ほどである。天下り先も決まっているはずだが、それは警察の枠内での話なので、他の省庁から横やりが入ることはない。自身の身の上を案ずることはないのだが、後輩の立場は考えるだろう。無理をすれば、必ず誰かにしわ寄せがいく。後輩——要するに島たちだ——の将来を考えて、余計なことはしないように、と身を引いてしまうかもしれない。

だが、ことは殺しなのだ。自分たちの身の上を考えるより、今目の前にある事件を解決しないでどうする。

「気持ちは分かるがね」高野が同情するように言った。「暴走は駄目だ。誰のためにもならない。現場の人間を混乱させるだけだ」

「分かってる」島は拳を固め、テーブルに打ち下ろした。鈍い音が、二人しかいない会議室に響き、空しさを増幅させる。

「被害者の娘と連絡が取れそうなんだな」

「ああ」高野の言いたいことがすぐに分かり、島は顔を上げた。「おっつけ、日本に戻って来ると思う」

「そこから先が心配だ」

「何かあると思ってるのか」

高野がかすかにうなずく。

「そう思ってるなら、先手を取って対策を取るべきだ」島は気色ばんで詰め寄った。

「俺の想像に過ぎない——たぶん、あんたが考えているのと同じようなことだが」

「アメリカにいてもらう方がいいんじゃないか？　その方が安全だろう」

「捜査のためには必要なんだろう？」高野が呆れたように言った。

「だとしても、みすみす……」

「何が起きるかは、まだ分からない」高野が語調を強めて、島の言葉を遮った。

「何か起きてから、責任を――」

島は言葉を呑みこんだ。大抵の官僚は、本当に進退問題に直結するような「責任」に直面しないまま、キャリアを終える。だから、こうやっていかにも決意を固めて喋っているようでも、上滑りしている感は否めない。言うだけなら只《ただ》なのだ。

「そう、責任を取るのが俺たちの仕事だ」意外にも高野が同意した。「上に謝るのと、下の連中に頭を下げるのと、どっちがきついかな」

「それは、下に――」

「そうだな」即座に高野がうなずいた。「上に謝る方がずっと簡単だ。謝れば、俺たちの将来は傷つかないかもしれない。だけど、そうやって上に上り詰めた時にどうなる？　下の連中は、自分たちが見殺しにされたことを忘れないだろう。下手すると、面従背反《めんじゅうはいはん》の部下が何万人も生じるわけだ。俺は、そういう状況には耐えられそうにないね」

「あんた、トップまで行く――ちょっと待て」携帯電話が鳴り出した。本当は自席を外している余裕などないのだ。「はい、島」

「竹内《たけうち》です」刑事総務課の管理官だった。「今日の視察予定ですが」

「ああ、キャンセル」練馬《ねりま》の特捜本部に顔を出す予定だった。

「それは困ります」

「こちらは緊急なんですよ」

「いったい何なんですか。席にいらっしゃらないと、書類も滞《とどこお》るんですがね」竹内の声に皮肉と怒りが混じる。

「それはまだ、申し上げられない。とにかく、視察よりも大事なことなんです」

「そんなことが――」

「すみません、急ぐから、切りますよ」終話ボタンを押して、溜息をつく。

「お互い、忙しいことだな」高野が皮肉に言った。

雑用でな、と島は皮肉に思う。部のナンバーツーである参事官の許には、多くの書類が集まる。その処理をしているだけで一日が終わってしまうほどだが、時には現場の特捜本部に顔を出し、督励《とくれい》するのも仕事だ。公安部で同じポジションにいる高野の仕事は、詳しく知らなかったが。

島は座り直し、背筋を伸ばして訊ねた。

「これまで、事件の全体像のどれぐらいが分かってるんだ?」

「八割……九割だな」

「だったら、十割まで押し進めよう。全て分かっていないと、喧嘩ができない。一課にも全面協力させる」

「そいつは前代未聞だな」高野の唇が皮肉に歪んだ。「オウムの時でさえ、協力関係は完全じゃなかった」

「最初に協力してくれって言ったのは、あんただぜ？　それに失敗を繰り返せば、少しは利口になるさ。自分たちを守るためにも、絶対に全てを知っていないと困る。警視庁捜査一課の能力の高さを見せてやるよ」

「あんたが直接捜査するわけじゃないだろうに」

「気持ちは、連中と一緒だ」島は胸を叩いた。「魂《たましい》に、差はないんだよ」

我ながら嘘臭い台詞だと思った。

8

筒井は、緊張して予定より一時間も早く目覚めてしまった。美咲に直接知らせてショックを与えるよりはと、昨夜《ゆうべ》遅く、まずセント・マリーズスクールに連絡を入れたのだが、どういうわけか美咲には取り次いでもらえなかった。電話してくれた捜査共助課の職員も事情がよく分からない様子で、「生徒には電話を取り次がない方針らしい」と首を捻っていた。緊急時にはどうするのだろう。全員が携帯電話を持っているわけでもあるまいに……筒井も疑問に思ったが、つながらないものは仕方がない。向こうの時間で午後、授業が終わる頃のタイミングを待って、直接美咲の携帯に電話をかけることにした。

雑魚寝《ざこね》していた署の道場を抜け出し、冷水で顔を洗って意識をはっきりさせてから、新しいシャツに着替える。ひんやりとした生地の感触が、気合いを新たにした。どこで電話するか……できるだけ、人気《ひとけ》のない場所がいい。まごまご話しているうちに、先輩に電話を取り上げられるようなことは避けたかった。

結局、人気を避けて一階の駐車場に出る。この時間だと緊急出動の可能性も低いだろうし、中庭のようになっているので、騒音からシャットアウトされているのだ。

六時半。空腹に苛《さいな》まれながら、筒井は電話を取り上げた。電話番号は既に頭の中に入っていたが、念のためにメモを見返して番号をプッシュし始める。電話を耳に当てた時、手がかすかに震えるのに気づいた。しっかりしろよ。自分から進んで引き受けた仕事じゃないか。

国際電話特有の間延びした呼び出し音を聞いているうちに、さらに緊張が高まってきた。だが、それがピークに達する前に、相手が電話に出た。想像していた通りの声だ、と筒井は不思議に思った。美咲の顔写真を見てまず考えたのは、「生意気そうな子だ」ということ。電話の声も、その印象通りだった。張りがあり、どこかこちらを見下すような声色。

十四歳にしては堂々としている。

「もしもし?」

「突然電話してすみません。東京の、警視庁渋谷中央署の筒井と申します」

「はい?」

事態が呑みこめていないようだ。いくら頭がよくても子どもだし、こうなるのが当然だな、と思いながら自己紹介を繰り返す。今度は無言。話を停滞させるわけにはいかず、一つ深呼吸してから進める。

「実は、あなたのお父さんのことで、お知らせしなければならないことがあります」

「はい」

緊張した様子はない。そもそも、父親に興味がないような調子でもあった。まだ何も言っていないのに。

「今、近くに誰かいますか?」

「何ですか、いったい」

不快そうな口調だった。こっちは心配して言っているのに、と筒井はむっとしたが、怒りを押し殺してもう一度訊ねる。

「学校にいるんですよね? 近くに誰かいますか」

「いますよ、友だちが」

「それならいいです」一人でいる時にこんな話を聞いて、失神でもされたら困る。「申し上げにくいことですが、お父さんが殺されました」

「それは――」ひゅっと息を呑む音が聞こえた。

「ご自宅で、何者かに襲われたんです」

「マンションで？」

「いえ、一戸建ての」筒井はかすかな違和感を覚えた。マンション、というのは、以前住んでいた家だろう。この子は、父親が引っ越したことも知らないのか？

「ああ、そうでした」

急に声が落ち着きを取り戻した。突然のことで、記憶が混乱していたのかもしれない。

それなら十四歳らしいな、と一安心した。

「残念なことでした。今、全力で捜査しています」

「はい」

「それで、こちらに戻れますか？」

「すぐ、ですか？」

「もちろん。お父さんが亡くなられたんですから。親戚の方もいないんですよね？　あなたが唯一の肉親なんですよ」会社側が、病死した一柳の妻の家族に連絡を取ってくれたが、向こうは葬儀に出席することさえ難色を示している。どうも、一柳との関係は良好ではなかったようだ。孫である美咲が、窮地に陥《おちい》っているというのに……。

「まあ、そうなりますけど」他人事のように醒《さ》めた口調だった。

「できるだけ早い便で、日本に戻って下さい」筒井は、つい強い口調で言った。「お話を伺いたいこともありますし、葬儀の準備もあります」

「それ、私がやるんですか」

「あなたは肉親なんですよ？」

沈黙。何千キロも離れた海の向こうで、美咲が不機嫌に眉をひそめて黙りこむ様を、筒井は想像した。こういう顔つき、喋り方をする少女には、笑顔よりも不機嫌な表情の方が似合う……何を馬鹿なことを。あの年代の子は、だいたい不機嫌にしているものではないか。

「分かりました」

「飛行機のチケットは、こちらで手配することもできます」

「大丈夫です。自分でできます」

本当に、という質問を呑みこむ。強がっているだけではないか？　人間は、ショックが大き過ぎると、こういうぶっきらぼうな反応を示すことがある。

「こちらに任せてもらってもいいんですよ」

「いいです……でも、すぐには戻れないかもしれません。チケットはキャンセル待ちになるだろうし」

「それは、できる限り早く、で構いません」

「あの、お葬式するんですよね」

「それは……そうですね」

「会社の方でやってくれないでしょうか」

「あなたがそういう風に望むなら。でも、最後のお別れをしないといけないでしょう」

「別にどうでもいいです」

どうでもいい、はないだろう。筒井は思わず怒鳴りたくなったが、相手はたった一人の遺族なのだ、と思い直す。

「あなたの希望として、今の件は会社に伝えます。いつ戻って来るのか、分かったらすぐに連絡してもらえますか——いや、こちらから電話します」

「別に、いいですよ。こっちからかけますから」

「いや、こちらからかけます」十四歳の少女を相手に少しむきになっているな、と思いながら筒井は言った。「いつでも電話に出られるようにしておいて下さい」

「あの」遠慮がちに美咲が切り出した。「父は、どんな風に殺されたんですか?」

「自宅で襲われたんです」

「強盗ですか?」

「盗まれた物はないようです」

「そうですか……」

「何か、思い当たる節でも？」

「ないです」即座に断言した。「ずっと会ってないですから、何も分かりません」

「分かりました。話は、日本に戻ってからゆっくり聞かせて下さい」

電話を切って、筒井は全身に汗をかいているのに気づいた。遺族に近親者の死を知らせる。重い任務だったのは間違いないが、それより何より、美咲という少女とのやり取りが、精神的にこたえた。

彼女は、どうして悲しんでいない？　取り乱さないのは何故だ？

変わり者の娘は、やはり変わり者なのだろうか。


妙に人が少ないな、と筒井は訝った。事件発生から四日目、美咲に連絡がついた翌日の朝の捜査会議に出席している人数は、昨日の半分ほどだ。すぐに、捜査一課の連中がほとんどいない、と気づく。

「何かあったんですか？」隣に座る長沢に訊ねる。

「さあ」長沢も首を捻る一方だった。

開始時間になり、捜査一課長が入ってくる。管理官も連れておらず、一人。今までにないことだった。何か異変が起きている——筒井は緊張で背筋をぴんと伸ばした。

「今日はまず、重大な連絡事項がある。ここで出た話は、全て他言無用でお願いしたい」

一課長が緊張した面持ちで告げる。

「何ですか？」小声で長沢に訊ねると、「黙って聞いてろ」と切り返された。長沢も硬い表情で、壇上に立つ一課長を凝視している。

「昨日、追跡捜査係の方から重要な情報がもたらされた。梶山《かじやま》班が一年前に担当した事件について、極めて重大な瑕疵《かし》が発見された」

梶山係長が率いる班は、この特捜本部の主戦力だった。事件が解決するまで居座るのが普通なのに……筒井は、「瑕疵」という言葉にも引っかかった。捜査で、こんな言葉はあまり使わない。「失敗」か「ミス」だ。

「このため、梶山班は、急遽この事件の再捜査に当たることになった。こちらの特捜本部からは引き上げる。なお、現在他の班も全て、他の特捜に入っており、捜査一課からの応援はなくなる。今後は渋谷中央署、並びに機動捜査隊を軸に、近隣の所轄からの応援を得て、特捜本部の体制を立て直す」

筒井は慌てて立ち上がりかけたが、長沢がスーツの袖を強く引いたので、バランスを崩して椅子に崩れ落ちてしまう。一課長が、こちらを鋭く睨むのが見えた。動揺したのは自分だけでなく、室内には珍しくざわついた雰囲気が流れた。「上司が喋っている時は口を閉じておく」は、警察官になって最初に叩きこまれることなのに。

「以上、今後の捜査指揮は、渋谷中央署の本間刑事課長が主に行う。もちろん、必要な時は一課からも指示を与える。以上」

一礼もせず、さっさと部屋を出て行ってしまう。嵐のようなその態度に、残された刑事たちは呆気《あっけ》にとられて質問を発することもできなかった。数秒後、一斉にざわめきが広がり始める。

「何なんですか、いったい」

「俺に聞くなよ」長沢も呆気に取られていた。「とにかく、尋常じゃないぞ」

「瑕疵って、どういうことなんですか」

「要するに、何かミスがあったんだろう。自分の尻拭いは自分でしろってことだよ。しかし、追跡捜査係も余計なことを……」

追跡捜査係は、一課の中にあって異質の存在だ。暗礁《あんしょう》に乗り上げて長期化した捜査を一から見直し、新しい視点から光を当てる。それで解決した事件も少なくないのだが、他の係からは蛇蝎《だかつ》のごとく嫌われている。要するに、粗探《あらさが》しが仕事なのだから。誰だって、自分のミスを指摘されたらいい気分はしない。

「一年前の事件って、何でしょう」

「梶山さんのところだと、板橋《いたばし》の資産家夫婦が殺された強盗殺人じゃないかな」

その事件なら記憶にある。確か犯人はすぐに逮捕され、現在公判が進んでいるはずだ。それを今さら引っくり返すというのは、どういうことなのだろう。筒井にはさっぱり見当がつかなかった。

「とにかく異例だけど、こんな風になっちまったらなっちまったで、仕方ない。俺たち兵隊は黙って動くだけだ」

「それはそうですけど……」まだ不平はいくらでも溢れてくるが、壇上に本間が上ったので、口をつぐまざるを得なかった。

本間も緊張した面持ちだったが、筒井には多少怒っているように見えた。

「今、一課長が言われたように、今日から大幅に戦線縮小をせざるを得なくなった。これは一課にとって極めて重要な問題だから、致し方ない」

捜査一課長がいなくなり、ほとんど所轄の刑事ばかりになったせいか、遠慮のない質問が飛んだ。

「重大な瑕疵ってどういうことですか」

「それに関しては、俺は説明を受けていない」ぶっきらぼうに本間が答える。「一課長が今言われた以上のことは、俺には分からない。とにかく、一課の沽券《こけん》にかかわる問題なのは間違いないから、他言無用だ。いらん噂話《うわさばなし》をしたり、情報収集をしたりすることも禁止する。こっちはこっちで、目の前にある事件に集中するんだ」

それはそうだが……筒井は納得できなかった。目の前ではしごを外されたようなものである。思わず立ち上がっていた。

「こんな少ない人数でいいんですか？」

「決まったことだから、仕方ないいんだ。お前が二人分、働けばいいんだよ」本間の冗談に、他の刑事たちが忍び笑いを漏らした。「それより、被害者の娘の帰国は決まったんだな」

「……明日の夜、羽田《はねだ》着の予定です」

「お前が出迎えろ。最後までちゃんと面倒を見るんだぞ。一気に人数が減ったから、しばらく他に人を割《さ》けない。大変だとは思うが、これも勉強だと思って頑張れ」

「分かりました」不承不承うなずき、筒井は腰を下ろした。何がどうなっているのか……美咲を支えてやらなくてはいけないと思う義務感は強いが、今は様々な疑問に潰されそうになっている。だが、この場で質問をぶつけても、答えは返ってこないだろう。おそらく本間自身も、詳細は知らされておらず、怒っているのだ。

「余計なことを考えるなよ」長沢が忠告する。

「余計なことって何ですか？」

「一課の中の情報を嗅《か》ぎ回《まわ》る、とかだ」

「だけど、それでいいんですか？　何か変ですよ。こっちの事件は、今まさに動いているじゃないですか」

「心配するな」長沢が強張《こわば》った笑みを浮かべる。「こういう話は、いつまでも隠しておけない。本当は何があったのか、必ずこっちにも漏れてくるよ」

「ああ」警察という組織は、外に対しては徹底して秘密主義だが、内部では緩い。あることないこと含めて様々な噂話が飛び交うのは、筒井も当直の時に散々経験していた。馬鹿馬鹿しいと思って笑い飛ばしていた話が、後で本当だと分かったことも一度や二度ではない。基本的に、警察官という人種は噂話が大好きなのだ。特に人事問題に関しては。

「まあ、こっちはこっちでやるしかないな」長沢が、どこか諦めたように言った。「一課が入っていない特捜本部は異例だけど、仕事の内容に変わりはないんだから。お前は、中学生の女の子のお守《も》りに全力を尽くせ。自分で言い出したことだからな」

本間と同じ台詞。そこに筒井は、じんわりと皮肉を感じ取った。この人たちも、気を遣うことにいい加減疲れてきたのかもしれない。

9

「本格的に発動したんだな」

「ああ」高野が短く答える。顎に力が入って皺が寄った。

「あんたが読んでいた通りに」

「確かにそうなった――別に嬉しくもないが」

「こういう予想は、当たらない方がありがたいな」

島が首を振ったのを見て、高野がとうとう煙草に火を点けた。

「おい、ここは禁煙――」

「見逃せ」

首を振って、高野が携帯灰皿を取り出す。狭い部屋に、すぐに煙草の煙と臭いが充満した。この部屋も、元々は禁煙ではなかったはずだ。分煙や禁煙が煩《うるさ》く言われるようになったのはここ十五年ほどで、それ以前は、会議の度に部屋が真っ白に染まっていたはずである。島は、なるべく息をしないように苦労しながら話し続けた。

「結局、どういうルートだったんだ？」

「俺たちが想像してた通りだよ。官邸から外務省、そこからお隣さん。局長がうちの刑事部長に圧力をかけてきた」

「官邸は、この事実をどこで知ったんだ？　あんたたちから流れていたんじゃないのか」

「事件の筋を追ってたのは、俺たちだけじゃなかった。特に今回は、外務省も経産省も神経を尖らせて情報収集していたようだな」

「じゃあ、向こうが独自に摑んだ情報を基に、指示してきたんだな」

「そういうことだ。はっきりしたことは分からないが、俺たちと同レベルの情報を持っているると考えた方がいい」高野が思い切り煙を吸いこむ。怒りと焦りを表すように、煙草の先が思い切り赤くなった。

「で、どうする」

「少し様子を見よう」自分を落ち着かせようとするかのように、高野が低い声で言った。「特捜本部には、もう指示が飛んでる。今朝、捜査一課長が話したそうだ」

「その話は聞いた」

「それにしても、よく上手いこと、手を引かせるような材料があったな」警察庁の介入の話は、一線の刑事たちに知らせるわけにはいかない。言い訳が必要だったのだ。

「追跡捜査係の連中は、いつでもネタの一つや二つ、持っている」島は、今まであの係が解決した事件の数々を思い出した。部内では嫌われているが、何かと役に立つ存在なのは間違いない。「現場はだいぶ混乱していたようだが」

「それはそうだろう」高野がうなずき、煙草を携帯灰皿に落としこんだ。「だけど、この段階ではまだ、おおっぴらに話をするわけにはいかない」

「動きがあるぞ。被害者の娘が、明日の夜帰国する」

「それが一つのターニングポイントになるな」高野がうなずいた。「それで向こうがどう出るか……様子を見よう」

「囮《おとり》に使うつもりか？」

「そうなるかどうかも含めて、様子見だ」

「危険だ」島は拳を握りしめた。

「分かってる」高野の声には苛立ちがあった。「こっちだって、これ以上犠牲者が出るのは望まない。できる限りのバックアップをしよう。被害者の娘につくのは、誰だ？」

「筒井という、所轄の刑事だ」

「ベテランか？」

「三十歳。機動捜査隊から所轄の刑事課に上がったばかりだ」

高野が顔をしかめ、ストレスからの逃げ先を、新しい煙草に求めた。

「そんな若い奴に任せていいのか」

「誰がやっても同じだと思う。問題は何もないかもしれないし」嘘だ。筒井には明らかな問題がある。警察を追い出されていてもおかしくなかったのだ。それが刑事として今も勤めているのは、この組織が持つ曖昧さが原因である。

「ああ……」高野が目を瞑《つぶ》った。島の曖昧な言葉を吟味《ぎんみ》しているようだった。「そうだな。あまりにもこちらで準備し過ぎると、誰かを警戒させてしまうかもしれない。一つ、聞かせてくれ」

「何だ？」

「一課長はこっちの味方か？　刑事部長はどうだ」

「味方になってくれると思う。今回の件では、絶対怒ってるはずだ。侮辱されたようなものだからな」

「あんたがそう言うなら、信じよう。こっちも全面的に協力する」

島は何も言わず、うなずくだけにした。事態は急速に悪化しており、協力者はできるだけ多く集めておきたい。だが、過去の例から言って、この男たちを百パーセント信用できるとは思えなかった。

「あんたが俺たちを信じないのは勝手だが」島の心を読んだように、高野が言った。「こっちは、あんたたちを信じることにする。これは、俺たち身内の面子をかけた戦いなんだ」

黙ってうなずき、島は高野の言葉を受け入れた。面子だけで、誰かを危険に陥《おとしい》れることは許されない。だが、誰がどう動くかまったく予想できない現状で何かに頼るとしたら、自分たちの誇りだけなのだ。それを失ったら、走る動機がなくなってしまう。

第2部　帰国

1

眠れない。

ＬＡＸ《ロサンゼルス国際空港》から羽田までの十二時間ほどのフライトは、まだ前半が終わったばかり。太平洋上だが、美咲の体はまだカリフォルニアの時間に合っているので、まったく眠くない。羽田に到着するのは夜遅くなので、絶対に時差ぼけになる。それを避けるためには、少しでも寝ておいた方がいいのだが、目を瞑っていても、まったく眠気は訪れなかった。元々、そんなに眠りが深い方でもないし、眠るぐらいなら本を読んでいる方がましだ、と思っている。

仕方なく毛布から手を突き出し、読書灯を点ける。最悪なのは、本を忘れてしまったことだ。キャンセル待ちでチケットが手に入って、すぐに寮を飛び出してきたから仕方ないけど。映画を見る気にもなれず、当然ゲームなんか……元々映画もゲームも、自分の人生にはほとんど関係ない。映画なんか、生まれてから五本ぐらいしか観ていないはずだし、それも全て、飛行機で移動中の暇潰しだった。誰かが演じる架空《かくう》の人物のドタバタなどに、基本的に興味はない。

本がなくても何か読む物があれば……仕方なく、通販のカタログを手に取る。こういうのを見て何か買う人なんか、いるのだろうか。世の中、無駄なことばかりだと思う。無駄をなくせば、もっとシンプルに、スピーディに生きられるのに。

ぱらぱらとカタログのページをめくりながら、見るともなく商品を見ていく。薄っぺらそうな超軽量スーツケース。何だかインチキ臭い「高級」時計。安っぽい「高級」真珠。フライト用の枕……これは使えるかな？　寮の枕が、どうも合わないのだ。

馬鹿馬鹿しい。

だいたい、どうして私が日本に行かなければならないのだろう。父親の葬儀は、勤務先の研究所が責任を持って執《と》り行《おこな》ってくれることになった。「帰国を待たないでいい」と、警察を通じて伝えてある。だったら私の帰国の意味は……父親を見送るわけでもなく、今さら何ができるでもなく……財産の処理？　どうやればいいかぐらい、調べればすぐに分かるだろうけど、十四歳の自分がそんなことをやっていいのだろうか。たぶん、弁護士に頼むことになるだろう。その費用は……自分が出す？　銀行の口座にある程度の金はあるが、それだけで足りるはずもない。財産を処分した後で清算するのだろうか。

何もかも面倒臭い。適当な嘘をついて、アメリカにいればよかった。鼻梁《びりょう》をつまみ、きつく目を閉じる。数時間後には、否応なく現実に巻きこまれるだろう。財産の処分もそうだけど、その前に警察の事情聴取が待っている。それを考えると、戸惑うしかない——あの人たちの戸惑いが予想できるが故に。

何か聴かれても、答えられない。父親が何をしていたかなんて、まったく知らないのだから。そもそも、父親がどうして自分をアメリカに送り出したのかも分からないぐらいだし。たぶん、厄介な娘を追い出したつもりなんだろうけど、そのことについて父親と語り合うつもりもなかった。話すだけ無駄だし、正直、こっちもせいせいしていた。あんな息が詰まるような暮らし……私の存在が厄介なら、それでも構わない。金さえあれば、生きていけるのだから。

あなたは、親として最低限の役目は果たしました。今までお金をありがとう。何も文句は言いません。

悲しくもないし。

ヘッドフォンを装着し、音楽を流しているチャンネルに合わせる。耳に飛びこんできたのは、ブラック・アイド・ピーズの「ザ・タイム」だった。クソみたいな音楽。学校の友だちにはファンも多いのだが、美咲はまったく好きになれなかった。こんなの、リズムだけだし。音楽はメロディ、コーラス、リズムで成り立つ。これは一つしかないじゃない。世の中、馬鹿ばかり。

もちろん、自分も例外ではない。それほど遠くない将来、自分も世間に埋もれるだろう。天才は、永遠に天才ではいられないのだ。

そして今、自分が大きな転機を迎えていることを、美咲は十分意識していた。家族を失い、世界で一人きり。それでも不思議なほど感情の揺れはなく、冷静だったが……どう考えても、今までと同じというわけにはいかないだろう。

でも、それはそれで仕方がない。頼れるのは自分だけ、というのはこれまでと変わらないのだから。三年前に母親を亡くしてから、そんなことばかり考えている。

2

羽田空港国際線旅客ターミナルは、成田空港に比べればこぢんまりとしている。到着ロビーは狭く、出口も二か所しかない。小さなインフォメーションボードの両側に出口があり、そこが仕切り板で隠されているだけだ。到着した乗客は、仕切り板に沿って左右から中央へ流れて来ざるを得ないので、美咲を見失うことはないだろう、と筒井は思った。一応「一柳美咲様」と書いた紙を持ってきたのだが、こんなものを頭上に翳《かざ》していたら、旅行会社の添乗員である。一人で出て来る十四歳の少女は、美咲だけだと信じたかった。

一年前、中学校に入学した時に撮影された写真は、完全に頭にインプットされている。小学校の高学年から高校にかけては、顔つきも体形も大きく変わる年齢だが、一年ぐらいでは、見間違うほどの変化はないはずだ。

それにしても、人が少ない。鳴り物入りで開港したはずで、しかも深夜の発着の便利さが喧伝《けんでん》されていたはずなのに、到着ロビーはほぼ無人である。午後十時……ロサンゼルスからの便の到着予定時刻は、一時間後だ。壁のインフォメーションボードは、定時到着の予定を告げている。しかし、こんな大事な場面に一人きりというのは……今の自分の立場を象徴しているように思えた。「適当にやらせておけ」という感じだろうか。そして陰では失敗を待つ。

――仕事中だ。余計なことを考えるな。

筒井はひとまず到着出口の前から退き、ロビーのベンチに腰かけた。自分の他には数人ほどがいるだけで、一様にスマートフォンを弄《いじ》っている。周囲をぐるりと見回してから、最初に美咲に何と声をかけるべきか、シミュレーションに没頭した。「ご愁傷様でした」が一番無難なのだが、十四歳の少女にかける言葉として、適当とは思えない。あまりにも硬すぎる。「残念なことでした」「お悔やみ申し上げます」「犯人逮捕に全力を尽くします」。

どれもこの場にそぐわない。

だいたい、電話で話した限りでは、美咲が父の死を悲しんでいるとは思えなかった。他人事のように淡々と……彼女と父親との関係には、何かねじれた事情がありそうだ。そっとしておくべきだろうとも思うが、一方で、知っておく方がいいとも考えられる。今後の捜査に、何らかの影響を与えるかもしれないのだ。

その捜査は、早くも暗礁に乗り上げていたが。

捜査一課が引いたことで、現場の士気はがた落ちになっている。夜、本間に詰め寄る先輩たちの姿を、筒井は何度も見ていた。だがいくら責められても、本間自身も答えは持っていないようだった。長沢は、噂が入ってくるはずだと言っていたが、今のところそれもない。何か大きな渦に巻きこまれ、その中心からどんどん離れて流されてしまっているように感じた。

腕時計を見て立ち上がり、また到着出口の前に向かう。出迎えの人が五人ほど、手持ち無沙汰に立っていた。フライトの遅れはなし。到着してから美咲が吐き出されて来るまで、数十分かかるはずだが、到着の二十分前から、筒井は律儀に立ち続けた。スーツのボタンをきっちりと留め、背筋を伸ばして、美咲が出て来るはずの辺りを凝視する。人がまばらで静かなせいか、立っているだけで眠気が襲ってくる。そういえば、事件発生からずっと、睡眠時間は三時間ほどだ。ここへ来るのに車を転がしてくる間、眠気と戦うのが大変だった。

ふと気づくと、十一時になっている。案内板を見上げると、ロサンゼルスからの便の案内が「到着」に変わっていた。予定時刻ぴったりだったようだ。ネクタイを直し、もう一度スーツのボタンを留め直して肩を上下させる。まだまだ……荷物を受け取って、入国審査が終わるまでは、あと三十分ほどかかるはずだ。ゆっくり構えていないと、神経が持たない。

美咲は真っ先に、左側の出口から出て来た。小さなスーツケースを引き、行き先が既に分かっているように、真っ直ぐ前を見据えて歩いて来る。身長は伸び切ったのだろうか……百六十センチは軽く越え、百六十五センチぐらいありそうだ。長い手足を持て余すように、歩き方がどこかぎこちない。細身のジーンズにスウェットパーカーという、ラフな格好。長いストレートヘアを後ろで一本に縛っているので、すっきりした顎のラインが完全に見えている。少し視線を上げて前方を凝視する目には、意志の強さ――あるいは生意気さが宿っていた。

ロープを迂回《うかい》する時に、スーツケースのバランスが崩れてしまい、美咲が一瞬足を止める。筒井は慌てて彼女に駆け寄った。何と呼ぶかも決めていなかったことに気づき、一瞬口ごもった後に「一柳さん！」と声を張り上げる。美咲が立ち止まり、こちらを怪訝《けげん》そうに見た。筒井は彼女の前で急停止し、体の向きを変えて、正面から対峙した。美咲は目を細め、上から下まで筒井の品定めを始める。中学生には不似合いな所作《しょさ》だ。

「一柳美咲さんですね？」

「あなたは？」美咲が低い声で訊ねる。

「渋谷中央署の筒井です」

「ああ」つまらなそうに言ってうなずく。「電話で」

「迎えに来ました」

「どうも」無愛想の極致。喋ると自分の価値が落ちる、とでも考えているのかもしれない。

ひょこりと頭を下げると、ポニーテールが勢いよく跳ねる。

「この度は……」

「あの、今日はどこへ行くんですか」美咲が筒井の悔やみの言葉をあっさり遮った。「家じゃないですよね」

「違います」

「ホテルかどこかですか？　それとも警察？」

「今日はこのまま、ホテルに行きます。疲れたでしょう？」敬語を使っているのが馬鹿馬鹿しくなってきたが、気楽に話すわけにもいかない。

「別に疲れてません。飛行機に乗ってただけですから」

「時差ぼけは？」

「今のところ、特には」そう言いながら、目を瞬《しばた》く。

「車を用意してあるんで」

「こういう時、電車はないですよね」

一々素っ気なく生意気な言い方が気に障る。憤りを押し殺して、筒井は小型のスーツケースを受け取ろうと手を伸ばした。美咲が素早く、持ち手を後ろに隠してしまう。

「荷物ぐらい、持つけど」

「そんなに重くないです」

一瞬、二人は口を閉ざした。到着ロビーに人が溢れ始め、立ち止まっているだけで邪魔になっている。

「とにかく、駐車場の方へ」

状況に気づいたのか、美咲がうなずき、視線を上へ上げた。筒井に頼る気はないようで、駐車場の案内板を見つけると、さっさと歩き出してしまう。筒井は慌てて後を追った。横に並ぶと、少しでもリラックスさせようと話しかける。

「食事は？」このフロアに、二十四時間営業のカフェがあることは確認している。十四歳を大人しくさせるには、何か食べさせておくのが一番効果的だろう。

「機内食が出ましたから……あれを食事とは呼べませんけどね」美咲が顎を引き、体を少しだけ前傾させて歩調を速める。まるで、誰かに追われているようだった。

「どういう意味？」

「デルタの機内食、最悪なんですよ。食べない方がよかった」

「そうなんだ」一度も海外へ行ったことのない筒井にすれば、機内食に美味《うま》い不味いがあるのが理解できない。「それにしても、出て来るのがずいぶん早かった」

「ビジネスですから。優先的に出られるんです」

美咲がちらりと筒井を見る。そんなことも知らないのか、と言いたげだった。筒井は一つ咳払いをして、「ビジネスなんて、凄いね」と言った。美咲が一瞬立ち止まり、筒井を睨むようにした。

「仕方なく、です」

「仕方なく？」

「別にビジネスを取りたかったわけじゃないですから。キャンセル待ちで、そこしかなかったんです」

「チケットは、どうやって？」

「それは、やり方はいろいろあります」

十四歳の少女と話している気分ではなくなってきた。彼女は自分よりもよほど、世知に長《た》けた感じがする。この件をあまりにも突っこみ過ぎると、また面倒なことになりそうな予感がした。筒井は黙って、彼女の一歩先に出た。取り敢えず、駐車場までは先導しないと……沽券《こけん》にかかわる。

ごく短い動く歩道に乗り、国際線の駐車場に向かう。昼なら、モノレールが見えるはずのロケーションだが、この時間だと暗闇が全てを圧倒していた。駐車場の出入り口で料金を精算し、精算機の上にあるインフォメーションボードを見やる。遅い時間なのに、上りの首都高は渋滞していた。本番はこれからだ。ホテルに、さらに明日の朝、渋谷中央署へ送り届けるまで、自分の仕事は終わらない。……車を利用する人はそれほど多くないようで、駐車場に人気は少なく、ひんやりした空気が流れていた。車を停めたのは、楕円形の駐車場の中央部分、セクションＤの奥の方。外から湿《しめ》った風が吹きこみ、わずかに蒸し暑い。美咲は無言で付いて来る。何となく、後ろから急かされるような気分になり、筒井は足の運びが自然に速くなるのを意識した。

ようやく自分の車まで辿り着いて、ほっとする。覆面パトカーの空きがなかったので、今夜はマイカーだ。五年落ちで手に入れて、もう二年乗っているフェアレディＺ。２シーターのスポーツカーに乗れるのも独身のうちだけと思い切ったのだが、実際にはドライブを楽しむ暇などほとんどなかった。ようやくスーツケースを受け取り、ハッチバックを開いてラゲッジルームに押しこむ。助手席のドアを開けてやると、美咲が辛うじて分かる程度に頭を下げた。長い足が邪魔になり、乗りこむのに一苦労している。ようやく落ち着いたのを見てドアを閉め、運転席に回りこんだ。

エンジンをかけると、エアコンの冷気が肌を撫でた。美咲がすぐに、スウィッチを切る。

「寒いかな？」

「エアコン、嫌いなんです。アメリカはどこも、エアコンが効き過ぎてて。あの国には、省エネなんて考え方、ないですから。エアコンのせいで、たぶんほかの国の人とは別種の生き物になってると思いますよ」

「なるほど」同意も反論もできず、話題を膨《ふく》らませるネタも見つからないまま、筒井はシフトレバーを「D」のポジションに入れた。軽いショックを感じると同時にサイドブレーキをリリースし、アクセルを軽く踏む。乗っているうちに、フェアレディは決してスポーツカーではなく単なる格好だけの車だと分かってきたが、それでも走り出す瞬間は、いつも軽い高揚感を覚える。セダンの覆面パトカーでは決して得られない、運転の楽しみがあるのだ。

首都高が混んでいるので、仕方なく下の道路を使うことにした。環八から産業道路、第一京浜。エアコンを切って蒸し暑くなってきたので、仕方なく窓を開ける。両方の窓を開け、サンルーフも全開にすれば、それなりに風の流れを楽しめるのだが、美咲がそれをどう感じるか分からないので、自分の側だけに止《と》めておいた。右肘をドア枠にのせ、左手一本でハンドルを握る。ちらりと横を見ると、美咲は左手で頬杖《ほおづえ》をつき、ぼうっと前方を見ていた。空港周辺はだだっぴろいだけの土地で、見るべきものなどないはずなのに。

肝心のことを忘れていた、と思い出す。美咲は何の疑いもなく自分についてきた。少し用心が足りないのではないか。

「バッジでも見せた方がよかったかな」

「どうしてですか？」

「俺が本物の刑事かどうか……」

「私を迎えに来る人なんか、他にいませんから」

「そんなこと、ないだろう」彼女の言葉は真実だと分かっていたが、つい反論してしまう。

「別に、気を遣ってもらわなくていいですよ。家族もいないし」

「お母さんの方の家族は？」

「仲悪いんです」

「というと？」

「父と……結婚した時にいろいろあったみたいで。私も全然会ったことがありません。母のお葬式の時だけですね。ずっと昔につき合いはなくなってるんじゃないですか」

美咲の言葉は素っ気なく、感情が読めない。父親の死をどう受け止めているのか、さっぱり分からなかった。それでも、後で母親の方の家族についてはきちんと聴いておこう、と思った。いざという時の連絡先として、「大人」は必要だ。

美咲が座り直し、唐突に「父は、どんな風に殺されたんですか」と訊ねてきた。どこまで説明していいか迷い、筒井は右の拳を口に押し当て、沈黙を守った。しばし考えた末、きちんと話しても大丈夫だろうと判断する。ここまで冷静なのだ、事情を知ったからといって取り乱すとは思えない。

「自宅で、刺されていた」

「そうですか」

「死因は失血死。その……苦しまなかったと思う」

「即死、ですか」

「ほぼ」

沈黙。もう一度横を見ると、美咲はまた頬杖をついていた。街灯の光を浴びて、真っ白なうなじが一瞬浮かび上がる。日焼けしていないな、と筒井は意外に思った。カリフォルニアで暮らしていれば、豊富な陽光を浴びて自然に日焼けしそうなものだが。

「日本に戻って来たのはいつ以来？」

「この前はお正月、でした」

「じゃあ、新しい家だったんだ」

「あそこには行ってません。ホテルに泊まりました」

「どういうことかな？」

「引っ越し準備の最中だったから」

「一つ、聞いていいかな」筒井は、次第に苛立ちが高まるのを感じた。「どうしてそんなに平然としていられるんだろう。肉親が――父親が亡くなったんだよ」

「向こうで、目が潰れるまで泣きました」

嘘だ。最初に電話で話した時から、彼女は淡々としていた。悲しみ、怒るのを抑えていたわけではなく、本当に何とも思っていないような……今も、無理に演技をしているようには見えなかった。

「お葬式に間に合わなかったのは残念だけど」

「別に、いいんです」

「どうして？　家族のことなのに、何でそんなに冷静なのかな」余計なことだと分かっていたが、つい訊ねてしまった。

「それが分かったら、犯人を逮捕できるんですか？」

開きかけた口をゆっくりと閉じる。言い合いになったら勝てそうにない――十四歳の少女に対して、筒井はほとんど白旗を掲げそうになっていた。それにしても、これからどうするか……父親の死を知らせること、帰国するのを出迎えること。ここから先のことは、何も決まっていないのだ。事情聴取はすることになるが、何か出てくるとは思えない。問題はその後だ。両親とも失った彼女は、いずれ自分の身の振り方を決めなければならないが、それは警察が首を突っこめる問題ではない。相談されれば考えるが、こちらから積極的に関与するのは筋が違う。だいたい彼女の方で、拒絶しそうではないか。「自分のことは自分でできます」とか言い出して——思いついた皮肉を、つい口にしてしまう。

「何でも自分でできそうだね」

「普通、そうじゃないですか？」

「十四歳じゃ、そうもいかないはずだ」

「やってみようと思わないからですよ。その気になれば、何でもできます」

「自分の意志で留学するとか？　君が優秀だっていう話は聞いているけど——」

「優秀？」ひどく冷たい声で美咲が聞き返した。「天才、の間違いじゃないんですか」

筒井は口を閉ざした。「天才」を自称する人間に天才はいない。だが、様々な状況を考えると、彼女の言い分は大袈裟《おおげさ》とは思えなくなってくる。

カーナビを見た限り、首都高は依然として数珠《じゅず》つなぎの渋滞になっているようだが、筒井が走っている道路は空いていた。大田区の中心に近づくに連れて混んでくるだろうが、取り敢えず、こちらを選んだのは正解だった。時折信号で引っかかる他は、快適なドライブである。短い直線で、思い切りアクセルを踏みこむこともできた。話すから頭にくるんだ。自分にそう言い聞かせ、とにかく黙って運転に専念することにした。今夜は彼女を休ませ、明日の朝から再スタートである。

信号スタートからの直線で、あっという間にスピードが八十キロに達する。警察官がスピード違反をしたら洒落にならないと思いながら、体が後ろに引っ張られるような加速感に身を委《ゆだ》ねるのは快感だった。道路は滑らかで、硬く締め上げたサスペンションも、無駄に凸凹を拾わない。摩擦係数の高い鏡の上を走っている感じだった。タイヤはしっかりアスファルトを捉え、上下動も振動もほとんどない。エンジンの鼓動を感じられないのが、この車に対する唯一の不満だった。Ｖ６エンジンは極めてスムーズに吹き上がるが、「味」に乏しい。

前方の信号が青から黄色に変わる。筒井はゆっくりブレーキを踏みこみ、減速した。スピードが四十キロまで落ちた瞬間、突然右隣の車線から一台の車が飛びこんでくる。車線変更にしては乱暴で、ほとんどぶつかりそうな距離で鼻先をかすめていった。筒井は深くブレーキを踏み、同時にクラクションを鳴らした。しかし割りこんできた車はそれを無視し、斜めに停車する形で道路を塞《ふさ》いだ。クソ、何考えてるんだ。フェアレディのタイヤが泣き声を上げ、衝突寸前で停止する。もう一度クラクションを鳴らしたが、相手は動こうとしない。これは、警察官として注意しなければ――シフトレバーを乱暴に「Ｐ」に叩きこみ、ドアを開けようとした瞬間、今度は横に車が停まった。

囲まれた？

これではドアを開けられない。どうしたものかと一瞬躊躇《ちゅうちょ》する間に、前の車から飛び出してきた男が一人、フェアレディの助手席側に回りこんできた。乱暴にドアを開こうとするが、ロックがかかっているのでどうしようもない。筒井は、隣の車にぶつかるのは承知の上で、強引にドアを開けて外へ出た。黒いジーンズにトレーナー姿の男が、いきなり殴《なぐ》りかかってくる。大柄で強靭《きょうじん》そうな男だが動きは鈍く、筒井は反射的に腕を上げて大振りなパンチを防いだ。びりびりとした衝撃を感じながら相手の腹に拳を叩きこみ、前のめりになったところを、さらに蹴り上げる——つま先が腹にめりこむような角度で。相手が仰向けに倒れ、サングラスが外れる。切れ長で黒目がち、怒りとこちらに対する蔑視《べっし》を感じさせる、嫌な目つきだった。

慌てて車に戻ると、助手席側に回りこんでいた男が右手を振りかざす。窓を突き破るつもりか——筒井は咄嗟《とっさ》に、シフトレバーを「R」に入れて、思い切りアクセルを踏みこんだ。タイヤが激しい泣き声を上げ、体ががくがくと揺れる。スパナか何かを用意していたようだ。窓を狙った男が空振りし、ボンネットを叩く金属音が響いてきた。筒井は頭に血が上るのを感じたが、まだ冷静だった。クソ、大事に乗ってきた車を傷物にしやがって。この場を脱出する方法を考える。バックミラーを見て、後ろに車がいないのを確認してから、「摑まってろ！」と美咲に向かって叫ぶ。

「どこに！」美咲が叫び返した。確かにこの車には、摑まる場所などない。

筒井は美咲の叫びを無視して、ブレーキを床まで踏みこんだ。フェアレディを囲んだ二台の車からは、二十メートルほど離れている。最初に襲撃してきた男は、こちらを追うべきか、車に戻るべきか迷っているようで、その場で固まっている。チャンスだ。シフトレバーを「Ｄ」に叩きこみ、ハンドルを思い切り回してアクセルを踏みこむ。リアタイヤがアスファルトをしっかり捉えた。低い中央分離帯を強引に乗り越えた時、車がはねて頭を天井にぶつけそうになったが、フェアレディは何とか反対車線に飛び出した。トラックが一台、クラクションを鳴らしながら鼻先を通り過ぎていく。あれに突っこむところだった――冷や汗が背中を流れるのを意識しながら、筒井はアクセルを思い切り踏んだ。スピードメーターの針があっという間に上昇し、トラックを追い越す。百……百二十……エンジンにはまだまだ余裕がある。バックミラーを見ると、二台の車が慌ててＵターンし、追跡を始めるところだった。筒井はトラックの前に飛びこむと、ヘッドライトを消した。

このまま羽田まで逆戻りか……しかし、そこから先、どうやって逃げる？　最寄りの警察署に逃げこむことを考えたが、この近くにはないはずだ。とにかく、都心に戻らなければ。こんな寂しい道路を走っているよりも、都心の方が襲撃をかわしやすくなる。

「舌を嚙《か》むなよ」美咲に指示し、ちらりと横を見る。顔は蒼褪めていたが表情は冷静で、ドア上のグリップを左手でしっかり握っていた。

筒井は少しだけアクセルから力を抜いた。トラックがクラクションとハイビームを浴びせかける。バックミラーが一瞬白く染まったが、無視して、巨大な船を曳航《えいこう》するタグボートのように、トラックと一定の距離を保ち続けた。二台の車は既に迫ってきていて、一台が右側の車線を塞ぐ格好になった。さらに前に出て、筒井の行く手を塞ぐ。もう一台がぴたりと横につき、前後、それに右側を固められた格好になる。だが、それこそが筒井の狙いだった。

「行くぞ！」

美咲に声をかけ、思い切りアクセルを踏みこむ。前の車が急激に迫って来て、「ぶつかる」と意識するより先に、軽いショックが伝わってきた。衝突されて、前の車が尻を振った瞬間、筒井は車のナンバーが隠されているのに気づいた。

一瞬空いた前方の空間に向かって突進し、ほとんどブレーキを踏まずにハンドルを思い切り左に回す。リアタイヤが悲鳴を上げて滑り始めたが、アクセルだけで車をコントロールし、細い道路に飛びこむように左折した。トラックがまた、非難するようにクラクションを浴びせてくる。

心臓が激しく胸郭を打った。上手く逃げ切ったはずだが……筒井はアクセルを緩めず、ひたすら走り続けた。この道がどこへ行くか分からないし、カーナビを見ている余裕もなかったが、とにかく、今は前へ。

バックミラーを見ると、追跡してくる車の姿はなかった。一安心して、巡航速度——それでも八十キロだ——に戻す。

「ここは、歓声でも上げるところですか？」美咲が皮肉っぽく訊ねる。

「いいから、黙っててくれ」筒井は苛立ちを押し潰しながら言った。

いったい何が起きたんだ？　単に被害者の娘を迎えに来ただけなのに、どうしてこんな目に遭《あ》う？

3

その後は、妨害には遭わなかった。だがなかなか動揺が収まらず、本間に連絡しなければならないと気づいたのは、都心部に入ってからだった。携帯を……ない。「クソ」とつぶやき、ハンドルに拳を叩きつけた。先ほどの格闘の際に落としてしまったらしい。ベルトホルダーを買わなければいけないと、ずっと思っていたのに。

どこかに車を停めて公衆電話を使うか。しかし、停まるのは危険だし、今は公衆電話も簡単には見つからない。美咲の携帯を借りよう。

「携帯、貸してくれないか？」

「持ってません」

「携帯は命綱じゃないか」

「急いでたんですよ？　忘れました。だいたい、携帯、携帯って騒いでるのなんか、日本人だけでしょう」

アメリカに移住した日本人によくあるタイプか、と筒井は皮肉に思った。何かと日本を馬鹿にし、アメリカ至上主義に陥りがち。そうすることで、自分を異国に溶けこませようとしているのかもしれないが。

「取り敢えず、ホテルまで送るから」自分に言い聞かせるように言った。電話をかけるのは、部屋に落ち着いてからでいいだろう。とにかく、応援が必要だ。「ところで、何か心当たりは？」

「まさか」美咲が即座に否定した。「何で私が襲われなくちゃいけないんですか」

「事件の関係とか？」

「私は何も関係ありません」

それはそうだ、と思い直す。彼女はまだ十四歳である。一柳の事件とは、まったく関係ないと考えた方がいいだろう。そもそも、離れて暮らしていたのだし。

とすると、問題は俺の方にあるかもしれない。警察官になってから今まで、誰の恨みも買わずにいたとは思わない。逮捕した奴が、逆恨《さかうら》みしていることも考えられる。だがそれにしては、襲撃は大袈裟過ぎなかったか。二台の車、複数の襲撃犯……こちらを恨む人間に心当たりはないでもなかったが、やり過ぎの感は否めない。

「怪我《けが》はないね？」

「今さら何ですか」美咲が鼻を鳴らす。「その台詞、二十分ぐらい遅いですよ」

「しょうがないだろう、こっちも焦ってたんだから」

せめて無線があれば、と思った。覆面パトなら、いつでも連絡が取れたのに。

「こんなものですか?」

「何が」

「日本の警察って」

反論しにくい突っこみである。筒井は無言で、拳を顎に押し当てた。危険に晒《さら》された上に、十四歳の女の子に責められては、平静な状態ではいられない。ちらりと横を見ると、美咲は両手を揃えて腿に挟みこみ、背中を丸めていた。欠伸《あくび》を我慢しているのだろう。気が強いというか、肝が太いというか……先ほどの襲撃のショックを、自分ほどひどく受けていないのは明らかだった。度胸があるのか鈍いのか。かすかな悔しさを味わいながら、筒井はアクセルを踏む右足に力を入れた。


ホテルにチェックインする時、筒井は美咲の隣の部屋が空いていることを確かめ、自分もそこに泊まることにした。もしかしたらこのホテルも危険かもしれない。宿泊場所を変えることも考えなければならないが、取り敢えずの措置《そち》だ。

エレベーターで二人きり。気まずい雰囲気が漂う。既に日付が変わり、筒井もはっきりと疲労を意識していた。しかも先ほどの格闘で、少し肩を痛めたようだ。

「部屋は隣だから」

エレベーターから出たタイミングで告げると、美咲が露骨に嫌そうな表情を浮かべた。

「何なんですか？　ボディガード？」

「当然だよ。あんなことがあった後だし」

「隣の部屋にいて、何か役に立つんですか」

「同じ部屋に泊まるわけにはいかないじゃないか」

「へえ」最初に会った時と同じように、美咲が上から下まで舐め回すように筒井を見た。

「私は別に、構いませんけど」

「あー、まあ、そこまで用心する必要はないと思う」からかわれているような気分になって、筒井は間延びした口調で告げた。「何かあったら電話して……いや、壁を蹴飛ばしてくれればいいから」

「ここ、高級ホテルじゃないですか」足音を完全に吸収する分厚い絨毯《じゅうたん》を見下ろしながら美咲が言った。「そんな音、聞こえないでしょう」

「ホテルの壁は案外薄いんだよ」

「どうでもいいですけど」美咲が肩をすくめた。

部屋の前まで来ると、筒井はさっさと鍵を開けようとする美咲の肩を摑み、ドアから遠ざけた。

「何なんですか？」美咲が首を捻り、肩についた見えない汚れを確かめようとした。

「一応、チェックしないと」筒井は手を伸ばして、彼女からカードキーを受け取った。顔は見ないようにする。どうせ不機嫌な表情を浮かべているに決まっているのだから。

拳銃を持ってこなかったことを悔やみながら——それが必要な任務になるとは思わなかった——筒井はカードキーをスロットに滑りこませた。ゆっくりドアを押し開けると、柔らかい光が廊下に溢れ出てくる。誰かが待ち伏せしている——と緊張感が一気に高まったが、どの部屋でも小さな灯りは点いているものだ、と思い直した。最初に入る時に、真っ暗では困る。手を伸ばして他の照明も点け、ドアを思い切り開いて部屋に飛びこむ。ツインの部屋だが狭く、人の気配は感じられなかった。それでも慎重に、室内をチェックしていく。さらにバスルーム。誰もいない。大きく息を吐き出しながら、筒井は廊下に出た。

その瞬間、視界に入ってきたのは、背後から抱きすくめられて、身動きが取れなくなっている美咲の姿だった。さっきの連中が追いかけて来た？　筒井は慌てて「離せ！」と怒鳴りつけたが、相手は応じる様子もない。美咲は必死で歯を食いしばっていたが、目には恐怖の色が宿っていた。

男は、顔の分だけ美咲よりも背が高かったが、大きなサングラスに邪魔されて表情が窺えない。長身で細身だが、筋肉質のようだ。革の手袋からニットキャップまで、全身黒ずくめ。間違いなく、先ほどの男だ。

「誰だ？」

一歩にじり寄る。一人ではないと思い、素早く周囲を見渡したが、他に人気はなかった。ホテルの十五階、深夜……声を出せ。大声を出せば、誰かがフロントに通報してくれる。

だが、口を開いた途端、相手が低い声で「静かにしろ」と脅した。微妙にイントネーションがおかしい……左手で美咲の左腕を固め、右手を首、というか顔の下半分にぐるりと巻きつけている。少し力を入れれば、美咲の細い首は折れてしまいそうだった。美咲の眉《まゆ》根《ね》に皺が寄り、痛みをこらえている様子が窺える。空いた右手を男の腕にかけ、何とか縛《いまし》めから逃れようともがくが、力では太刀打ちできないようだ。

筒井は、額に汗が滲むのを意識した。声を出せば美咲がこのまま殺されるかもしれない。ここは自分一人で何とかするしかない、と覚悟を決めた。

しかし、美咲の体が盾になってしまい、攻撃すべきポイントが見つからない。だが相手も、筒井を倒さない限り、美咲を引きずったまま逃げることはできないのだから、いわば双方手詰まりの状態である。あるいはどこかに仲間が隠れているのかもしれないが……そう思った瞬間、背後の空気が動くのを感じた。筒井は反射的に身を屈め、攻撃に備えた。

何かが空気を切る音が聞こえると同時に、背中に衝撃が走ったが、姿勢を低くしていたせいで、急所への直撃は避けられた。広がり始める痛みに耐えながら、踵《かかと》を支点に素早く身を翻し、闇雲に蹴りを見舞う。上手く膝にヒットしたようだ。相手が体を折るのを見て、両手を握り合わせて首筋に振り下ろしていく。鈍い衝撃が拳から腕に伝わり、動きを止められるだけの一撃を与えたのが分かった。

男が崩れ落ちるのを確かめもせず、振り返る。美咲がもがいていた。もがけばもがくほど男の腕は締まるようだが、それでも諦めない。狙ってか偶然か、ばたつかせていた足が男の脛《すね》を直撃する。腕の縛めが緩んだ瞬間を狙って、美咲が思い切り下に体重をかけた。パーカーが上に引っ張られてめくれ上がり、白く滑らかな腹が露《あらわ》になる。しかし美咲は、脱出に成功した。慌てて、両手を床に突くような格好で逃げ出そうとするのを、男が追いかけ始める。

筒井は横に回りこみ、膝の横に蹴りを叩きこんだ。当たりは浅かったが、男の体が崩れかけ、動きが止まる。そのまま突進し、横からタックルに入って壁に叩きつけた。自分より十センチは背の高い男だが、勢いがついていたせいで、激しい音を残して壁に張りつく。勢いで揺れた頭が壁に激突し、そのままずるずると廊下に崩れ落ちた。サングラスが落ち、また顔が露になる。先ほど頭に焼きつけた切れ長の目が、またこちらを見返してきた。

四つん這いになった美咲が、恐る恐るこちらを見た。筒井は素早くスーツケースの持ち手を摑むと、空いた手で彼女の腕を摑み――ひどくほっそりして頼りなかった――立ち上がらせて、エレベーターに向かって突進した。幸い十五階にいたエレベーターが、すぐに開く。「閉」ボタンを乱打しながら、筒井は自分が倒した二人の男を見た。一人は必死で立ち上がり、こちらに向かおうとしているが、足を引きずっているのでスピードが乗らない。もう一人は、壁を背もたれにするように、まだへたりこんでいた。

追いかけて来た男の眼前でドアが閉まる。途中で停まるなよ……と念じながら、筒井は階数表示を睨み続けた。祈りが通じたのか、エレベーターは直行でロビーに到着した。スーツケースと美咲の手の両方を引っ張りながら、フロントに飛びこむ。夜勤の若い男が、ぎょっとしたように筒井を見た。

「警察に連絡を！」

事情が呑みこめない様子で、筒井と美咲を交互に見る。

「早く、一一〇番を！　十五階で人が倒れてる！」

ロビーには客の姿はほとんどなかったが、少ない視線が一斉に自分に突き刺さってくるのを筒井は意識した。まだ動かないフロント係の目を覚まそうと、カウンターに両の拳を叩きつけた。

「襲われたんだ！　犯人はまだ十五階だ！」

フロント係が電話を取り上げる様は、スローモーションのようにしか見えなかった。

4

「そうか」高野が拳で顎を二度、三度と叩いた。時刻は既に午前二時。目は充血し、吐き出す言葉はしわがれている。

「今、所轄から連絡が入った。空港を出てすぐと、ホテルで襲撃があったようだな」島は携帯をゆっくりとテーブルに置いた。

「怪我は？」

「一応、二人とも無事なようだ」

「そうか」

繰り返し言って、高野が安堵《あんど》の吐息を漏らす。島としては、とても安心できる状況ではなかった。高野が煙草に火を点け、そっぽを向いて煙を吐き出す。すぐに咳きこんでしまい、体を折って激しくむせ続けた。ざまあみろ、と思いながら、島はペットボトルを摑んだ。わずかに残った水を飲み干し、音を立ててボトルをテーブルに置く。ようやく咳きこみ終わった高野が、恨めしそうに島を見た。

「俺の分の水は？」

「自給自足が原則だ」

「勝手なことを……ちょっと水を仕入れてくる」

高野が廊下に消える。久しぶりに一人になり、島は混乱する頭の中をまとめた。敵の出方は、こちらが予想していたよりも急で乱暴だ。この後、どう出るべきか……筒井が二度とも襲撃を撃退したのは心強い限りだが、このまま放っておくわけにはいくまい。保護すべきか、あるいは……この部屋のパートナーは、「あるいは」の方針を以前明らかにしている。自分がそれに同調するべきか、まだ決められない。

音もなくドアが開き、高野が戻って来た。結局、ペットボトルは二本持っている。今夜の燃料としては頼りないな、と思いながら受け取った。

「で、どうする？」

「予定通り、デコイ作戦だ」高野がこともなげに答える。

「デコイ？」予想通りの答えだったが、島は思わず眉間に皺を寄せた。

「囮《おとり》だよ、囮」

「本気なのか？」襲撃者を簡単に撃退したことから、筒井の腕はある程度期待できるが、それにも限界がある。十四歳の女の子を連れているのだから、ハンディも大きい。

「危険はないようにする。だいたい向こうも、あの女の子——一柳美咲を傷つける意図はないだろう。何か聞き出そうとしてるんだと思う。俺たちは、見守っていればいい。そうすれば犯人に行き着くよ」

「そんなことができるのか？」

「刑事部でも手を貸してくれるんだよな？」高野が皮肉に唇を歪めながら確かめた。

「警護はそっちがプロだろうが」

「それは警備部の仕事だ。それに今回は、普通の警護とはやり方が違う」

「そのノウハウは誰が持ってるんだ？」

島の質問に、高野が黙りこむ。はったりでこちらを丸めこもうとしていたな、と分かった。まあ、構うものか。俺たちの間に、百パーセントの信頼関係はあり得ない。十パーセントほど疑いを残しておいた方がいいだろう。

「それより、この件、警視庁として意思を統一しよう」高野が気を持ち直したように言った。

「そうだな」島はうなずいた。今までは、自分たちでできる範囲でやってきたが、そろそろ限界がきている。

「問題はどこまで巻きこむか、だ」高野が顎を撫でた。

「決まってるだろう、トップだ」

「それはまずい」高野が眉をひそめる。「知っていてもらう必要はあるけど、巻きこむわけにはいかない」

「戦争になるかもしれないんだぞ」

「大袈裟だ」高野が笑い飛ばした。

「相手は何人いる？　どこから弾が飛んでくるか分からないだろうが」

「ああ、それは……」高野が渋々ながらうなずいた。「確かにそうだ」

「だから、上から下まで意思を統一しておく必要がある」

「だったら、あんたが話を通してくれよ」

「自分はあくまで黒幕のつもり、か」

「こっちの路線は分かってるだろう」

うなずき、どうやって話を切り出すか考える。正面から行くしかないだろう。現在の総監は、理論的でシンプルな説明を好む。Ａ４一枚のレポートを携えて会いに行くのが一番効果的だ。ただ、この一件をＡ４一枚のレポートにまとめるのは至難の業だろう。原稿用紙で百枚を費やしても足りないかもしれない。概略を知っていれば別だが、そもそもの事件は、まだ完全に公安部の手中にある。

「で、今は安全なんだな」高野が念押ししてきた。

「大丈夫だろう。取り敢えず、品川中央署にいるからな。いくらあいつらが凶暴でも、署にいる限りは手出しできないはずだ」

「だが、いつまでもそこで保護しておくわけにはいかない」

「そういうことだ」当然の結論だが、島の胃はきりきりと痛んだ。今後の展開が見えない……。「デコイに使うというのは、俺は賛成しないぞ。安全は保障されないだろう」

「分かっている。まだ時間はあるから……もう少し検討しよう」

だが、高野は既に計画を固めてしまっているのではないか、と島は疑った。先ほど水を買いに行った時に、誰かと連絡を取っていた可能性もある。公安の連中が独善的《どくぜんてき》で秘密主義なのは、今に始まったことではない。

「筒井は、何を考えてるかな」彼は、直接島の指揮下にはない。だが、気にはなった。あいう男だし……何も知らないまま、危険の中に放り出すわけにはいかない。

　自分の心配は、ごくまっとうなものだと思う。

だが、この件にかかわってくる人間全員が、そのように考えるとは思えなかった。駒は駒。上から見れば、筒井は個性も人格もない、歯車以上の存在ではない。ただ、筒井を「駒」程度の人間だと考えていると、後で痛い目に遭うだろう。一度そういう思いをしても、人はなかなか学習しないものだ。

5

深夜二時。筒井は混乱の中にいた。

事件は何も起きていない。

「どういうことですか」品川中央署の当直責任者である交通課長に詰め寄る。「俺たちは、ホテルで襲われたんですよ？　公共の場所じゃないですか。それなのに、どうしてこれが事件じゃないって言えるんですか」

「そもそも、その二人組が見当たらないからな」

いかにも面倒臭そうに、交通課長が頭を掻いた。仕事と言えば、スピード違反の取り調べぐらいしかしていないくせに……筒井は、あっという間に頭に血が上るのを意識した。

「防犯カメラに写ってるでしょう」

「調べた。ちょうどあの場所が死角になっていたようだな」

「そんな馬鹿な」一直線の廊下なのに？　こいつら、本当に真面目に確認したのか？

「馬鹿とは何だ」交通課長もむっとして表情を歪める。「そっちこそ、大丈夫なのか？　変な妄想じゃないのか」

「冗談じゃない！」筒井は言葉を叩きつけた。打たれた背中がずきずきと痛む。その場で服を脱ぎ捨て、証拠の傷を見せてやろうかと思った。「あの子……俺が連れて来た子は、一柳事件の被害者の娘なんですよ。彼女が襲われたのかもしれないでしょう」

「馬鹿言うな。誰がそんなことをする？」

「それは……」言葉に詰まる。勢い余って言ってしまったが、はっきりしたことは何も分からないのだ。ホテルでの襲撃者の動きを見た限り、彼女を狙っていたとしか思えないが。

「とにかく、ここにいられても困る」

「保護してくれないんですか」

「あんたらは被害者というわけじゃないだろう。あの娘を、早く渋谷中央署に連れて行ったらどうだ」

「話にならない」

筒井は踵を返して、一階のロビーに出た。片隅のベンチに、美咲が背中を丸めて座っている。大股でそちらに向かい、「怪我は？」と訊ねたが、彼女は首を振るだけだった。

「申し訳ない、怖い思いをさせて」

「別に怖くないですけど」

美咲が顔を上げる。その瞬間、筒井は彼女の言葉が嘘ではないと悟った。表情に潜んでいるのは、恐怖ではなく怒りである。

「襲ってきたのは、二回とも同じ男だったな」

「そうですか?」

「二回とも顔を見た。人の顔を覚えるのは得意なんだ。君は見たか?」

「知りませんよ、そんなこと」

息を呑み、肩を二度、上下させる。

「ちょっとここで待っててくれ。飲み物は?」

ベンチのすぐ横に自動販売機がある。暖かいココアでも欲しがるのではないかと思ったが、美咲は首を振るだけだった。

「電話してくる」

美咲は反応しなかった。仕方なくその場を離れ、片隅にある公衆電話に向かう。何となく、警察電話を使うのはまずいような気がした。品川中央署全体がグルになって、自分を陥れようとしているのではないか。これは、あの一件の続きでは……陰謀論を信じるタイプではないが、ついそんな風に考えてしまう。

財布を漁《あさ》って小銭を取り出し、電話に落としこむ。ずっしりと重い受話器——こういう感触は久しぶりだ——を耳に当て、渋谷中央署の特捜本部の番号をプッシュした。誰かが電話に出るのを待つ間、足で床を小刻みに打ちながら、苛立ちを押し潰す。まさか、帰ってしまったとか? 今夜、美咲が帰国することは誰もが知っている。当然、自分たちが二回も襲われたことも、何らかの形で耳に入っているはずだ。だいたい、特捜の連中が急いでここへ顔を出すのが筋ではないか。

いい加減、電話を叩き切ろうかと考えた瞬間、本間が応答した。

「課長――」

「何が起きてるんだ?」眠そうな声だった。

「分かりません」筒井は彼の質問に、怒りが膨れ上がるのを感じた。「こっちが知りたいぐらいです」

二度も襲撃に遭ったことを、早口で説明する。本間は相槌を挟まず、ひたすら筒井の言葉に耳を傾けていた。

「で、品川中央署は?」

「こっちの言い分を疑ってかかってます。俺は怪我もしてるんですよ? あり得ない。今からそっちへ移ってもいいですか?」

「いや、今夜は動かない方がいい」本間が即断した。「二度襲われたということは、三度目があるかもしれない。無闇に動き回らないのが一番安全だ。まさか、署内まで襲ってはこないだろうし」

「しかし――」品川中央署の連中が、部屋を用意してくれるとは思えなかった。おそらく、無視される。だからといって、美咲に、ロビーのベンチで夜明かしさせるわけにはいかない。

「いいから、そこを動くな」本間が釘を刺した。「朝になったら、対策を考えよう。それよりお前、携帯はどうした。何度も呼び出しているんだぞ」

「落としたんですよ……最初に襲われた時に」

「分かった。だったら、定期的に連絡するようにしてくれ」

「彼女――一柳美咲はどうするんですか？」

「朝一番でこっちへ連れて来てくれ。品川中央署からうちまでなら、車で三十分もかからないだろう」

「そちらから迎えに来てもらった方がいいんじゃないですか？　人が多い方が安心できます」

「それに割けるほど人手がないんだ」

本間が申し訳なさそうに言ったが、筒井はその言葉にすぐ疑いを持った。当直の制服警官でもいい。むしろパトカーを使った方が、抑止効果もあるはずだ。だが、その件を突っこんでも無駄だろう。本間も、何となくこの陰謀の中で、ある種の役割を負っているような気がする。

「その後はどうしますか？　そっちで事情聴取するのはいいですけど、彼女をしっかり保護する方法を考えないといけないでしょう」

「それは、こっちで検討しておく。今は休んでおけ」

電話は一方的に切れてしまった。受話器を叩きつけたいと思いながら、筒井はこれ以上無理だというほど、静かにゆっくりと置いた。すぐにかっとなるのは悪い癖。自分でも分かっている。

美咲の方を見ると、胸に顎を埋めて目を閉じている。眠っているようだった。時差ぼけのうえに突然の襲撃で、心身ともに疲れ切っているに違いない。

彼女一人、守ってやれないでどうする。自分に対する怒りが沸き上がったが、疲労と痛みで考えがまとまらない。

自分の知らない何かが、陰で動いている。

その正体が分からないが故に不安だった。やはり、今からでも渋谷中央署に移った方が安全ではないだろうか。少なくともあそこは自分のホームグラウンドだし、仲間もいる。ここと同じような扱いを受けるとは考えにくい――いや、何かある。本間の態度も、どこかよそよそしかった。普通は「すぐにこっちへ連れてこい」と言うはずだし、安全な場所を用意してくれるだろう。何といっても美咲は、一柳事件の重大な関係者なのだ。父親と離れて暮らしていた彼女が、捜査の役にたつ可能性は高くないが、守ってやるのも仕事のうちではないか。

ここにいては駄目だ。

強い思いが沸き上がり、筒井は大股で美咲に歩み寄った。起こすのは忍びないが、今はこの場所さえ危険に思えてならない。

「行くぞ」

美咲がゆっくり目を開ける。眠っていたわけではないようで、目は濁っていなかった。思い切り不審そうな表情を向けてくる。

「今度はどこのホテルですか？」

「ホテルじゃない。俺のホームグラウンドだ」

「そこは安全なんですか」

たぶん——曖昧な言葉で誤魔化すのも気が引け、筒井はうなずくに止めた。スーツケースを引き、先に立って歩き出す。このケースを人手に委ねるのを嫌がっていたから、ついてくるだろうと思ったが、振り返ると美咲はまだベンチに腰かけていた。乱暴にスーツケースを引きながら引き返し、「行くぞ」ともう一度声をかける。美咲がのろのろと立ち上がった。歩き出さない。振り返ると、筒井を睨みつけ、「トイレです」と言い残して反対方向へ歩き出した。筒井が慌てて後を追うと、振り向いて鋭い視線をぶつけてくる。

「警察のトイレにまで、誰か潜んでいるんですか？」

返す言葉もない。彼女がトイレに消えた後、出入り口が見える場所で待つしかできなかった。

数分後、トイレから出て来た美咲は、少しだけすっきりした顔つきになっていた。冷たい水で顔を洗ったのか、頬に赤みが差し、目の充血は消えている。髪を結び直して、朝すっきりと目覚めたような様子だった。背筋をぴしりと伸ばし、筒井の手からスーツケースを奪い取る。玄関に向かって大股で歩いて行くその背中には、何故か元気がみなぎっていた。空元気かもしれない、と思って筒井は暗い気分になった。

ガラガラと鳴るスーツケースの音を追いながら、筒井は警務課に集まっている品川中央署の当直員たちに鋭い視線を投げた。注視されているような気がしたのだが、筒井が目を向けた瞬間、一斉に顔を伏せてしまう。何なんだ、お前ら。何を隠しているんだ——怒鳴りつけたい気持ちを何とか押さえて、筒井は半ば走るようにして署を出た。美咲は先に外へ出てしまっている。ほんのわずかな時間でも、一人にするわけにはいかなかった。ホテルで、自分が部屋を調べている一瞬の間に、美咲が襲われたことを思い出す。襲撃者は、格闘には長けていないが、素早く動けるのは間違いない。

美咲は玄関の手前で、ぽつんとたたずんでいた。すぐ側に、制服姿の警官が立って警戒しているのだが、美咲の姿が目に入っている様子ではなかった。あるいは、完璧に無視している。

「警戒すべき対象は誰なんだ?」脇を通り過ぎる時、つい皮肉を投げかけてしまった。若い警官の耳が赤くなるのが見えたが、反論はしてこない。こいつもグルなのか、と筒井は唇を噛んだ。

いつもの儀式――スーツケースをラゲッジルームに入れ、美咲のために助手席のドアを押さえてやる――を終え、すぐに車を出した。水温計の針がすっと上がる。エンジンが冷える時間ほども、品川中央署にいなかったのだ。

冷静に、冷静に……自分に言い聞かせながら、筒井の頭は、いくつもの矛盾で埋め尽くされ、まともに機能しない。一番気になるのが、品川中央署の態度である。ホテルで襲撃されたのは、一時間ほど前。すぐに一一〇番通報してもらい、制服警官が駆けつけて来たのと入れ違いにホテルを出て、署に向かった。

そして何故か、署につくと、事件はなかったことになっていた。

渋谷中央署の特捜本部は、何を考えているのだろう。早く本間に会って、直接問い質したかった。もちろん、それより先に美咲を休ませなければならないのだが……渋谷中央署は安全なのだろうか。もしもあそこでも「妄想だ」と扱われたら、俺はどこへ行けばいい？

「襲われるような理由は思い当たらない？」襲撃からある程度時間が経ち、美咲も冷静になっているだろう、と思って訊ねる――そもそも取り乱した様子もないが。

「まさか」美咲がつぶやいた。「私を襲ってどうするんですか」

「それは、犯人に聞いてみないと」

「警察が知らないことを、私が知ってるわけないでしょう。何なんですか？　父のことと関係あるんですか？」

「何か、我々が知らないことを君が知っているとか？　犯人につながるような手がかりとか……」

「父のことなんか、何も知りませんから」美咲がそっぽを向く。むき出しになった白い顎が、街灯の光を浴びてさらに白くなる。色白というだけではなく、血の気を失っているようだった。

「一つ、聴いていいかな。どうしてアメリカへ？」

「日本にいても仕方ないですから」

「向こうの方が、自分に合った勉強ができる？」

「実際、合ってます。飛び級もできるし」

「自分で考えて、アメリカへ行くことにしたんだね」

美咲が黙りこむ。どうやら違うようだ。生意気だし、頭の回転は速いが、そこはまだ子どもである。簡単に嘘はつけないようだ。

「お父さんのアイディアか」

「そんなこと、別にどうでもいいじゃないですか」

「今回の件につながる、重要な手がかりかもしれないじゃないか」

「そうは思えませんけど。手がかりだと思う根拠は何なんですか」

「勘」

突然、美咲が甲高《かんだか》い笑い声を上げる。筒井は、むっとして彼女の顔をちらりと見た。顔はまったく笑っていない。

「勘なんて、数値化できないでしょう」

数値化、という言葉がすんなり頭に入ってこなかった。言葉を差し挟もうとした瞬間、美咲が口を開く。

「数値化できないものなんか、信用できませんよ。心理学とか持ち出すのも、やめて下さいね」

「あれは、犯罪捜査にも役に立つんだぜ」

「心理学は学問じゃなくて、単なる傾向調査ですから。Aというインプットに対して、Bというアウトプットがある傾向が強いって分かるだけです。本当の問題は、AからBに至る過程なのに、どうしてそうなるかは、全然解明されていないんですよ。だいたい、人間の脳の動きに関しては、まだ分からないことばかりなんだから。人の思考が、どういう電気的プロセスで生まれるかは、全然分かっていないんです」

「電気的プロセス？」美咲は馬鹿にしきった顔をしているだろうな、と思いながら筒井は聞き返した。

「脳の働きなんか、全部電気信号じゃないですか。特定の思考活動に際して、脳のどの部分が活発に動くか、ぐらいは調査で分かります。本当に大事なのは、何故そうなるかという、根本的な問題です。これは全然分かっていないんですよ」

「そうか」

「あの、クオリアとか、知ってます？」

「いや」

美咲が鼻を鳴らす音がやけに大きく聞こえた。まるで風邪でもひいているかのようだった。

「説明しますか？　脳科学は今、その問題を中心に回ってるんですけど」

「聞いても分からないんじゃないかな。捜査に関係ないことを覚えるほど、頭に隙間があるわけじゃないんだ」

「隙間」美咲が、ほとんど笑うように言った。「その、隙間っていう考え方、よく聞きますけど、記憶はそんな単純なものじゃないんですよ。引き出しを開けたり閉めたりというイメージは間違ってます」

「脳科学者にでもなるつもりなのか？」

「それはないです」

「その割によく知っているようだけど」

「教養として、ですよ。これぐらい当然です」

「じゃあ、俺は教養のない人間ってことになるな」

「そうなんでしょうね」

こいつは子どもなんだ。少しばかり頭がよくて、周りの人間が馬鹿に見えるから、生意気な台詞を吐くんだ――そう考え、筒井は自分を納得させようとしたが、皮肉を我慢できない。

「そんなに頭がよくて、将来はどうするつもりなんだ？　実学の道に進みたいなら、お父さんのような研究者にでもなる？」

「尊敬できない人と同じ道を進むわけにはいきません」

「お父さんを尊敬できない？」こういう乱暴な台詞は、往々にして本心を隠すためのものだ。だが美咲の言葉に嘘は感じられない。

「すみません、黙っていいですか？　説明するの、面倒臭いんで」

横を見ると、美咲がシートを少しだけ倒していた。何とか寛《くつろ》ごうとしている。ほっそりした足を組み合わせているが、何故か苛立ちしか感じられない。

「面倒臭いって……」

「中二病とでも思って下さい」

「中二病って？」

「いい加減にして下さいよ」美咲の声が尖った。「何でもかんでも私に聞かないで下さい。少しは自分で調べたらどうですか」

それきり、無言。筒井は、むかむかする気持ちを何とか押さえつけていたが、あっという間に、それどころではなくなった。

バックミラーが白く光る。

新たな襲撃者だった。

深夜の山手通りは、交通量がぐっと減る。しかも今走っている場所は片側三車線で、スピードは出し放題だ。

とはいっても限界はある。筒井は一気にアクセルを踏みこんで、百二十キロまでスピードを上げたが、二台の車はまったく遅れず追跡してきた。真後ろに一台。隣の車線――右斜め後ろに一台。斜め後ろについた車がスピードを上げ、横に並ぼうとした。筒井は右に急ハンドルを切り、体が横に持っていかれそうな横Gに耐えながら前を塞いだ。衝突寸前で、相手がハンドルを切り、左車線に飛びこむ。

ちらりと横を見ると、美咲は蒼い顔をして足をフロアに突っ張っていた。とにかく逃げ切れ――筒井はさらにアクセルを踏みこんで、引き離しにかかった。百三十……百四十……そこで、前の車が詰まってしまい、急ブレーキを踏みこまざるを得なくなる。スキール音が響き渡り、タイヤが焦げる臭いさえ嗅げるような気がした。一台の車が横に並ぶ。「気をつけろ！」何に気をつけるか分からないまま、筒井は叫んだ。美咲がびくりと身を震わせ、その場で縮こまる。

スピードは一気に四十キロまで落ちていた。隣の車のウィンドウが下がり、銃口が覗く。筒井は顔から一気に血の気が引くのを意識しながら、ブレーキを踏みつけた。後ろから激しいクラクション。続いて、軽い衝突の衝撃が体を貫いた。目の前、ボンネットの上で火花が散る。横の車から発砲されたのだ、と分かった。ここまでやるのは尋常ではない。やはり、敵の狙いは俺なのか？

前後、それに左側を車に挟まれ、身動きが取れなくなった。前方には信号がある。青のままなら何とか……タイミング悪く、黄色に変わってしまう。停まったら、向こうは車を降りて襲ってくるかもしれない。

筒井は咄嗟に判断して、ハンドルをいきなり左に切った。隣の車に激しくぶつかり、衝撃でハンドルがぶれて車が蛇行する。美咲の短い悲鳴が、車内を突き抜けた。無視して斜め前方を確認すると、わずかな隙間が空いている。あそこだ——筒井はハンドルを握り直し、アクセルを踏む足に力を入れた。横の車が一番左端の車線まで弾き飛ばされ、車一台が通れるだけのスペースが空いていた。そこに強引に突っこむ。横の車が、ぶつけ返そうと、右に寄ってきた。何とか逃げ切って……抜けた、と思った瞬間、車の後ろ部分に衝撃が走り、金属が軋《きし》む音、ガラスが割れる音が混じって響いた。ぶつけられた——だが、それで車内を風が吹き抜け、意識が鮮明に、冷静になる。バックミラーをちらりと見て、敵の車同士がバランスを崩してぶつかり合うのが見える。チャンスだ。一気にアクセルを踏みこむ。タコメーターの針が跳ね上がり、フェアレディのエンジンは再びパワーバンドに乗った。ガラスが壊れた後ろ側から吹きこむ風のせいで、車の状態を知る手がかりになりそうな音はまったく聞こえなくなったが、体に伝わる感触では異常はない。このまま何とか逃げ切れ。

態勢を立て直した二台の車が、また差を詰めてきた。車種は分からないが、このフェアレディを簡単に追い回せるのだから、かなり高性能だと思っていいだろう。

目の前の信号は赤。筒井は一番左の車線に寄ると、そのまま交差点に突っこんだ。どこからか激しくクラクションを鳴らされたが、無視して思い切りハンドルを右に切る。目の前を、トラックの巨体が通り過ぎた。冷や汗どころか、全身汗みずくになりながら、筒井は必死でハンドルを操り続けた。交差点に入る車の流れを完全にかき乱し、クラクションの乱打を浴びながら、方向転換を完了する。ちらりとバックミラーを見ると、二台の車の姿は消えていた。

念のため、中央分離帯の切れ目でもう一度方向転換する。一瞬だが相手のバックにつく形になり、そのまますぐに左折して裏道に入った。

「怪我は？」訊ねて、美咲の顔を見る。顔色は依然として蒼白《あおじろ》かったが、怪我はないようだった。しかし返事はない。

「大丈夫か？」きちんと返事が聞きたくて、もう一度声をかける。

「別に」素っ気ない声。何事もなかったかのようだった。だが、衝突の衝撃のせいだろうか、きちんと一本にまとめた髪はほつれ、風に吹かれて頬をくすぐっている。

「この付近を離れる」

「どうぞ、ご自由に」

「他人事みたいに言うなよ。自分の問題だぞ？」

「私は子どもだから。何も分からないし」そう言う彼女の口調は、ひどく大人びて聞こえた。


隠れるべきか、ずっと車で街を流しているべきか迷った末、筒井は首都高に乗った。全てに優先して、襲撃者の手が及ばない場所を探さなければならない。警察さえ当てにできない状況で、どこへ身を隠すか。そう考えた時、一人の人間の顔が自然に脳裏に浮かんでいた。助けてもらえるかどうかは分からないが、少なくともそこなら安全なはずだ。何とか頼みこんで、かくまってもらおう。

それにしても、変だ。向こうはどうやって、こちらの動きを追っているのだろう。少なくともホテルで撃退した時に、線を切ったつもりだったのに……敵グループは、もっと人数が多いのかもしれない。襲撃班、監視班、尾行《びこう》班と分かれて動いているとか。いったい俺たちは、どれだけの重要人物なんだ、と皮肉に考えた。

「この車に乗っててていいんですか」美咲がぽつりとつぶやいた。乱暴に車内を吹き抜ける風のせいで、言葉はひどく聞き取りにくい。

「どういう意味だ？」

「監視されているとか、尾行されているとか……もしかしたら、車に発信器がつけられているとか」

「まさか」筒井は即座に否定した。「そういうのは、小説や映画の世界だけの話だ」

「でも、確実にこっちを追いかけてきてますよね」

「あり得ない……」筒井は、自分の声から自信が抜けていくのを意識した。彼女の言う通りかもしれない。

「あり得ますよ。発信器なんか、簡単に手に入るでしょう。どこかで調べてみたらどうですか」

「仮に発信器がついているとしたら、停まって調べているのも危険だ。その間に追いつかれる」

「ああ」ぼんやりした声で美咲が相槌を打つ。さすがに、そろそろエネルギーが切れかけているのだろう。

「車は乗り捨てるしかないな」

「どこへ？」

頭の中で素早く地図を広げた。頼れそうな相手が住んでいる街は、まだ遠い。始発電車が動き出すのはもう少し先だし、この時間だと、道端に立っていてもタクシーは拾えないだろう。となると、どこかターミナル駅に向かうべきだ。そういう場所なら、この時間でもタクシーが摑まるかもしれない。

携帯がないのが痛い。完全に丸裸のまま、街に放り出されてしまったような気分になる。携帯は、あって当たり前だった。あんな小さい機械がないだけで、これほど不安になるとは。

いや、そもそも本間に連絡する意味などないかもしれない。彼は、品川中央署の連中ほど素っ気なくはなかったが、何かを隠している気配がある。自分だけが情報から取り残され、あるいは敵と見なされているような状況——あり得ない。あり得ないが、今置かれた環境は、まさに孤立無援だ。

「調布《ちょうふ》だな」

「へえ」

「行ったことは？」

「ないですね。あるわけないでしょう」

「そういう言い方、しなくてもいいんじゃないかな」筒井はやんわりと注意した。「子ど
「子どもだから」と先ほど自虐的に言っていたが、子どもだからこそ覚えなければならない礼儀もある。

「別に、関係ないでしょう。だいたい、どうして私がこんな目に遭わなくちゃいけないんですか？　警察がしっかりしてないからでしょう。こんなことなら、日本に帰って来なければよかった」盛大な溜息。

「帰って来なければ、お父さんにお別れができない」

「もう、とっくにしてますから」

「どういう意味だ？」

親子間の確執を嗅ぎ取って、筒井は反射的に訊ねた。だが、美咲は口をつぐんでしまい、答えようとしない。無理に喋らせようとしたら失敗するだろうと思い、筒井もそれ以上の追及を諦めた。何というか、この娘は……発言の内容はいちいち大人びている。知識量からすると自分も負けるかもしれない。だが態度は、あくまで子どもじみている。まさに、大人と子どもの中間の見た目そのままだった。

どうしてこんな娘に育ってしまったのか、後で問い質したい。

だがその前に、彼女の安全を確保しなければならないのだ。クソ生意気な相手であって

も、守らなければならない。刑事というのは因果な商売だと、つくづく思う。

京王《けいおう》線の調布駅近くで車を乗り捨てた。午前四時、三十歳と十四歳の組み合わせは、明らかに不自然に見えるだろう。自分がパトロール警官だったら、見かけた瞬間に職務質問する。だがこの時間帯、街は寝静まってしまい、世界中に二人だけになったような気分だった。

駅まで出ると、タクシーが何台か待機していた。ほっとして、美咲を連れたまま、公衆電話を捜す。本当に見かけなくなった……ようやく見つけると、美咲に「絶対側を離れないように」ときつく言い渡して、電話ボックスの扉を開けたまま受話器を取り上げる。美咲は、筒井の忠告を無視して、露骨に一歩下がった。

「いい加減にしてくれ。ふざけてる場合じゃない」

何か言い返そうとしたのか、美咲の唇がかすかに動いたが、顔を不満そうに歪めただけで、元の場所に戻って来た。二人の間隔は五十センチ。美咲にすれば、プライバシーを守れるぎりぎりの距離なのだろう。

筒井は、覚えていた携帯の番号を叩きこんだ。加入電話より、携帯の番号の方が覚えにくい……それでも、百人近くの携帯電話の番号が記憶に残っているはずだ。

呼び出し音をひたすら聞き続けた。さすがにこの時間だと相手も寝ているはずで、無視されてしまうかもしれない。先に電話して確認しておけばよかったのだと悔いたが、どうしようもない。度重なる襲撃とショックで、正常な判断能力は失われている、と意識した。となると、彼女に電話していることさえ、間違いなのか。

　呼び出し音が十回続き、切ろうかと思った瞬間、相手が電話に出た。

「はい」眠そうな、迷惑そうな声。

「渋谷中央署の筒井です」

「筒井？」

　疑わしげに声のトーンを上げた。自分のことを覚えていないのだろうか。

「筒井ですよ、昔、特捜本部事件でお世話になった——」

「それは分かってるわ」この時点で既に、相手——小《お》野《の》寺《でら》冴《さえ》は完全に目覚めたようだった。抜き身のナイフのような女性で、寝ぼけているのはイメージに合わない。「それで、何よ。久しぶりに電話してきたと思ったらこの時間って、どういうこと？　つまらない話だったら殺すわよ」

「かくまって欲しいんです」殺す、は本気だろうと思った。彼女はそういう人間だ。

「かくまう？」

　まだ眠気が引いていないか、よほど疑っているのだな、と思う。冴は、こちらの質問を聞き逃すような人間ではないのだ。異常に耳がいい。

「かくまって欲しい人間がいるんです」ちらりと美咲の顔を見る。欠伸を嚙み殺しているのを見られたせいか、途端に不機嫌な表情になった。

「あなたじゃないの？」

「十四歳の女の子——女性」

「ちょっと」冴が慌てた口調で言った。「どういうこと？　あなた、何やってるの？」

「それが分からないから、困ってるんです。会ったら事情を話しますから、事務所にかくまってくれませんか？」

「——分かった」

疑り深い女性だが、突っこみ続けていい時と、そうでない時はわきまえている。こちらの危機を感じ取ってくれたのだ、と筒井はほっとした。

「事務所は今でも、あの牛丼屋の上ですか？」

「残念だけどね。貧乏探偵には、事務所を選んでいるような余裕はないから。どれぐらいでこっちに着ける？」

「今、調布なんです。タクシーを使います」

「分かった。眠気覚ましにコーヒーを沸かしておくわ」

「すみません——」

筒井が礼を言い終えるより先に、冴は電話を切っていた。

「行こう」美咲に声をかける。

「今度はどこですか？」

「私立探偵の事務所。女性だ」

「日本に探偵なんかいるんですか？」美咲が、疑わしげに眉をひそめる。

「いる。しかも彼女は優秀だ。ついでに言えば、君に性格が似ているかもしれない」

何か皮肉で切り替えそうとしたのか、美咲が口を開きかける。だが疲労には勝てないようで、無言でうなずくだけだった。子どもと同じだ、と筒井は考えた。たっぷり遊ばせて疲れさせれば、夜はすぐに眠ってくれる――既に朝が近いのだが。

6

「消えた？」島は思わず立ち上がった。予想通り、長い夜が朝に変わりつつある。疲労と眠気が、自分でも考えていなかった皮肉を引っ張り出した。「尾行に失敗した、が正解じゃないか」

「まあ、そうとも言う」

しれっとした反応に、島は思わず黙りこんだ。高野はいつの間にかガラス製の灰皿を持ちこんでいたが、既に一杯になっている。今もまた、フィルター近くまで吸った一本を押しつけ、吸殻の山の標高をさらに高くした。

「街中で派手にやらかした後、筒井は上手く逃げたんだ」

「それで見逃したんだな？」

高野がにやりと笑う。むっとしたが、血走った目を見てしまっては文句も言えない。お互い、疲れ切っているのだ。

「ちゃんと捕捉しているよ」

「今、どこにいるんだ？」

「調布で車を発見した」

「調布？」島は慌てて地図帳のページをめくった。

「京王線の調布駅だ。近くの歩道に乗り上げる形で車が放置してあった」

「本人は」

「見当たらない」高野が首を振った。「ちなみに襲った連中も、調布までは行ったんだ。車に発信装置をつけていたと思う。周辺を探したようだが、取り敢えず諦めたようだな」

「クソＧＰＳが」島はテーブルを叩いた。

「こっちだってＧＰＳがないと仕事にならないだろう」高野が鼻を鳴らす。「まあ、楽にいこうぜ。いまのところ、筒井が無事に逃げてるのは間違いないんだから」

「あいつは、あの辺に知り合いでもいるのか？」

「調査中だ。奴の家は小田急線《おだきゅう》の千歳船橋《ちとせふなばし》だし、実家は静岡だが……」

「警察関係の知り合いは？」

「それはない」高野が首を振った。「あの辺に住んでいる人間で、筒井と関係ありそうな奴はいないはずだ」

「仕事が早いな。プライバシーを調べるのは、公安お得意か」

「皮肉なら結構だ」高野がぴしゃりと言った。「とにかく、しばらくは無事に隠れていてくれることを祈ろう」

「早く捜し出さないとまずいぞ。こっちが知らないところで、何か起きたら困る」

「分かってる……それより、部長連中と総監への説明はどうする」

　島は手首を上げて時計を見た。間もなく午前四時半。幹部連中に電話をかけるにしても、もう少し待たなければならないだろう。

「六時にしよう。一時間半待て」

「今すぐかけろ」高野がぶっきらぼうに言った。「それぐらいは、あんたにも頑張ってもらわないと。緊急事態なんだぞ」

「……分かったよ」四時半に叩き起こされ、ややこしい話を聞かされて喜ぶ人間はいない。だが、今は時間が大事だ。早く意思を統一して態勢を整えないと、全てが手遅れになる可能性もある。

「電話したら、少し寝ておくか？」高野が欠伸を噛み殺し、背伸びをした。

「やめておく」島は首を振った。「寝られるわけがない」

「だろうな」高野が、ぱたりと両手を下ろした。「俺は自席にいる。少し寝るよ」

「勝手にしろ」

島は手を振り、追い払う仕草をした。高野がにやりと笑い、首を振りながら部屋を出て行く。一人取り残された島は、地図を凝視した。調布か……多摩地区の交通の要所の一つだ。筒井が車を乗り捨てた時、まだ電車は動いていなかったが、始発を待てば京王線で新《しん》宿《じゅく》、八王子《はちおうじ》方面のどちらへも逃げられるし、タクシーを拾った可能性もある。都心部、あるいは多摩のさらに奥から山梨へと、どこへでも行ける。となると、「筒井の知り合い」をあの辺に限定していたら、見逃す可能性がある。

ただし、あいつにはそれほど多くの選択肢はないはずだ。警察に対して不信感を抱き始めているはずだし——今に始まったことではないが——逆に警察と関係ない友人に迷惑をかけるような行為は避けるだろう。

島は、筒井の身上調書を引き寄せた。細かい経歴、賞罰の他に、彼が仕えた上司による評価が細々と載っている。島は、声に出して内容を読んでみた。

「やる気、正義感とも標準以上。記憶力抜群。格闘技は、柔道、逮捕術とも実戦レベルの技術を身につけている。体力的に問題なし」

　これを読んだだけだと、若い、少しだけ優秀な警察官の姿が浮かび上がる。しかしこういう人事評定は、必ずしも本人の特徴を完全に網羅《もうら》していない。特にあの問題は、ここには記されていないのだし。公式文書に残してはまずい話だ、と島には分かっていた。筒井に会ってみたい、と強く思う。美咲の安全を委ねて大丈夫な男かどうか判断するには、実際に話してみるしかないだろう。

　叶《かな》わぬことだと分かっていて、島は何とかして彼と話す方法がないか、と考えを巡らせた。もしも話す機会があったら、こちらの狙いを釈明しなければならないし、筒井がそれに納得するとは思えなかったが。

　理不尽は許さない男なのだ。過去の出来事が、それを証明している。

7

　冴の探偵事務所は、雑居ビルの二階にある素っ気ないものである。警察署の部屋をそのまま移植したような、色気のない部屋。什器は完全な事務用で、灰色と黒が目立つ。全てを呑みこむ色である黒は、冴のイメージカラーと言えなくもないが……。

室内にはコーヒーの香りが漂っていた。鼻腔《びこう》に吸いこむだけで眠気が吹っ飛んでしまいそうな、濃い香り。冴は二人を室内に招き入れた後、素早く美咲を観察した。何か納得したようにうなずき、筒井に鋭い視線を向ける。

「あなた、警察官失格ね。保護者失格というべきかもしれないけど。彼女、今にも倒れそうじゃない」

「色々あったんです」倒れそうなのは俺の方だ、と反発を覚えながら筒井は言った。背中の痛みは薄れるどころかますます悪化し、歩く時に前屈《まえかが》みになってしまう。

「とにかく、少し休んだ方がいいわね」冴が、ぼうっと突っ立ったままの美咲に声をかけた。たぶん、彼女なりの優しさで。「奥に、横になれる場所があるから、そこで少し寝なさい」

「別に、平気ですけど」命令されたと思ったのか、美咲がぶっきらぼうに反論した。

「つまらないことで突っ張らないの」冴がぴしりと言った。「こんなところで倒れたら、この先困るんじゃない？」

冴が彼女に歩み寄り、肩に手をかけた。美咲がびくりと体を震わせる。しかしそれ以上は抵抗せず、疲れた表情でうなずいた。

「素直なのが一番よ。あまり突っ張ってると、可愛い顔が台無しだから」

美咲は、自分よりも背の高い冴を一瞬見上げ、強張った表情を浮かべたが、そうしているのも面倒になってしまったようだ。冴に促されるまま、事務室の奥にあるドアの向こうに消える。三分ほどして、冴だけが戻って来た。

朝五時という早い時刻にもかかわらず、冴は冴だった。モデル体形のすらりとした長身に小さな顔。数年前に会った時に比べ、少し髪が短くなっていたが、色艶《いろつや》に衰《おとろ》えはない。探偵の仕事も、刑事に劣らず多忙で不規則なはずだが、その影響は受けていないようだ。タイトなジーンズに黒いブラウス。ブラウスのボタンは二つ開け、両方の袖を肘の近くまでまくり上げていた。ラフな格好が、活動的な性向を窺わせる。

冴がコーヒーを注ぎ、部屋の中央にあるテーブルに置いた。ここが、依頼人と話をする場所なのだろう。他にはデスクとファイルキャビネットが二つずつ。片方のデスクは使われていないようで、上には何も載っていなかった。もう片方のデスクの奥側は書類立てで埋まり、残ったスペースにノートパソコンが置いてある。デスクの上の壁には、一か月の予定が書き込めるホワイトボード……何も書かれていない。

「忙しいんですか?」殺人的に濃いコーヒーを一口飲み、訊ねた。

「暇に決まってるでしょう」立ったままコーヒーを飲んでいた冴が、振り返ってホワイトボードを見た。ゆっくり首を巡らせて筒井に視線を向けた時には、皮肉な笑みが浮かんでいた。「そんなことより、説明して」

筒井は、最初から事情を話した。一柳の殺害、美咲をようやく見つけ出して、昨夜羽田で出迎えたこと。三度に渡る襲撃と、警察の不自然な態度。冴はその間、コーヒーも飲まず、彫像《ちょうぞう》のように固まってじっと耳を傾けていた。

そう、こんな人だった、と筒井は懐かしく思い出す。

数年前、筒井が機動捜査隊に入ったばかりの頃、ある殺人事件で彼女が協力してくれたことがある。初動捜査で、特捜本部は目撃者捜しに難航していた。そんな時、冴が決定的な目撃者を警察に紹介したのである。目撃者は、警察に駆けこむ前に、旧知の仲だった冴に相談をしていた。状況によっては、自分が犯人と疑われかねないので、そうならずに話を聞いてもらうにはどうしたらいいか、相談していたのである。そういう場合は、まず弁護士を考えそうなものだが、よほど冴を信用していたのだろう。結果的に目撃情報が犯人の特定につながり、事件は無事に解決した。

その時に、筒井は冴から話を聴く仕事を負わされた。本当に善意の協力者なのか、あるいは裏があって何か企んでいるのか見極めろ、という面倒な指令だったが、筒井はすぐに、彼女は純粋な正義感から協力しただけだ、と確信を抱いた。

冴が警察を辞めた事情については、噂として知っていた。ある事件で重傷を負ったのがきっかけだというのだが、もう少し深い事情——恐らく人間関係に伴う——がありそうだった。男女関係のトラブルではないか、と筒井は勝手に想像している。冴は見た目冷たく、男を寄せつけないような気配を発しているが、「超」がつく美人なのは間違いない。こういう女性は、意図せずとも男を惹《ひ》きつけ、問題に巻きこまれてしまうものだ。

だが筒井は、そういう偏見に心を染められず、友好的に冴と別れた。以来、会うことはなかったが、携帯電話の番号は登録したままである。

「明らかにおかしいわね」

冴がようやくコーヒーに口をつけた。釣られて筒井もカップを口に運ぶ。二口目はさらに濃く苦く感じられ、泥水を飲んだらこんな風では、と思わせた。

「おかしいですね」

「それ以上、調べようがないの？」

「調べる相手は同僚ですよ？　隠されたらどうしようもない」

「へえ」冴が鼻を鳴らした。「あなたも、まだまだひよっこね」

「どうもすみませんね」むっとして筒井は言い返した。

「普段の仕事には役立たなくても、情報が取れる線を作っておかないと。人脈は大事よ」

「今、そんな説教をされても困ります。とにかく、調べてみますから。彼女の安全さえ確保できていれば、自分で何とかします」

「つまり、私に彼女の面倒を見ろっていいたいわけ？」冴が右目だけを見開いた。

「金は払いますよ」筒井はつい、唇を尖らせてしまった。

「そういう問題じゃなくて」冴が膝に肘をのせて身を乗り出した。「こういうのは、私の仕事じゃないと思う」

「護衛だと思えばいいじゃないですか。ＶＩＰを守ったりする仕事、あるでしょう」

「何で知ってるの？」今度は両の眉が吊り上がる。

「いや……」当てずっぽうで言ったのが当たってしまったのか。黒服にサングラス姿の彼女が、周囲に鋭い視線を飛ばす様は容易に想像できる。何をしても絵になる人間はいるものだ。気を取り直して、頭を下げる。「とにかく、お願いできませんか。調べるにしても、彼女と一緒だと動きようがない」

「それはそうでしょうね」不承不承といった様子で冴がうなずく。「じゃあ、あなたがいろいろ調べ回っている間、私はあの子のお守りをしていればいいのね？」

「簡単に言えば、そういうことです」

「お金はもらうわよ」ビジネス口調。

「分かってます」

「ボーナス、近いでしょう」

「いくら分捕るつもりですか」筒井は顔から血の気が引くのを感じた。前回、目撃者を警察に連れてきた時には、彼女の自発的な行動ということで金のやり取りはなかった。だが今回は、こちらからの依頼である。時間を拘束する以上、それに見合う額を支払わないといけないのだが、見当もつかない。

「もちろん、規定の料金で」

冴が、料金体系を簡単に説明する。筒井は、顔に血の気が戻ってきたのを意識した。確かに高いが、想像していたほどではない。自分たちの給料だって、時給換算してみれば結構な額なのだ。ただし、自分がのろのろ動いている限り、冴に支払う額はどんどん膨らんでしまう。

「分かりました。それでお願いします」言って、コーヒーを飲み干した。このコーヒー代も料金に加算されるのだろうか、とつい考えてしまう。

「携帯、ないのよね」

「落としました」筒井は肩をすくめた。

「一台、貸すわ。使ってないのがあるから」冴が立ち上がり、何も載っていないデスクの引き出しを漁って、一台の携帯電話を持ってきた。かなり使いこまれた、古いタイプの電話。「充電はしてあるから」と言って振って見せる。

受け取った筒井は、電源を入れた。無事に立ち上がったので、だいぶ気持ちが楽になる。携帯がない不安感は、これまで味わったことのないものだった。

「この電話は？」

「うちの所長が使っていたやつ」

「所長はどうされたんですか」

「引退したわ」冴が肩をすくめる。「寄る年波と病気には勝てないから。今でもたまに顔は出すけど、仕事は全然していない。その携帯は、想い出の品みたいなものね。契約解除すると、所長が完全にこの事務所と切れてしまうような気がして」

「小野寺さんでも、そういう感傷的なことを考えるんですか?」

「悪い?」

「いや」

唇を引き結び、携帯を背広の胸ポケットに落としこむ。この格好も何とかしないと……変装というか、少なくとも違う服に着替えておかなければならないような気がした。取り敢えず、服を買うぐらいの金はある。冴がこちらの考えを読んだように声をかけてきた。

「お金は?」

「当面、何とかなります」

「足はあるの」

「いや」発信器がつけられていた可能性があるので車は乗り捨てて来た、と説明すると胸が痛む。無事に回収できるかどうか、分からないのだ。あまり乗っていなかったとはいえ、それなりに愛着のある車だ。

「それも、依頼の中に込みで貸してあげる。左ハンドルは大丈夫?」

「……たぶん」一度も運転したことはないが。

「オートマ限定免許じゃないわよね？」

「もちろん」左ハンドルでマニュアル車か。不安にはなったが、冴の厚意を無視するわけにはいかない。「お借りします」

「すぐ近くの駐車場に停めてあるから、後で……ところで、あの子のことだけど。美咲ちゃんって言ったわね」

「ええ」

「ちょっと聞いたけど、家庭環境が複雑みたいね」

「母親は亡くなってますし、本人はアメリカ留学中ですからね。中学生なのに……それに、父親との関係も微妙だったみたいです」次第に声を低くせざるを得なかった。

「どんな子？」

「クソ生意気」

冴が唇を歪める。笑いかけたのだ、と筒井はすぐに気づいた。額に手を当て、髪を押さえる。

「まあ……それはちょっと話しただけで分かったけど。他には？」

「頭はいいですね。極端にいい」

「そういう力を伸ばすために、アメリカに留学したの？　十四歳で家族と離れて？」

「そういう話になっています」

さらりと言って、冴が目を逸《そ》らした。何か気づいたことがあるようだと思い、筒井は突っこんだ。

「言いたいことがあるなら、言って下さい」

「単なる思いつきだから。ちゃんと話したわけじゃないし、私は少年事件の専門家でもない」

「でも、何か気づいたんでしょう?」筒井は食い下がった。

冴がコーヒーを飲み干し、ことさらゆっくりとカップをテーブルに置く。ソファの肘かけを摑んで身を乗り出しかけ、すぐに背中を埋めてしまった。意味のない動き——時間稼ぎ。

「小野寺さん——」

「子どもの才能を伸ばすことに前向きな親は、いつの世にもいると思う。スパルタ式も珍しくないでしょう。でも最近の日本の親は、子どもを谷底に突き落としてまで鍛えるようなことはしない」

「獅子《しし》は何とやら、の話ですか?」

冴が素早くうなずく。人差し指で頰を撫で、また時間稼ぎを始めた。筒井は苛立ちが募るのを意識して、唇を嚙み締めながら、何とか考えをまとめた。

「そう」

「どれだけ子どもの将来に期待して、能力を伸ばしてやりたいと思っても、一人で留学させたりするか？　まして中学生を？」

「そういうこと。最近の親は、皆過保護だから」

「この話、どこへいくんですか？」

「親の方で、自分から遠ざけておきたい理由があったとしたら？」

「つまり――」

冴が口を閉ざし、真っ直ぐ筒井の顔を覗きこんだ。自分の口から言いたくないのは明らかで、こちらに察するよう、強要している。馬鹿な……だが、次の瞬間には彼女が何を言いたいのか、気づいた。

「性的……」

冴が途端に表情を強張らせ、人差し指を唇に当てた。筒井は、喉の奥に硬い物が詰まったような気分になった。虐待。その発覚を恐れ、娘をわざと遠くに置いた。

「ちょっと無理がある想像かもしれないけど」冴がつぶやくように言った。「そういうことは少なくないけど、むしろ自分の監視下に置いておきたがるのが普通ね。支配して、余計なことを漏らさないようにする……だから、別の事情があるんだと思う」

「面倒なことに蓋《ふた》をしてしまうつもりだったのかもしれません」

「遠くにいれば、声を上げても聞いてくれる人はいないかもしれないしね。叫んでも、向こうの司法当局が動いてくれるわけじゃないでしょう？」

「日本の話ですからね」筒井はうなずいた。

「もちろん、この話はただの想像。でも、彼女は間違いなく父親を憎んでいる」

「はっきりと憎んでいるかどうかは……」反論しかけ、筒井は言葉を呑んだ。美咲の態度は、たった一人の肉親を亡くしたばかりにしては、あまりにも冷た過ぎる。悲しみがまったく見えないのは異常だ。だが筒井は、実父による性的虐待説を支持する気にはなれなかった。もしもそうなら、父親が死んで露骨に喜ぶのではないだろうか。もちろん、人間の感情はそれほど単純ではないにしても。

「彼女の前で、こういう話をしたら駄目よ」冴が厳しい口調で念押しをする。

「しませんよ。彼女が、父親を殺したんじゃない限り」

「本気で言ってるの？」

「もちろん、自分でやったとは思いません。でも、誰かを使って……彼女は、そういう陰謀を考えられるぐらいには頭がよさそうだ。今回襲われたのも、そういう人間との仲違《なかたが》いが原因だとか」

「深読みし過ぎ」馬鹿にしたように、冴が言った。「陰謀論の信者みたいよ」

「陰謀論が、必ず間違っているとは限りませんけど」

「刑事が想像で物を言っちゃいけないわね」冴が首を振る。「さっきあなたが言ってたけど、今回の件は、あなたが原因かもしれないのよ。あなたに復讐しようとしている人間が、彼女も巻きこんでしまったのかもしれない」

「取り敢えず、その線を潰します。俺がターゲットでなければ――」

「もっと大変な話になるわね」冴が、顎を強張らせながらうなずいた。


冴が警戒のために事務所に残ると言ったので、筒井は一人で、彼女が借りている駐車場に向かった。

捜していた車はすぐに見つかった。というよりも、見つからない方がおかしい。コルベットのハイパフォーマンスモデル、Z06。冴が言った通り、左ハンドル、マニュアル車だ。流麗かつマッシブなデザインは、どことなくアメリカのプロレスラーをイメージさせる。以前はプジョーの高性能モデルに乗っていたはずだが、コルベットだと二段か三段、一気に階段を飛ばした感じである。現行モデルだし、中古で買ったにしても相当な金額だったはずだ。探偵の仕事というのは、そんなに儲《もう》かるのだろうか。しかし、これは目立つ……色が黒というのが唯一の救いだったが、こんな車で依頼人の所に乗りつけたら、印象を悪くするのではないだろうか。張り込みや尾行でも、自己主張し過ぎる。まずいな……プリウスか何かの方がよかった。街中を多く走っている車ほど、目立たないのだ。

シートに腰を下ろした途端、落ち着かない気分になる。体がすっぽり包みこまれる感じは悪くなかったが、とにかく視線が低い。まるで、道路に直に座っているようだ。プッシュボタンを押してエンジンをスタートさせると、V8エンジンが野太い息吹を上げる。まだ朝早い時間帯なので、この音は、近所に対して気が引ける。エンジンを切ろうか、と一瞬思ったが、人気が多くなるまで待っている時間はない。気合いを入れ直して、クラッチを踏んだ。重い……女性の足では、相当苦労するだろう。どうして彼女がオートマのモデルを選ばなかったのか、さっぱり分からない。この車にした理由を聞いてみなくてはいけないだろう。彼女なりのこだわりを……ずっと聞かされるかと考えると、うんざりだが。

慎重にアクセルを踏み、クラッチをリリースして車を発進させる。狭い駐車場から道路へ出るまでに、既に冷や汗をかいていたが、最初に想像していたよりも車がコンパクトなせいか――何しろ2シーターでキャビンが短い――慣れれば何とかなりそうだった。歩道に近い車の左側から見る光景には、違和感を拭えなかったが。どうしても、路肩を避けてセンターラインに寄りがちになってしまう。車線の真ん中を走れ、と意識しながら、何とか運転を続けた。トルクが太いので、頻繁にギアチェンジしなくて済むのが救いだった。三速にぶちこんでおけば、まず用が足りる。

訪ねる相手は、数年前、筒井が逮捕した犯人の弁護士。あの事件は一応解決したことになっているが、背後にはある人間の怨嗟《えんさ》があるはずだ。弁護士は、裁判で出さなかった材料も含めて多くを知る人間であり、直接会って話をしたかった。

早朝なので、道路は空いている。調布まで戻り、中央道《ちゅうおうどう》に車を乗り入れた瞬間、初めてアクセルを思い切り踏んでみた。

魂がその場に置いていかれそうな加速に、筒井は全身から血の気が引くのを感じた。彼女はこんな車を普段の足にしているのか。何というか……外見と中身がこんなに一致している人も珍しい。

素早く五速にまでシフトアップし、アクセルを緩める。フロントガラスに映し出される映像が車の状態を告げている。インストゥルメンタルパネルに視線を落とすよりも、この方が見やすい。百四十キロまで達していたスピードがゆるゆると落ち、百十キロに落ち着いた。最初感じたエンジンの振動は消え、静かなクルージングである。

頭の中で地図をひっくり返し、弁護士の自宅を思い出す。中野《なかの》……頭の中にカーナビの画面が現れ、最短距離を示した。この時間なら道路も空いているはずだから、幡ヶ谷《はたがや》で下りて中野通りに入り、あとは裏道を通って行けば、地下鉄新中野駅の近くにある弁護士の自宅に辿り着く。そこまで三十分強、と見積もった。裁判がある日は、弁護士も朝が早いはずだが、それでもこの時間なら、自宅で摑まえることができるだろう。

運転しているうちに、様々な考えがもやもやと湧き出る。自分がこれからやろうとしているのは、さほど高くない可能性を潰すことだ。もっとはっきりした可能性があれば、そちらに当たっていくのだが……おそらく、これからしばらくの時間は無駄になり、不安が増すだけだろう。だが、潰せるものは潰しておかなければ、と自分に言い聞かせる。

考えるのをやめて、周囲に神経を配った。また尾行されていたらたまらない。もちろん、フェアレディよりもコルベットの方が能力的にははるかに上で、追いかけ回されても、この車を自在に操る腕さえあれば、楽に逃げ切れるだろうが。

スピードに変化をつけ、車線を変更し、前後左右に目を配る。昨日の車――二台とも黒いスカイラインのセダンだったはずだ。考えてみればフェアレディの兄弟車のようなものである――は見あたらない。もちろん、相手が車を替えてくる可能性もあるが。

いったい自分は、誰を相手にしているのだろう。これから会いに行く弁護士が担当した事件……法廷で裁かれ、筒井に恨みを抱いているはずの相手なら、あれぐらいの襲撃は平気でやりそうだった。背後には組織もある。

知らぬうちに、筒井は唾を呑んでいた。

8

弁護士の自宅は、この辺りではかなり大きな一戸建てだった。「豪邸」にあと一歩と言っていい規模で、新中野駅から徒歩五分という場所柄を考えると、新築なら億を軽く超えているだろう。

弁護士の収入は両極化している。自分で事務所を経営し、多くの弁護士を抱えていれば、収入は天井知らずかもしれない。あるいは企業の顧問弁護士なら、さほど時間を食われず、汚い仕事もせずに相当の金を稼げるだろう。だが、最近新しく弁護士になった若い連中は、同年代のサラリーマンと同じぐらいの——あるいはもっと低い——給料で歯を食いしばって頑張っているはずだ。

新垣《にいがき》は明らかな勝ち組だ。法廷で何度か見た姿を思い出す。体にぴたりと合った、いかにも上質そうなスーツ。ほぼ白くなったが豊かな髪が、上品そうな印象を倍加させる。ただし法廷で飛び出してくる言葉は、丁寧な罵詈雑言《ばりぞうごん》という感じだった。何度、裁判長から注意を受けただろう。他の事件でもあんな感じなのか、それとも暴力団の弁護をしていると、それに合わせて乱暴になるのか。

車を家の前に停め、外に出ようとして一瞬迷う。どれぐらい車を放置しておくことになるか分からないが、ずっと路上駐車しておいたら、警察に見つかる可能性がある。こんなところで尻尾《しっぽ》を掴まれるわけにはいかなかった。もう一度エンジンをかけ、周囲を流して、コイン式の駐車場にコルベットを停める。走って家の前に戻り、時計を見ると七時少し前だった。今度は迷わず、インタフォンを押す。しばらく反応がなかったが、そのまま待っていると、やがてインタフォンががさがさと耳障りな音を立て、それに続いて「はい」と嫌そうな声が聞こえてきた。

「弁護士の新垣先生でいらっしゃいますか？」インタフォンの横にある、墨痕《ぼっこん》鮮やかな表札を見ながら、筒井は切り出した。

「そうですが」認めるのも面倒そうな口調。

「渋谷中央署の筒井と申します」

沈黙。呼吸音がかすかに聞こえた。おそらく新垣は、記憶をひっくり返している。筒井は余計な言葉を挟まず、返事を待った。あるいは、自分が誰なのかすぐに分かって、どう対応すべきか迷っているのかもしれないが。

突然ドアが開いた。顔だけ覗かせた新垣は筒井の記憶にある通りの姿で、わずかに年齢を重ねていた。かすかな違和感があったのは、見慣れた背広姿ではなく、Tシャツを着ていたからだ。この年齢にしてはよく鍛えている。

「こんな早くに何ですか」露骨に迷惑そうな表情を浮かべた。

「お聴きしたいことがあるんです」

「仕事として？」

「ええ」バッジを示した。これがなければ、まったく信用してもらえないだろうし、弁護士のことだ、あらゆる方法を使って筒井を追い出しにかかるだろう。

「時間はかかるのかな？」

堂場瞬一
初の警察小説にして
今なお語られる
大傑作。

「仏の鳴沢」と呼ばれた祖父。
「捜一の鬼」の異名を持つ父。

その二人を継ぐ「刑事として生まれた男」鳴沢了――。

「刑事・鳴沢了」シリーズ

1 雪虫
2 破弾（小野寺冴、初登場）
3 熱欲
4 孤狼
5 帰郷
6 讐雨
7 血烙
8 被匿
9 疑装
10 久遠（上・下）
外伝 七つの証言

「早く話していただければ、早く終わります」

「令状は？」

「令状が必要なことがあるんですか？」咄嗟に筒井は言い返した。「任意です。というか、バックグラウンドについて教えて欲しいだけですから」

「背景説明、ということかね」

「ええ」

新垣が黙りこんだ。本音が読めない。追い返すつもりか、家に上げるのか……だが、新垣は筒井が予想もしていなかったことを言い出した。

「食事は？」

「まだです」唐突な質問に、反射的に正直に答えてしまう。

「食事しながらでもいいだろうか。美味い朝飯を食わせる店が近くにあるんだ」

「構いませんけど……」

いきなり何だ？　顔に浮かんだ戸惑いを見抜いたのか、新垣の表情がわずかに崩れる。

「私は、あんたに対して個人的な感情は抱いていない。あれはあくまで、仕事だった。それに、誰でも朝飯は食べるんだから」

「それはそうですが」自分はほとんど朝食を抜くのだが。

「今、家内がいないんだ。義父が具合を悪くしていてね、三日前から田舎《いなか》に帰っている。

朝飯はきちんと食べると約束したから、抜くわけにはいかない」

「外でいいんですか？」

「台所を使うと、怒られるからな」新垣がにやりと笑った。「私の辞書には、片づける、という言葉がないんでね」

「お供します」少し卑屈かな、と思いながら筒井は言った。

「五分待ってくれ」

ドアが閉まる。裏口をチェックしておくべきだろうか、と筒井は迷った。愛想よく振る舞っておいて、とっとと逃げ出すとか。しかし先ほどの会話を思い返した限り、信用できそうな気がした。玄関から下がり、歩道から家を観察して時間を潰す。本当に出てくるか、と心配になった頃、新垣がドアを開けた。ちらりと腕時計を見ると、四分しか経っていない。ネクタイはしていないが、きちんとスーツを着ている。遠目には無地に見えるほど細いストライプのスーツ。生地には張りがあり、ワイシャツの白も目に痛いほどだった。まだ着替えを手に入れていない自分のよれよれの格好を思い出し、つい顔をしかめてしまう。

「早いですね」

「着替えるだけだったから……さあ、行こうか」

先に立って、新垣がさっさと歩き出す。ここでは話をしたくないのだな、と思い、筒井は少し離れて彼の跡を追った。

新中野の駅前まで出ると、新垣はマンションの一階にあるレストランに迷わず入った。レストランというか喫茶店というか……ドアの横の看板をちらりと見ると、「7：00〜23：00」とある。ずいぶん営業時間が長い。

外から見て想像したよりもずっと広い店内で、テーブルが十ほどある。他に、長いカウンター。新垣はテーブルにつかず、カウンターに腰を下ろした。椅子の座面が高い位置にあるので、伸び上がるような格好になる。新垣よりも少し背が高い筒井は、辛うじて爪先立たずに済んだ。

カウンターを選んだ理由は、簡単に想像できる。テーブル席だと、どこに座っても互いに顔を見合わせることになるが、それを避けたのだろう。正面から相手の目を見ながら嘘がつける人間は多くない。

弁護士なら、それぐらいは平気でやりそうだが。

「この店は、新中野界隈《かいわい》に住む人の朝食の概念を変えた」

「そうなんですか？」

新垣が、メニューを寄越す。ざっと眺めると、いかにもアメリカ風の料理が並んでいた。

「メニューは普通ですね」

「質が違う」新垣が、手を挙げて人指し指と中指を立てた。「朝七時からきちんと飯が食える店は、ファストフードかファミリーレストランぐらいだ。モーニングセットを出すような、昔ながらの喫茶店は絶滅寸前だしな。そういう意味で、ここは貴重な店だ」

「ええ」

「量も破壊的だ。少なくとも、私のような年齢の男にとっては」

「何がお勧めなんですか」

「卵料理を試してみなさい。バリエーションは多いから、好きな物を選べばいい。コレステロールの取り過ぎで、朝から背徳的な気分にもなれる」

注文する前からコーヒーが運ばれてきた。新垣が、たまねぎ入りのオムレツにチョリソー、ジャガイモのつけ合わせを頼んでから、コーヒーに砂糖を加える。ミルクはなし。筒井はブラックのままコーヒーを一口飲んでから、目玉焼きにカナディアンベーコン、新垣と同じジャガイモを注文した。

「それだけでいいのかな？　オートミールやシリアルもある」

「普段、朝はほとんど食べないんですよ」

「独身かね」

「ええ」

「早く結婚したまえ。結婚すれば朝食を食べるようになる。朝食を食べる習慣をつけるためだけにでも、結婚する価値はあるぞ」

「それは本末転倒かと思いますが」こんな風に、新垣と軽口を叩き合えるとは思わなかった。彼にとって自分は、敵だったはずなのに……法廷と外では、完全に人格を使い分けているとでもいうのだろうか。

運ばれてきた料理を見て、筒井は絶句した。卵二個の目玉焼きはともかくとして、ベーコンは長さ三十センチもあるものが三枚。ジャガイモとタマネギを炒《いた》め合わせたつけ合わせは、それだけで一食分のカロリーが摂取できそうなほど大量だった。それに、三角形に切ったトーストが四枚。完食したら、昼飯は抜きにした方がよさそうだ。

「オレンジジュースももらおう。朝はビタミンCを取った方がいい」筒井に確かめもせず、新垣がカウンターの向こうに声をかけて、ジュースを二つ注文した。

飲みたくもないオレンジジュースが目の前に置かれる。仕方なく一口飲むと、思わず頬が引き攣るほど酸っぱい。元々、酸味のある飲み物は好きではないのだが……新垣が平然と飲んでいるのを見て、むきになってグラス半分ほどを一気に喉に流しこむ。

酸っぱさを消すために、料理に手をつけて驚く。新垣が言っていた「質」……美味いのだ。卵の黄身にはこくがあり、白身の焦げ具合も完璧。ベーコンは分厚く切ってあるせいか、口の中に美味い脂《あぶら》と適度な塩気が染み出してくる感じがたまらなかった。その辺で売っている大手メーカーのものだと思っていたパンも、焼き具合が上等なせいか、かりかりとした歯触りが楽しめる。

「美味いですね」

「だろう？　朝飯はこうでなくちゃいかん。しかも安い」

ちらりとメニューを見ると、自分が頼んだ組み合わせは六百円だった。ファミリーレストランで、量的にずっと上品なメニューを頼んでも、これぐらいは取られる。ボリュームと味を考えると、非常にお得だった。オレンジジュースは一杯四百円したが。

冴は、美咲に朝食を食べさせてくれているだろうか。あるいは、美咲が起き出すまで待っているか。

新垣は年齢を感じさせない食欲を発揮し、あっという間に料理を全て平らげた。両手を叩き合わせてパン屑を皿の上に落とし、満足そうな笑みを浮かべてコーヒーを飲む。筒井の皿にはまだ卵が少し残っていたが、ナイフとフォークを置いた。新垣が、それを戦闘開始の合図と受け取ったようで、椅子を少し回して筒井の顔を見る。

「で、用件は？……といっても、君が会いに来るのは、あの件以外に考えられないが。他の事件じゃないだろう」

「ええ」

「そうだろうな」ふっと息を吐いて、ワイシャツの胸ポケットから煙草を取り出す。素早く火を点けると、顔を背けて煙をあらぬ方に吐き出した。「継続中の事件だったら、警察が弁護士に話を聴きに来るわけがない」

「あなたが事件の関係者だったら、話は別ですが」

新垣が一瞬口ごもり、すぐに爆笑した。煙が変な所に入ってしまったのか、むせながらも笑いが止まらない。背中を叩いてやろうかと思ったが、何となく馬鹿にされているように感じ、無視してカウンターの奥の棚に並ぶ酒瓶を眺めながら、咳の発作が治まるのを待つ。新垣が、紙ナプキンで口元を拭いてから、わずかに残ったオレンジジュースを飲み干した。性懲《しょうこ》りもなく、煙草を唇に挟みこんで、深く吸いこむ。

「あの事件は、とっくに終わってる。今さら何だというのかね」

「関係者はどうしていますか？」

「関係者とは？」

「奴の子分――斉木《さいき》に決まってるじゃないですか」

ある意味この件は、麗《うるわ》しい師弟愛の物語と言えなくもない。ヤクザの上下関係を師弟愛と呼べれば、だが。

数年前、筒井は広域暴力団幹部の逮捕劇に参加した。組の活動とはまったく関係ない、個人的なトラブルによる殺人事件である。容疑は愛人を殺して海に捨てた、というものだったが、逮捕はまさに大捕り物になった。銃を持って事務所の入っているビルに立《た》て籠《こも》ったこの幹部に対して、機動隊員も含め、警察官五十人近くが出動。一帯を封鎖する大騒ぎになったのだが、手錠《てじょう》をかけたのは筒井だった。身軽さを見こまれ、突入要員に指定されたのである。

筒井は、幹部が立て籠った部屋の一階上の部屋からロープを使って壁伝いに下り、窓を蹴破って侵入するという作戦の要員に抜擢《ばってき》された。こういうことの専門家もいるわけで、いかに若く身軽だったとはいえ、筒井は自分が選ばれた理由が未だに分からなかった。しかし、「ゴー」サインを待つ間の、異常な緊張感は覚えている。

降下部隊は三組に分けられた。このうち二つがダミー。時間差で窓を蹴破り、相手が気を取られている間に、最後の班が突入する手はずだった。

この作戦は無事に成功し、幹部は一発も撃てないまま、制圧された。それだけだったら、何の問題もない。ただし、取り押さえた際に、筒井は少しやり過ぎた。アドレナリンが出まくっていたせいだろうか、手加減ができず、一瞬で相手の左肩を脱臼《だっきゅう》させてしまったのである。そのままなら、始末書を一枚書いて終わればよかったが、事件はここから別の様相を見せ始める。

翌朝になって、この幹部の「一の子分」を自認する斉木が、「やったのは自分だ」と突然出頭してきたのである。まだ死体も見つかっていない状態だったので、警察も揺れた。身代わり出頭だろうという判断が多数を占めたが、それでも万が一、ということがある。斉木は警察に留め置かれ、ゆるゆると取り調べを受けた。被害者の死体が見つかるまでの時間稼ぎである。幹部は既に遺棄場所を自供していたから、そこで発見されれば、「犯人しか知り得ない情報」の暴露に当たり、斉木の嘘が明らかになる。

夕方近くになって、潜水部隊が死体を発見した。その時点で、斉木は身柄を放されることになった。捜査を邪魔したということで公務執行妨害を適用してもよかったのだが、兄貴分を庇《かば》うために嘘をついたヤクザを構っているほど、警察は暇ではない。

しかし、釈放を告げられると、斉木は突然凶暴化した。筒井が幹部を怪我させたことを知り——取り調べに同席していた阿呆《あほ》な先輩刑事がぽつりと漏らした——取調室を出る時に、殴りかかってきたのである。大振りのパンチは軽くいなせるようなものだったが、そう判断するより先に体が動いてしまった。腕を取り押さえ、ねじり上げて、またもや肩を脱臼させた。

後になって、筒井は先輩たちから、「二日で二件の脱臼は新記録だ」とからかわれたものである。

斉木は結局、この一件で、公務執行妨害と暴行の現行犯で逮捕され、裁判では執行猶予《ゆうよ》判決を受けている。控訴はせず、一審で確定。自由の身になると、兄貴分と慕う幹部の裁判を傍聴《ぼうちょう》し続け、筒井が証人として出廷した際には、激しい暴言を吐いて退場させられた。その時に、筒井はこの男の並々ならぬ怒りをはっきり感じたのだった。その後も何度か、脅迫めいた手紙が送りつけられてきたことがある。立件は十分可能だったが、結局は相手にしないという方針が決まった。変な義侠《ぎきょう》心《しん》を持ったヤクザと、真面目につき合う必要はない。もしもお前が闇討ちされて怪我でもしたら、考えよう——と先輩の刑事たちに言われた時には、まるで自分が囮であるかのように感じたものだった。

もっとも、実際に斉木が襲撃してくるようなことはなく、いつの間にか脅迫状も届かなくなった。

「斉木は死んだよ」

「え？」思いもよらぬ答えに、筒井はコーヒーを吹き出しかけた。「どういうことですか」

「病死だ」

「病死って……事件の頃、まだ二十代の半ばだったじゃないですか」自分とほぼ同年代の人間が「病死」と言われても、ぴんとこない。

「心筋梗塞《こうそく》でね」

「まさか」思わず首を振る。心筋梗塞といえば、中年以上の太った人を襲う病気、というイメージがある。一方斉木は、病的なほど痩《や》せた男だった。「あり得ない」

「こんなことで嘘をついても仕方ない」新垣が、少し丸みを帯びた自分の腹を叩いた。「生活習慣病を心配しなくちゃいけないのは、私のような年寄りだけじゃないんだね。年齢や体形に関係なく、誰でも襲われる可能性があるんだ。あんたも気をつけた方がいい」

筒井は、張りつめていた緊張が一瞬で解けるのを意識した。自分が逆恨みされ、襲われた可能性……それは完全に消えたといっていい。もちろん、こちらが意識していないで、いつの間にか誰かに狙われている可能性も捨てきれないが。逆恨みとは、恨まれるいわれがないのに恨まれることで、その点で言えば、本人がまったく知らない可能性もあり得る。

「例の幹部……大竹《おおたけ》は……」

「最高裁へ上告中だが、死刑は動かないだろうな」機を見るに敏というか、新垣は一審判決後、大竹の弁護から下りていた。負ける勝負はしない、ということだろう。何しろ大竹は、例の一件で逮捕された後、他に二件の殺人事件を自供していたのである。新垣としては、行きがかり上、少なくとも一審で弁護を下りることはできなかっただけなのだろう。

「組の方も、無視してるわけですよね」

「三件とも個人的な問題で、組はまったく関係ないから。余計なことをすれば、火の粉が降りかかる」

ヤクザの世界も、一般社会と同じだ。組織に属する人間が罪を犯した時、組織とまったく関係ない個人的な問題だったら、速やかに切り捨てられる。筒井は溜息をついた。下手をしたら自分も、こうなっていたか……。

「つまり、あの事件の関係者で、俺を恨むような人間はいない、ということですね」

「あり得ないね。大竹が、留置場からあんたを襲うような指令を出していれば別だが。だいたい、彼の指示を聞くような人間は、もういないだろう」

「取り次ぎ役がいるとしたら、弁護士ですか？」

「まさか」新垣が低く笑った。「日本の弁護士は、そういうことはしない」

「そうですか……」黙りこみ、筒井はまたカウンターの奥の酒瓶に目を向けた。普段はほとんど呑まないのに、アルコールの味が恋《こい》しくなっている。吸いもしない煙草も、吸いたくて仕方なかった。一本譲ってくれ、と言っても新垣は断らないだろうが、そんなことをするのはみっともない。

「何か心配事があるなら、相談に乗るが？」

「あなたに相談料を払えるほど、給料を貰《もら》ってませんから」

「公務員――警察官の給料は、それほど悪くないはずだがね」

「今、瘤《こぶ》つきなんです」筒井は勘定書を摑んで立ち上がった。新垣は一言も発しない。こちらに払わせるのが当然だと思っているようだ。朝から二千円……これから先のことを考えると痛かったが、仕方がない。

逃亡には金がかかるものだ、と筒井は初めて知った。長年警察の網をすり抜け続けている手配犯は、どのように暮らしているのだろうか。

9

キャリア官僚とはいえ、総監と会う機会がさほど多くはない島は、彼の本音がまったく読めずに戸惑っていた。怒っているのか、呆れているのか……こちらの判断を好意的に受け取っていないことだけは、明らかだった。こんな話を、拍手で迎える人間はいない。ましてや、警察組織の頂点——警察庁長官とのツートップ——という立場なら。

「話は分かった」

総監が、刑事部長、公安部長の顔を順番に見る。意見を求めているわけではなく、そうすることで自分の気持ちを固めようとしているように、島には思えた。総監が続いて島に視線を向ける。ひどく冷たく、島は背筋に緊張が走るのを意識した。

「このまま動けると思っているのか」

「隠密行動は、我々の得意とするところです。大人数を使うつもりもありません。精鋭部隊で、秘密裏に動く予定です——もう動いています」その精鋭部隊が、一度は簡単に筒井の所在を見失ったのだが。

「それは、公式には認められない」

「分かっています」断言してから、島は唾を呑んだ。公式に、という表現が微妙である。何かあっても、全部こっちのせいにするつもりか……キャリアを台無しにしかねないやり方だったが、島自身、この一件が自分のキャリアなど超えたものになりかねないのは予想している。

「今回の一件に関して、当方の意思を統一しておく」総監の顎が引き締まった。「事件から手を引くように言ってきたのは、外務省と経産省、それに警察庁だ。諸君らもご存じの通り、この件は、外交関係に大きな影響を及ぼす可能性がある。弱腰外交について論評する資格は、小生にはないが……その結果、筒井巡査部長が危機に陥っていることの責任は、我々にもある。警察庁から要請がきた時点で、もう少し粘り腰の交渉をすればよかったと反省している」

刑事部長の背中が丸くなり、肩が強張った。警察庁との折衝を直接担当したのは、刑事部長である。実際には折衝ではなく、向こうの要請を唯々諾々《いいだくだく》と受け入れるしかなかったのだが。あの時戦わなかったのを、総監が悔いているのは明らかだった。もしかしたら、警察庁長官に対する対抗心があるのかもしれない。警察庁はあくまで行政組織であり、その長は官僚のトップである。一方警視総監は、現場の責任者であり、あくまで警察官だ。長官は、総監よりも年次が一つ上。何かの拍子に、二人の立場は入れ替わっていた可能性もある。キャリアの最後の最後で、総監は現場指揮官としての意地を押し通すつもりらしい。

それが本気なら、伝説の男になれる。

「……警視庁としては、これまで捜査してきた経緯も鑑《かんが》み、現時点で全てを放棄することはしない。今後事件をどのようにまとめるか、あるいはまとめないかの結論は先に置くにして、筒井を死なせてはいけない。一柳美咲についても、絶対に傷を負わせてはならない。

警視庁として、非公式にだが、最大限のバックアップをする。同時に極秘裏に捜査を進める。この件は絶対に表に出てはいけない。これが大原則だ」

その場にいた全員が——総監を除き——うなずいた。非常に特殊な任務で、記録にも残らない。筒井が後で、この現実を受け入れるかどうかも分からなかった。もしかしたら全てが終わった後で、自分たちは若い刑事を一人、失うかもしれない。

警視庁の中には、それを望む人間もいるかもしれないが、そうなると過去の問題が再燃するだろう。筒井を疑ってかかっている人間はたくさんいるのだ。

「現状、筒井の行方は分からないんだな？」

「残念ながら、見失っています」公安部長が淡々とした口調で答える。

「まず、全力で筒井と一柳美咲の居場所を確認しろ。その際、敵方に気づかれてはならない。あくまで隠密行動で、かつ迅速に動け。刑事部は、失踪課を使っても構わない。人捜しは、あの連中が一番得意だろう」

「分かりました」刑事部長が、緊張しきったまま答える。「発見後は、どうしますか？」

「手は出さない。筒井たちに気づかれないようにして、様子を観察するんだ。もしも敵方の襲撃があったら——その場の状況に応じて、排除するなり、筒井たちを逃がすことに専念するなり、現場で判断していい。ただし、筒井との直接の接触は、状況が変わるまで厳禁とする。手数は足りそうか？」

「何とか」刑事部長が答えると、公安部長も追随するようにうなずいた。

「時間との勝負でもあるな……もう一枚、手札が欲しい」

「総監、一つ、ご提案させていただいていいですか」刑事部長が遠慮がちに切り出した。

「何だ」総監の声は冷たく、助けを求めるような調子には聞こえなかった。

「一人、切り札として使える男がいます。本人が納得さえすれば、十人分の働きはします。納得するかどうかは微妙ですが……」

「誰だ」

「鳴沢了《なるさわりょう》。西八王子署の刑事課です」

その場にいる全員が黙りこんだ。マッチ棒を電柱に変えてしまう男。あの男が首を突っこむと、何でもない事件が天下の一大事になってしまう。それに、捜査一課長の首を取った男としても知られている。煙たがっている人間が三割、距離を置いている人間が六割、一目置いている人間は一割もいないだろう。いつまでも本庁に上がれず所轄回りをしているのは、そのせいでもある。警察官は、何かとジンクスを気にする人種だ。あんな男が本庁にいたら、事件に追われまくって死人が出る――真顔で誰かが言っていたのを、島は思い出した。

「ああー」総監が咳払いをした。「鳴沢の投入はひとまず見送る。今、我々はそこまで追いこまれていないと信じたい」

軽い会議の席だったら、失笑が漏れる発言だろう。だが今は、誰もが真顔でうなずくだけだった。総監が全員の顔を眺め渡して、話をまとめにかかる。

「今後、この部屋を臨時の対策本部にする。直接の責任者は、島、お前だ。何かあったら、逐一報告してくれ。ただし、ぎりぎりの判断になったら、小生の指示を仰ぐ必要はない。お前が全て判断しろ。事後報告でいい」

「分かりました」お墨《すみ》つきを得たわけだが、事態はそんなに簡単ではないだろう。予想もしていない事態が起きれば、当然総監は前言を翻して、「何故事前に報告しなかった」とこちらの責任を追及するはずだ。どんな人格者の上司でも、部下に全て任せて、自分が最終的に責任を取る、ということはない。

それが官僚組織というものだ。


「上手くいったな、ええ？」高野が満足そうに言った。対策本部の装備用に、ファクスやパソコン、ホワイトボードが持ちこまれるのを部屋の片隅で見ながら、煙草をふかしている。

「いい加減、ここで煙草はやめたらどうだ」島は、目の前に漂い出す煙に目を細めた。

「総監だって部長だって来るんだぜ」

「今は、お歴々も煙草の臭いになんか気づかないよ。それどころじゃないだろう」

「ああ……」島は、無精髭の伸びた顎を擦った。この件は、自分の警察官人生で、最大の事件になるかもしれない。オウム事件の時も、東日本大震災の時も、現場ではなく本部で指揮を執る立場だったから、直接自分の身に危険が及ぶこともなく、どこか冷静に眺めていられた。だが今は、違う。気持ちは現場にいるのと一緒だった。

「ところで、鳴沢了って誰だ？」高野が訊ねる。

「知らないのか？」

「うちには縁のない人間だっていうことは分かってる」

「元々は、新潟県警にいたんだ」島は、記憶を頼りに話し始めた。「親父さんも爺さんも刑事でね」

「三代続いて刑事か」

「ああ。向こうでは優秀な刑事で若手のホープだったんだが、何故か辞めている。その後で警視庁に入り直した。受験できるぎりぎりの年齢だったんだが……何故か、トラブルに縁がある男なんだ。奴が首を突っこむと、何でも大事《おおごと》になってしまう。そのせいか、一度も本庁に上がっていない。ずっと所轄回りを続けている」

「厄介そうな男だな」

「かかわらずに済めば、その方がいい」

増設されたばかりの電話が鳴った。高野が煙草をくわえたまま、素早く受話器を取る。

相手の話に耳を傾けていたが、一言二言返事をして、すぐに電話を切った。

「車は、所轄の方でレッカー移動した。案の定、発信器がついていたそうだ」

「筒井もそれに気づいたんだろうな」

「奴も馬鹿じゃないだろう。意外と冷静なのかもしれんな」高野がうなずく。「どうしていつまでも尾行されるのか、考えたはずだ。それともう一つ、情報がある」

「何だ？」

「小野寺冴という私立探偵を知ってるか？　筒井が車を乗り捨てた近くに、事務所を持っているそうだが。筒井と関係がある、という情報がある」

「……小野寺か」うなずく。自分の頭の重みで、顎が胸に沈みこみそうになった。かつて鳴沢とかかわりのあった女性刑事だ。その後警視庁を辞め、今は探偵をやっているという話は、島も知っている。警察官から探偵というのは、あまり多くない転職だが、何度かこちらの捜査に協力した記録が残っていた。基本的には、警察に対する善意の協力者と考えていいだろう――思い出した。数年前、小野寺冴は、ある事件の証人が警察に出頭する際、つき添って来たことがあるはずだ。あの事件の捜査には、筒井も絡んでいたのではないか？　島は、デスクに放り出してあった警察電話番号簿をめくり、話が聞けそうな人物を探した。

「どうした」高野が不審そうに訊ねる。

「その小野寺と筒井の接点、もう少しはっきりさせられるかもしれない」

「できるのか？」

「残念ながら、俺の記憶は曖昧でね。知っていそうな人間に確かめる」受話器に手を乗せる。

「ちょっと待て」高野が島の肩に手をかけた。「その前に、小野寺冴の事務所に監視をつけよう」

「直接電話して確かめる手もあるぞ」

「まさか」高野が乾いた笑い声を上げた。キャリアとはいえ、二十年間警察官人生を送ってきた人間しか身につけようがない、皮肉が滲み出すような笑い方。「こっちの仕事はあくまで監視だ。下手に相手を刺激するのはまずい。待てばいいんだ。筒井もずっと隠れているわけにはいかない。いつか必ず、動き出すんだから」

「……そうだな」島は受話器から手を外した。「クソ、もどかしい」

「刑事部の皆さんは、性急でいけないな」高野がおどけたように言った。「うちらの仕事は、常にこんな感じだぞ」

それで給料を貰ってるんだから、楽なもんだ。皮肉がすぐに頭に浮かんだが、慌てても み消す。今や、二人で突《つ》き合《あ》いをしている場合ではないのだ。事態は急速に膨れ上がりつつあり、いずれ自分たちの手を離れてしまうだろう。できる限り、コントロール下に置いておきたかった。

「小野寺の事務所の監視は、どうする」

「うちの連中にやらせよう」高野が携帯電話を取り出した。「街を歩き回っている連中を振り分ける。四人ぐらいいれば十分だろう」

「二十四時間監視だぞ」

「これから二十四時間、動きがないとは思えないが」高野が推測を口にした。「筒井っていうのは、どういう男だ？　銃撃の音が止むまで、塹壕《ざんごう》に引っこんでいるようなタイプだろうか」

「違うと思う」残念ながら。そういう人間だったら、むしろ安心して見ていられるのだが。筒井は、役所の大原則である「先送り」に馴染んでいない。元々そんなタイプでもないのだろう。

「だったら、必ず動き出す。それも、近いうちにな……それを待つんだ」

「出て来たら？」

「監視班にそのまま尾行させる」

「だったら、あと一人か二人、増員した方がいいかもしれない。三人が揃って出かけるとは思えないから、尾行と張り込みに分ける必要があるんじゃないか？」

「……そうだな」うなずいた高野が、電話をかけ始めた。早口で指示を与え、すぐに電話を切る。まるで盗聴を恐れているようだった。深々と溜息をつくと、折り畳み椅子を引いて座った。既に機材の搬入《はんにゅう》は済んでおり、部屋には二人だけになっている。「上も、結局は保身だよな」

「ああ」

「表立って動かないのは、外務省なり警察庁なりの要求を呑んでいると思わせるためだ。綻《ほころ》びが生じた時には、一気に攻めていくかもしれないが、これからどうなるか、想像もつかないな」

「その時はその時だ……それと、事件そのものの捜査は続行でいいんだな?」刑事部から公安部への密かな人員の貸し出しは、続行中である。この件は、まだ総監の耳に入れていなかったが、今後は重要な意味を持つことになるだろう。事情が全て分かれば、何か解決方法が出てくるはずだ。何も知らずに、物陰に姿を隠して何かが起きるのを待っているほど、馬鹿なことはない。喧嘩するなら、まずは戦えるだけの材料を仕入れないと。

総監の耳に入れないのは、下手に刺激したくないからだ。それに、この協力体制は、彼が事情を知る前に発動しているのだから、まさに事後報告になる。何を言われるか怖い、ということもあった。

「もちろん。ゆるゆると行きますか」高野が揉み手をした。「取り敢えず、朝飯でもどうだ?」

「そんな気になれない」島は、わずかに残っていたミネラルウォーターを飲み干した。渇いた喉を潤すほどの量もなく、実際には空腹も激しくなる。

それでも今は、我慢しなければいけないような気がした。自分以上に飢え、疲れている人間もいるのだから。

10

「無駄足だったみたいね」戻って来た筒井の顔を見るなり、冴が言った。

「ええ」顔つきでばれるようでは修行が足りないと思いながら、筒井は両手で顔を擦った。

「朝食は？」

「ネタ元と一緒に食べました。小野寺さんは？」

「私はこれ」

冴が、デスクに置いたチョコレートバーを取り上げ、振ってみせた。あれは喉が詰まるんだよな、と筒井は顔をしかめたが、冴は気にする様子もなく、一齧《ひとかじ》りしてコーヒーを啜《すす》った。頬の右側だけが大きく膨れる。

「彼女はどうしてます？」

「まだ寝てるわ」筒井は腕時計を見た。午前九時。横になってからまだ数時間だ。簡単には目覚めないだろう。それでなくても、中学生はよく眠る動物である。

「ちょっと覗いてもいいですかね」遠慮がちに筒井は言った。

「何言ってるの。私に許可を取る必要、ないでしょう」冴が鼻を鳴らす。「あの子の保護者はあなたなんだから」

「まさか」少しだけ口調を荒らげ、筒井は別室に向かった。少し躊躇してからドアを細く開ける。

事務室のドアから射しこむ光が細い筋になって、美咲の体を二つに分けた。狭い部屋の片側の壁には棚がしつらえられているせいで、空いたスペースにソファを置くと、足の踏み場もないほどになる。美咲は横向きになり、左手を枕代わりに頭の下に置いて、目を閉じていた。乱れた髪が広がり、肩までを覆っている。毛布は腰の辺りまでずり落ちて、上半身はほぼ露になっていた。かけ直してやるか……と思ったが、中に入るのは躊躇《ためら》われる。後で冴にやってもらおう。

光に気づいたのか、美咲が体をうごめかす。筒井はすぐにドアを閉めた。振り返ると、冴が腕組みをしたまま、にやにや笑っている。

「お嬢さんの様子はどう？」

「眠ってれば可愛いんですけどね」

「眠ってなくても可愛いでしょう。私が芸能事務所の人間だったら、すぐにスカウトするけどね」

まったく、この人は……どうして一々切り返さないと気が済まないのだろう。このペースに乗ったら駄目だと思い、筒井は軽くうなずくだけにした。冴から新しいコーヒーを貰い、一口啜《すす》る。例によって、泥のように濃い。冴はまったく気にならない様子だったが。

「それで、どうだったの？」

「外れでした」

「そう」冴は詳しい情報を求めようとしなかった。「で、これからどうするの？」

「まず、服と食料の仕込みです。この格好じゃ、動けない」

「服なら、駅の近くにジーンズショップがあるわよ。確か、二十四時間営業よ」

「分かりました」ズボンの尻ポケットに手を伸ばし、財布の感触を確かめた。クレジットカードを使ったり、預金を下ろすのはまずいだろう。その気になれば、金を動かした痕跡を探すのは難しくないのだ。当面は、今財布の中にある金でしのぐしかない。給料日直後でついていた。

「服を揃えたら、早く動いた方がいいわよ」

「そうですね」

「当たり先は？」

今のところ、一柳の家しか思いつかない。自分が狙われている可能性がゼロに近くなった以上、美咲がどうして襲われるのか、探り出さなければならないのだ。その手がかりは、あの家にあるとしか考えられなかった。美咲をこのままアメリカに送り返してしまうことも考えたが、それではいろいろと不都合が生じる。捜査の役に立つかどうかは分からなかったが、危機を排除して、父親と最後の対面——既になってしまっているが——をさせなければならない。そうでなければ、美咲が日本に帰って来た意味がなくなってしまう。

「一柳さんを殺した犯人を見つけます。この件は、そこにつながっているとしか思えない」

「というより、どうして一柳さんが殺されたのかを探ること」冴がより正確に言った。

「おそらく犯人は、何らかの目的があって、彼女の身柄を確保しようとしている」

「その理由が分かれば、犯人に辿り着くかもしれない」

「そういうことです」テンポのいい会話に満足して、コーヒーをもう一口飲み、立ち上がる。「とにかく、家をもう一度調べ直してみますよ」

「どうやって？」

冴の問いかけに、筒井は一瞬凍りついた。規制線は解除されて、家には近づけるようになっているが、鍵がない。家から見つかった鍵は、特捜本部が保管しているから、自由に入れるわけではないのだ。まさか、特捜本部から鍵を盗み出すわけにはいかないし……。

「鍵なら持ってます」

いきなり美咲の声が聞こえて、筒井は慌てて振り向いた。目を擦りながら、美咲が小部屋から出てくるところだった。

「話、聞いてたのか？」

「目が覚めました」迷惑そうに言って、美咲が欠伸を嚙み殺す。明らかに寝不足で、不機嫌な様子だった。

「鍵を持ってるって、どういう意味だ？」

「この前帰国した時、父に貰ったんです。鍵なんか持ってても仕方ないのに」

一柳の行動の意味が分からない。子どもに家の鍵を預けるのは、親として普通の行動だが、彼女はアメリカで暮らしていたのだ。家を買った、ということをアピールしたかったのだろうか？　ここはお前の家でもあるんだぞ、と。しかし彼女は、代官山の家に一度も足を踏み入れていないはずだ。

「分かった。家を調べてみようと思う」

「どうぞご自由に」美咲が肩をすくめる。「私の家じゃないし」

いつもの冷たい言い方。聞き慣れてしまったが、受け流せるわけでもない。いつか、彼女の心に巣食う闇と対峙しなければならないのだろうか。

「ちょっと待っててくれ。食べ物を仕入れてくる。腹が減ったんじゃないか？」

「そんなこと、どうでもいいんですけど」また肩をすくめる。世の中と自分を完全に切り離して考えているようだった。あるいは自分の体と心を。空腹のはずなのに、体の要求を認めるのがいかにも嫌そうだった。

冴に目配せし、事務所を出る。階段を下りて道路に出る直前、慎重に左右を見回した。駅へ向かう人たちが足早に歩いているだけで、誰かが張りこんでいる様子はない。今までの状況を考えると、相手は特に身を隠す意図はないようだった。むしろ自分の姿を見せることで、こちらに圧力をかけようとしている。歩いていると、裸でいるような不安を感じたが、いつまでも愚図愚図しているわけにはいかない。走り出したいという欲求と戦いながら、筒井は下を向いたまま、駅の方へ急いだ。

冴が言う通り、駅前には巨大なジーンズショップがあった。財布の中身を確認してから、ヴィンテージ加工を施したジーンズ、黒いTシャツ、M65タイプのフィールドジャケットを揃える。時間がないので、サイズを確認しただけだった。金を払う段になり、レジのところでキャップを見つけてそれも買い物かごに入れる。黒いベースボールキャップで、少しつばが大きめだった。顔を隠すにはちょうどいい。

その場で着替えさせてもらい、今まで着ていたスーツやワイシャツを紙袋に突っこんだ。茶色の革靴が全体のバランスを崩してしまうが、これは仕方ない。変な格好をしている人間など、東京には掃《は》いて捨てるほどいる。

服装が変わったので少しだけ気が楽になり、背筋を伸ばして事務所へ戻ることにした。もしかしたらサングラス、そうでなくても眼鏡ぐらいは用意しておくべきだったかもしれない。眼鏡をかければ、顔つきは相当変わる。

事務所が入ったビルの前まで戻って来た時に、異変に気づいた。出かける時にはなかった車が一台、少し離れた場所に停まっている。自分たちを襲撃してきたスカイラインでも覆面パトカーでもないが、何かが気になる。乗っているのは……四人。後ろを向いているので顔までは分からなかったが、何故か見られているような感じがしてならない。逃げ出したくなる気持ちと戦い、できるだけ平静を装いながら事務所を通り過ぎて、近くのコンビニエンスストアに入った。車の存在が視界から消えたので少しだけほっとしたが、そのまま無視するわけにはいかない。雑誌コーナーで立ち読みする振りをしながら、身を乗り出すようにして車の様子を観察する。金色のボディのカローラフィールダー。金色？　張り込みのはずがない。それなら、あんな目立つ色の車は使わないはずだ。もっとも、ど派手なコルベットで仕事をこなす、冴のような人間もいるが……。

大急ぎで食べ物と飲み物を籠に放りこみ、会計を済ませて店を出た。依然として車は停まっている。後部座席右側に乗った男が突然振り向いたので、筒井はキャップを目深《まぶか》に被り直し、路肩に飛びのいた。急な動きが相手の気を引くのは分かっていたが、視界の中にいるわけにはいかない。男は、ちらりとどこかに視線を向けただけで――目は合わなかった——すぐに前を向いてしまった。気のせいだろうか……少しだけ高鳴った鼓動を宥《なだ》めながら、うつむき加減に事務所に向かう。

暗く急な階段を上るのが怖くなった。ここで背後から襲われたら、逃げ場はない。思いついて後ろ向きに上がってみたが、逆に、既に誰かが事務所に忍びこんでいたら、上から襲われてしまうのだ、と気づく。その方が対処に困る。結局前に向き直って、急いで階段を駆け上った。

事務所に入ると、美咲はソファに腰かけて、コーヒーカップを両手で包んでいた。いつの間にか、白いブラウスに着替えている。下はショートパンツ。長い脚のほとんどを見せているのに、何となく男っぽいというか、中性的なイメージがする。唯一女らしさを感じさせるのは、うなじに流れるほつれ毛だけだった。

窓のところにいる冴の姿を見た瞬間、筒井は異変を察知した。先ほどまでとは違う、固く重苦しい気配。筒井を認めると、冴が眉をひそめたまま、小さく手招きした。窓辺に歩み寄り、「車ですね?」と訊ねる。

「五分ぐらい前に気づいたんだけど」冴が、ブラインドに指で隙間を開け、目を細める。

「あなたも?」

「ここを出て行く時は、いませんでした」

「じゃあ、その後か……」ブラインドから指を離すと、カシャン、と軽い音が響いた。

「何だと思う？」

「見当がつきませんね。前へ行って、相手の顔を見れば分かるかもしれないけど」

「ナンバーは……」

筒井はすらすらと告げた。ナンバーぐらい、メモしないでも覚えられる。ただ今は、このナンバーを確認する手段がない。警察との接触は御法度《ごはっと》だ。

「で、どうするつもり？」冴が窓から離れた。

「出発します。あの連中は気になるけど……それに、いつまでもお世話になっているわけにもいきませんから」

「あの子は？」急に身を寄せて、耳元で小声で訊ねる。

「申し訳ありませんが、もう少し、ここでお願いします」

「分かった。でも、本格的に隠れるなら、他の場所を探した方がいいかもしれないわね。あの連中が、あなたたちの居場所に気づいて張っているんだとしたら……」

ふいにあることを思いつき、筒井は「頼みたいことがあるんですが……小野寺さんじゃないとできないんです」と言った。

「何？」

「あの子の荷物を全部調べて下さい」

「ああ」冴が筒井の推理を察してうなずいた。「発信器をつけられたのは、あなたの車じゃなくて、彼女の荷物かもしれない？」

無言でうなずく。冴がうなずき返し、美咲の許へ歩み寄った。

「美咲ちゃん、悪いんだけど、荷物を調べさせてもらえるかな」

「いいですよ」まったく気にしていない様子で、美咲が言った。

「ごめんね。知らない間に発信器をつけられているかもしれないから」

「はい……勝手に見て下さい」

美咲があっさり了承したので、筒井は少し拍子抜けした。この年代の子どもだったら、特にプライバシーを気にするのではないだろうか。自分の荷物に手を突っこんで調べられるなど、考えただけでもぞっとして、激しく抵抗するとばかり思っていた。

冴が小部屋に消えるのを見届けて、筒井はコンビニエンスストアの袋をようやくテーブルに置いた。

「何が好きか分からないけど……いろいろ買ってきたから、取り敢えず食べてくれ」

美咲が、つまらなそうに袋を覗きこむ。しばらく中身を吟味していたが、取り出したのはヨーグルトだった。

「それだけ？」

「お腹減ってませんから」

「それじゃ体に悪い。まさか、ダイエット中、とかじゃないよね」美咲は明らかに痩せ過ぎだ。この年代の子は、必要以上に体重を気にする傾向があるものだが……。

「大きなお世話です。ヨーグルトが好きなだけですから」そう言って、さっさと食べ始める。あっという間に平らげてしまうと、今度はサンドウィッチを手に取った。

「何だ、結局食べるんじゃないか」

「いけませんか？」挑みかかるような目つきで、美咲がこちらを見た。

「別に悪くないけど」

筒井は、自分も袋に手を伸ばし、缶コーヒーを摑み出した。昨日からコーヒーを飲み過ぎなのだが……徹夜明けなので、たっぷりカフェインを摂取しないと、体が保《も》ちそうにない。

美咲の食べ方は、妙に男らしかった。大口を開けて、三角形の半分近くを一気に嚙み切ってしまう。食べながら、破いたばかりのパッケージを凝視する。

「何か？」

「いや……変な物が入っていたら嫌だから」

「食べ物だぜ？　変な物が入っているはずがない」

「アメリカだと、食べ物も一々心配しなくちゃいけないんです。添加物とか、保存料とか……アメリカ人の平均寿命が日本人より短い理由がよく分かりますよ。食べながら病気になってるみたいなものだから」

「それは大袈裟じゃないかな」筒井は首を振った。日本を馬鹿にしてみたり、アメリカを攻撃してみたり……この子の本音はどこにあるのだろう。適当な知識で話をつなぐ。「アメリカだったら、オーガニックの食材が好きな人も多いだろう」

「そんなの、ごく少数派ですよ。少数派だから目立つだけで、そもそも変な人たちだって思われてます」

 こともなげに言って、美咲がサンドウィッチを一つ平らげた。すぐにもう一つに手を伸ばす。やはり腹が減っていたのだ、と思って筒井はほっとした。変に意地を張られても困る。腹が膨れていれば、人間は大抵のことを我慢できるものだし。

「食べたらすぐ出かけるんですか」

「ああ」

「私も行きます」

「駄目だ」何となく、美咲がそう言い出すのは予想できていた。全てに関心がなさそうに装いながら、実はいろいろなことに目を配っているタイプではないかと思う。「彼女と──小野寺さんと一緒にいてくれ」

「私にも、あの家に入る権利はあると思います。今は、私の家なんじゃないですか？」

「そうかもしれないけど、危ない」言っていることが先ほどと正反対だが、筒井は怒りを押し殺した。

「何が危ないんですか」美咲が、まだ開けていないサンドウィッチをテーブルに置いた。「敵が誰かも分かっていないんでしょう？　それでびくびくしてるのって、変ですよ」

「分からないから用心するんだ。相手の正体が分かれば、対策のたてようもある」

「全然分からないんですか？」馬鹿にしたように言って鼻を鳴らす。「だらしないですね」

「腕をもがれたようなものだから」言い訳はみっともないぞと思いながら、筒井は言った。「本格的に調べるのは、これからだ」

「とにかく、私も行きます」

「足手まといだ」筒井はきっぱりと言い切った。「頼むから、大人しくしていてくれ」

「私がここにいることに気づかれたら、どうするんですか。ここへ残しておいて、心配じゃないんですか。安心だって言われても、根拠が分かりません」

「それは……」筒井は口ごもった。

「自分の身ぐらい、自分で守れますよ。一緒にいた方が、安心できるんじゃないですか。それに私にも、家を見る権利ぐらいあると思うけど」

「そうしたら？」小部屋から出てきた冴が、美咲に同調した。

「小野寺さん……」

「私としては、ここにいてもらっても構わないけど、こんな殺風景な事務所にいたら、息が詰まるでしょう？」

美咲は無言だった。冴に対してどんな気持ちを抱いているのか、さっぱり読めない。同性だから少しは気を許すかと思ったのだが、何となく冴の存在を煙たがっているようだった。

「しかし、ですね」筒井は反論しかけたが、冴の厳しい視線に気づいて口をつぐんだ。彼女には何か考えがあるらしい。「……それで、発信器の類《たぐい》は？」

「私が見た限り、ないわ」

「じゃあ、外の連中は……」

「分からないけど、出し抜いてやればいいじゃない。裏口の方で張り込みしていなければ、そちらへ車を回しておくから、出る準備をしておいて」

「……分かりました」

立ち上がり、車のキーを差し出す。掌に落とすと、冴は軽く握り締めて筒井にうなずきかけ、さっさと事務所を出て行った。ドアが閉まるのを待ってからソファに座り、筒井は缶コーヒーを一口飲んだ。冷たく苦い液体が喉を滑り落ち、胃にかすかな痛みを感じる。

「彼女と――小野寺さんと何か話したか？」

「別に」

「何か、気に食わないのかな？」

「あの年代の女性に慣れていないだけです」

お母さんは、と言いかけ、口を閉ざした。冴だったら、美咲の母親であっても全然おかしくない年齢だ。もしかしたら美咲は、母親の死のショックからまだ立ち直っていないのではないか。母親と同じ年代の女性と対峙した時、無意識のうちに目を逸らしてしまうのかもしれない。もちろん、初めて会った人の胸に自然に飛びこむなどできないだろうし、筒井も冴に、美咲の母親代わりなど望んでいない。ただ、安全な避難場所を提供してもらいたかっただけだ。

「とにかく私も、家に行きますから」

「ちょっと待ってくれ。これから何があるか、分からないんだぞ」

「私には、家を見る権利、あると思いませんか？　父が住んでいた最後の場所なんですから。それに、父の持ち物のことなんかは、私の方が分かるかもしれない。そういうことを調べたいんでしょう？」

一緒に住んでもいなかったし、父親のことにあれほど無関心だったのに……そう思ったが、そういう風に考えるのは残酷なのだと思い直す。美咲は意地を張っているだけで、本当は父親に対する強い思いがあるのかもしれない。死に目にも会えなかったし、葬式にも出られなかった。せめて父親が住んでいた家の空気を味わいたいと思うのは、むしろ自然な気持ちかもしれない。何といっても彼女はまだ十四歳なのだ。特に最近の子どもは、親と仲がいいらしい。昔のような反抗期がなくなってしまったのだろうか。

「分かった」少ししわがれた声で筒井は言った。この場で言い合いを続けていても、彼女は絶対に引かないだろう。足手まといになる可能性はあるが、希望は叶えてやるべきだ。甘いな、と思ったが、こういう性格なのだから仕方がない。「じゃあ、出かける準備をしてくれ。荷物は……」

「持って行きます」毅然とした口調で、美咲が言った。「人には預けられない物も入ってますから」

「宝物？」

「パソコンですよ」美咲が鼻を鳴らした。「宝物って何ですか？　子どもじゃないんですから」

君は十分子どもじゃないか、と思ったが、そんなことは口には出せない。取り敢えずいかめしい表情を作って、「危ないことがあったら、指示に従ってくれ。必ず守るから」と宣言した。

「守る、ですか」美咲が溜息を漏らした。「守ってくれるんですよね」

守れていない、と言いたいのか？　確かに何度か危機はあったが……筒井は窓辺に歩み寄った。美咲と話していると、普段の何倍も気を遣う。子どもらしくむきになる一面と、変に理屈っぽい一面が入り混じり、彼女の本質を隠してしまっている。自分が十四歳だった頃を思い出してみる。絶対に、こんなひねくれた子どもではなかった。陸上に夢中で、五千メートルの県の記録までもう少し、というところまで迫っていて……その後筒井が学んだのは、人間は、ひたすら挫折《ざせつ》を積み重ねる生き物だ、ということだった。中学生でどんなに速くても、上には上がいる。受験は上手くいかない。就職しても、壁は立ちはだかる。

それでも俺は生きている――立派に生きているとは言えないが。

冴の真似をして、ブラインドの隙間に指を突っこむ。車は、先ほどと同じ場所に停まったままだった。エンジンは止めているようで、長期戦に備えている。自分がここを出た直後にあの場所に停車したとしたら、既に三十分。何かをやっている気配はなく、やはりこちらを監視している可能性が高い。それも思いこみかもしれないが、無視していると、痛い目に遭う。

「荷物をまとめてくれ」

「まとまってますよ」美咲はいつの間にか、小部屋からスーツケースを持ってきていた。

「じゃあ、出かけられるな？」

「いつでもどうぞ」

「小野寺さんが戻って来たら、すぐに出よう」言っている側から、携帯が鳴る。ディスプレイを見ると、「小野寺」と浮かんでいた。電話に出ると、冴が低く小さな声で語りかけてくる。

「今、裏口にいるわ。こっちに監視はいない」

「どうやって出るんですか?」

「あなたが上って来たのと逆側に、非常階段がある。そっちを下りると、非常口から建物の裏側に出られるから。すぐ出てきてくれる?」

「一応、事務所の鍵はかけたいんですけど」敵に、わずかな隙も見せたくない。

「所長のデスクを見て。右側の、一番上の小さな引き出し」

言われるまま、筒井は引き出しを探り、すぐに鍵を見つけた。

「ありました。一度鍵を閉めて、そっちに行きます」

「用心し過ぎじゃない?」冴が笑い声を上げかけた。

「やり過ぎはないと思います」

「……そうね」一気に声をひそめる。「あの子のことだけど」

「ええ」筒井はちらりと美咲の方を見た。既に立ち上がり、ブラウスの裾を直している。乱れているようには見えなかったが。

「何か、問題を抱えてると思う。もちろん、父親が殺されたショックもあるだろうけど……そんな風に見えないというか、見せないのが怖いわ」

「抑圧?」

「そんな感じがする。悲しみを無理に押し潰してるとか」

「ええ。でも、もっと複雑な事情かもしれない」

「そうね……とにかく、働かせた方がいいわ」

「働かせる？」

「美咲ちゃんは、物凄く頭がいい。それは、話していて分かるでしょう？」

「残念ながら」

冴が軽く笑った。すぐに笑いを引っこめ、真面目な口調で続ける。

「たぶん、あなたや私とは頭の出来が違う。難しい問題を前にしたら、彼女の頭脳が役立つかもしれない。それに、何かで忙しくさせておいたら、それだけで気が紛れるものよ」

「ええ」

「じゃあ、行動開始」きびきびした声で、冴が命令した。「一分以内に下りてきて。ドライバー交替よ」

暗い廊下を、先ほど上がってきたのと反対側に歩き、非常階段を下りる。一階に出ると、黴臭《かびくさ》い臭いに混じって、甘ったるい牛丼の香りが強く漂った。牛丼屋の上の探偵事務所……冴には似合わないなと思ったが、彼女とて、好きでここに事務所を構えているわけではないのだ、と気づく。あくまで先代所長から引き継いだだけなのだから。

裏道は、車のすれ違いもできないほど細かった。冴が「一分以内」と時間を切ったもう一つの理由がこれだろう。他の車の通行の邪魔になる。冴は車のエンジンをかけたままドアを開け、無言でうなずきかけてきた。筒井はいつもの手順で、コルベットのハッチバックを開けてスーツケースを放りこんでから、美咲のために助手席のドアを押さえてやった。美咲が、屈みこむようにしてシートに乗りこむ。ほとんど、道路の上に直に座るようなものだった。筒井は事務所の鍵を顔の前に翳し、冴に見せた。

「それは持っていって」と冴が小声で言って、すぐに非常口の中に消えた。

筒井は運転席に体を滑りこませ、すぐに車を発進させた。表通り、カローラフィールダーが張っている場所は通らないので、様子が分からないのが心残りだったが、こちらの姿を晒すわけにはいかない。車が何だか分からない以上——いや、分かっていると考えた方がいいだろう。もしも冴の事務所を割り出したのなら、彼女の愛車が何なのかぐらい、調べをつけているはずだ。だったらとにかく、見られないうちに姿を消すに限る。

「抑圧」

「え?」突然の美咲の声に、筒井は驚いて横を見た。右足に不必要に力が入ってしまい、車ががくがくと不器用な動きをする。

「心理学的に定義すれば、自我の防衛機能ということですね」

「ええと——」

「自我を脅かす願望や衝動があったら、意識から締め出してしまう、という意味です。私がそんなことをしてると思うんですか？」

「何の話かな」先ほどの電話の内容を聞いて、自分が話題になっていると悟った？　この娘は、少しばかり鋭敏過ぎる。

「そういう願望や衝動は、自分でも意識しないまま、保持していることがあります……一般的に、ですよ。私の場合、何を保持しているんですか？」

「そんなこと、分かるわけがないだろう。俺は君じゃない」

「だったら、人の噂話をするのはやめてもらえます？　気分が悪いんで」

「俺は、君のことをもっと知らないといけないと思う」

「私は知られたくないですね」

全てを拒絶する、冷たい口調。こんな風に自分の周囲にバリアを張り巡らせてしまって、生きにくくないのだろうか。特に彼女は今、寮生活を送っている。プライバシーは、それこそ「抑圧」されがちなはずである。

「さっきのスーツケースのことだけど」

「それが何か？」

「小野寺さんに中を見られるの、嫌がらなかったな」

「見られて困るような物は入ってませんから」

「立ち会いもしなかった」

「発信器があるかどうか、調べただけでしょう？　私が見ても分かりませんから」

「そうだけど……あれかな、寮生活なんかしてると、プライベートな感覚がなくなるのかな？」

「物と心は別ですよ。持ち物は、その人間の特徴を示すこともあるけど、本質を表現するとは限らない。例えば私、こういう指輪をしてるんですけど」美咲が筒井の顔の前に、左手を突き出した。中指に、筒井でも分かるカルティエのリングがはまっている。「分かります？」

「よく分からないけど、中学生がする指輪じゃなさそうだな」

「これは、アメリカで友だちから貰ったんです。母親が亡くなって、いろんな遺品を相続したうちの一つ。自分は気に入らないからって、私にくれたんです。それで、どうですか？」

「どうって、何が？」

「カルティエの指輪をしてる中学生なんて、普通はいないでしょう。いるとしたら、とんでもないビッチかもしれません。ずっと年上の男を騙《だま》して、貢《みつ》がせているとか」

「そういう話は、ないでもないみたいだ」

少年課の連中から聞く話には、驚くべきことも多い。最近の子どもは、完璧に二極化しているようだ。大人しく、自分の言いたいこと――そもそも言いたいことがあるのかどうかも分からない——も言わずに、素直に親や教師に従う無気力な子どもと、やりたいことをやるためには、大人の制止など簡単に無視する子ども。一回りどころか、二回りも年上の大人を、平気で手玉に取る中学生もいるらしい。

「私、ビッチに見えますか?」

「いや」

「つまり、カルティエの指輪をしてるってことだけじゃ、何も判断できないでしょう。同じことです。持っている物をいくら見られたって、私の本質が分かるわけじゃないですから」

「ある程度は分析できるんじゃないかな」

「分析?」美咲が鼻を鳴らす。「また心理学の話ですか? あんなものは戯言《たわごと》ですからね。ジークムント・フロイトは、頭がおかしかったんじゃないかと思います。『夢判断』なんか、全編が妄想ですよ」

「あんな難しい本、読んでるのか?」

「難しいって……古典じゃないですか」美咲が、心底驚いたように言った。「普通、教養として読むでしょう。中学生レベルです」

筒井は、内心の驚きが顔に出ないように、唇を引き結んだ。この子はいったい……自分としては、「夢判断」というタイトルを知っているだけで、自分を褒めてもいいのでは、と思っていたのだが。

「ずいぶんたくさん本を読んでるんだね」

「暇ですから」白けた口調で美咲が言った。「でも、人文系の本は、全然役に立ちません。哲学とか、それこそ心理学とか……人間の心は何かっていう、答えが出そうにない問題の追究に過ぎないんですよね」

「分かった、分かった」筒井は左手を耳の高さに上げた。「降参するから、少し黙っていてくれないかな。この車の運転をするのは、結構大変なんだ。集中してないと、事故を起こす」

「私のことを一々聴かないでくれたら、黙ります」

「……約束する」

そして約束は、往々にして反故《ほご》にされる。美咲は、知識だけは豊富かもしれないが、大人の世界のルールは何一つ知らないだろう。そろそろ、そういうことを覚えてもいい年齢だ。

第3部　反攻

1

ずっと憂鬱《ゆううつ》だった。羽田空港の到着ロビーに出て筒井に会ってから、鬱陶しい気持ちが黴のように美咲の心に張りついている。

もちろん、何度にも及ぶ襲撃のショックや疲労もある。自分があんな目に遭う理由が、まったく分からない。境遇はかなり特殊だけど、あくまで普通の中学生だし、人から恨みを買う理由なんか一つも思いつかない。

やっぱり、父親の関係だろうか。美咲は自分の中で、父親の存在を論理的に説明できない。昔から他人の理解を拒絶するような人で、子どもの頃は、その存在について首を捻るだけだった。怖いとか嫌いとかではなく、理解できない存在。人の性格や行動は、最終的には全て数値化して表現できると思っているけど、あの人に関してだけは無理。

無理であるが故に、死んだ、という事実に関してもぴんとこない。家族として好きだったかどうか？　分からない。「何とも思わない」というのが、本当の本音かもしれない。

それこそ抑圧？

もしも自分の心を覆っている蓋――そんなものがあればだが――を取り除くと、どす黒い感情が溢れ出し、隣でハンドルを握っている筒井を驚かせるかもしれない。でも、もしも蓋が閉まっているなら、わざわざ開ける必要もないと思う。

そういえば、筒井という人も……頼りないというか、信用していいのか、未だに分からない。だいたい、自分が所属している警察さえ信用できない、頼れないなんて、どういうことなんだろう。警察に問題があるのではなく、この男が反逆者かもしれない。警察の中の裏切り者で、追われる立場だとか。だとしたら、一緒にいるのは危険だ。でも、普段の言動を見ている限り、組織を裏切るほど思い切ったことができそうには思えない。要するに、まだ子どもだ。三十歳だというけど、精神的には自分の方がよほど成熟していると思う。

小野寺冴という人とは、どんな関係なのだろう。彼女の方がずいぶん年上だし、恋人、という感じには見えない。刑事と探偵だから、仕事仲間でもないわけだし、冴も何も説明してくれなかった。もっとも、二人の関係をどうしても知りたいわけではない。上手く誘導して話を聞きだす自信はあるけど、そんなことにエネルギーを使うのが面倒臭い。

何もかもが、面倒だ。

でも、この場所ではないどこかへ逃げ出そうという気にもなれない。自分にできることなんか、限られている。唯一逃げこめる先はアメリカだけど、このままでは戻れない。何が起きているか分からない限り、アメリカだって危険かもしれないのだから。

もう少し、流れに身を任せてみよう。自分に何が起きているのか分からない限り、迂闊《うかつ》に次のステップには進めない。

車のウィンドウを開け、外気を導き入れる。コルベットの太いエンジン音も容赦なく入ってきて、低周波の響きが耳に痛い。冴がこういう車に乗っているのは意外……でもないか。ハリウッドにいたら、彼女は案外活躍できるかもしれない。東洋系の、クールな女性アクションスターとか。そしていかにもアメリカの象徴のような車を豪快に乗り回す。

何考えてるんだろう。車のことなんか気にしている場合じゃないのに。

溜息をつき、ウィンドウを上げる。野太いエンジン音が遮断され、少しだけ気が休まった。シートベルトに締めつけられるのを無視して身を乗り出し、オーディオシステムをいじる。適当にCDを選んでいると、ニッケルバックに辿り着いた。そういえば、アイリーンが好きで、部屋でよくかけている。何となく子どもっぽい感じがして、自分の好みではないけど……筒井との間に音のバリアを作るつもりで、少しだけボリュームを上げた。筒井は少し迷惑そうな表情を浮かべたが、無視する。音が体に染みこんできて、わずかだがリラックスできた。
このCDを選んだ冴を、アイリーンと同レベルの人間と見なすべきだろうか。

2

夜まで待つことも考えた。代官山の駅に近い住宅地であるこの辺りは、夜になると急に人通りが少なくなって、目立たなくなるからだ。だが、それまで時間潰しするための方法が見つからない。監視はないと判断して、思い切って家に入ってみることにした。近くのコイン式駐車場にコルベットを停めて外に出ると、美咲が荷物の中からノートパソコンだけを取り出して脇に抱えた。「それでどうするつもりなんだ」と訊ねたが、首を振るだけで答えようとしない。パソコン音痴の筒井としては、それ以上突っこみようがなかった。スーツケースを引っ張って歩くのが面倒で、宝物であるパソコンだけ持ってきたのだろう、と判断する。

家に着いたが、美咲は鍵を渡そうとしなかった。「これだけは自分でやる」と言い張る。初めて家の鍵を開けるのは、彼女にとって意味のある儀式かもしれないと思い、筒井はその作業を彼女に任せることにした。こんな風に感情的になっている彼女を見るのは初めてで、不安でもあった。

「裏口から入ろう」と筒井は提案した。

「用心し過ぎじゃないですか？　誰かが見張っているとも思えませんけど」

「念のためだ」

美咲が呆れたように首を振る。この子は用心が足りない、と少しばかり心配になった。普通はもっと取り乱すか、泣き出してもおかしくない状況なのに、何事もなかったかのように歩いているのだ。本音を覗かせないだけか、あるいは本当に何も心配していないのか。

だが今は、とにかく家に入るのが先だ。

美咲が気軽な調子で開錠し、ドアノブに手を伸ばす。筒井は思わず彼女の細い手首を摑んだ。

「俺が先に入る」

「どうしてですか」

「念のためだ」

「念のためって、さっきからそればかりじゃないですか」

「とにかく、念のためだから」

「何度も繰り返せば納得すると思ってるかもしれませんけど、私は違いますからね」

「何とでも言ってくれ」筒井はドアノブを摑み、ゆっくりと開けた。振り返り、近所の様子を視界に入れる。誰かに見られている様子はないし、怪しい車が張り込んでいるわけでもない。今、自分たちは誰かの監視下にはないのだ、と己に言い聞かせる。

裏口に続くキッチンには、使った形跡がほとんどない。中年の独身男の常として、自宅では湯を沸かす以外のことはしなかったのだろう。キッチンの棚からは、大量のカップ麺とカートリッジ式のコーヒーが見つかり、少しだけ侘《わび》しい気分になったのを思い出す。これでは俺と同じではないか。

キッチンに入って中を確かめ、美咲を招き入れると、すぐにドアを閉めた。念のため、施錠する。また「念のため」か、と自分で皮肉に考えながら、譲れない一線もあるのだと思い直す。

美咲はその場に立ち、ゆっくりと呼吸していた。この家に残っているかもしれない、父親の匂いを嗅ごうとするように。

「ずいぶん立派なキッチンですね」

「ああ」いわゆるアイランドキッチンだが、洗い場の上には何もなく、ガス台には薬缶が置いてあるだけ。モデルルームの方が、まだ生活感がある。「お父さんは、料理は？」

「全然」美咲が首を振った。「包丁を握ったこともないはずです」

「お母さんが亡くなってから、食事はどうしていたんだ？」

「東京に住んでいれば、食事なんかどこでも食べられるでしょう」

美咲が肩をすくめたが、次の瞬間には目を伏せてしまう。母親を亡くし、父親の帰りはいつも遅い……小学生の美咲が、一人マンションの部屋でコンビニエンスストアの弁当を食べている様を想像すると、胸が痛んだ。その頃の状況を聴いても、美咲は証言を拒否するだろうが。

「上がろう」最初からつきまとっていた疑問が、また頭に忍びこんでくる。一柳は何故、こんな大きな家に引っ越してきたのだろう。料理もしないのに立派なキッチン……。

美咲は何の迷いもなく、ダイニングを抜けてリビングルームに足を踏み入れようとした。

「ちょっと待った」慌てて腕を摑んで美咲を引き寄せる。バランスを崩して、その場で倒れそうになった。何とか体勢を立て直すと、刺すような視線を筒井に向けてくる。

「気安く触らないで」声も、空気を凍りつかせるように冷たかった。

「……そこが、一柳さんが殺されていた現場なんだ」

筒井は、摑んでいた腕を通じて、彼女の体が強張るのを感じた。無理矢理こちらを向かせる。リビングルームには、まだ血痕などが残っているのだ。美咲は精神的に強い方だろうが、さすがにそんな物を見てまで平静でいられるとは思えない。この場でパニックを起こされたら、どう対処すべきか分からなかった。冴を連れて来た方がよかったかもしれないが、彼女はあくまで民間人だし、まだ美咲の心を摑んでもいない。それに、まだ捜査が続いている現場に民間人を入れたと分かったら、後で何を言われるか……まだ上司の顔色を窺っている自分に気づいて、筒井は苦笑いした。自分は既に、組織の枠をはみ出してしまっている。この状況が解決できなければ、警察に戻ることも叶わないかもしれない。戻るのが正しいかどうかも分からなかったが。居心地の悪さは、この事件が起きるずっと前から続いているのだ。

「どこか、作業ができる場所はないですか」美咲が訊ねる。

「作業？」

「パソコンを使いたいんです」

「だったら、二階の部屋の方がいいな」

階段を上がるには、リビングルームの端を歩いていかなければならない。筒井がそちらに視線を向けているのに、美咲が鋭く気づいた。

「平気ですから」

自分は、それほど平気ではない。ほんの数日前、この部屋で死体を見たばかりなのだ。生々しい血の臭いさえ、まだ鼻の奥に残っているような感じがする。唾を呑み、同時に吐き気を胃の中に封じこめた。

二重のカーテンのうち、薄いレースのカーテンが閉まっているので、ある程度は陽光が遮られている。薄暗い家の中で、美咲の存在はひどく弱々しく見えた。背の高さは大人の女性と変わらないのだが、体の薄さは子どものそれだ。

「先に行く。後からついてきてくれ」

「念のためですか？」

皮肉が飛んできたが、無視して歩き始める。一柳が倒れていた方を見ないようにしながら、一気に階段に向かった。先導して上っていると、美咲の息遣いをすぐ背後で感じる。やはり、この状況では離れているのが怖いのだ、と思った。それならそれで、素直に怖がればいいのに。

抑圧、だろうか。

子どもらしい感情を押し殺して、現状に対応しようとしているのかもしれない。だったら自分は、彼女がパニックになるまで普通に振る舞うだけだ。気を遣って余計なことを言うと、恐怖心に火を点けてしまう恐れもある。

二階に上がると、急に気が楽になる。廊下の端に立って、二階の様子を美咲に説明した。

「一番手前がお父さんの寝室。その向かいが物置みたいになっている。奥が空き部屋だ……君の部屋だったのかもしれない」

「違うでしょう」白けた口調で美咲が言った。「私、この家に住んでなかったんですから」

「娘が嫁に行った家でも、ずっと部屋を残しておくこともあるよ」

「私、結婚したわけじゃないんですけど」

少し子どもっぽ過ぎる反応だ、と思った。こんなのは、単なる言葉の応酬に過ぎないのに、少しだけむきになっている。こうやって不安を押し潰しているのかもしれないが。

「奥の部屋を使います」

「お父さんの寝室にはデスクがあるよ？　そっちの方が、パソコンを使いやすいんじゃないか」

「奥の部屋でいいです」

父親の気配を感じたくないのかもしれない。それならそれでいい。好きにさせてやろう。

奥の部屋——八畳のはずだが、空っぽなので実際よりも広く見える——は分厚いカーテンが閉じられ、真っ暗だった。廊下から射しこむわずかな光が、濃茶のフローリングの光沢をかすかに浮かび上がらせる。

「悪いけど、カーテンは開けたくない。照明も……」

「分かってます。なくても平気ですから」

美咲が立ったまま、パソコンを起動させた。モニターのほの白い灯りが、ぼうっと彼女の顔を照らし出す。パソコンを持ったまま、壁際で何か探していたが、すぐに満足そうな笑みを浮かべた。壁際に座りこみ、斜めがけにしていたポーチからコンセントとLANケーブルを取り出してパソコンにセットする。

「全部屋にLAN完備みたいだよ」

「でしょうね」美咲がつぶやく。パソコンを直に床に置いて、自分は胡坐《あぐら》をかき、屈みこんだ。足が長いので、ひどく窮屈そうに見える。

「どうして『でしょうね』なんだ」

「前のマンション、自分で全部こんな風にマシン環境を整備してましたから。新しく家を買ったなら、最初からそれぐらいはすると思います」

「なるほど。で、何をしようとしてるのかな？　メールのチェック？」

「別に、メールする相手もいないんで」つまらなそうに言って、美咲がパソコンを覗きこむ。キーボードの上に指を走らせると――あまりにも滑らかな動きで、熟練のピアニストの技を見るようだった――じっと腕組みをして何かを見守る。

「じゃあ、何を――」

「ちょっと外してもらえますか」顔を上げもせずに告げる。「プライベートなことです」

彼女のプライバシーは、スーツケースの中ではなく、パソコンに、あるいはネット上にあるのかもしれない。この部屋にいる限りは安全だろうと思い、自分はもう一度一柳の寝室を調べることにした。

「ドアは開けたままにしておくよ」

「どうぞご自由に」くぐもった口調で言って、美咲がひらひらと手を振る。意識は既にパソコンに向いているようだった。

筒井は一柳の部屋に入ったが、ドアは開けたままにしておく。こちらの部屋はレースのカーテンが引いてあるだけだし、南向きなので、陽光が柔らかく射しこんでくる。これなら日が翳《かげ》るまでは、ゆっくりと調べ物ができるだろう。

ここでも一柳と犯人が争ったように、部屋はぐちゃぐちゃだった。ベッドの掛け布団はねじれて、半分が床に落ちている。デスクの上は様々な書類で埋まり、天板が見えなくなっていた。積み重ねたノートは、高さが二十センチほど。ぱらぱらとめくってみると、びっしりと書きこみがある。研究用らしく、ほとんどが数式の羅列。自筆での書きこみの解読は不可能だった。独特の癖字で、これでは書いた本人でさえ後で分からなくなるのではないだろうか。

さらに、大量のスクラップブックがある。調べてみると、専門誌の記事や論文のコピーなどが張ってあった。ジャンル別にしているようで、背にはタイトルがある。「遺伝工学」「癌」「生体工学」。内容は極めて専門的で、筒井にはさっぱり分からなかった。しかし、一見乱雑そうに見えて、きちんと系統だてて資料を残しているのは分かった。「バックアップ魔」と評価した人がいたが、それは当たっていると思う。目についた物は、何でも残しておかないと気が済まないタイプだったのだろう。

資料を読むのを諦め、クローゼットを開ける。かすかに汗臭い空気が漂い出した。服は乱雑にかかっていて、どれも皺だらけだった。ここも一度調べているが、調べる前はこれよりひどかった、と思い出す。結局何も見つからず、仮に強盗だったとしても、ここが荒らされたかどうかさえ判断できない、ということになった。何しろ一人暮らしなので、元々何がどこにあるかも、分からない。美咲は……もちろん、彼女もこの家のことは何も知らないわけだ。自分なら父親の荷物のことが分かると言っていたのに、家捜しに協力せず、勝手に自分のパソコンをいじっている。何だか無性に腹が立った。

小さなチェストも調べてみる。ワイシャツは全てクリーニングに出していたようで、袋に入ったまま、乱雑に突っこんであった。下着や靴下に関しては、「畳む」という概念を持っていなかったらしく、全て丸めて押しこまれている。

ずっと気になっていることがある。金がないのだ。いや、ないわけではない。リビングのソファにかけてあった背広のポケットから財布が見つかっており、現金が十万円以上、銀行のカードやクレジットカードも手をつけられないまま残っていた。そのため特捜本部では、強盗ではない、という見方に向かっていた。強盗でなければ顔見知りの犯行の線が強くなり、交友関係を探っていけば、犯人に辿り着ける可能性が高まる。もっとも、一柳の私生活は依然として謎に包まれたままで、人脈を辿って犯人に辿り着くのは無理そうだった。この辺は、美咲に聴くしかない。

だいたい、特捜本部は美咲が必要ではないのか？　唯一の家族として、事情聴取する必要があるのに、どうしてきちんと保護しようとしない？　怒鳴りこんでやりたかったが、そうすると自分の自由が奪われる可能性が高い。美咲の安全も保障されないだろう。

訳が分からない状況だった。推測すらできない。

椅子を引いて座り、デスクの引き出しを順番に調べていく。だいたい、預金通帳もないのはおかしくないだろうか。犯人が、通帳だけを狙ってわざわざ盗っていったというのも、考えにくい話だった。印鑑は引き出しの中から見つかっていたし。

引き出しを全てチェックしたが、金目の物は見あたらない。それに、郵便物が一切なかった。公共料金やクレジットカードの請求書すら見当たらない。もしかしたら、中を確認してすぐに捨ててしまうようなタイプかもしれないが……銀行に直接当たって、金が不正に引き落とされていないかどうか確かめることはできるだろうが、それは既に特捜本部の方で手配しているはずだ。

となると、ここで自分にできることはもうないのか……刑事としては駆け出しで、ノウハウの引き出しがまだ少ないのだと痛感する。

一柳の部屋を出て、向かいの物置に向かおうとしたが、足が止まってしまった。そちらは、引っ越しの荷物がまだ解かれてもおらず、乱雑さは寝室の比ではない。あそこを一人で調べるとなると、一日や二日では済まないだろう。だいたい、一度は鑑識が入って、徹底的に調査しているのだ。それなのに、事件につながりそうな物は何も出てこなかった。鑑識が見逃した物を、自分が見つけられるとは思えない。

廊下の真ん中に立ち、開いたままのドアからもう一つの部屋を見る。美咲の両足が長く伸びているのが見えた。寝てしまったのか……寝ているなら、少しそのままにしておいてやろうかと思ったが、足の甲が下を向いているので、うつ伏せになってパソコンを見ているのだろう、と判断する。

この家に入る方法は手に入ったのだから、一度引いて、どうやって調べるかを再検討した方がいい。目的も手段もないまま、ここにい続けるのは危険だろう。

部屋に入って行くと、寝そべったままパソコンを見ていた美咲がちらりと筒井を見た。

「気になることがあるんですけど」

「何？」

「うちの父親、物凄い金持ちだったみたいですよ」

3

また逃げられたか……島は歯嚙みして、表情を強張らせた。

椅子に背中を預け、背もたれに頭をのせた。強張った首がばきばきと嫌な音を立て、かすかな頭痛が走る。一瞬目を閉じてから開けると、天井がぐるぐる回っていた。一晩徹夜したぐらいで、情けない話だ……だが、自分もそろそろいい年なのだと意識する。調子に乗って、いつまでも若いつもりでいると怪我をする。

「どうする？　小野寺冴を引っ張るか？」高野が難しい表情で訊ねた。

「容疑は？　そもそも、筒井本人にも容疑がかかってるわけじゃないんだぞ」

「だったら、参考人として。なかなかの美人らしいじゃないか。一度顔を拝んでおくのもいいかもしれない」

「馬鹿言うな」島は吐き捨てた。同じようにほとんど寝ていないはずなのに、どうしてこいつは、こんなクソつまらない冗談を言う余裕があるのか。逆に自分の余裕のなさを感じて焦る。何となく……この男よりも自分の方が小さい人間のように思えてきた。

「失踪課の方はどうなんだ」高野が訊ねる。

「怒鳴りこまれたよ」

「ほう」高野が思わず笑みを零した。「あんたに逆らうとはね……下克上《げこくじょう》だな」

「三方面分室の阿比留《あびる》室長っていうのが、なかなかの女傑《じょけつ》でね」

「ああ、彼女は知ってる。女傑は死語だろうがね……ただ、上昇志向の強い女だという話は聞いてる」

「まあ、指示がちょっと前後したのは確かなんだが」事態が流動的なせいで、ちょっとしたタイミングのずれで指示が狂ってしまう。今回も、冴の事務所の張り込みを失踪課に命じたのだが、それから一時間と経たないうちに、車がなくなっていることが分かったのだ。

島の失敗は、冴の車のナンバーと保管場所を伝えていなかったことである。それを伝えておけば、失踪課の連中は事務所だけでなく車も警戒していただろう。後で連絡ミスに気づいた島は車の件を伝えたのだが、その時にはもうコルベットは消えていた。それを知った室長の阿比留が、抗議の電話をかけてきたのである。

「逆らうと飛ばす、とでも言っておけばよかったじゃないか」

「しかし、この件はこっちに落ち度があるからな」島は両手で顔を擦った。疲労で伝達ミスをしたなら、実に情けない話だ。「連中も朝早くから動き回って、時間を無駄にしたわけだし」

「それで、筒井の行き先は？」

「分からない」

「車は手配済みなんだな？」

「ああ。アメ車……コルベットだから目立つ」

「これはまた、すごい女だね」高野が呆れたように言った。「コルベットなんてでかい車、俺だって運転するのに難儀する」

「あんたの短い足じゃ、クラッチが踏めないだろう」思わず皮肉をぶつけてしまう。

「認めましょう」機嫌を悪くするわけでもなく、高野が肩をすくめた。睡眠不足と緊張のせいか、テンションがおかしくなっている。「それで、失踪課はどう動いてるんだ？」

「今後は勝手にやるそうだ」

高野が眉をひそめた。煙草をくわえたが、最後の一本だったようで、潰れたパッケージを見て恨めしそうな表情を浮かべる。ゆっくりと島に視線を戻し、心配そうに言った。

「放っておいていいのか？」

「あいつらは、人捜しのプロだ。俺たちが余計なことを言わなくても、ちゃんとやってくれるだろう。あそこには高城《たかしろ》警部がいるし」

「あのオッサンも大丈夫なのか？　いろいろ問題を抱えてるって聞いてるが」

「元々腕は立つ男だ。酒を呑んでなければ問題ない。とにかく失踪課の連中には、勝手に動いてもらう方がいい」もう、こちらの指示を真面目には受けないだろう。警察の上下関係を無視されれば秩序は乱れるし、押し切れないのは情けないが、仕方がない。今回の案件はあまりにも特殊なのだ。

「だったら、小野寺の事務所には別の張り込み班をつけよう。そして我々は独自に、筒井の居場所を推理するとしようか」高野が背中を壁から引《ひ》き剥《は》がした。

「だいたい、想像できる」

「ほう、どこだ」

高野が椅子の向きを逆にして、背もたれに両腕を預けて座り、背中を丸めた。

「現場」

「一柳の家か」

うなずき、島は地図を広げた。代官山付近の様子はすっかり頭に入っているが、一応地図で確認したい。冴の家から代官山までは、それほど時間はかからない。コルベットがなくなっているのが確認されてから、既に二時間が経っている。とうに到着しているだろう。

「一柳の家では、誰か張っているのか?」高野が訊ねる。「特捜の方は?」

「いないはずだ。あの家は完全に調べ上げて、規制も解除した」

「女の子も筒井と一緒か」

「可能性はある。まだ小野寺のところに預けているかもしれないが……」

「やっぱり、直接聴かないと駄目だろう。我々が表に出ないで、何とか情報を引き出せる人間はいないのか」

「いる」刑事部長が言っていたように、切り札として鳴沢がいる。冴ともつながりのある男。だが、あの男の投入には、やはり不安がある。事態がどんどん悪化し、自分たちの手の届かない所に行ってしまうのではないだろうか。

「いるんだったら、やってみろよ」

「……難しいかもしれない」

「何だ、それ」

「鳴沢を使おうかと思ったんだが、危険だ」

「真面目な話、そんなに危ない男なのか？」

「ろくでもない結果になるのは目に見えている。わざわざ危険を冒す必要はないだろう」

島はしばしばする目を両手で擦った。

「まあ、いいけどな……しかし、小野寺に話を聴く方法は考えてくれよ。筒井は一時的にせよ、小野寺の所に身を隠していたはずなんだから」

失踪課が張り込みを始めてすぐ、外へ出た筒井の姿を確認している。どうやら服を買いに行ったようで、スーツではなくカジュアルな服装に着替えて事務所に戻って来た。その服装に関しては、動き回っている人間全員に伝わっていた。

「一つ、確かめておきたい」

「何なりと」気取った仕草で、高野が両腕を広げる。

「いつまで監視だけを続ける気だ？　このままだと、あいつはまた危険な目に遭う恐れがある」

「総監が言ったように、その時は、現場判断で可及的速やかに救援に入る。そのためにも、あいつの居場所は押さえておく必要があるだろう」

「そうだが……ずっと監視だけか？　その後どうするか、決めておかなくていいのか」

「今の段階だと、何も決められない。状況はどんどん変わるしな。最終的には上が判断するだろう」高野が、人差し指で天井を指した。

「お得意の丸投げか」

「何とでも言え。とにかく、一柳の家に人を出そう」

「近くの捜索も忘れるな。まずコルベットを捜せ。路上駐車は危険だから、どこかの駐車場に停めているはずだ」

「了解」面倒臭そうに言って、高野が受話器を取り上げた。

だらだらと指示が続くのを聞きながら、島はこの一件の落としどころがどこにあるのか、考えてみた。今のところ、どこにもつながらない。筒井は永遠に逃げ続けることはできないだろう。こちらも、こんな監視と捜索をいつまでも続けられない。どこかで必ず見切らなければならないのだが、そのタイミングがまったく摑めなかった。

高野が電話を切り、「手配完了だ」と告げる。欠伸を噛み殺していると電話が鳴ったので、だるそうに手を伸ばし、受話器を取る。しばらく目を擦りながら相手の話に耳を傾けていたが、突然「何だと」と叫ぶと背筋をぴんと伸ばした。歯を食いしばるように顔の下半分を強張らせて、話を聞いていたが、やがて叩きつけるように受話器を置いた。

「どうした」島は目を擦りながら訊ねた。

「面倒なことになった。コントロールが利かなくなる」

「どういうことだ」島は身を乗り出して、相手の顔を正面から覗きこんだ。

「勝手に動き出した連中がいる」

「勝手に？」

「警察一家の団結力は健在だ、ということだよ。仲間が危ない目に遭っていれば、助けに行くのは自然だ……って、どこの浪花節《なにわぶし》の世界だ？」高野が右の拳を左手に叩きつけた。

「この件に関する情報は、結構漏れてるようだな」島は暗澹《あんたん》たる気分になった。

「隠しておけないだろう。事情を聞けば動き出す人間がいるのも、理解できる。なかなか感動的な話だよ……ただし、問題が一つある」

「何だ」

「その中に、鳴沢が入っている」

4

美咲が見せてくれた画面には、銀行の口座が表示されていた。

「これは？」

「父の口座です。ちょっと見て下さい」

美咲が細い指で画面に触れた。知らぬ間に力が入っているのか、ノートパソコンが傾《かし》ぐ。筒井は身を乗り出し、画面を覗きこんだ。近づいたのを嫌がったのか、美咲が体を斜めに倒す。しまいには、一度座り直して距離を置いた。筒井はパソコンの正面に座りこんで、画面をスクロールする。ここ一年ほどの金の出入りを記入したものだと分かった。

「お父さんは、ネットバンキング専門だったのかな？」

「そうみたいですね。一度口座を開いてしまえば、銀行にもほとんど行かなくて済むし……基本、面倒臭がりだったんです」

金持ち……美咲の言葉を裏づける数字が並んでいる。まず、今年の二月に、他の数字の出入りとは桁が違う金額が記入されていた。二千万円。振りこんだ相手の名前をメモする。「ヌシモ」。会社のようにも思えるが、思い当たる名前ではない。

「もう少し前を見て下さい」

美咲に指示された通りに、画面をスクロールしていく。去年の十月に、五千万円の振りこみがあった。今度は「エージービー」。これも会社のように思える。さらにずっとスクロールして過去の記録を確かめたが、ウエブの通帳は一年前のものまでしか残っていないらしく、他に多額の振りこみ記録はない。最後に現在の残高を確認した。六千万円強……普通預金口座に、無造作にこれだけの金を置いておく神経が分からない。だが、この七千万円以外にも振りこみはあったのでは、と推測される。

一方、去年の十一月に九千万円の振りこみをしていた。振りこみ先は、筒井でも名前を知っている不動産ディベロッパー。この家を買うための金だろう。それでもなお、銀行の口座に六千万円が残っているということは、一年以上前から多額の収入があった証拠だ。

「変な話だけど、お父さんの年収はどれぐらいだったんだろう」会社からは聞いていたが、念のため、美咲にも確かめる。

「一千万円ぐらいだと思います」

答えが返ってくるとは思わなかったので、筒井は意外に思って美咲の顔を見詰めた。彼女は涼しい顔をしている。

「何か変ですか？」

「いや、知っているとは思わなかった」

「母が亡くなった後、父からいろいろなことを聞かされたんです。仕事のこととか、家計のこととか……別に聞きたくもなかったけど」

「君に、金の勘定まで押しつけようとしていたのか？」

「そうかもしれませんね」どこか冷めた口調で美咲が言った。「とにかく面倒なことが大嫌いな人でしたから」

「それで君は、この大金の振りこみについては知っていた？」

「いえ」美咲が親指の爪を噛んだ。「何も聞いてません」

「これより前の口座は見られないのかな」

「一年分だけ表示するようになってるみたいですね。あとは、銀行に行かないと分かりません」

「それにしても、よくこのページにアクセスできたね。パスワードとか、どうしたんだ？」

「教えてもらってました。今までは、覗く必要もなかったけど」美咲が肩をすくめる。

「このページは保存できるのかな？」

「無理ですね。アクセスするたびに生成しているので、今保存しても、ローカル環境では再現できないかもしれない……画面のハードコピーでも取ったらどうですか？」

「ああ」

　そう言われても、やり方が分からない。筒井が固まっているのを見て、美咲が小さく舌打ちして身を乗り出し、キーボードを素早く叩いた。画面をハードコピーして、画像処理ソフトを呼び出し保存する。瞬く間の動きで、筒井は彼女がどのキーを押したのか、まったく分からなかった。

「できました。で、どうしますか？」

「ひとまず退散だ」

「またあの人のところに戻るんですか？」

　少し蔑《さげす》むような口調で吐き出された「あの人」が、冴を指しているのは明らかだった。

「居心地が悪いのかな？」

「そういうわけでも……あるかな。あの人、何かちょっと変わってますよね。日本に探偵なんかいるとは思わなかったけど、何者なんですか？」

「元警官」

「汚職警官？」

筒井は思わず苦笑した。「どうしてそういう発想になるのかな」と訊ねると、美咲が「日本では、公務員は簡単には馘《くび》にならないんでしょう？　馘になるとしたら、変な金を受け取ることぐらいしか考えられないんですけど」と言い返した。

「ああー、まあ、一般的には」

「だったらどうして辞めたんですか？　何かトラブルでもあったんですか」

「トラブルはあったみたいだけど、俺も詳しい事情は知らないんだ」

「へえ」馬鹿にしたように美咲が言った。「刑事さんは何でも知ってるのかと思いましたけど」

「警視庁だけでも、四万人いるんだぜ。顔見知りの数なんて限られてるよ。噂だって、全て流れてくるわけでもないし」

「噂なんか、どうでもいいです。でも、あそこに戻るのは気が進まないですね。あの人――小野寺さん、何かぴりぴりしてるじゃないですか」

「向こうも、君のことをそう思ってるだろうけどね」

「私は別に、ぴりぴりしてませんよ」美咲が頬を引き攣らせる。「ぴりぴりするのって、いろんなことが気になるからでしょう？　私は何も気にしてませんから」

「世の中のことなんか、どうでもいいわけだ」

「そんなこと気にしないでも、生きていけますから」

「そんな生き方に意味があるのか？」

「生き方に意味なんか求めてどうするんですか？　私たち、誰でもゴミなんですよ？　地球の上で、たかだか百年ぐらいエネルギーを消費して、消えていくだけです。生き方とか考えても仕方ないでしょう」

　典型的な十四歳風の考え方だ。口喧嘩に乗らないように、と筒井は自分を戒める。だいたい彼女は、父親の死と未だに正面から向き合っていないのではないか。突っ張り続ける態度が、やはりその証拠だ。

「でも、君は現にこうやって生きてるわけだから。変なことを考えないようにした方がいい」

「生きてますよ……ただ生きてるだけです」美咲が溜息をついた。まるで、人生の黄昏時《たそがれどき》を迎えた老人のような言葉だった。

　この子のフォローは俺の仕事じゃない。いや、フォローはするが、議論をするのは無駄だ。今はとにかく、前へ進まないと。一柳の口座に不審な入金があったことが分かったのだから、これを突破口に調べていけばいい。

を見て、首を振る。


「寝室に、お父さんのパソコンがあるんだ。それを起動できるかな」

「それは……どうでしょうね」嫌味と自信に溢れていた美咲の口調が、初めて揺らいだ。

筒井は、一柳の寝室からノートパソコンを取ってきた。美咲のモバイル用と違い、デスクトップ代わりにも使えそうな、大きなノートである。電源ボタンを押すと、ほどなくログイン画面が浮かび上がったが、美咲は腕組みをして見詰めるだけだった。ちらりと筒井を見て、首を振る。

「触らない方がいいですよ。何度もログインに失敗すると、ロックされるかもしれない」

「それでもやってみたら？　さっきはネット口座にログインできたじゃないか」

「あれは、パスワードを教えてもらってましたから」

「そうか。それと同じ、ということはないかな」

「違いますよ。パスワードは変えるのが基本です。父はそういう人でした」

「考えられるのは……」筒井は屈みこんで、すかさず美咲の誕生日を打ちこんだ。０５２１。弾かれる。「駄目か」

「やめた方がいいですよ」美咲が冷静な声でしゃがみこみ、電源を落とした。画面が暗くなるのを見届けると、筒井の顔をじっと見る。「何で私の誕生日を知ってるんですか？」

「それぐらい、覚えてる」筒井は耳の上を人差し指で叩いた。「記憶力には自信があるんだ」

「そういうの、すぐに自慢にならなくなるでしょうね。記憶なんか、外部メモリに任せればいいんだから」

「パソコンのこと？　いつでも持ち歩けるわけじゃない」

「メモリはどんどん小さくなるんです……それこそナノテクで。記憶素子を体のどこかに埋めこんでおけばいいんですから、楽ですよ」

「あまり気分のいい話じゃない」自分の頭にUSBメモリを抜き差しする様を考えると、さすがにぞっとする。

「『電脳砂漠』とか、読んでないんですか？」

「何だ、それ」

「エフィンジャーの小説。爆笑ですよ。馬鹿馬鹿しくて」

「君でも爆笑するんだ」

「ものの喩《たと》えです」美咲がさらに表情を強張らせた。「小説なんか読んで、爆笑するわけないじゃないですか」

無理に自分を押し殺している……それこそ抑圧だ。彼女の心に分け入るのは、心理学者でも無理かもしれない。もちろん彼女は、心理学など端《はな》から馬鹿にしているのだが。

「とにかく、一度ここから撤収しよう。小野寺さんのところに戻るのが嫌なら、どこかのホテルに部屋を取る……腹は減ってないか？」

「朝だって簡単に食べただけじゃないか。ちゃんとした食事を取った方がいいよ」

「別に」

「人間は、一週間ぐらいは、水だけで生きられるそうですよ」

「そういう問題じゃない。ここは砂漠じゃなくて東京なんだから」

「砂漠と同じじゃないですか」美咲が肩をすくめる。「自分の力では、何も自由にできないという意味では。人間なんて、周りの環境に簡単に負けるんです」


なるべく周辺を見ず、一直線に車を停めた駐車場に向かう。朝、あれだけ食べたのに、もう腹が減っていた。緊張すると空腹を覚えなくなるはずなのに、その逆もあり得るのか。美咲は空腹を否定していたが、食事ぐらいはきちんと取らせなければならない。

「飯にしよう」

「いりません、別に」美咲がうんざりしたように言った。それが命綱であるかのように、ノートパソコンをしっかりと抱えている。

「俺は、食べる時はきちんと食べることにしているんだ」

「呑気《のんき》にご飯なんか食べてて大丈夫なんですか」

「大丈夫だ。刑事の勘として」

「勘は駄目ですよ。そんなの、科学的な根拠は何もないんだから」

「馬鹿にしたもんじゃないけどな」

実際筒井は、自分を取り巻く空気の変化を感じていた。ぴりぴりしたものが消えている。もちろん相手も意図的に気配を消しているのかもしれないが、朝方までとは明らかに様子が違っている。

「とにかく、飯だ」

筒井は、コルベットを一瞥《いちべつ》して、歩調を速めた。両隣には、工事用のワンボックスカーが停まっている。コイン式の駐車場ではよくある光景で、不審な様子はない。美咲が遅れがちになるので、歩くスピードを少し落とす。しかし、美咲はそれに合わせてしまうようで、横に並ぼうとしなかった。ついに立ち止まり、後ろを振り返る。

「一緒に歩いてくれないかな」

「刑事の勘として、大丈夫なんじゃないんですか」

「ここは砂漠と同じだから、自由が利かないんだ」

美咲がむっとして唇を引き結んだ。

「十四歳と口論する刑事って、馬鹿みたい」

「何とでも言ってくれ」

冷静に、冷静に、と自分を落ち着かせる。彼女の最大の才能は、人を苛つかせることかもしれない。

結局美咲は、前に出ようとはしなかった。筒井はできるだけゆっくり歩きながら、時折——ほぼ十秒に一回——後ろを振り返ることで、彼女の安全を確認するしかなかった。いい加減、首がだるくなってくるが……代官山の市街地に出ると、少しだけ気が楽になる。平日の昼間だが人出は多いから、敵もやりにくいだろう。念のため、テラス席があるイタリア料理店を選んだ。

「何で外なんですか」美咲が両腕を大袈裟に擦って見せた。

「いろいろあってね」理由は簡単。襲われた時に逃げやすいからだ。しかし、それを美咲に告げることはできなかった。彼女を怖がらせてはいけない——簡単に怖がるとも思えなかったが。

テラス席は道路から一段高く、見通しがいい。木の床はぎしぎしと耳障りに鳴ったが、座ってしまえば気にならなくなった。テーブルは四つ。筒井たちが座って、二つが埋まった。この混み具合も具合がいい。それに、美咲は寒がって見せていたが、今日は気温が上がって、外で食事をするにはほどよい陽気である。正面にはバス停。その奥には前面がガラス張りのビルが建っていて、一階にはブティックが入っている。色見本のような店のレイアウトをちらりと見てから、筒井はメニューに目を落とした。ランチのセットで千五百円から……夜だと、一人五千円はかかるだろう。かすかな戦慄《せんりつ》を覚えながら——財布の中身は潤沢ではない——筒井はボロネーゼを頼んだ。一番安く、無難な味。美咲は料理を決めるのに悩んでいるようで、眉間に皺を寄せている。子どもらしいつるりとした顔の中で、そこだけが大人のようだった。

　ようやくメニューを伏せると、何事か成し遂げたような爽《さわ》やかな笑みを浮かべていたので、筒井は驚いた。彼女のこんな無垢《むく》な笑顔を見るのは初めてだ。

「決めた？」

「フジッリのクリームチーズソース」

「フジッリって、どんなやつだっけ？」

「ねじれた棒みたいなパスタですよ。知らないんですか？」笑顔はあっという間に消え去り、呆れたように美咲が言った。

「イタリア料理なんか、滅多に食べない」

「母が、よく作ってくれました」

　美咲が小さな声で答える。皮肉を吐いてしまったことを、筒井は悔いた。彼女が母親のことを話すのは、これが初めてだったはずだ。もしかしたら、彼女の内面に少しだけ食いこむチャンスかもしれない。

「お母さん、どんな人だったんだ？」

「詐欺師《さぎし》に捕まった、可哀相な人」

「……詐欺師って、お父さんのことを言ってるのかな？」ひどい言われようだ。やはり、彼女と父親の間には、何か特殊な問題があるのだろうか。

「他に誰がいます？」美咲が水を飲む。怒っているわけではなく、他人事のような口調だった。

「詐欺師って……そんな風に言われたんじゃ、お父さんが可哀相じゃないか」

「幸せな家庭って、何なんでしょうね」美咲が突然、筒井の顔を正面から見た。「毎日、きちんと家族が顔を合わせて一緒に食事をする？　たまには旅行に出かけたり？　子どものために想い出作りをする？　私は馬鹿馬鹿しいと思いますけど、普通はそんな感じじゃないんですか」

「ああ」

「うちには、そういうのは一切なかったから。母が生きていた頃は、いつも二人きりでご飯を食べてました。たぶん母も、結婚した時はそんな風になるとは思ってなかったんじゃないかな。いつも溜息ばかりついて……そういう理由、聞かなくても分かるじゃないですか」

「君は頭がいいからね」

「家族だから、です」

美咲がすさまじい形相で筒井を睨む。「降参」を表明するため、筒井は両手を頭の高さに挙げた。本当に扱いにくい……今まで逮捕した犯人の中にも、これほど手を焼かせる人間はいなかった。

　注文を終え、筒井はもう一度周囲を見回した。人出は多い。しかもカップルだらけだった。この辺で普通に暮らし、あるいは仕事をしている人も多いはずなのに、明らかに観光目的で来ている人の多さに驚く。ガイドブックを持っている人がやたらと目立つのだ。

　前菜が運ばれてきた。あれこれ料理がのったプレート。美咲がさっそく食べ始めた。食べるペースは速い。やはり、相当腹が減っていたのだろう。イタリア風の卵焼き、細かく刻んだオリーブをのせた薄切りのバゲット、ハム、魚のマリネと、あっという間に平らげていき、合い間にパンも口に運んだ。筒井は周囲を警戒しながら食べていたので、どうしても遅れてしまう。

　前菜を片づけ終えると、美咲が椅子に背中を押しつけた。溜息をつくように、「ああ」と声を漏らす。ちらりと顔を見ると、何故か遠い目をしていた。訊ねもしないのに、突然つぶやく。

「そういえば、こんな店だった」

「何が」

「私がアメリカに行く前……小学校を卒業した春休みに、父がこんな店で食事をしていたんです」

　何が言いたいのか、真意が摑めず、筒井は首を傾げた。

「日曜日のお昼で……日曜日も滅多に家にいない人だったんですけど、その日はたまたまいたんです。そういう時ぐらいは、一緒に食事をしていたんですけど、昼前になって、急に電話がかかってきて、急いで出かけちゃって。私も家に一人でいるのが嫌で、何か食べる物を買おうと思って家を出たんですけど……」

「お父さんを見かけた？」

「こういう、オープンカフェで。何だか変な感じでした。父親が、私が知らない人と食事をしているのを見るのって」

「女の人だった？」

「男性です」美咲が鼻で笑う。「そうやってすぐ、女性関係にくっつけたがるんですね」

「そういうわけじゃないけど……」実際はくっつけていた。殺人事件の動機のうち、男女関係のもつれがどれほど多いことか。雑学に詳しく、何でも知っていそうな美咲でも、こういうことは分からないだろう。

無理に知ることもない——殺人事件の捜査についてなど。

「知ってる人だった？」

「いえ。だって、中国人だったから」

「中国人？　何で分かった？」

「面白そうだったんで、ちょっと近づいてみたんです。オープンカフェだから、すぐ近くまで行けるでしょう？　そうしたら、父が中国語でその人と話しているのが聞こえて」

「一柳さんは中国語を話せたのか？」これは初耳だった。

「中国語と、英語と、フランス語も。食事をする時に役に立つのは、フランス語と中国語だけだって言ってましたけどね。英語圏の国には、まともな料理がないからって」

　一柳に関する新たな情報である。天才的な研究者で、さらに三か国語を操るとは……首を振ると、筒井の疑問に気づいたのか、美咲がすらすらと説明し始めた。

「父は、子どもの頃中国にいたんですよ」

「それは初耳だ」

「亡くなったおじいちゃんが外交官で。二年ぐらい、中国で暮らしてたそうです」

「フランス語は？」

「それは大学時代に、独学で勉強したみたいですね。卒業してからは、フランスで仕事していた時期もありました。グランファーマの本社って、フランスでしょう？　パリじゃなくて、とんでもない田舎みたいだけど……ああ、パリ以外は基本田舎だって言ってましたね。でも、パリよりも田舎の方が食べ物は美味しいって」父親のことを、これほど饒舌《じょうぜつ》に――ある意味前向きに話す美咲を見るのは初めてだった。

「やっぱり、天才は違うね」

「天才じゃないですよ」美咲がすかさず反論した。「そういう環境にいたから、自然に身についただけでしょう」

「君の英語も？」

「私のは、全然つまらない話です。子どもの頃から、英会話学校で習っただけですから」

「その、中国人だけど」筒井は話を巻き戻した。「何を話しているかは分からなかった？」

「私、中国語は分からないんですけど。喋ってる人がいれば、中国語だなって分かるぐらいで」美咲が鼻を鳴らす。

「ああ、まあ、そうだけど……例えば、雰囲気は？」

「密談」

美咲がふっと身を乗り出し、筒井に顔を近づける。急に女の気配を感じさせるような仕草で、筒井は一瞬どきりとした。が、次の瞬間には、相手は十四歳なのだ、と自分に言い聞かせる。

「ちょっと声が聞こえてきたんで、中国語で話しているんだって分かったけど、それ以上は……だから密談なんですよ」

「普段から、中国の人とつき合いがあったのかな？」

「私が知る限りではないです」

「仕事の関係か、個人的なつき合いか……」

「どうでしょうね」美咲が椅子に背中を押しつけ、首を捻った。「でも、親密そうな様子ではなかったですよ。誰かに話を聞かれたくないから、小声で喋ってた感じで」

「君が近づいているのにも気づかなかったぐらいだから、相当会話に集中していたんじゃないかな」

「父は、抜けてるところがありましたから、研究以外では……研究に集中し過ぎるんじゃないですかね。そのせいで、他のことが目に入らなくなるのかもしれない」

「そんなに入れこんでいたんだ」

「帰って来るのはいつも夜遅くだったし、家でも暇があれば、自分の部屋に閉じこもっていました。たまに私と話をすると、いつも自分の研究テーマについて一席ぶつんですよ」

「小学生ぐらいで、そんな話を聞かされても分からないよな」筒井はつい、お追従《ついしょう》の愛想笑いを浮かべてしまった。

「分かりますけど、興味がないんで、聞き流していました」

　本当に、という疑問を筒井は呑みこんだ。今までの言動を見ていると、彼女の言葉は嘘と思えない。数式などはともかく、ナノマシンの概要については、自分よりもよほど詳しく分かっているのではないだろうか。

　パスタが運ばれてきた。量は「上品」。美咲がゆっくりと食べ始める。かなり癖のあるチーズの香りが、筒井の席にまで漂ってきた。それを平気で食べている……子どもの舌じゃないな、と思った。あるいは、量だけが多くて戦慄的な味のアメリカの食事に馴らされてしまうと、日本で食べる物は何でも美味く感じるのかもしれない。日本では、あらゆる国の料理が高レベルだと言うし。

二人は、パスタをほぼ同時に食べ終えた。食後のコーヒーを楽しむ余裕もできた。だが、飲み終えて会計という段になって、筒井は空気が急に変わったのを意識した。

誰かいる。

音を立てずにコーヒーカップを置き、請求書を取り上げる。周囲を確認したい、という欲求と懸命に戦った。テラス席はそれほど広くない。格闘になったら自由に身動きできないし、美咲を背負っている分、こちらにはハンディがある。体を屈めるようにして美咲に顔を近づけ、「何か起きたら店に逃げこんで」と告げた。美咲が瞬時に顔を蒼くしたが、事情を察したようで素早くうなずく。

筒井は尻ポケットから財布を抜いて、千円札を三枚、取り出した。請求書の下に重ねてテーブルに置き、灰皿を載せて押さえる。少し風が出てきており、千円札の端が揺れた。

「先に歩き出してくれ。駐車場の方向は覚えてるな？」

「分かります」

「十秒後に追いかける。できるだけゆっくり歩くんだ」

美咲がノートパソコンを摑んだ。その手が白く強張るのが見える。いくら気が強い子でも、刑事に突然こんなことを言われて、平然としているわけにはいかないだろう。

「行ってくれ」

筒井は美咲の手首に軽く触れた。ブラウスの袖越しなのに、少し熱い感じがする。美咲はうなずきもせず、滑るような動きで椅子から離れた。筒井はその背中を凝視したまま、頭の中で十数えた。動きは……なし。気のせいだったかと思いながら、自分も席を立つ。持ち出した一柳のパソコンの重みが、やけにずっしりと感じられた。

テラス席から道路に至る階段を下りて、一瞬だけ歩くスピードを上げる。美咲との距離は十メートルほど。彼女の背中に力が入り、強張っているのが見える。早く横に並んで安心させてやらないと。

誰かが、パソコンを抱えた筒井の左腕を摑んだ。

筒井は反射的に腕を振るったが、相手の握力は相当なもので、二の腕に指先が食いこんでいる。ふっと体の力を抜き、左肩に体重をかけて、地面に倒れこむように動いた。大抵の人間は、これでバランスを崩すのだが、相手は動じない。がっちり腕を摑んで、筒井が倒れるのを防いでいた。

ここで一戦交えるしかないのか……取り敢えずパソコンだけは何とかしなければならない。これを武器に戦う手もあるのだが、貴重な証拠になる可能性もある。前方に視線を投げて、美咲の様子を確認した。早くも異変を察知したようで、立ち止まってこちらを見ている。顔は引き攣り、血の気がなかった。どこかに飛びこめ……この辺にはいくらでも店がある。美咲は今、雑貨店の前に立っていた。そこに入って、助けを求めるんだ。だが、一一〇番通報されても困る。警察の動きが読めない以上――。

「動かないでくれ」

懇願するような相手の声は、頭の上から降ってきた。

5

「接触した？」

島は思わず声を上げて立ち上がった。高野がこちらを見る。まだ受話器に手を置いたまま で、電話での会話の余韻が残っているようだった。

「一緒に歩いてる。何か話しているらしい」

「冗談じゃない……」島は額に手を当てて、椅子にへたりこんでしまった。「いったい何のつもりなんだ」

「ちなみに、接触したのは鳴沢だ」

この世の終わりだ……島は、椅子に浅く腰かけたまま、天井を仰いだ。かすかに眩暈《めまい》がする。体がずり落ちそうになるのを、足を踏ん張って堪《こら》えた。

「何であいつは余計なことをしているんだ。いつの間に動き出したんだ？」

「ボランティア部隊に参加してるんだから、不思議じゃないだろう」高野が白けた口調で言った。

「そいつらの名簿はできてるのか？」

「割り出してどうする？　教育的指導でもするのか」高野の口調も自棄《やけ》気味だった。

「そんなことはしないけど、メンバーを把握しておかないと、いざという時に困るだろう
……それより、二人は何を話しているんだ？」

「それは分からない。鳴沢が勝手に接触したらしいからな。うちの正規の張り込み班は、少し離れた場所から見守っている。何か新しい動きがあったら、連絡がくることに——」言い終わらないうちに電話が鳴った。高野が素早く受話器を取り上げ、相手の報告に耳を傾ける。「分かった。それで、ボランティア部隊とは話せるのか？　そう、さりげなく忠告してやってくれないかな。そんなことをしても、査定はよくならないから。むしろ人目を引いて危険だ……そう、接触して構わない。できるだけ穏便な形で、退去してもらうんだ。難しいのは分かってるが、これ以上事態を複雑にしたくない」

叩きつけるように受話器を置き、溜息を漏らす。

「接触は三分もなかったそうだ」

「筒井の様子は？」

「その後、娘と合流した。特に変わった様子はない」

島も溜息をついて、もう一度天井を仰いだ。冗談じゃない。ボランティア部隊を排除しない限り、不確定な要素が増大する一方だ。あいつら、何を考えているのか……これでは、何が起こっても不思議ではない。

今度は島の携帯電話が鳴った。電話に出るのも面倒だったが、仕方なく取り上げる。相手の声に耳を傾けているうちに、次第に顔に血の気が戻ってくるのを感じた。

「どうした」電話を切ると同時に、高野が訊ねる。

「特捜からだ」

「何だって？」

「一柳の口座を密かに調べたらしい。金の出入りがおかしいそうだ。おかしいというか、今まであんたたちが調べていた情報が裏づけられたことになる。総額二億円近くが、口座に流れこんでいたようだな。あの家を買う費用も、そこから出たんだろう。キャッシュで支払ってる」

高野が唇を尖らせ、音を立てずに口笛を吹く真似をした。「確かに、裏づけになるな」と低い声で告げる。

「ああ」

「事件の構図は、こちらが描いていた感じでほぼ間違いないようだ」高野の顔に血の気が戻ってきた。

「問題は、最初の接点だ。向こうがいきなり接触してきたのかどうか……」一柳は、中国語が話せたんだろうか」

「そうだとしても、初対面の相手の話を受け入れるとは思えない。言葉が分かることと、相手を信用することは別問題だ」高野が顎に力を入れた。

「誰か仲介者がいたとでも？」

「俺はそう思う」

「それが誰か、割れていないのか」島は座り直して身を乗り出した。

「だいたい、見当はついてる。だが、今から事情聴取してすぐに立件、というわけにはいかないだろうな。俺たちの動きも監視されてるはずだ。筒井を守るぐらいならともかく、捜査ということで正式に事情聴取したら、一気に話が広がる。それは避けたい」

「結局、闇に葬《ほうむ》るわけだ」島は吐き捨てた。

「今までどれだけ多くの事件が葬られてきたか知ったら、あんたも驚くよ」高野が自嘲《じちょう》気味に言った。

「自慢する話じゃない」島は高野を睨んだ。

「こっちの仕事には、一々政治的な判断も伴うものでね。一課のように、単純な正義感で動けるもんでもない」

納得できないままうなずき、島は無言を貫いた。単純な正義感……一柳の行動をどう評価すればいいのだろう。ある意味あの男は、日本を裏切ってきた。恥ずべきことだとも思えるが、技術争奪戦は、どこの国も必死にやっていることで、日本とて例外ではあるまい。そもそも日本は、世界各国の技術をコピーして、経済成長を遂げてきたのだし。もちろん、日本経済がぐんと伸びた四十年、五十年前と比べれば、今は知的財産権について、社会の目は非常に厳しくなっている。

もっとも、それが通用しない国もあるわけだが。

「ややこしくなってきたな……」高野が顎を撫でる。いつの間に髭を剃《そ》ったのか、顔はつるつるになっていた。島は、鬱陶しく髭が伸びた自分の顎に、触る気にもなれなかった。

6

「危害を加えるつもりはない」

「あんた、誰だ?」筒井はすぐに聞き返したが、返事はない。聞き覚えのない声……少し高いところから降ってくる。自分もそれほど背が低いわけではないが、相手は相当の長身だ、と判断した。

相変わらず腕は摑まれたままだった。振《ふ》り解《ほど》こうとすればすぐに縛《いまし》めを強くしてくるだろうが、今は痛みを感じるほどではない。しかし、顔を見るために振り向こうとした瞬間、痛みが走るほどきつく摑まれた。

「このまま歩いてくれ」

「どこへ連れて行くつもりだ？」

「連れて行かない。あんたが歩いて行く方へ行く」

それで車の場所を割り出すつもりか……筒井は両足を踏ん張り、その場を動かない、という意思を表明した。美咲は、今や完全にこちらを向いて、泣き出しそうな顔をしている。馬鹿、そんなところで止まるな。どこかへ逃げこめ。叫ぼうとしたが、そんなことをすると危険が増すかもしれないと思い、口をつぐむ。もしかしたら、この男の仲間がどこかで張っているかもしれない。

「できるだけ自然にしていてくれ」相手が、懇願するような口調で繰り返した。「危害を加えるつもりはない」

「そんなことを言われても、あんたが誰なのか分からないと、信用できない」

「それは言えない」

「警察か？」

無言。相手の息遣いがかすかに聞こえたが、それよりも感じるのは、強烈な存在感だ。

黙っていても、近くにいるだけで強烈なエネルギーを感じる。

「あんたが誰か分からない限り、俺は何も喋らないぞ」

「喋る必要はない。黙ってこっちの言うことを聞いてくれ」

「変な要求は呑めない」

「要求じゃないんだ」

相手も困惑しているようだ。もしかしたら自分でも、どうしていいのか分かっていないのかもしれない。腕を握る手に力を入れて、押し出すように歩かせようとする。そのパワーは相当なもので、いつまでも逆らって立ち止まっているわけにはいかなくなった。仕方なく、ゆっくりと歩き出す。それに合わせるように、美咲が後ろ向きのまま歩き出した。危ないじゃないか……しかし彼女は、筒井を凝視したまま、止まろうともしない。

「頼むから、余計なことをするな」

「脅迫か？」

「違う。とにかく、大人しく隠れていろ」

「あんたたちが監視してるだろうが」

「監視じゃない。守ってるんだ」

思わず鼻を鳴らしてしまった。何が「守る」だ。正体も分からない相手に、こんなことを言われたくない。

「そんなことを言われても、信じられない」

「信じてもらわないと困る。あんたが大人しく身を隠して、あの子を守っていてくれれば、後は俺たちが何とかする」

「——やっぱり刑事なんだな？」

返事はない。何故認めない？　人を不安にするようなことを言って、何のつもりなんだ。刑事なら刑事と言えばいいではないか。そして、警察の不審な動きについて、釈明できるものならしてみればいい。

「どうして何も言えない？」

「捜査をしてるつもりかもしれないが、あんた一人では何もできない。むしろ、動かない方が安全なんだ」

「あんたなら、事件の全容を解明できるのか？　だいたい、俺たちを狙ってるのは誰なんだよ。警察はどうして俺たちを無視するんだ？」

矢継ぎ早に質問を投げかけたが、相手は一切答えない。何故か、苦悩が伝わってきた。この男も、全ての事情を知っているわけではないのか……意味が分からない。

「上手く隠れていろよ」

言うなり、体が前に押し出された。パソコンを庇《かば》っているとバランスを崩し、転びそうになる。何とか踏みとどまって振り返った時には、男は既に姿を消していた。大男のはずだが、やけに身のこなしが軽いようだ。

「クソ……」

吐き捨て、その場に立ちすくんでいるうちに、美咲が駆け寄って来た。正面から向き合うと、眉をひそめて筒井の顔を見ている。どこか不満そうだった。

「頼りないんですね」

「何だって？」

「身動き取れなかったじゃないですか」

「仕方ないだろう、あの状況じゃ……」暴れるべきだったかもしれない、と悔いた。大騒ぎになれば、流れを変えられたのではないだろうか。完全に相手のペースに巻きこまれていただけであり、実に情けない。

「行こう」

短く言ってから顎を引き締め、歩き出す。美咲がついてこないのが分かり、振り返って彼女の手首を摑んだ。美咲が思い切り嫌そうな表情を浮かべる。振り払おうとはしないが、素直に従うわけでもなく、無理矢理引っ張る格好になった。

駐車場へ向かう路地を曲がったところで、手首を離す。いつの間にか汗をかいて、Tシャツが濡れていた。キャップを脱いで額の汗を手首で拭い、一つ溜息をつく。

「車に戻るんだ」

歩調を速める。今度は美咲も遅れずについて来た。美咲を先に車に乗せると、筒井はコルベットをざっと調べた。あそこで声をかけてきたということは……冴の家からずっと尾行してきたか、それともこの辺で張っていて捕捉したのか。車に発信器をつけて追尾している可能性もある。だが、筒井が調べた限り、発信器の類は見当たらなかった。

運転席に落ち着いて、ようやく一息つく。エンジンをかけてエアコンを入れ、冷たい風を身に浴びせかけた。改めて、全身に汗をかいているのに気づく。

「どんな男だった？」

「大きい人」

「どれぐらい？」

「あなたよりは、全然」

「あなた」扱いか。苦笑しながら、筒井はなおも質問を続けた。

「顔は？　どんな感じだった？」

「怖い顔、してましたね。凶暴っていうか。誰なんですか？」

「分からない」

「あんな近くにいたのに？」美咲が不満気な表情を浮かべる。

「顔を見てないからな」言い訳じみていると思いながら、筒井は言った。あの時、死の危険を感じていたのだ。

「警察の人じゃないんですか?」

「たぶん、そうだと思うけど……」

「訳分からないですね」

「知ったようなこと、言わないでくれ」筒井は首を振った。それはこっちの台詞だ。

「それで、何か問題はあるんですか」

質問を浴びせかけられて、立場が逆転してしまったようだ。筒井は軽い眩暈を覚えながら首を傾げた。問題は……取り敢えずは何もなかった。あの忠告の意味は分からないが、少なくとも今、自分たちは無事である。何かことを起こすつもりなら、あそこでできたはずだ。

駐車場から車を出し、山手通りに向かって走らせる。取り敢えず、拠点に出来る場所を探すつもりだった。やはりホテルになるか……しかし、二部屋取るとなると、財布が心もとない。少しでも都心を離れた方が料金は安くなるのだが、それはある意味危険だ。人口密度が減るに連れ、この車は目立つ。

ホテルの多い新宿辺りにするか……金のことは後で考えよう。最悪、冴に頭を下げれば何とかなるのではないか。それにしても、こういう逃亡が長く続いたら、いずれ行き詰まるのは目に見えている。

それでも今は、この場から逃げざるを得ない。逃げながら、反撃の手を考えなければならない。

　結局、新宿のホテルに部屋を取った。念のために続き部屋。荷物を下ろしたら、自分の部屋に来るように、と告げた。

「それって、変じゃないですか」エレベーターの中で、美咲が軽く睨みつけてくる。「男の人と二人っきりは、まずいですよね。昨夜はそう言ってたでしょう」

「変に勘ぐるなよ」頭痛がひどくなってくるのを感じながら、筒井は言った。「寝る時は別の部屋にする。ただ、それ以外は一緒にいてもらわないと困る」

「そういうの、嫌なんですけど」

「安全のために、そうするしかないんだ」

「嫌です」

　急に子どもっぽくなってしまった。こういうのが一番扱いにくい。三十歳の自分から見て、十四歳は最も謎の年代である。

「パソコンを使いたいんだ。お父さんのは起動できないから、君のを貸して欲しい」

「駄目です」美咲が瞬時に拒絶した。「私のパソコンですから」

　やはりプライベートは、全てパソコンの中にあるのか……筒井は、そこに食いついた。

「心配だったら、俺が余計なことをしないように、隣で見張ってればいいだろう」そうすれば、必然的に一緒にいることになる。

「……じゃあ、パソコンを使う間だけ」

「よし」

エレベーターが開く。筒井はドアを押さえたまま、彼女に中で待機するように合図した。左右を素早く見渡し、誰もいないことを確認してから振り返る。美咲は目を合わせようとせず、そっぽをむいたまま出てきた。まったく、子どもが……。

筒井はまず美咲の部屋に入り、中を改めた。誰かが隠れているとも思えないのだが、今までのことを考えると、念には念を入れる必要がある。美咲のスーツケースを置くと、隣の部屋との間のドアを開け放ち、自分の部屋に移った。ベッドが誘いをかけてくる。徹夜だったのだ、と改めて意識した。だが、もう少し……確実な手がかりが得られるまでは、頑張らなければならない。

デスクにつき、パソコンが立ち上がる間、窓に目を向けた。向かいのビルとは、広い道路一本分の隔たりがある。オフィスビルのようで、忙しく働いている人の姿が見えた。あそこから誰かが監視しているとは思えないが……念のためレースのカーテンを引き、室内を少し暗くした。これで多少は、外から見えにくくなるだろう。

「ネットで調べるだけだから」筒井は言い訳しながらＬＡＮケーブルをパソコンにつなぎ、ブラウザを立ち上げた。

「どうぞご自由に」素っ気なく言って、美咲は一人がけのソファに腰をおろした。

筒井は、一柳の口座に入金していた「ヌシモ」と「エージービー」について調べた。会社ではないかと思っていたのだが、それらしい物がヒットしない。念のため、「Nusimo」「Nucimo」と適当な綴《つづ》りで検索を続けたが、引っかかってこない。駄目か……やはり、銀行に直接当たるしかないようだ。

検索を諦め、自分のウエブメールにログインして、冴にメールを送る。現状を知らせ、金を無心する内容だった。情けないことこの上ないが、これればかりは仕方がない。監視下にあると考えれば、カードは絶対に使えないのだ。

それが終わってから、美咲が保存してくれた一柳の口座のハードコピーをもう一度確める。細々とした入金と出金の記録。毎月の給料日が二十二日だということが分かる。例の大金以外の入金はそれだけ。公共料金は引き落としで、自分で引き出している金は、一月当たり十万円ほどだ。意外に少ない感じがするが、一柳は金に頓着しないタイプだったのかもしれない。あの家は別だろうが……。

一つだけ、ぴんとこない入金があった。「ダイユウカイ」。何だろう。入金額は十万円。他の巨額の入金に比べれば些細《ささい》だが、何故か違和感を覚える。「ダイユウカイ」で検索を試みた。いろいろ出てきたが、どれもぴんとこない。試しに、様々な漢字を当てはめて再度検索してみた。

「大優会」。西脇優介《にしわきゆうすけ》後援会……西脇といえば、政友党の政治家ではないか。どうしてそんなところから金が振りこまれている？

ちらりと横を見ると、美咲はソファの上で長い足を持て余すように膝を抱え、下半身を引っ張り上げていた。背中を丸めて、ゆっくりと体を揺らしている。

「お父さんは、何か政治活動をしていたのかな？」

「はい？」美咲が目を細めた。

「政治家とつき合いがあったとか……」それでは金をもらっている理由が分からないのだが。「誰かを応援していたとかさ」

「あり得ないですね。政治は、愚かな人間が最後に選ぶ趣味、ですから」

「何の格言だ、それ？」

「父が言ってました。政治に興味がないんじゃなくて、積極的に馬鹿にしていた感じですね。何であんなに嫌っていたかは知りませんけど……どこにいても、政治からは逃れられないのに」

「西脇優介という政治家に心当たりは？」

美咲が無言で首を振った。「何でも知っているわけじゃないんだ」と皮肉を言うと、「知っていて意味があることと、ないことがありますから」と切り返してくる。

「政治なんかに意味はない、か」

「あるんですか？」皮肉に唇を歪めると、十四歳ではなく二十四歳の表情に変わる。

「議会制民主主義なんて、もう限界でしょう。超優秀な官僚を育てて、政策は全部インターネットで国民投票して決めるようにすればいいんです。理想の直接民主主義の完成ですよ」

美咲はまだ何か言いたそうだったが、筒井は無言で首を振ってそれを拒絶し、パソコンに向き直った。西脇優介について調べていく。元外務官僚で、現在六十歳。元々父親が代議士で、四十歳の時、急逝した父親の跡を継ぐ形で政界に進出した。外務省時代は中国と関係が深く、政治家になってからも、外務官僚時代のコネクションを生かして、対中国との折衝では表に立つことが多い——中国？

おいおい。

まさか、こんな線がつながるとは。

大優会についての情報は、多くはなかった。元々政治家の後援会など、ホームページで積極的に活動を宣伝するようなものではないのだろう。ほとんどが、地元山形での西脇の活動を伝えるだけの内容だった。

その中で、ふと気になるものがあった。大優会の機関紙「大優」。月一回発行なのだが、単なる活動報告だけではなく、著名人の寄稿を受けている。もちろん、地元の県議や市議、政友党の同僚議員などの名前も見えるが、大学教授らも書いていた。タイトルから類推した限り、内容は軽いエッセイ風のものから専門的なものまで様々だった。バックナンバーを見返してみる……一柳の名前を見つけた。「先端医療の未来」。内容は読めないが、自分の専門について書いているであろうことは容易に想像できる。

最新号だけ、コラムの内容を読めた。地元の大学教授が、気候変動について書いているもので、それほど長くはない。原稿用紙にすれば数枚程度だろう。この程度の長さの原稿に対して、十万円払うものか……本当に原稿料なのだろうか、と筒井は疑念を抱いた。原稿料名目で金を払う、ということもあるのではないか。

携帯電話が鳴った。冴。メールを見て電話してきたのか。ちらりと美咲を見ると、静かに寝ていた。規則正しく胸が上下している。起こさないようにと、筒井は隣の部屋へ移った。

「少しずつ手がかりが出てきてるのね?」前置き抜きで、冴がいきなり切り出した。

「そうですね……ただ、代議士というのは意外でしたけど」

「どういうこと?」冴の声が鋭くなる。

筒井は、考えをまとめながら説明したが、話しているうちに自分でも信じられなくなってきた。可能性の一つというよりも、事実を都合よくつなぎ合わせただけの妄想に思えてくる。

「確かに大変な話だけど」筒井が話し終えると、冴がまとめにかかった。「あなたが考えているほどには、大変な話じゃないかもしれない」

「政治家絡みですよ？」思わず大声を出してしまい、筒井は口元を手で覆った。隣の部屋にいるとはいえ、美咲には聞かれたくない。

「今の政治家の重さを考えて。昔とは違うんだから」

「そうかもしれませんけど、こっちはただの刑事です」しかも今は、バッジすら役に立つかどうか分からない。

「そんなに構えないで。だいたい、今のあなたの推理には穴が多過ぎる」

「穴だらけですみませんね」少しいじけて筒井は言った。

「そうじゃなくて、分からない事実が多過ぎる、ということ。推測そのものは悪くないけど、埋めるべき部分が多いでしょう。あと二つ三つ材料がないと、その推測は成り立たないわ」

「まあ、そうですね」叱責された、という意識は消えない。先生に注意される出来の悪い中学生のような気分になってきた。

「その二つの会社……会社かどうかは知らないけど、それについてはこっちで少し調べてみるわ」

「申し訳ないです、変なことに巻きこんでしまって」

「後で料金に上乗せして請求するから……それより、借金の申し込みって？」

「財布の中身が……ちょっと心もとないもので」

「それもそのまま、料金に上乗せするわよ」

「もちろんです」

「いくら必要？」

「十……十五万円あれば」

「了解。そっちへ直接届けた方がいいわね。一時間後でどう？　お姫様の顔も見ておきたいし」

「そんなもんじゃないですけどね」筒井は苦笑しながら、隣の部屋に移った。美咲は相変わらず体を丸めたままで——あんな格好でよく眠れるものだ——静かに寝息を立てている。確かに眠っている姿は、無邪気なお姫様に見えないこともないが。「まったく、どう扱っていいのか、全然分からない」

「それは、私も同じ」冴が乾いた笑い声を上げた。「彼女ぐらいだと、私の場合、自分の娘といってもおかしくない年齢なんだけど、私自身子どもがいないわけだから、扱いが分からないわ。あなたはもっとかもしれないけど」

「十六歳差っていうのは、中途半端ですよね。親子でもないし、兄弟でもない」

「つき合っていくのがきついんだったら、できるだけ早く、あの子の安全を確保することね。このままアメリカに送り返したらどうなの？」

「もしも俺が考えている通りだとしたら、アメリカにいても、安全とは思えない」

「そうか……さっき警告してきた男について教えて」冴が急に話題を変えた。

「直接見てませんから、何とも言えませんけど」筒井は、美咲に教えてもらった男の容貌を告げた。

「ああ……」何か思い当たる節があるようで、冴の口調は歯切れが悪かった。

「知ってるんですか？」

「まあね。あなたは、警察が何か企んでいると思っている？」

「ええ」

「それは違うかもしれない。今のところ、あなたが何かミスを犯したり、私が知らない悪事に加担しているわけじゃないでしょう？」

「当たり前じゃないですか」怒りながらも、筒井は何とか声を低く抑えた。「俺がそんなこと、するわけない。おかしいのは警察の方ですよ」

「私の勘が当たっているとすれば、あなたに警告してきた人は、そういう『おかしい』ことに手を貸すような人間じゃないはずなんだけどな。独自の倫理観があって、それが警察のルールに優先することも珍しくない男だから」

「何だか、怖そうな人ですね」

「敵に回さない方がいいと思うわよ」冴が真面目な口調で言った。「もしも正面から会ったら、回れ右してとにかく逃げなさい。無駄な怪我はしたくないでしょう？」

冴は一時間半後にやって来た。寝ている美咲を残したまま、隣の部屋で落ち合い、小声で話をする。冴は一人がけのソファを使い、筒井はデスクの椅子に腰かけた。

「まず、二十万円」冴が封筒を突き出す。銀行の封筒で、ここへ来る前にキャッシュコーナーに寄ったのは明らかだった。「ちょっと多めにしておいたわ。貧乏探偵にはきつい額だから、よく覚えておいて」

「お借りします」筒井は頭を下げて封筒を受け取った。遠慮なく中身を抜いて、財布に入れる。厚さで、きちんと閉じなくなった。状況が状況ならほくそ笑むところだが、今はそれどころではなかった。

「二つの会社――かグループか、そっちのことについては私も調べてみたけど、まだ分からないわ。一時的に口座を作って、そこから入金してるんじゃないかしら。ダミー会社みたいなもので。一柳と中国の関係は？」

「彼は中国語が喋れて、中国人と接触していたこともある。でもそれは、仕事の関係じゃないはずです。そういう様子ではなかったそうだし、仕事だったら、わざわざ休みの日に、自分の家の近くで会う意味が分からない」

全面的に同意、というように、冴が二度うなずいた。それに意を強くして、筒井は続ける。

「気になるのは、親中派の代議士と接点があることです。矢印は中国の方を向いてるんじゃないですか」

「それで、あなたの見立ては？」

冴が長い足を組み、膝に肘を預けて頬杖をついた。筒井は、口頭試問か就職の面接試験を受けているような気分になった。

「中国企業からの引き抜き」

「アウト」冴が両手でバツ印を作ってみせた。「その程度の話で、彼が殺されると思う？」

「……産業スパイ」

冴が無言でうなずく。賛同者が現れても、筒井は特に嬉しくなかった。産業スパイ事件は時折摘発されるが、いわゆる「スパイ」と聞いて想像されるような派手なものではない。大抵が、兵器に転用可能な精密機械を不法輸出した、というようなものである。もちろん実際は、摘発されないだけで、多くの産業スパイが――それこそ日本人も――暗躍しているはずである。特許を巡る紛争が、世界各地で頻発しているのがその証拠だ。知財を巡る争いは、水面下では戦争の様相を呈しているのではないだろうか。

「だとしたら、かなり大きい事件になるんじゃないかしら。一柳が研究していたナノマシンって、実現したら大変なことになるんでしょう？」

「医療分野で革命が起きるかもしれませんね」

「となると、先陣を切った人間が、絶対的なアドバンスと金を手に入れるわけね」冴が厳しい表情でうなずいた。

「人一人の命ぐらい、何とも思わないぐらいの金、です」

うなずき返し、筒井は暗い気分に襲われた。刑事課の人間である筒井にとって、殺しは何よりも大罪である。どんな状況であっても、人を殺すのは許されない。だが実際には、大義のため、あるいは巨額の金のために、人の命が軽く扱われるのは、よくある話だろう。大きな渦に巻きこまれた時、殺し専門の刑事ができることには限りがある。そして自分は、あまりにも小さい。

「間違っても、自分一人で事件を解決しようと思わないことね」

「どうしてですか」筒井は身を乗り出した。

「あなたの手には負えない。絶対無理」

「そんなことは――」ついむきになって言い返す。

「警察の動きがおかしいこと、分かってるでしょう」冴が筒井の反論を遮った。「何か大きなうねりがあるのよ。それに逆らうのは無理だと思う」

「諦めたら、死んだ人が浮かばれないじゃないですか」

「甘いわね」

冴が唇を歪めた。この女性は、自分よりもずっと、世間というものを知っている。刑事では知り得ない、汚い裏の部分も、探偵として見てきただろう。だからといって、諦めるよう、こちらを促す権利はない。

「甘いかもしれませんけど、原因を突き止めて潰さない限りは、彼女の安全が確保できないでしょう」筒井は、隣の部屋に向けて顎をしゃくった。「いつまでも逃げ回ってるわけにはいかない。だけどアメリカに戻っても、完全に安全とは言えない。一生誰かに追われるような生活は……生活とは言えないですよ」

「助けを求められる人間を探しておくわ」冴がソファの肘かけをつかんで立ち上がった。

筒井は力なく首を振った。自分の小ささを意識させられる。そう、助けが必要なのだ。口では「美咲を守る」と言っても、自分にはそんな力がない。信じていたはずの組織が頼りにならず……いや、それは違うか。顔を上げ、冴の顔を正面から覗きこむ。

「さっきの代官山の男の話なんですけど」

「ああ」冴の表情がわずかに暗くなった。

「俺に忠告してきたのが誰か、分かってるんですよね。連絡、取れたんですか？」

「まだ……何か様子がおかしいのよ。私が連絡すれば、何もない限り、すぐにコールバックしてくれるはずだから」

「警察の中で、二重の動きがあるような感じがするんですけど」

「どういう意味？」

「俺は、警察に無視されました。昨夜の品川中央署でも、特捜本部でも……まるで存在しないみたいに扱われた。でも今度は、たぶん善意から忠告を受けている。何か二つの線が引いてあって、自分はその中間地点で踊らされている感じがする」

「あり得ない話じゃないわね」冴がうなずいて同意した。「二つの線か……刑事部と公安部とか」

だとしたら、面倒な話だ……筒井は頭痛の残る額をゆっくりと揉んだ。刑事部と公安部の仲の悪さについては、先輩たちから散々聞かされている。お互いを馬鹿にし合って何十年もやっているのだから、確執の根は深い。それは、六〇年代末の学園紛争の時代に決定的になり、協力して捜査に当たらざるを得なかったオウム事件の経験を経ても、解消されることはなかったのだという。筒井にすれば、どちらも歴史上の出来事に過ぎないのだが。

「だいたい――」

言いかけ、冴が口を閉ざした。気配に気づいて振り向くと、美咲が不機嫌極まりない表情で、部屋を隔てるドアのところに立っている。まだ眠気が抜けていないのか、二人の話を聞いて何か嫌な思いをしたのかは分からない。

「あの」口を開くと、声はしゃがれていた。「ちょっと出たいんですけど」

「駄目だ」筒井は即座に却下した。

「出ないと駄目なんですけど……ちょっとそこまで買い物に行くだけですから。隣にコンビニエンスストアがありましたよね」

「駄目だ」筒井は少しだけ語調を強めて繰り返してから、すぐに後悔した。「欲しい物があるなら、俺が買ってくるから」

「困るんですけど」美咲の口調は、機械的と言っていいほどぶっきらぼうになっていた。「一人で行きたいんです」

「困るって言われても、勝手に出歩かれたら、こっちが困る」

困惑したように、美咲が目を細める。助けを求めるように、冴に視線を向けた。冴が柔らかい笑みを浮かべ、立ち上がった。

「私が行ってきましょうか？」

「いいです。自分で行きたいんです」

「そう……じゃあ、お店の前で待っていてもいいかしら」

「お守りならいりませんから」

「仕方ないわね」冴が肩をすくめた。筒井に目を向け、「今、危険性はどれぐらい？」と訊ねた。

「それほどは……」少なくとも、昨夜襲撃を繰り返してきた男たちには、居場所を嗅ぎつけられていないだろう、と思う。問題は警察だが、今のところ、美咲を奪還したり、手を出したりする可能性は低いように思える。

「じゃあ、いってらっしゃい」冴が美咲に向けて手を振った。「できるだけ早く帰って来てね、彼が心配するから。お金は？」

「大丈夫です」

台詞を棒読みするように言って、美咲がドアに向かった。彼女が消えるのを待って、筒井は冴に訊ねた。

「何なんですか？」

「馬鹿ね。あの子だって、女の子なんだから。一人で買い物に行くのがどんな時か、分かるでしょう？」

「ああ」気づかなかった自分の鈍さに嫌気がさした。

「行くわよ」冴が立ち上がる。

「そうですね」筒井はデスクに置いてあったカードキーを拾い上げた。「一人にするわけにはいきません」

「コンビニの場所、分かるわね」

「ええ」

「じゃあ、あなたは階段でダッシュ。私は後からエレベーターを使うから……あの子に気づかれないように、見ていましょう」

「了解です」

気づかれたら大変なことになる。あの年代の女の子の相手をするのは、子どもと大人の女性、二人分の手間なのだ。

つまり、この世で最も面倒なことである。

7

全力で走って、ロビーでようやく美咲に追いついた。彼女はこちらが尾行しているなどとは思ってもいない様子で、久々の自由を楽しむようにゆっくりした足取りで歩いている。筒井は呼吸を整えながら、二十メートルほどの距離を置くよう、意識した。ロビーは混み合っているので、これだけ離れていれば、気づかれないだろう。

美咲はホテルの正面入り口を出て、日陰になった車回しをのんびりと歩いている。後ろ手を組み、今にもスキップでも始めそうだった。実際、スキップしているつもりかもしれない。結んだ髪が軽快に揺れて、背中を叩いている。

ホテルの敷地を出ると、すぐに新宿の雑踏に巻きこまれる。この辺りには、外国人の観光客も多い。真夏はまだ先なのに、Tシャツ、短パン姿で歩いているのはアメリカ人だろう。あの太り方……一枚余計に、分厚いシャツを着こんでいるようなものだ。

隣のビルの一階にあるコンビニエンスストアに、美咲が飛びこむ。何だかずいぶんはしゃいでいるように見えた。アメリカには、コンビニエンスストアがないのだろうか。美咲が通う学校は、カリフォルニアの小さな街の、駅からも少し離れた場所にあるはずだ。周りは見渡す限り何もない平原かもしれない。

冴が追いついて来た。追い越しざま、「左へ回るから」と告げたので、筒井は一歩引いてホテル側へ戻る。出入り口を両側から挟みこむ格好になっているから、見逃すことはないだろう。もしかしたら、長い張り込みになるかもしれない。必要な物を買った後も、雑誌のコーナーで延々と立ち読みして……美咲が、日本の同年代の少女たちが読むようなファッション誌に興味を持つとは思えなかったが。シンプル極まりない彼女の服装は、手本がいらないような気がする。

五分経過。これぐらいなら……しかし気になる。ちらりと視線を遠くへ投げると、冴も腕時計から視線を上げたところだった。刑事独特の感覚。何となく、時間の経過が正確に分かる。時計を見るのは、頭の中の時計を確かめるためだ。

さらに二分が経過する。突っ立っている自分が歩行者の目を引いているのに気づき、歩道のガードレールに腰かけた。ここに存在しているという意味では同じなのだが、少なくとも休憩しているように見えるはずだ。何としても、この場所から動きたくない。コンビニエンスストアに対してやや斜めの位置になるので、店内が少しだけ覗けるのだ。道路に面した場所が、普通は雑誌のコーナーなのだが……美咲の姿はない。トイレにでも行っているのだろうかと思ったが、ふいに心がざわめき始める。

　冴を見ると、彼女も自分と同じ不安を感じているようで、店の出入り口に向かって駆け出すところだった。筒井も慌てて走り出し、冴に一歩遅れて店に飛びこんだ。レジに突進し、ぎょっとする若い店員——名札を見ると、中国からの留学生のようだ——に声をかける。

「今、十四歳ぐらいの女の子がいなかったか？」

「ああー、はい、いましたよ」

　体を捻って店内を見回す。いない。思わず、レジのカウンターに身を乗り出して、嚙みつくように叫んだ。

「いないじゃないか！」

「さっき……今、出て行きました」店員が引き攣った表情で身を引く。

「見てないぞ！」

「あっちです」目に涙を溜め、震える声で店の奥——入り口の反対側を指差す。「裏口から」

　クソ、裏口があったのか……たぶん、裏道に出る道に続いている。ビルの中にあるコンビニエンスストアでは、よくある構造だ。最初に確かめておかなかった自分の間抜けさを呪う。美咲は何を考えている？　いかにこの状況が窮屈でも、自分から逃げ出しはしないだろう。たぶん息抜きのために、少し遠回りして帰ろうと思っただけなのだ。

　冴がいきなり走り出し、裏口から飛び出す。筒井はすぐ後に続いたが、立ち止まっていた冴の背中にぶつかりそうになった。

「あそこ！」冴が叫んで、左の方に駆け出す。裏道は人通りがほとんどない一方通行の道路で、一台の車が、逆方向を向いて停車していた。美咲がいる――正確には、車に引きずりこまれようとしていた。

「いや！」と短く叫ぶ声が聞こえ、筒井は胸を射られたような鋭い痛みを感じた。男が一人、美咲の両腕を掴んで車に引きずりこもうとしている。美咲は顔を真っ赤にして、体重を下にかけ、両足を踏ん張っていたが、体重差があるのでどうしようもない。男がちらりとこちらを見た。間違いない、昨夜、筒井が殴った男だ。ダメージは残っていない様子である。

　男が顔を歪め、舌打ちしたように見えた。引っぱりこむのを諦め、いきなり美咲の両腕から手を離すと、背中から抱きつくようにして抱え上げる。そのまま頭から、リアシートに突っこんだ。美咲の足がばたばたと動き、ニューバランスのスニーカーが男の脛《すね》を捉える。だが、さほど痛みは与えられなかったようで、男は自分も続いてリアシートに飛びこんだ。まだ美咲の足は外に出たままで、ドアも開いていたが、車がタイヤを鳴らして急発進する。

「クソ！」筒井は叫んだ。諦められない――諦めない。

ドアが開いているのでバランスが取れないのか、車は蛇行しながらのろのろと走っている。これなら追いつける――ギアを一段上げ、全力疾走に移行した。腕を思い切り大きく振り、その勢いでスピードを上げる。百メートルの世界記録に挑むつもりで走るんだ。追いつく。必ず追いつく。美咲の足が、まだばたばたと動いているのが見えた。絶対に追いつけ。追いつきさえすれば、何とかできる。車にしがみついてでも、絶対に離さない。君を傷つけるわけにはいかないんだ！　心の中の叫びが、足の回転にさらなるスピードを与えた。誰かが傷つくのを見たくない。自分のせいで誰かが傷ついたら、もう生きていく資格がない。

もう一歩……飛びこめば……車の横に並びかけ、思い切って体を前へ投げた。開いたドアを右手が摑む。その瞬間、車が一気にスピードを上げた。走るのでは到底追いつかなくなり、引きずられる格好になる。右手の筋肉が伸びきり、腕から脇の下にかけて痛みが走った。靴がアスファルトを擦り、体が不規則にバウンドする。クソ、腹筋だ。腹筋を使って体を引っ張り上げろ。ドアにしがみつけば、反撃のチャンスが生まれる。

しかし、人間は車には勝てない。車が大きく右に揺れたショックで振り落とされてしまう。後頭部がアスファルトの上でバウンドし、一瞬意識が飛びかけたが、一回転した後で何とか立ち上がった。だが、右足のどこかを打ったのか、自由が利かない。

「追いかけて下さい」冴に声をかけ、足を引きずりながら、筒井はなおも追跡を続けようとした。だがその時には、車はもう角を曲がって見えなくなってしまっていた。その場に崩れ落ち、両の拳でアスファルトを叩く。

「そんなことしてる場合じゃないでしょう！　車は？」冴が叫ぶ。

「ホテルの駐車場に」

「追うわよ。ナンバーは？」

「覚えてます」

以前筒井たちを襲ったスカイラインの一台と同じだった。もっともナンバーが分かっても、一人や二人でどうにかできるものでもない。警察の捜査網が使えてこそ、ナンバーは意味を持つのだ。

それでも捜さなければならない。美咲を傷つけるわけにはいかないのだ。絶対に。

冴がコルベットのハンドルを握った。大きな車を手足のように操って、甲州《こうしゅう》街道を爆走する。白バイにでも見つかったら、間違いなく停車を命じられそうだった。

「行き当たりばったりで捜しても仕方ないでしょう」助手席で丸まって足と頭の痛みを押さえこみながら、筒井は言った。

「何か心当たりはあるの？」

「それは……」情けない。徒手空拳《としゅくうけん》で相手に立ち向かおうとしているのだ、と改めて意識する。正体も居場所も分からず、闇雲に両手を振り回すだけでは何もできない。

どうして美咲が狙われる？　考えろ。必死に考えろ。これが一柳の事件と何らかのつながりがあるのは間違いない。美咲は、一柳のただ一人の家族なのだから。

殺人事件が起きた時、警察の到着が早過ぎたのでは、と思う。賊は、一柳を殺してから家捜しするつもりだったのかもしれない。だが、あまりにも早く警察が到着してしまい、目的を果たせないまま逃げざるを得なかった。あの家に、何か目的の物がある――それは分かっていたのに、その後も警察の監視が続いていたし、鍵もないので手が出せなかった。そこへ美咲の帰国である。どこでその情報を知ったかは分からないが、奴らにすれば、家を調べる「鍵」を手にいれたようなものだったのかもしれない。

「代官山だ」

「一柳の家？」

「そうです。あそこの鍵を開けさせて、中を調べるつもりなんだ」筒井は自分の推理を説明した。

「根拠はないけど、取り敢えず筋は悪くないわね」冴がいきなりアクセルを思い切り踏みこんだ。意識が遠のきそうな加速で、街の景色が溶ける。「しっかり摑まっててね。奴らより先に家に着きたいから」

「無理ですよ」連中の車を見失ってから、コルベットに乗ってホテルを出るまで、筒井の時計では七分の遅れがある。コルベットがどれほど高性能な車だろうと、都内の渋滞を縫《ぬ》って追いつけるとは思えない。

「やってみなくちゃ分からないでしょう。気を失わないでね」

意識が遠のきそうだ、と思ったのに、コルベットと冴には、まだ余力が残っていた。夕暮れ時の街の景色が完全に消え去り、夕闇と街灯の光が混じり合って、複雑な幾何学模様に変わる。外を見ていると吐き気がしそうだったので、少しうつむいて自分の膝に視線を落とす。ジーンズの右の膝がすり切れ、血が滲んでいた。金槌で叩かれたように、関節の内部が痛む。骨に異常がないといいのだが……少し膝を曲げ伸ばししてみる。この痛みはあくまで打撲によるものだ、と自分を納得させる。

Ｖ８エンジンの音が、野太い唸《うな》り声《ごえ》から甲高い鳴き声に変わる。周りの車が慣らすクラクションが、罵声《ばせい》のように聞こえた。スピードの出し過ぎだ。ここで警察に捕まりでもしたら……しかし、冴を停める術は、筒井にはなかった。

代官山の一柳の家に近づくと、冴はようやく車のスピードを緩めた。筒井は全身に汗をかいているのを意識しながら、体の力を抜いた。体のあちこちが痛む。首を回してみると、ばきばきと嫌な音がした。

新宿からここまで移動してくる間に、すっかり夜になっていた。住宅地なので、家々から溢れる灯りと街灯の光だけが頼りである。筒井は窓を開けた。V8エンジンのどろどろ言う音が申し訳ないほど、静かだった。犬の散歩をしている老人が、音でコルベットの接近に気づいたのか、振り返ってぎょっとしたように目を見開く。

「隠密行動には向かない車ですね」

「軽口、叩けるようになったんだ」と冴が軽い調子で言う。

「いつまでも怪我人をやってるわけにはいかないでしょう」

「あなたを戦力として考えていいの？」

「当然です」

「……近所を一回りするわ」冴がゆっくりとハンドルを回した。もしも近くで、拉致《らち》に使われたスカイラインが見つかったら、そこで張るのも手である。連中は家捜しを終えたら、必ず引き上げる。その際、美咲を連れて来るかもしれないから、奪還のチャンスが生まれるだろう。だが同時に、相手は一柳を残酷に殺した相手だ、と思い直した。人によって、あるいは国によって命の価値観は大きく違う。子どもだからといって、殺すのを躊躇わない人間も少なくないはずだ。

唾を呑むと、喉に嫌な引っかかりを感じる。

筒井も、注意して路上を見た。あるいは敵は、コイン式の駐車場に車を停めているかもしれない。違法駐車を続けて警察に見つかるより、少し離れても車をきちんと処理しておくのではないか——しかし、その予想はあっさり裏切られた。家の前の道に戻ると、見慣れたスカイラインが停まっているのが見えた。ナンバーも一致した。こちらが一回りしている間に到着したのだろう。

「本当に私たちの方が早かったのね。ここで待っていればよかった」冴が舌打ちする。

「とにかく見つけたんですから……突入しましょう」筒井は一柳の家を見上げた。この家のことなら、よく分かっている。全ての部屋にカーテンが引かれているが、室内の灯りが灯っていないのは分かった。家の中で灯りが点いていれば、どこかから光が漏れ出すものだ。だが、目を凝らして見てみると、カーテンに小さな光点が映り、すぐに消えるのが分かった。懐中電灯を持ちこんでいるらしい。

「中にいるわね」冴も同じことに気づいたようだった。

「車を確認しましょう」

筒井は、彼女がサイドブレーキを引いてエンジンを切るのももどかしく、ドアを開けた。どうしても右足を引きずる格好になってしまうが、何とか歩ける。格闘になったら……その時はその時だ。

スカイラインを覗きこむ。中には誰もいなかったし、美咲がいた形跡もない。乏しい灯りの中、内部に血痕などがないことに気づいて、筒井は少しだけ安心した。少なくとも美咲は、怪我は負っていないようだ。

筒井は車を離れ、裏口に近づいた。連中は、玄関から入ったのではないような気がする。ドアノブを摑み、ゆっくりと力を入れると、案の定、何なく回った。鍵を閉める余裕はなかったか、それとも誰も追って来ないと油断しているのか。後ろを振り返ると、冴はスカイラインの脇に立って何かやっていた。筒井が見ているのに気づいたのか、険しい表情で首を何度も振る。先に入れ、ということか……無茶なことを。眉を吊り上げて無言で抗議すると、冴はとうとう「すぐ行くから」と小声で言った。叱責するような言い方に、筒井は彼女の目的を悟った。

素早くドアを引いて顔を突っこむ。銃弾を浴びせられるかもしれない、と一瞬思ったが、行かなければ何も始まらないと覚悟を決めた。狭いたたきには靴がない。どうやら、土足で家に上がったようだ。誰だか知らないが、礼儀に欠けた連中である。

台所の中を漁り、武器になりそうな物を探す。包丁……ない。一柳は、本当に料理をまったくしない人間だったようだ。ワインのコルク抜きがあったが、これはさすがに役に立たない。音を立てないように気をつけながら動き回っているうちに、汗が滲み出てきた。ようやく、果物用の小さなナイフを発見する。音を立てないようにパッケージを破り、握ってみた。黄色いプラスティック製の柄は玩具《おもちゃ》のようでひどく頼りなかったが、何もないよりはましだろう。相手は銃を持っているかもしれないが……。

ドアの方から風が流れてきた。一気に緊張感が高まったが、振り向くと冴だった。一つ深呼吸して気持ちを落ち着かせ、ナイフを握り直す。それを見て、冴が顔をしかめた。どこから持ってきたのか、スパナを手にしている。

「二階？」

「だと思います」

「急いで」

彼女が何を焦っているのかは分からなかったが、本気は伝わってくる。うなずき、筒井は階段を上がった。壁に手をつけ、足音を立てないように、慎重に先に進む。唾を呑む音さえ鬱陶しく、額に滲む汗を拭う余裕もない。

階段の終わりに近づくに連れ、少しずつ体を沈めた。階段の最上段と頭の高さが同じになったところで一旦動きを止め、ゆっくりと膝を伸ばしていく。ほどなく廊下が視界に入った。同時に、乱暴に何かを放り出す音も。誰かが、部屋の中を荒らしている。左側の物置だ。そちらからだけ、光が漏れ出て廊下を淡く照らしている。敵は最低二人。先ほど美咲を抱えた男と、運転手役だ。安全を期すなら、もう一人ぐらい控えているかもしれない。それで一人は見張り役とか。三対二では、明らかにこちらが不利だ。

もしかしたら美咲は自由を奪われ、他の部屋に転がされているかもしれない。もう少し首を伸ばし、奥の空室を見やった。

いた。ドアが大きく開き、その隙間から美咲の足が覗いている。足首は縛られておらず、白い靴下がうっすらと浮かび上がっていた。それを見て、相手は素人《しろうと》ではない、と判断する。下半身の自由を奪うには、足首ではなく膝を縛らなければならないのだ。仰向けに寝ているようだが、動きはない。生きているのか、死んでいるのか……冗談じゃない、死なせてたまるか。

筒井は振り返り、冴にナイフを渡した。体を屈め、「奥の部屋に美咲が」と告げる。冴は黙ってナイフを受け取り、代わりに筒井にスパナを手渡した。ずしりと重く冷たい感触に、神経が次第に研ぎ澄まされていくのを感じる。

筒井は階段を一気に上がり切り、物置の入り口に立ちはだかった。男が二人、ぎょっとしたようにこちらを見る。手前にいた男がすぐに立ち上がって襲いかかってきたが、ボディががら空きだった。体を貫く勢いでスパナを腹に入れる。体がくの字に折れ曲がったところで、首筋に手刀を打ち下ろした。間髪入れずに、思い切り蹴飛ばす。痛めた右足に鋭い痛みが走ったが、アドレナリンが噴出して、動きは止まらない。後ろ向きによろけた男が、応援に出てきたもう一人の男にぶつかり、二人がまとまって床に転がる。筒井は二人に同時に襲いかかり、最初に攻撃した男の体に右膝《みぎひざ》を落としていった。胸にもろに落ちる格好になり、空気が抜ける音と悲鳴が同時に聞こえた。もう一人の男には、スパナではなく拳を耳に振るう。

「急いで！」冴の声が耳に届く。慌てて立ち上がり、ドアのところまで退却した。冴が美咲を抱えるようにして、半ば転げ落ちるような勢いで階段を駆け下りていく。筒井は、タイミングを計った。二人は同時に出て来るはずだ。その時に、どういう行動を取るか……寝室に引っこみ、ドアの陰に隠れる。わずかに顔を覗かせて様子を確認すると、二人は荒い息を吐きながら階段を駆け下りようとした。

筒井は二人の背後を襲った。一人の背中を思い切り蹴りつけると、バランスを崩して前のめりになる。前を行く男の背中に衝突し、二人は悲鳴を上げながら階段を転げ落ちた。筒井は躊躇せず、二人の上に飛び降りた。上になって倒れていた男の腎臓付近に、踵から落ちる。激しい悲鳴が上がり、筒井はバランスを崩して倒れ、横向きに転がった。リビングルームの、ちょうど一柳が倒れていた辺り。

どこが痛いのか分からないぐらい、全身が痛んだ。必死で立ち上がり、既に姿を消していた冴と美咲の跡を追う。階段の下で倒れている二人はしばらく立ち上がれそうになかったが、今にも背後から首を摑まれるのではないかと恐れ、必死に走る。

家を飛び出し、少し冷たい夜気に触れた時には、心底ほっとした。裏口のドアを開け放しにして走り始めると、家の前のスカイラインから冴の声がした。

「乗って！」さっき何かやっていたのは、直結でエンジンを動かしていたのか。右足を引きずりながら、何とか後部座席のドアを開け、頭から飛びこむ。何か柔らかい物にぶつかったが、冴は一瞬も躊躇わず車を発進させた。

美咲の悲鳴が聞こえる。何事かと顔を上げると、後部座席に座っていた美咲の腹に突っこんでしまっていたのである。ドアもまだ開いたまま。筒井は何とか体勢を立て直してシートに座り、体を捻ってドアを閉めた。冴がさらにスカイラインのスピードを上げる。何とか気持ちが一段落して美咲を見ると、白いブラウスに花が咲くように血が散っていた。ぎょっとして、「怪我は！」と嚙みつくような勢いで美咲に訊ねた。

彼女は無言で、首を振るだけだった。ブラウスの一番上のボタンが外れてなくなっており、腹の辺りに鮮血がついているが、態度は落ち着いており、怪我は負っていない様子である。

「その血は？」

「あなたの血じゃないですか」

「俺？」筒井は、額に恐る恐る触れた。指先に血がついてくる。それほど大した出血ではないが、眉の上が先ほどから鋭く痛んでいたのはそのせいだ、と分かった。まあ、頭を変な風に打たなかっただけ、よしとしよう。ようやく安心し、筒井はシートに背中を預けて大きく深呼吸した。

「よかった……」つぶやくと、美咲が「馬鹿みたい」とぼそりと言った。

「何が馬鹿みたいなんだ？」

「こんな、体を張って」

「これが仕事だから」

「仕事だからって、自分も怪我までして、何の意味があるんですか？　死んでたかもしれないんですよ」美咲の声が震える。こんな不安げな声を聞くのは初めてだった。

「君が無事なら、それでいいんだ」

「私が何か、重要な手がかりになるからですか？」一瞬にして美咲の声が強張る。

「そうじゃない」

「あの人たちもそんなこと言ってましたよ」

「どういうことだ」

「父親から何か預かっていないかって、車の中でもずっと聞かれてました。私が何か持ってると思ってるみたいです。あなたもそう思ってるんですか？　相手の手に渡ったら困るから、私を助けたんですよね？」

「違う」

「だったらどうして――」

「誰も傷つけたくないからだ！」筒井は叫んだ。喉の奥が痛み、びりびりした緊張感が全身に走る。

美咲とて、喪失《そうしつ》の苦悩を味わっているはずだ。だがそれは、俺が抱えた痛みとは質が違う。自分の力で助けられる人間を助けられなかった痛みは、罪の意識として永遠に残るのだ。悲しみ一辺倒の美咲とは——悲しんでいるようには見えなかったが——違う。だが、そんなことを美咲に説明したくはなかった。自分の根源に触れる問題を、十四歳の少女に打ち明けても意味はない。

「お二人さんとも、その辺で」運転席から、冴が冷静な口調で呼びかける。「これからの予定を説明するから。筒井君、運転はできそう？」

「何とか」右足の痛みが気になるが、アクセルを踏めないほどではないだろう。特にコルベットなら、一センチ踏みこむだけでエンジンは敏感に反応する。

「だったら、コルベットはあなたに任せるわ。私はこのまま、この車で逃げる」

「集合場所は？」

「私の事務所で。結局、あそこが一番安全かもしれない」

「少し遅れて行きます。ホテルから荷物を回収しないと」放っておいてもいいが、パソコンが心配だ。

「そうね」

バックミラーを見ると、冴が拳を唇に押し当て、難しそうな顔をしていた。

「何を心配してるんですか？」

「私たちが、ずっと誰かの掌の上で踊っていたとしたら……嫌な感じがする」

「そうだと思いますか？」

「確認するけど……できないかもしれないわね」

冴はそれきり、口を閉ざしてしまった。美咲と冴を二人きりにして大丈夫なのか、彼女の事務所も安全といえるのかと疑問に思ったが、今のところ、他に適当な避難場所を思いつかない。それに、コルベットを停めた場所までもうすぐだ。次の一歩を踏み出さなければならない。

「じゃあ、後で」冴がブレーキを踏みこむと、スカイラインが急停止して、筒井は前のめりになった。元々運転は乱暴なようだ。

「なるべく早く行きます」ドアを押し開けながら筒井は言った。

スカイラインのテールランプが消えるのを見送りながら、自分はかなりひどい状態にある、と改めて自覚する。右足を引きずりながらでないと歩けないし、全身のあちこちに大小の痛みが残っている。階段を転げ落ちた二人はもっと重傷だろうと思うと、少しだけ気が晴れた。

足を引きずりながら、コルベットに歩み寄る。今さらとも思ったが、車の周囲を回って発信器などが取りつけられていないかどうか、確認した。取り敢えず何もないと判断し、シートに身を埋める。痛みと疲労感が眠気を呼んだが、何とか気力を奮い起こしてエンジンをスタートさせた。それだけでも体力を消耗してしまったように感じたが、何とか車を発進させる。コルベットのV8エンジンが、腹に響く轟音《ごうおん》を発する。その鼓動は何となく心臓のリズムに合っているようだ。軽い振動が、全身を心地好く癒してくれる。

一息つき、ハンドルをきつく握る。思い切って右足に力を入れ、アクセルを強く踏みこんだ。どうやら、曲げ伸ばしの際には、さほど痛みはないようだ。捻ったりしなければ大丈夫だろう。そう考え、運転に集中する。

誰かの掌の上。冴の言葉が頭に引っかかっていたが、今はそれを考える余裕はなかった。

8

「無事でした」受話器を置き、総監に報告した瞬間、島は全身から力が抜け、汗がじわりと滲み出すのを感じた。いつ待機部隊に突入・応援の指示を出すか、それとは別にボランティア部隊の連中が勝手に判断して動き出さないかと冷や冷やしていたのだが、筒井はこちらが考えていた以上に冷静で手際がよかった。何とか無事に美咲を救出したようである。

「現状は？」

「小野寺冴が、犯人の車を奪って逃走中です。筒井は、小野寺の車を使っています」

総監が椅子の肘かけを摑み、ゆっくりと背中を預けた。吐息をつきたいところだろう、と島は同情した。そんな場面を部下に見せたくないから、必死で耐えているだけだ。こういう姿を見ると、自分は絶対トップに立ちたくない、と思う。最近の競争意欲のない若者たちと似たような考えだが、最終責任を負わされる立場にいれば、人生が蝕《むしば》まれるのは間違いない。ワーク・ライフ・バランスという考えは、キャリア官僚にはないのだ。その辺りを、一般の警察官や民間人は勘違いしている。楽して高い給料を貰っているのだろうと……常に二十四時間三百六十五日、仕事だけなのだ。その見返りとしての高い報酬だし、仕事漬けにならないキャリアは、遅かれ早かれ淘汰《とうた》されてしまう。

「どこへ向かってる?」総監が薄目を開けて訊ねる。

「小野寺は、首都高から中央道方面へ向かっています。筒井は新宿のホテルです。荷物を回収するつもりかと……最終的には、小野寺の事務所で合流すると思われます」

「結構だ。小野寺の監視を手厚くしてくれ。それと、一柳の自宅を再調査。何か見逃しているかもしれない」

「賊はどうしますか?」

「そちらも監視をつけて泳がせろ。どうせ雑魚だろう。中枢部に案内させればいい」

「了解です」

うなずいて、総監が立ち上がる。お付きもなしで、一人きりでこの臨時作戦本部に来たのが、異常事態の証明である。ドアに手をかけて振り返り、二人の顔を交互に見る。

「警視庁の意地だ。一人も怪我させるな」と言いおいて、素早く廊下に出た。

総監を見送ると、どっと疲れが出て、島は椅子にへたりこんだ。ちらりと腕時計を見ると、午後八時。夕方から動きが慌ただしくなり、この狭い部屋の電話は鳴りっ放しで、戦場のような有様だった。スタッフが欲しい、と深刻に願う。電話番だけでもいいのだ。ただし、これ以上多くの人間を巻きこむのはまずいので、自分たちで何とかするしかない、というのは分かっている。

高野が、ペットボトルをテーブル上で滑らせた。島の前で止まる寸前に、倒れて転がる。慌てて腕を伸ばして押さえた瞬間、左の脇の下に小さな痛みが走った。ずっと同じような姿勢でいたので、全身の筋肉が凝り固まっている。

「取り敢えず、水を飲め」

言われるまま、ペットボトルに口をつける。すっかりぬるくなっていたが、体の隅々まで水分が染み通るようだった。ボトルを口から離し、ゆっくりと溜息をつく。

「飯は手配したからな」

「ああ」そんなもの、どうでもいい。食欲など、どこかでなくしてしまった。

「あとは、筒井のお手並み拝見だ……今夜は何もないような気がするが」

「そうだな」島は同意した。「そんなに何度も続けて襲撃するほど、向こうにも余力はないだろう。それに奴らのアジトが分かれば、先に制圧できる」

「荒っぽい真似はできないぞ」高野が疲れたように首を振った。

「別件で引っ張ればいいじゃないか」

「その別件を調べている時間がない」

「だったら、機動隊でも何でも投入して、動きを封じろ」

高野がまじまじと島を見る。お前は馬鹿か、という台詞が、今にも口をついて出てきそうだった。

「この上警備部まで巻きこんだら、絶対に表沙汰になる。この件は、隠密行動が原則。今まで通りに監視を続けるべきだ」

「それでいいのかよ。そんなにのんびりしていたら……」島はペットボトルを握る手に力を入れた。中で水が激しく揺れる。「外交問題だか何だか知らないが、そんなことで殺人事件の捜査を妨害して、三人の人間を厄介な事態に巻きこんでいる。それなのに積極的に手を打てない。こんなのは間違ってる」

「今さら話を蒸し返すな。あんたも了解してただろうが」高野の声が鋭く尖った。「どうしようもないものは、どうしようもないんだ。それが――」

「それが政治、とか言うなよ。人を不幸にするのが政治のわけがない」

「政治じゃない。これは一種の戦争だ」高野が真顔で言った。「実弾が飛ばないだけで、間違いなく戦争なんだ。戦争に犠牲はつきものだろうが」

「俺は誰も傷つけない」島は自分に言い聞かせるように言った。「必ず収拾の方法を考える」

「ああ、考えるだけなら経費はかからないからな」高野が皮肉っぽく言った。

「分かってるなら、あんたもない頭をひねれ。そういうのも俺たちの給料のうちだ」

9

ひんやりとした空気に頰を撫でられ、目が覚める。全身に重い疲労と痛みが染みこみ、地面に釘づけにされたような気分だった。うっすらと灯りがついていたが、それが目に入ると、刺すような痛みを頭に感じる。わずかな刺激さえ、今の筒井には痛撃だった。

「十時よ」

冴の低い声が耳に飛びこむ。全身の痛みを無視して、慌てて飛び起きた。ソファで眠ってしまったようだが、このソファはベッドとしては最悪だった。クッションがすっかり抜けているので、板の間で寝ているのとさほど変わりはない。

「調子はどう?」冴が薄い笑みを浮かべていた。

「最悪ですね」絞り出す自分の声が、自分のものではないようだった。しかし、急速に疲労が抜けていくのを感じる。事務所に辿り着いたのが午後九時前。ソファに座ったことまでは覚えているが、その後、あっという間に意識がなくなっていた。これほど深い一時間の睡眠を取った記憶はない。

「彼女は？」

「寝てるわ」冴が小部屋の方に向かって顎をしゃくる。彼女もさすがに疲労の色が濃く、化粧っ気のない顔は蒼白だった。「腹ごしらえでもしたら？」

「何かあるんですか？」

「目の前に」

テーブルを見下ろすと、コンビニエンスストアの袋があった。またこれか……そう思いながら、昼間は結構まともな飯を食べられたのだから、と自分を慰める。袋に手を突っこみ、握り飯を取り出してあっという間に一個平らげた。それだけで満腹感を覚える。相次ぐトラブルで緊張が続き、胃が小さくなってしまったのかもしれない。

「いつ買って来たんですか？」

「さっき」

「外へ出て平気だったんですか？」

「たぶん。私たちは、監視されていると思う……警察に」

筒井はうなずいた。警察の狙いが何かは分からないが、少なくとも自分たちの安全は確保されているのではないだろうか。しかしそれならどうして、先ほどの危機に援軍が来ない？　自分の力を試そうとしていたのか？

そう考えると、悔しさで胸が潰れそうになる。警察の中にいながら、筒井は自分でも異分子だと意識している。それが結局、掌の上で転がされているだけだとしたら——自分の役回りがまったく分からないのも、不安で不満だった。よほど、本間に電話をして真意を確かめようかと思った。だが、彼も単なる中間管理職、大きな構図の中では単なる駒ではないかと思える。

「自分が警察にいていいかどうか、悩んでるんでしょう」

冴にあっさり見抜かれ、筒井は今食べたばかりの握り飯が、胃の中で硬い石に変わるような不快感を味わった。

「俺の何を知ってるんですか？」

「あの一件についてだったら、八十パーセントぐらいは。私にも、警察の中にまだ情報源があるから。分からないのは、あなたの気持ちだけかな」

「お喋りなクソ野郎は、どこにでもいるんですね」

冴が唇を歪めるように笑った。「それは私もよく知ってるわ」と告げると、長い髪をかき上げる。彼女もかつて、トラブルを起こしたことがあるはずだ。それも一回や二回ではない。警察を辞めてから十年近く経つのに、未だに彼女に関する噂話が回っていることを考えると、憂鬱になった。自分もこれからずっと——警察にい続ける限り——異分子として見られるのだろう。

だいたい、どうしてあの時辞表を叩きつけなかったのだろう。その結果、皆が寄ってたかって「まあまあ」と宥《なだ》め、機嫌を取り、いかにも自分たちの仲間として扱い……それも全て、組織を守るためなのだ。近くに置いて監視しておくのが一番安全だと思っているのだろう。

「普通、ここでもっと怒るわよね」冴が不思議そうに言って首を傾げる。

「どうしてそう思います？」

「誇りの問題だから」

「誇りなんかどうでもいいです。そんなもので飯は食えませんから」筒井は肩をすくめた。

「プライドだけで生きてるような人もいると思うけど」

「そんなもの、俺にはないですよ」

「だけど——」携帯電話が振動し、デスクの方で嫌な音を立てた。冴が慌てて振り返り、電話を取り上げる。耳に当てながら窓の方に歩いて行き、空いた右手でブラインドを少し押し下げ、外の様子を確認した。駅前の繁華街にあるこの事務所の中は、夜になるとネオンサインで極彩色の明るさに染められる。そのため、ずっとブラインドを下げているのだ、と気づいた。

冴が低い声で話し始める。すぐに筒井に背を向けたので、聞かれたくない話なのだな、と気づいた。彼女と少し距離を置くために、小部屋のドアを開けて、美咲の様子を確かめることにした。

例によってソファの上で窮屈そうに丸まり、静かに寝息をたてている。これ以上背が伸びないように、とでも思っているのだろうか。顔には苦悩の表情が浮かんでいた。悪い夢を見ているに違いない。だが自分には、この子を慰めることはできない。美咲の方で薄い膜を張り巡らせており、筒井はその中に入りこむ術を持っていない。冴も同じだろう。美咲は、世界を「自分とそれ以外」に分けるタイプの人間のようだ。十四歳ぐらいだと、しばしばそういう孤独感を覚えるものだろうが……そういう子どもっぽい顔と、知識欲に溢れ、大人顔負けに聡明な一面とが、上手く融合しない。

今できるのは、こうやって彼女を見守り、少しでも休息を取らせてやることだ。明日以降、自分たちがどうなるのか分からないのだから、今この瞬間だけでも、心安らかでいて欲しかった。

苦しそうな寝顔を見た限り、とても安心している様子ではなかったが。

冴はまだ話している。ほとんど相手の声に耳を傾けているだけのようだったが、眉間に浮かぶ深い皺から、かなりややこしい内容だと分かる。ちらりとこちらを見て、困ったような表情を浮かべた。やはり俺が邪魔なのだと思い、筒井は踵を返して事務室を出た。少しだけ、自分のケアをしてやろう。

足を引きずりながら廊下を歩き、非常階段の側にあるトイレに入った。牛丼の濃い匂いが漂ってきて鼻につく。普段なら食欲をそそられる匂いだが、今夜はかすかな吐き気を呼ぶだけだった。

あちこちにひび割れが入った鏡を覗きこむ。眉の上の傷は茶色く固まり、血は止まっていたが、少し腫れている。視界が怪しくなっていたのはこのせいだ、と気づいた。出血は大したことはないが、明日の朝には痣《あざ》になっているだろう。これ以上腫れ上がらないことを祈ったが、そのためには冷やさなければならない。さすがに氷は期待できないだろうなと思いながら、顔を洗った。冷たい水が額の傷に沁《し》み、思わず顔をしかめる。だが、無視して何度も洗っているうちに、痛みは鈍くなってきた。顔から水を垂らしながら洗面台を覗きこんでみたが、血は流れていない。醜い傷跡は残ったが、出血は完全に止まっているようだった。

ハンカチがないので、トイレットペーパーを引き出し、顔を拭う。首にまで垂れた水を拭き取るのに、ずいぶんトイレットペーパーを使ってしまった。それだけで、大変な贅沢《ぜいたく》をした気分になる。人間は、環境で変わるものだ。最低の状態にある時には、ほんの些細な贅沢でも救われた気分になる。しかし、トイレットペーパーとはね……自虐的に笑いながら、筒井は丁寧に両手を拭いた。体全体がべたべたしているが、少なくとも顔と手はさっぱりしたので、これでよしとする。

事務室に戻ると、冴が険しい表情でメモ帳を見ていた。筒井に気づくと、メモをパタンと閉じる。今回の件とは関係ない依頼の話かもしれないと思ったが、冴は筒井に手を差し伸べ、自分の向かいに座るよう、促した。用心して、少しだけ浅く腰かける――いつでも逃げ出せるように。冴はここまでよく面倒を見てくれたが、いつ裏切り者になるかは分からない。信頼できると思っていた相手が、いきなり豹変する様を、筒井はしっかり覚えていた。

「まず最初に、当面危険はないわ」

「どういうことですか」

「詳しく言えないけど」冴が、唇の前で人差し指を立てた。

「それじゃ、何だか――」

「黙って聞いて」冴の表情が険しくなる。「私の情報源は、この話があなたに伝わるのを、必ずしもよく思っていない」

「意味が分かりません」

「あなたの性格を考えるとね……切れると、普段では考えられないようなことをする人だから」

彼女の言うことはもっともだ、とも思う。そう判断できるぐらいには冷静なのだ――普段は。

「つまり、俺が怒るようなことがあるんですね？」

「どうなるかは分からないけど、気持ちいい話ではないでしょうね。でも、取り敢えずそのことは気にしないで……あなたには、守護神がついている」

「何ですか、それ」筒井は首を傾げた。左肩がずきりと痛む。新しい怪我、発見だ。

「危害を加えようとする敵がいたら、最悪の場合、強制的に介入して排除するから」

「つまり、味方なんですか？」

一柳の家の近くで声をかけられた時のことを思い出す。「上手く隠れていろ」と言われた。「守ってるんだ」とも。冴は事情を知っているようだが、それ以上説明しようとしなかった。

「それより、具体的な情報があるわ。例の、一柳に金を振りこんでいた二つのグループ」

「ヌシモとエージービー」

冴がうなずき、ちらりとメモに視線を落とした。

「この二つは、大優会につながっている。やっぱり、資金管理をするためだけに作ったダミー会社のようね」

「何か不正の臭いでもするんですか？」

「今のところは、なし。でもこれで、一柳と大優会――西脇優介に、具体的な関係が出てきた」

「関係どころじゃないでしょう」筒井は身を乗り出した。「常識じゃ考えられない額が振りこまれていたんですよ？　まともな関係のはずがない。一柳が振りこんでいたなら、政治資金ということも……」途中まで言って、その可能性の馬鹿馬鹿しさに気づき、筒井は口を閉ざした。一介の技術者である一柳が、どうして代議士と関係する？　美咲も否定していたではないか。向こうから一柳に金を振りこんでいたという事実はあるが、どうにも現実味に乏しい。

中国。

線が一本につながろうとしているが、まだ材料が足りない。誰か、キーになる人間がいるはずだが……顔を上げ、冴の目を見た。彼女は何も言わない。しばらく無言の睨み合いが続いたが、結局筒井が折れた。

「その情報、いつの間に調べたんですか」

「調査を頼んでおいたから」

誰に？　疑念を押し潰しながら、筒井は訊ねた。

「ずいぶん早く分かりましたね」

「普通なら、こんなに早くは分からないでしょうね」

「……つまり、然るべき人間が、前々から知っていたんですね？」その可能性を持ち出しながら、筒井はまた苦々しい気分を味わっていた。掌の上。

「刑事部じゃないわ」

「公安部なんですね？　やっぱり外事事件……スパイ事件として捜査していた。違いますか？」

冴は何も言わず、うなずきもしなかった。だが、漆黒《しっこく》の瞳を見ているうちに、彼女は自分の問いかけに、心の中で「イエス」と答えていると確信した。自分が認めた証拠を残したくないだけだろう。筒井の質問には答えないまま、話を先へ進めた。

「この二つの団体の代表者は割れてるわ。西脇優介の秘書だけど、相当やり手のようね」

「へえ」何だか急に白けた気分になって、筒井は間の抜けた声を上げてしまった。冴が鋭く睨みつける。

「そこまで分かっていれば、あなた、やることができたでしょう」

「……その男に突っこむ？」

「代議士本人に当たるのは難しいでしょうし、本人が事情を知っているかどうかも分からないけど、秘書なら何とかなるんじゃないかしら」

「問題はどうやって接触するか、ですね」

「それぐらい、自分で考えて。そこまで手を出したら、私の許容量を超える」冴が勢いをつけてメモを閉じた。「あなたなら、何か策略を思いつくでしょう……それともう一つ、情報があるわ」

「何ですか」

「一柳の研究は、ここ二年ほどは止まっていたようね」

10

ひとまず今晩は終了だ、と島は気を抜いた。ぐったりと椅子に背中を預け、天井を仰ぐ。生欠伸が出てくるのは、疲労がピークに達している証拠だ。高野も同じようで、テーブルに突っ伏したまま、ゆっくりと背中を上下させている。寝ているかと思ったら、いきなり顔を上げた。目は真っ赤で、髪が乱れている。かすれた声で島に話しかけてきた。

「今日は解散するか？」

「とはいっても、家には帰れそうにない」

「まあな」欠伸を一つ。「じゃあ、どこか寝る場所を用意させよう。ここには誰か、電話番を置いておけばいい」

「話を広げるな。自分たちでやらないと駄目だ」現在、事態は小康状態であるのを意識し、島は高野を押さえた。

「仕事熱心なことだ」高野が皮肉に唇を歪める。

「毛布だけ貰えれば、俺はここで寝る。椅子を並べれば十分だ」

「所轄の当直みたいだな」高野が皮肉に笑った。「そんなの、何十年も前にやったきりだよ……あれは、一応のアリバイ作りなんだろうな。キャリアのお客様にも、苦労してもらったという証拠を作るために」

「ああ」実際には島は、椅子を並べただけの簡易ベッドを何度も経験していた。公安畑が長い高野と違い、ほぼ刑事部でキャリアを重ねてきた島は、それなりの修羅場も経験している。事件の経過を見守りながら、自分の椅子の上で夜明けを迎えたことは、一度や二度ではない。「とにかく、俺はここでいい。あんたは帰ってもいいし、どこかで寝ていてもいいけど、毛布ぐらいは調達してくれないか」

「いいよ」高野が身軽に立ち上がったが、躊躇うように視線を床に落としてしまった。

「どうした」

「いや……筒井には、少しずつ情報が流れているだろう？　それが正しいのかどうか、まだ分からない。あいつは、鳴沢並みに危険かもしれないからな」

「そうだな。奴には前科があるわけだし」島は、胃の中に硬いしこりができたように感じた。自分がかかわったわけではないが、あの時、もう少し上手く処理する方法もあったのではと思う。

「あいつと鳴沢が一緒になって動いたら、どうなるだろう」

「やめてくれ」島は顔の前で思い切り手を振った。「想像もしたくない」

「そうかな」どこか面白そうに、高野が言った。「あんた、本当はそれを望んでいるんじゃないか。爆発した後に、真実が残るかもしれないし」

「まさか」

「俺は……そうなった方がいいと思っているかもしれない」

島は相手の顔をじっと見詰めた。冗談を言っているとは思えない。

「本件については、俺たちは最終的には放棄する可能性もある。上の命令にどこまで逆らえるか、分からないからな……だけど、せっかくここまで仕上げた事件を放り出すのは忍びない。俺たちの代わりに筒井が立件してくれれば、それはそれでありがたい話じゃないか」

「奴が潰れるかもしれないぞ」

「その場合は手厚いフォローをする……慰謝料とか、次の就職先とかな」

「ふざけるな！」怒鳴ってみたが、高野は動じる様子もない。その理由が、島にはすぐに分かった。

高野は、俺の目の中に、自分と同じ物を見ている。人任せにして事件を解決し、上手く行けば自分たちで手柄を回収する……そんな邪《よこしま》な考えを持っていると、完全に見抜かれている。

俺たちはキャリアだ。人の上に立つためには、決して手を汚してはならない。そういう考え方を悪く言う人間は多いのだが、こっちはいつでも首をかけているのだ。何かあった時に首を差し出すために、給料を貰っているといっていい。現場の警官には、この恐怖は分からないだろう。

だが、常に危険の中に身を置くのは、現場の警官だ。

筒井のように。

11

冴の説明を完全に信じたわけではなかった。一抹《いちまつ》の疑念――もしかしたら彼女も自分を騙しているのかもしれない――が常につきまとっている。

だが、他に上手い方法は考えつかなかった。明日の朝早く、次のターゲット――秘書を狙うことにする。美咲は冴に任せておこう。現状では冴を信じるしかないのだ、と自分に言い聞かせる。とにかく今は体を休め、明日の戦いに備えるしかない。

事務室で雑魚寝のような格好になった。二人がけのソファを譲られ、遠慮する気持ちも投げ捨てて横になる。冴は一人がけのソファに座り、毛布を胸元まで引き上げた。警察は何かと雑な世界だが、さすがにこんな近くでそれほど親しくない女性が寝ていると——親しくても同じかもしれないが——緊張する。だが、冴は何も気にする様子がなく、すぐに軽い寝息を立て始め、筒井もいつの間にか眠りに落ちてしまった。

意識が途切れたと思った次の瞬間には、目が覚めていた。なかなか目は開かないが、意識ははっきりしている。何時なんだ……ふいに人が動く気配がして、筒井は一瞬で体を完全に再起動させた。毛布を撥ね除け、ソファに座る格好になる。視界に入ったのは、目を見開いてこちらを見ている冴だった。デスクの照明が点いているだけで、事務室の中は薄暗い。冴もさすがに疲れを隠せない様子だったが、それでも凜《りん》とした美しさは健在だった。立っているだけで絵になる女性は多くない。

筒井は首を振って、さらに意識をはっきりさせようとしたが、何でもないのだと分かったせいか、気持ちと裏腹に意識が痺《しび》れていくようだった。変な格好で寝たせいか、あちこちに残る痛みは昨日よりもひどく感じる。一番ひどいのは……どこか分からない。後で徹底的にストレッチをして体を痛めつけ、逆療法をやってやろう。

「何時ですか」搾《しぼ》り出《だ》した声は、自分で予想していたよりもずっとしわがれていた。

「五時」冴が左手首を叩いた。男物のような太い腕時計が手首を飾っている。

「ああ」両手で顔を擦った。まず、顔を洗って意識をはっきりさせよう。「そろそろ出ます」

「顔を洗って準備してきて。車は、私がここまで持ってくるから」

「そこまでしてもらわなくても大丈夫ですよ」

「念のためよ、念のため」冴がひらひらと手首を泳がせた。「五分……十分待って」

「分かりました」

冴に続いて事務所を出て、彼女と反対側に歩いて行った。昨日と同じようにトイレで顔を洗い――水は痛みを感じるほど冷たかった――ようやくはっきりと目覚める。後は、濃いコーヒーがあれば十分だが、そこまで望んではいけないだろう。気合いだ、気合い。気合いで体調と精神状態を磐石《ばんじゃく》のレベルまで持っていけ。

事務室に戻り、昨日飲み残したミネラルウォーターを見つける。腕の筋肉痛で、キャップを捻り取るのにも苦労したが、何とか開けて一気に半分ほど喉に流しこんだ。生ぬるくなった水でも、やはりありがたい。生気が戻ってくるのを感じる。ソファに腰を下ろし、毛布を畳んで隅に置いた。

ボトルをテーブルに置いた瞬間、小部屋のドアが開いた。美咲が、疲れきった初老の女性のような足取りで出てくる。目は半分閉じ、普段はさらさらして輝きのある長い髪はぼさぼさで、突いたらすぐにも爆発してしまうほど不機嫌そうに見えた。

夢遊病者のような足取りで向かいのソファに腰を下ろすと、飲みかけのペットボトルを取り上げ、喉に流しこんだ。

「あ、それ……」注意する間もなかった筒井は、間の抜けた声を上げてしまった。

「何ですか」美咲が、不機嫌そうな鋭い視線を突き刺す。

「俺が飲んだ水なんだけど」

「げ」舌を出し、顔をしかめる。

「最初に確かめろよ。そうなるのは分かってるんだからさ」筒井も顔をしかめた。立ち上がり、まだ開いていないペットボトルを持ってきて、美咲の前に置いてやった。

美咲が勢いよく蓋を捻って開け、水を一気に飲んだ。ボトルを持ったまま、ゆっくりとソファに背中を預け、目を閉じる。そのまま眠ってしまいそうだったが、すぐに目を開け、少し距離を置いたまま筒井の顔を見た。

「お願いがあるんですけど」

「何だろう」

「何が起きているのか、私が納得できるように説明してもらえませんか」

「どうして」

「私、当事者なんですけど」憮然《ぶぜん》とした表情。

「そうだけど、今のところ、分からないことも多いんだ」

「じゃあ、分かっていることだけでいいです。何で私がこんな目に遭わなくちゃいけないんですか」

「その肝心なところが、まだ分からない」

美咲が大袈裟に溜息をついた。世慣れた女のような雰囲気に、苦悩の深さを知る。

「だらしないですね」

「しょうがないだろう……でも、いつまでもこのままではいない。反撃する」

「また、適当なことを言ってるんじゃないですか。だいたい筒井さん、どうして警察に行かないんですか。おかしいでしょう。まるで、筒井さんが何かの犯人みたいですよ。警察に行けない事情でもあるんですか」

「犯人、ね」筒井は一瞬目を閉じた。嫌な記憶がフラッシュバックし、自分が警察にいる意味がまた分からなくなる。本当に、さっさと辞めておけばよかったのだ。選り好みしなければ、仕事などいくらでも見つかったはずである。こんな……真綿で首を絞められるような生活を望んでいたわけではない。定年まで何十年も、このままやっていけるとは思えなかった。

「犯人なんですか」美咲が真顔で訊ねる。

「そうかもな」両手を握り合わせて拳を作り、身を乗り出した。「警察の中には敵ばかりだ」

「意味が分からないんですけど」美咲が目を細める。

「今のところ、それを話すつもりはない……そんなことより、君の方で何か思い当たる節はないのか？　どうして自分が狙われるか、分からないのか。何か鍵になる情報を握っているんだろう？」

「分かりません」美咲が首を振る。「だって私、この前までアメリカにいたんですよ。父のことなんか……何も知りませんから」

言って、盛大に溜息をつく。その様子は、何かを隠しているようには見えなかった。隠し事をするほど、大人のずるさを身に着けているとは思いたくなかった。

「筒井さんって、刑事さんなんですよね」

「そうだよ」何を今さら。

「刑事さんって、皆そんな感じなんですか？」

「そんな感じって？」

「ぼろぼろっていうか……」

「ああ」思わず苦笑した。実際、服もぼろぼろなのだ。買ったばかりのジャケットは右肩の辺りがほつれ、元々ダメージが入っていたジーンズの右膝は完全に破れて肌が露出している。「それはしょうがないだろう。あんなことがあったんだから」

「どうしてそこまでするんですか？　本能みたいなもの？　そういう風に教育されているから？」

「いきなり聞かれてもな……そうすべきだと思ったからそうしただけで……いや、違うか。考えてもいない」

「じゃあ、本能ですね」

「そういうことにしておこうか。とにかく、目の前で誰かが傷つくのを見たくないんだ。自分が代わりに傷つく方が、よほどましだと思う」

「何ですか、それ。怪我の代わりなんてできないでしょう」

「自分が怪我しても、相手を傷つけずに済むなら……っていう意味だよ。でも、悪かった」

美咲がすっと背筋を伸ばす。眠気は完全に消え、真顔になっていた。

「守るなんて言っておきながら、全然守れてないよな。これじゃ刑事失格だ」

二人の間に、一瞬だけ温かな空気が流れた。だが、美咲がいつもの調子でそれをあっさり拭い去る。

「別に、大したことはないですから」

「強がるなよ」筒井は思わず声を荒らげてしまった。「あれだけのことがあって、大したことはない、はないだろう」

「人間って、そんなに弱くないですよ」美咲が平然とした口調で言った。「その気になれば、どんなことにも耐えられます」

「違う。人間は、そんなに強くない……俺の経験では」

「でも私は、別に何ともないですから」美咲が長い両手を大袈裟に振り回してみせた。

「怪我もしてないし、精神的にダメージを受けたわけでもないし」

「何も、そんなことでむきにならなくてもいいよ」強がりだ、と思った。「辛い時は辛いって言った方がいい」

「辛くないです」

「だいたい、父親が亡くなっているのに、どうしてそんなに平然としていられるんだ？」

「じゃあ、泣き叫べばいいんですか？　パニックになって、周りに迷惑をかける？　そんなことして何になるんですか」

「やっぱり、ショックを受けてるじゃないか」勝ち誇ったような口調になってしまったなと思いながらも、筒井は言葉を重ねざるを得なかった。「それを隠したいだけなんだろう？」

「じゃあ、私はどうすればいいんですか？」美咲の声が急に低くなった。「私には誰もいないんですよ」

「そんな風に自分で思いこんでいるだけじゃないのか？　それこそ、抑圧で」

「くだらない心理学論議なんか、いりません」美咲が顔を背けた。「何がしたいんですか？私の心理分析？　冗談じゃないです。人に心を覗かれたりするの、気持ち悪いじゃないですか」

「俺は心理学者じゃない」

「あーあ、またそうやって話をはぐらかす」馬鹿にしたように、美咲が乾いた笑い声を上げた。「悪い大人の見本ですよね。日本人的っていうのか……ホント、そういうの嫌いなんです。私は、自分のことは自分でやります。やれますから。父が何をやっていたのかも、自分でつきとめてみせます」

「無理だ。危険なのは、今までのことで十分分かってるだろう」

「私には頭がありますから」美咲が耳の上を人差し指で叩いた。「何だったら競争します？　私を敵に回したら、絶対勝てませんよ」

「何だか無理してるようにしか見えないんだけどな」

突然電源を切られたように、美咲が唇を引き結んだ。目が潤み、今にも涙が零れそうになる。耐えるためなのか、続いて吐き出した言葉の調子は、低く抑えられていた。

「私、これから一人で生きていかなくちゃいけないんですよ。こんなの、ただの予行演習じゃないですか」

筒井は言葉を失った。刑事として、彼女に対してしてやれることには限界がある。いつか事件が解決したら――糸口はまったく見つからないが――間違いなく彼女と別れる日がくる。その後のことは、ある程度はフォローできても、完全に面倒を見るなど不可能だ。

「一生君の安全を守る」などと言っても、鋭い美咲は、そんなことは無理だとすぐに見抜いてしまうだろう。上辺だけの言葉は、絶対に通用しない。

空気がにわかにぴりぴりしだし、筒井は何とか美咲をリラックスさせる言葉を選ぼうと、必死で頭を働かせた。こういう時に限って、何も出てこない。

厳しい状況を救ってくれたのは、冴だった。早朝の散歩で目が覚めたのか、身軽な足取りで事務所に入ってくると、筒井にコルベットのキーを放って寄越す。立ち上がってキャッチした筒井は、そのままソファを離れた。出かける用意ができたのでほっとしたが、美咲から離れることに安堵してしまう自分に嫌気が差す。

「昨夜のスカイライン、なくなってたわ」昨夜冴が運転してきたスカイラインは、近くのコイン式駐車場に停めておいた。

「誰ですかね」

「警察だと思う。本来の持ち主は、ここまで追って来られなかったはずよ」

「そう願いたいですね。まあ、駐車料金を払わずに済んでよかった」

「まだ軽口を叩く余裕、あるんだ……で、この重たい雰囲気は何？」冴が腰に両手を当て、筒井と美咲の顔を交互に見た。

「それは彼女に聞いて下さい」筒井は顔をそむけて冴の視線を外した。

「どういうことかな？」

冴が、この時間にしてはあり得ないほど輝く笑みを美咲に向けた。美咲は一言も言わず、そっぽを向いてしまう。

「まだ眠いんでしょう？　睡眠不足は、美容の大敵よ」

「眠るか眠らないかは、自分で決めます」

冴が、助けを求めるように筒井を見た。筒井は肩をすくめて返事を拒絶し、事務所を出た。


再び、張り込み。既に夜は明け、清々《すがすが》しい空気が筒井の全身を包んでいる。徹夜の張り込みをする度、夜はいつ朝になるのだろう、と不思議に思う。明るくなるだけではなく、空気の肌合いや匂いが変わるのだ。だが、明確な線引きはできない——することに意味があるとも思えなかったが。典型的な早朝の街の光景が、筒井の前で繰り広げられていた。犬の散歩をする人。ジョギングする人。早朝出勤で駅へ急ぐサラリーマン。また犬の散歩。日本人は犬に支配されている。ランドセルに体が隠れてしまいそうな小学生が、目の前を駆け抜けて行った。まだ七時前なのに……最近の小学生は、何かと忙しいのだろう。

目の前には、こぢんまりとした一戸建ての家がある。西脇優介の秘書、石澤孝雄《いしざわたかお》は、比較的慎《つつ》ましやかに暮らしているようだ。郊外にあるこの一戸建ては明らかに建て売り住宅で、両隣にはほとんど同じデザイン、サイズの家が並んでいる。乗り降りに苦労するような狭い駐車場には、プリウス。東京郊外に住む典型的な勤め人、という感じがした。ここから毎日都心部へ通うのは結構面倒ではないだろうか。電車に乗っている時間は一時間もないはずだが、駅まで歩いて二十分近くかかる。もしかしたら、このプリウスは石澤の送迎用かもしれない。毎朝奥さんが駅まで送って……というのは、想像すると微笑《ほほえ》ましい光景ではある。この辺りに住む他の人たちも、似たような暮らしぶりだろう。

ただ、石澤が他人とは違う重い荷物を背負っているであろうことを除いては。

七時半、石澤が姿を現した。六十歳近い、でっぷりと太った狡猾《こうかつ》そうな男の姿を想像していたのだが、実際には四十歳ぐらいのすらりとした体形の男で、尖った顎がシャープな印象を抱かせた。上質そうなスーツに、荷物はブリーフケース一つだけである。

駅の方へ向かって石澤が歩き出したので、筒井は尾行を始めた。少しずつ歩調を速め——痛めた膝には苦行だった——ほどなく追いつく。「石澤さん」と声をかけると、驚いた様子もなく振り向いた。眼鏡の奥の目が冷たい。手強い相手だ、と筒井は気持ちを引き締めた。ちょっとしたことでは動揺しそうにない。

筒井は彼の横に並び、素早くバッジを見せた。

「警察？」石澤が目を細める。

「渋谷中央署の筒井です」

「警察の人が何の用ですか」石澤は動揺を見せず、歩調を変えもしなかった。おそらく毎日同じ時間に家を出て、駅までかかる時間も同じだろう。メトロノームの動きのように、きっちりとリズムを保って生活しているタイプのように見えた。

「ちょっと伺いたいことがあるんですが、時間をいただけますか？」

「急いでいるんですが」大袈裟に左腕を上げてみせ、スーツの袖口から時計を覗かせた。小振りなロレックス。

「歩きながらで結構です。西脇先生と中国の関係について、聞かせていただけませんか」

石澤が一瞬立ち止まり、まじまじと筒井の顔を見詰めた。

「警察の方が、何で西脇先生のことを聞きたがるんですか」

「それは、捜査上の秘密です」

「何か、先生を疑っているとでも？」

「疑われるようなことがあるんですか？」

「質問に質問で返すのは、まずいやり方だな」

呆れたように首を振り、石澤が歩き出す。先ほどよりも明らかにスピードが上がっていた。取り敢えず彼のペースを崩すことはできた、と筒井はほくそ笑む。彼のようなタイプは、ペースを乱されるのを何より嫌うはずだ。

「質問を変えます。一柳さん——一柳正起さんとそちらの事務所には、どんな関係があるんですか」

「一柳？」歩きながら石澤が首を傾げた。「そういう名前には聞き覚えがないな」

「大優会の機関紙に寄稿していました。一柳さんは、グランファーマ総合研究所に勤めている研究者の方です。医療関係が専門で」

「ああ、機関紙……そういえば、数か月前に原稿をお願いしたことがあったかもしれない。私は編集にタッチしていないから、詳しいことは分からないが」

「一柳さんが殺されたこと、ご存じないんですか？」

「何だって？」ちらりとこちらを見る。歩くスピードがまた上がった。

「自宅で賊に襲われたんです。大きなニュースになったんだけど、チェックしていないんですか」

「三面記事は、直接は仕事に関係ないものでね」

「新聞は隅から隅まで読むものかと思いましたが」

「君」石澤がまた立ち止まる。「何なんだ？　まさか、うちの事務所が事件に関係しているとでも思っているんじゃないだろうな。言いがかりも甚《はなは》だしい」

「これは捜査です」筒井は肩をすくめた。

「いや、言いがかりだ」石澤が語気を強めて繰り返す。「ふざけたことを言っていると、こちらとしても正式に対処させてもらうぞ。君の上司の名前を言いなさい」

「渋谷中央署の本間刑事課長です」

あっさりと明かしたので、石澤は少し気が抜けたような表情を浮かべた。

「どうぞ、いつでも確認して下さい。私は、名前を出されて困るようなことはしていません」自分は困らないが、他の人間が頭を抱えるだろう。

「とにかく私は、一柳などという人とは面識がない」石澤が強い口調で叩きつけた。

「では、どうして彼の銀行口座に巨額の現金を振りこんでいるんですか」

「原稿料を巨額、というのはおかしいな」石澤が乾いた笑い声を上げる。「常識の範囲内でしょう。安くはないかもしれないが」

「数千万円の原稿料、ということはあり得ないんですね？」

「何の話だ？」

石澤の顔色が明らかに変わった。筒井の答えを待たずに急に歩き出したが、ほとんど競歩のようなスピードである。筒井は足を引きずりながら、必死でついていった。

「しかも、西脇先生に関係のある団体からの振りこみです。これは明らかに変ですよね」

「何のことか分からない」

「何回かに分けて振りこんでいますよね。何に対する報酬だったんですか」

「知らん」答えが段々短くなってきた。

「その団体の責任者はあなたでしょう。責任者が知らないうちに金が振りこまれていたんですか？　だとしたら、それはそれで問題ですよね」

「因縁をつけるな」

「因縁じゃありません。銀行の記録で確認しています」

「何を勝手なことを――」

「勝手？　違いますよ。法律に則《のっと》った正式な調査です」我ながらよく簡単に嘘が出てくるものだ、と思った。今の自分に、どれほどの権限があるかも分からないのに。「説明できない金、ということなんですか」

「私が知らないだけだ」

「責任者なのに？」

「いいかね」石澤がちらりと筒井を見た。「金の出入りは頻繁で煩雑なんだ。それを一々暗記していられるわけがない」

「だったら書類を確認して下さい。私もつき合いますよ」

「そんなことをする義務はない」

「令状を取ってもいいんですが。次は取調室でお会いしますか？」

石澤の顎にぐっと力が入る。歯を食いしばっているのか、頬に小さな凹《へこ》みができた。

「脅す気か？　いい加減にしなさい」

「そうはいきません」言いながら、そろそろ限界だろうと筒井は思った。怒鳴り合っていたわけではないが、明らかに敵対的な雰囲気を振りまいている自分たちは、周囲の視線を引きつけている。「またお会いします」

「家の前で待ち伏せするような真似をするな」

「だったら、事務所に直接伺ってもいいんですが。ついでに、西脇先生にも話を聴かせてもらえますか？」

「そんなことは許されん」

「どうしてです？　何もないんだったら、話を聴くぐらいはいいじゃないですか。西脇先生は中国の専門家なんですよね？　是非、色々と講義して欲しいですね」

「ふざけるな。二度と私の前に顔を出すな」

石澤が、ほとんど走るようなスピードで去って行く。脚を痛めている筒井では、絶対に追いつけそうになかった。筒井は歩調を緩め、電信柱に寄りかかって体重を預けた。痛めた膝を少しだけ休めてやる。

何一つ明らかにならなかったが、彼が何かを隠していることだけは分かった。そうでなければ、あんな風に激昂《げっこう》したりしない。痛い所を突いたのだ、と確信する。次の手は……外堀を埋めて慎重にやるべきか、一気に攻めこむべきか。

一気にやるしかない。これは一人の戦いで、もう手段は選んでいられない。近いうちに、石澤ともう一度、少しでも有利な状況で対峙するしかないだろう。

たとえそれが違法な形であっても。

12

早朝の電話で、島は眠りから引きずり出された。久々の椅子の上での睡眠は、体に痛みを植えつけ、受話器に手を伸ばすのも一苦労だった。

しかし、摑む前に、誰かが先に奪って行った。寝ぼけ眼で見ると、高野が受話器を耳に当てている。シャツは着替えたようだが、ネクタイはしていない。目は充血しており、一晩の休憩で疲れが取れたわけではないようだった。自分も同じような状況だろう、と情けなく思う。

「はい……ああ?」いきなり眠気を吹き飛ばす大声。「どういうことだ。ああ……いや、それはおかしい。もちろんこっちのリストには載っている男だが、誰があいつに漏らしたんだ?　ああ……分かった。監視を続行してくれ」

高野が叩きつけるように受話器を置く。怒りを鎮めるように、何度も肩を上下させた。

「どうした」高野の怒りが沸点に達しているせいで、島はかえって冷静になってしまった。

「筒井が、西脇事務所の秘書に接触した」

「何だって」島は椅子の手すりを摑んで姿勢を立て直した。「いったい、何を……」

「家の前で待ち伏せしていたんだ。駅の方へ一緒に歩きながら、何か話していたらしい。内容までは分からないが、かなり激しいやり取りだったようだ」

「そもそもあいつが、どうしてその秘書のところへ辿り着いたんだ？　あいつ一人でそこまで調べられるとは思えない」

「誰かが漏らしたな」高野が、髭の浮いた顎を撫でた。

「誰かって」

「我が軍の誰か、だ。あるいはボランティア部隊の人間かもしれない」

「多少情報を投げてやるのは構わないが、これはやり過ぎだ」自分たちも、筒井を動かして果実を刈り取ろうとしていたことを忘れ、島はつぶやいた。「ここから先は、あいつ一人でできることじゃない」

「筒井はそうは考えていないだろう。自分一人で落とし前をつけるつもりかもしれない」

「危険だ」

「だが、今は止められない」

「……ああ」島は渋々認めた。筒井は、自分たちが考えているよりも先を行っているようだ。そろそろ追いつき、「もういいんだ」と肩を叩いてやるべきかもしれない。そうしないと、総監の至上命令「誰も傷つけるな」に背くことになるかもしれないのだから。既に筒井は相当ぼろぼろで、とても無傷とは言えない様子である。

「監視を強化する」高野が受話器を取り上げた。「奴が変なことをしないように、な」

「変なことって？」

「秘書を拉致するとか」

「それはないだろう」島は自分を慰めるように言った。「今、筒井は一人なんだな？」

「ああ」

「大の大人を拉致するには、最低二人は必要だ」

「まあ……そうか」高野がそっと受話器を架台に戻した。「わざわざ監視の連中を焦らせることはないな」

島は拳で瞼《まぶた》を押さえた。複雑な光の模様が飛び交い、頭がくらくらする。筒井はどこまで状況が分かっているのだろう。自分たちはどこで介入すべきか……タイミングを間違えると、今まで積み重ねてきたものが全てぶち壊しになる。

「あんた、ボランティア部隊の連中とは話してるのか」高野が訊ねた。

「いや、直接知ってる人間はいないから」

「あの連中は、今まで通りに泳がせておいて大丈夫なんだろうか」

高野の声に不安が滲む。それは島にも痛いほどよく分かった。自分の手が届く人間については、完全にコントロールできる。それがキャリア官僚として上にいる者の強みだ。しかし、指揮命令系統が及ばない部分——毛細血管の先の方とか、あるいはまったく自分とつながりがない相手の場合は、影響力を行使することができない。

「三重の輪になっている」高野が指を三本上げた。「中心に筒井がいて、その周囲を我が軍の監視部隊が取り囲んでいる。ボランティア部隊はその外側だ。それが我が軍を通り越して、直接筒井とつながっている」

「筒井の方で、連中を味方だと意識しているかどうか、だな」島は疲れた声を押し出した。

「ここが完全にくっつくと、我々でもコントロールできなくなる」

「ああ……ただし、ボランティアはあくまでボランティアだ。自分の立場を失う危険を冒してまで、冒険はしないだろう。プライドや義侠心は馬鹿にできないが、それじゃ飯は食えない」

「そうだな」

高野の言葉に同調しながら、島はまったく別のことを考えていた。本当に？　現代は、全てが経済効率で動く時代だ。一国の政治、あるいは国際政治さえ、マーケットの動きに左右される。だが、国家や権力、組織を離れた人間は、もっと純粋な動機で動くものだ。しかもボランティア部隊の連中は、我々にかけられた圧力、さらに考えている陰謀まで、ある程度知っているはずである。それに対して反発し、無茶をしてくる可能性も捨てきれない。それで叱咤《しった》されても、最後は日本人ならではの得意技で逃げ切るのではないだろうか。

無責任。

ここは、誰も責任を取らずとも社会が動いていく、不思議な国なのだ。

警察の中は、それでいいのかもしれない。島はこの件で自分の部下たちを、警視庁の仲間を、一人たりとも傷つけるつもりはなかった。事件自体、誰も責任を取らない形で闇に消える可能性もある。それはそれで仕方がないとも思える。仮に表沙汰にならなかったとしても、自分たちが全ての真実を知れば、他官庁へ圧力をかける材料として使える。

それでいいのだろうか。俺たちは、最も大事なことを忘れてはいないだろうか。

第4部　逆襲

1

目が覚めてから布団の中でもぞもぞと時間を潰すことなど、普段はあり得ない。寝るときは寝る。起きる時は起きる。まどろみの中でぼうっとしているような無駄をなくせば、朝の貴重な時間を潰さずに済むのだ。

でも、今朝ばかりはそういうわけにはいかなかった。時差ぼけ、寝不足、心の隅に巣食った恐怖。そういうもので気持ちが乱れている。リズムが狂っている。こんな自分には我慢できない。

この状況を何とかしないと。今自分が置かれているこの奇妙な状況の謎を解明し、危険な要素を排除する。もちろん私は、自分で何でもできると考えるほど子どもじゃない。ヒーロー願望もない。そういう乱暴な力仕事をすべきは、あの人たち――大人だ。でも私だって、このまま黙って危機が過ぎ去るのを待っているわけにはいかない。私には、あの人たちにはない知恵がある。頭を使うことに関しては、年齢も体力も関係ないのだ。絶対にこの謎を解いてやる。

美咲は毛布をはねのけた。そのまま小部屋を出ようとしたが、母親の教えを思い出して、丁寧に毛布を畳む。母親はよく言っていた。何でもきちんと片づけないと駄目。次に使う人――それが自分であっても――が便利なようにするのよ、と。子どもの頃からそう言われ続け、自然に身についてしまった。

母親が生きていたら、こんなことにはならなかったかもしれない。

そう考えると、不覚にも涙が滲みそうになる。駄目だ。こんなのは私らしくない。ちょっと精神と肉体のバランスが崩れているだけだから、と自分に言い聞かせながら、角と角を合わせてことさら丁寧に毛布を畳んだ。掃除用具があれば、この埃っぽい小部屋をきちんと掃除したいぐらいの気分だった。あの人――冴も、最低限の掃除はしているようだが、そこに命をかけているわけではないだろう。この事務所全体を、ぴかぴかになるまで磨き上げて、びっくりさせてみようか。アイリーンはよく、私のデスク周りを見て溜息をつく。「あなた、ここはショールームじゃないんだから」。冗談じゃないわ。ショールームの方が、もっと散らかっている。そうでなければ生活感が出ないし。

小部屋のドアをそっと押し開ける。ブラインドの隙間から朝の陽光が細く射しこんで、室内を斑に照らしていた。冴は、一人がけのソファに浅く腰かけ、顎のところまで毛布を引き上げて寝ている。起こすと悪いかな……でも、空腹は限界だ。食事さえしなくて済むなら、世界はもっと平和になっているはずだ、と思う。栄養なんて、錠剤で取れるようになればいいのに。そうなれば、流通の革命も起きる。ということは、ひいては燃料の無駄遣いを削減し、地球温暖化にストップをかけられるかもしれない。

お腹が鳴った。冴は聞いていないはずなのに、顔が赤らむのを感じる。ここは日本だから、ちょっと歩けばコンビニエンスストアも、ファミリーレストランもあるだろう。でも今は、一人で外に出る危険を冒すわけにはいかなかった。あんなことは二度とごめんだ……彼女が起きるのを待とう。

冴がもぞもぞと動いた。と思った次の瞬間には、完全に目覚めて立ち上がっている。何だろう、この人……物凄い美人なのに——体形だってモデルにしたいぐらいだ——殺伐《さつばつ》とした雰囲気をまき散らしている。私は知らないけど、たぶん、軍人はこんな感じなんだろう。警察官だって、これほどきびきび動きはしないはずだ。

「お腹減った?」

第一声がそれですか……まさか聞かれた、と思いながら、美咲はまた顔が熱くなるのを感じる。

「ええ、まあ」日本人的な、曖昧な答え。「ゆっくりと、そしてはっきり喋れ」「まず結論から」と、セント・マリーズスクールのディベートの授業で散々叩きこまれているのに、日本に戻ってから数十時間で、すっかり日本の色に染まってしまったのかもしれない。別にアメリカ人になりたいとは思わないけど、何だか情けなかった。

「ちょっと待って」冴が冷蔵庫を漁り、コンビニエンスストアの袋を取り出す。それをソファの前のテーブルに置くと、作りつけのキッチンに、お湯を沸かしに行った。薬缶をガス台にかけながら、振り向いて訊ねる。

「コーヒーと紅茶と、どっちがいい？」

一瞬迷った後、「紅茶を」と答える。どうも、彼女の淹《い》れるコーヒーは、殺人的に苦いらしい。筒井が、コーヒーを飲んで何度も顔をしかめていたのを思い出した。

サンドウィッチをかじりながら——冷蔵庫の中で思い切り冷え、ぱさついていた——冴の背中を見詰める。やがて薬缶が音を立て始め、ほどなく彼女がカップを二つ持って戻って来た。ああ、やっぱり……テーブルに置かれたカップの中身は、コーヒーと見まがうばかりに濃かった。まあ、ある意味徹底しているということかもしれないけど、これで目も醒めるだろう。一口飲むと、昔飲まされた抹茶——母親は独身の頃、茶道を習っていたそうだ——の苦味が舌に蘇《よみがえ》る。あの時はしばらく、胃の痛みに苦しんだものだ。

「体調は？」平気な顔で紅茶を飲みながら、冴が訊ねてきた。

「平気です」

「昨夜なんだけどね……あなたの実家で、変なこと、されなかった?」

「別に」質問の意味はすぐに分かって、不快になる。聞くのが遅いよ。カップを置いて、両方の手首を順番に摩《さす》った。あれは、何というのだろう……プラスティック製の手錠のようなもので手の自由を奪われたが、嫌な感触が残っているだけで痛みはない。あれが荒縄とかビニールロープだったら、今頃痣になっていたはずだ。

「それならいいけど」冴がそっと溜息をつく。

「尋問は筒井さんと交代制なんですか?」

「どういう意味?」冴が目を細める。美人がそんな風にすると、妙な迫力があるものだ。後で真似してみよう。

「言った通りですけど」

「私は探偵なの」冴が肩をすくめた。「だから、法的に事件を解決する権利はない。純粋にあなたのことを心配しているだけ」

「どうも、ありがとうございます」皮肉に聞こえているだろうなと思いながら、美咲は頭を下げた。

「もう少し、心を開いたら?」

「別に閉じてませんけど」

「いきなりお父さんが亡くなって、日本に戻って来た途端に訳の分からないことに巻きこまれて動転しているのは分かるけど、筒井君は本気であなたを心配しているのよ。あなたの安全を確保して、事件を解決しようとしている。だから、協力してあげて」

「あの人、何なんですか」美咲は思わず訊ねた。「おかしいですよ。あんなに無茶して……助けに来てくれたのはありがたいですけど、武器も持ってなかったんでしょう？　拳銃とかないんですか？」

「日本の刑事が拳銃を持ち出すには、いろいろと面倒な手続きが必要なの。それにここは、アメリカじゃないし。いきなりドライブ・バイの被害に遭う可能性はほぼゼロだから」

この人は、私たちが車に乗っている時にいきなり撃たれたのを知らないのだろうか。冴が、カップ越しに私の顔を見た。探るような目つき。ああ、この人もまだ刑事なんだ、と美咲は悟った。もうずっと昔に辞めたって言ってたけど、習性は簡単に抜けないのだろう。

「でも、無茶っていうか、馬鹿ですよ」

「そうね。ああいうタイプは少なくなったと思う」

「いつもあんな調子だったら、いつ馘《くび》になるか分からないじゃないですか」

「実際、馘になりかかったのよ」

美咲は思わず目を見開いた。そんないい加減な人がボディガード？　私もずいぶん安く見られてるのね、と皮肉に思う。

「複雑な背景があるの。だから、彼を庇う人もいたのよ」

「庇う意味、あるんですか？」

「あると思う」

「それは、どういう——」

「私の口からは話せないわね」

冴が足を組んだ。余裕たっぷりの態度……何だか憎たらしい。

「彼自身の問題だから、私には話す権利がないの。それより、少し気楽にしてて。何だったら、ガールズトークをしてもいいけど、そんな時間じゃないか」

冴が柔らかい笑みを見せた。ずいぶん表情が豊かな人だ。氷のように冷たい表情を見せたかと思うと、一転してこんな感じになる。でもたぶん、この人が一番綺麗に見えるのは、怒っている時ではないだろうか。女子的にはどうかな、と思うけど。

「そういうの、好きじゃないんです」言って、紅茶を一口。濃さにも少しだけ慣れた。

「じゃあ、食べたら本当にもう少し休んだら？　あなたは、自分で考えている以上に疲れているはずよ」

「やることがあるんです」

「外に出るのは駄目よ。まだ危険だから」

「ここでできますから」

言って、美咲はデスクに載った父親のノートパソコンを見た。例によって、デル。パパは昔から——私が物心ついた頃からずっと、デルのパソコンを愛用してきた。たぶん、安いからだと思う。何しろ「パソコンは常に新しい物を使わなくてはならない」が口癖で、一年ごとに買い替えていたから。あのサイズのノートパソコンなら、インテルの第二世代のcore i7プロセッサーで、メモリも8ギガはぶちこんでいるはずだ。ハードディスクは無意味に1テラとか。映像編集をやってもなお、余裕があるような能力だろう。

デスクにつき、パソコンを開けてみる。ここに何が入っているのかは、想像できた。たぶんパパは、日記を残している。昔からそうだった。何年も前の日記が引き継がれ、たぶん死ぬ前の日まで書き続けていただろう。

どんなことを書いていたかは分からない。もしかしたら、毎日食べていたものを記録していただけかも。

でも。

もしかしたらそこに、父親の本音があるかもしれない。どうして私をアメリカに追いやったのか。

どうして殺されるようなことになったのか。

2

午前七時台前半の電車は、まだそれほど混んでいない。それ故筒井は、尾行に難儀していた。シートは全て埋まっており、立っているのは一車両で二十人程度。鋭い人間なら、尾行に気づきかねない混み具合だ。筒井は石澤の隣の車両の先頭に陣取った。車両のつなぎ目を挟んで、辛うじて石澤の姿が見える。

おどおどしている。立ったまま新聞を広げているのだが、字を追っていないのは明らかだった。時折こちらに顔を向けては新聞に視線を戻していたが、そのうち馬鹿らしくなってきたのか、畳んで脇の下に挟みこんだ。

ＪＲとの乗換駅で客が一斉に降り、石澤が空いたシートに座った。筒井は少しだけ立ち位置を変えて、彼の姿が視界から消えないようにした。石澤は座ってもまだ落ち着かない様子で、時折鞄を抱えたまま身を乗り出し、左右を見渡している。

俺は間違いなく、石澤の痛いところを突いた。先ほどの刺激が、新たな行動を生むことを願う。何もなければ、あんな風に用心することはないのだ。たかが平の刑事が不躾《ぶしつけ》に質問をぶつけてきても、代議士事務所の名前で上司に抗議の電話をかけ、きつく文句を言い渡せば済む。

だが石澤は、明らかに怯《おび》えていた。

地下鉄への乗換駅が近づくに連れ、車内は混み始めた。筒井は人の塊を割るようにして隣の車両に乗り移り、頭が網棚の所まで届く男を隠《かく》れ蓑《みの》にして、石澤の様子を確認した。相変わらず左右を見回しており、きちんと七三に分けていた髪が、いつの間にか乱れていた。ホームに電車が滑りこんでも立ち上がらない……ドアが閉まる段になって、慌てて飛び出した。フェイントのつもりか。先に読んでドアの近くに移動していた筒井は、石澤よりも一歩早くホームに出た。歩きながら、上半身の縦横がほぼ同じサイズの男を盾にする。石澤が一度だけ振り返ったが、気づいた様子はない。客で混み合うホームを早足でジグザグに移動し、そのまま階段の方へ向かう。何度も後ろを振り向くのは、まだ尾行を気にしている様子だ。このまま改札を出て、タクシーでも拾うつもりだろう。

予想通り、石澤は改札を通った。この駅で降りる人は少ないようで、筒井は尾行の距離を少しだけ広げる。駅前の細い道路には、タクシーが二台……三台。石澤が一番前の車に乗りこむのを見送ってから、筒井は次のタクシーを拾った。バッジを見せ、前のタクシーを尾行するように頼む。

「刑事さんですか？」運転手が興味津々の表情で振り向き、嬉しそうに訊ねてきた。

「捜査です。極秘でお願いします」遊びじゃないんだと思い、低い声で告げる。「極秘」

が効いたようで、運転手はすぐに前を向いて車を発進させた。バックミラーに映る顔が、かすかに引き攣る。

石澤を乗せたタクシーは、高架と並行する細い道路を走り、井の頭通りに出た。普通なら議員会館、あるいは赤坂にある西脇の個人事務所に向かうはずである。それなら井の頭通りから代々木公園へ出て、表参道《おもてさんどう》から青山《あおやま》通りへ向かうルートが自然だ。しかしタクシーは、通勤客でごった返す神宮前交差点で左折し、明治通りに入った。筒井はシートに浅く腰かけたまま、前のタクシーのテールランプを睨み続けた。

タクシーは明治通りをひたすら北上し、北参道の交差点で右折した。千駄ヶ谷《せんだがや》付近……東京体育館や国立競技場が象徴するスポーツの街だが、一方でどこか下町っぽい雰囲気の残る住宅街でもある。タクシーは、国立能楽堂の近くにある古いマンションの前で停まった。筒井は前のタクシーを追い越してから停止するよう運転手に命じ、シートの上で体を低くして姿を隠した。

マンションを通り過ぎてから五十メートルほど走ったところで、運転手が「この辺でいいですか」と囁き声《ささやごえ》で訊ねた。

「お願いします」と言うと、急ブレーキがかかり、膝が前のシートにぶつかる。昨夜痛めた右足に痛みが走ったが、何とか堪えて尻ポケットから財布を引き抜く。

「領収書は？」と聞かれたが、「結構です」と断り、慌てて釣りだけ貰って車を降りた。

急いで振り返ると、石澤は金を払うのに手間取っているようで――カードを使っているのかもしれない――まだ車に留まっていた。もしかしたらあそこで停まっているのもフェイントかもしれないと思い、発進しようとしているタクシーのドアを平手で叩いて運転手の気を引いた。後ろのドアが開き、運転手が「どうかしましたか？」と怪訝そうな口調で聞いてくる。

「ちょっと待ってて下さい」ドアに手をかけたまま、後ろのタクシーの様子を観察した。ようやく車から出てきた石澤が、マンションのホールに消えていく。「もういいです」と運転手に声をかけ、膝の痛みを我慢しながらダッシュした。どうしても足を引きずる格好になり、焦る。

石澤の姿はもう消えていたが、ホールに飛びこみ、エレベーターの動きを確認する。まだ上昇中で、五階で停まった。このまま乗りこむか……いや、まだだ。外堀を埋めていかないと。筒井は引き返して、郵便受けを確認した。五階には十部屋。そのうち九部屋には、個人の名前なり事務所らしき名前がある。都心部の古いマンションの常で、小さな事務所として使っている人が多いようだ。

「追いこんだからな」一人つぶやき、筒井は踵を返した。膝にきつい痛みが走ったが、今は我慢できる。

ここは間違いなく、石澤――あるいは西脇のアジトだ。

張り込みを始めてすぐ、携帯が震え出した。冴か？　しかしディスプレイに浮かんでいるのは、見知らぬ電話番号だった。

「もしもし？」

相手の声が聞こえない。まさか、敵にこの番号を嗅ぎつけられたのかと警戒したが、すぐに耳に飛びこんできた声を聞いた限り、違うような気がした。

「筒井君だね？」

「君」づけか。いかにも先輩ぶった口調。俺はどうせ、警察の中に本当の仲間はいない――と思ったが、相手の話し方には徒《いたずら》に筒井を持ち上げたり、貶《おとし》めたりするような調子がない。

「そっちは誰ですか？」

「申し訳ないが、名前は名乗れない」

「それじゃ、話はできませんね」怒りが一気に膨れ上がってくるのを感じる。この件では、誰も彼もが自分の素顔を隠し、ひそひそと動いている。自分だけが独楽鼠《こまねずみ》になったような気分だった。

「君の味方だ」

「根拠は」

「昨日、代官山で君と話している」

「ああ」言われてみれば確かに、代官山で忠告してきた男の声である。だからといって、味方だという証明にはならない。

「少なくとも、君に危害は加えていないだろう」

「それは何の証明にもならない」

「もう一つ、忠告していいか？　すぐにかっとなる癖は改めた方がいい」

「俺は、別に……」間違いなく警察関係者だ、と悟る。すぐにかっとなる癖。あの一件を指しているのは間違いない。そしてあの件は、警察の外には漏れていないのだ。

「今は冷静だな」

「朝早いんで」

軽口のつもりだったが、相手は反応しなかった。どうやら冗談が通じない人間らしい。

「もう一つ、忠告だ。君のやっていることは間違っていない。その線を追っていけば、間違いなく真相に辿り着くはずだ」

自分の推理を急に話したくなった。だが、相手を信用していいかどうかはまだ分からない。言葉を呑みこみ、向こうの出方を待った。

「キーパーソンが石澤だという情報を、間接的に君に伝えたのは俺だ」

「小野寺さんの知り合いか？」正体は薄々分かり始めていたが、こちらから名前を出すつもりはなかった。

「そう。だから、その携帯電話の番号も知っている」

「ああ」納得できる説明だった。「アドバイスはそれだけか?」

「あまり長くは話せない。石澤に揺さぶりはかけたのか?」

かけた。だがそれを認めるのは嫌だった。まだ信用できるかどうか分からない相手に、自分の手の内は明かせない。

「……言えないか」

「当然だ」

「怪我しないようにしろよ。それと、絶対に暴走はしないように」

「それは、相手が誰かによる」

「暴走したら絶対に勝てない相手だぞ」

「ご忠告、どうも」

電話を切り、相手の言葉の意味を考えた。暴走したら絶対に勝てない。それはそうだろうとは思うが、自分で自分をコントロールできない時もある。弱点だと分かってはいるのだが、これればかりはどうしようもない。特に、事件が動いている時には。

本格的に張り込みを始めた。非喫煙者でよかった、と素直に思う。煙草を吸う人間は、長時間煙から離れているだけで、集中力を失うものだ。それに、煙草を吸うためだけに、現場を離れるわけにもいかない。

張り込みを始めて三十分後、一人の男が歩いてやって来て、マンションに近づいて行く。一瞬で、緊張感が頂点に達した。あの男だ。昨日、一柳の家で痛めつけた男。ダメージがまだ残っているようで、歩き方がぎこちない。鼻に絆創膏《ばんそうこう》が張ってあるのを見て、筒井はほくそ笑んだ。どうせなら、もっと本気でやっておけばよかった――それこそ、足腰が立たなくなるほどに。

グレーのワイシャツに黒のスーツ。ネクタイはしていない。薄く色の入ったサングラスを、マンションに入る直前に外し、左右を素早く見渡してからホールに消える。筒井は電信柱の陰からゆっくりと姿を現し、マンションの五階に視線を投げた。こちらからは、外廊下が見えている。間もなく、男が姿を現した。ゆっくりと、まるで重荷を背負っているような足取りで――見ようによっては気取った動きで、一番端の部屋まで歩いて行く。

これでまた一つ、壁を越えた。自分を何度も襲撃してきた男が、石澤のマンションを訪ねて来た。この事実を材料に攻めれば、石澤もいつまでも口を閉ざしているわけにはいくまい。取り敢えずは、全体像からディテールへ。筒井は冴に電話をかけた。

「石澤が、議員会館でも個人事務所でもないマンションに籠ってます」

「アジト？」

「だと思いますけどね……『千駄ヶ谷オリンピックマンション』の501号室です」

「昭和三十九年頃に建てられたみたいな名前ね」

「そこまで古くないと思いますけど」

短い会話の中で、冴の口調が少しだけ変わっているのに気づいた。浮かれているわけではないが、声が明るい。何かあったのだろうか。昨夜もほとんど寝ていないし、疲労も溜まっているはずなのに。

「501号室の所有者、あるいは賃貸関係がどうなっているか、調べられますか?」

「何とかするわ。それで、あなたは?」

「昨日襲撃してきた奴が、石澤の部屋を訪ねてます」

「それを先に言って」冴の声がぴんと緊張した。「これで線がつながったんじゃない?」

「いや、細部を詰めないと。俺はこのまま、張り込みを続けます。昨日の男の正体を絶対に割り出しますから」

「十分、気をつけて。今まであの男は、一人で行動していたことはないでしょう。どこかに仲間がいるはずよ」

筒井は素早く周辺を見回した。ぶらぶらしながら会合を待つ人間、警戒しながら停車している車——見当たらない。

「気をつけます。それより、何かあったんですか?」

「私に、じゃないけど」

「美咲ちゃん？」筒井は急に鼓動が跳ね上がるのを感じた。

「今、天才が本領を発揮しているところ。私は時々、紅茶を補給してあげてる。ピットクルーみたいなものね」

「何ですか、それ」

「何か分かったら知らせるから……彼女が自分で電話するかも」

冴はいきなり電話を切ってしまった。一人取り残された気分になったが、もう一度電話をかけて確認するわけにはいかない。先ほど忠告してきた男について確かめようとも思っていたのだが……冴の知り合いだというのだから、話し方などを説明すれば、思い当たる節があるかもしれない。

結局、携帯電話をジャケットのポケットに落としこみ、監視を続けた。念のため、マンションの外廊下からは見えにくくなる電柱の陰に身を隠した。朝の通勤ラッシュが一段落して、人通りが少なくなる時間帯である。昼近くになると、また人が多くなるだろうが……電話を切ってから四十五分後、501号室のドアが開き、男が姿を現した。周囲を警戒する様子もなく、頭を下げたまま、かなりのスピードでエレベーターの方へ向かう。筒井は少しだけ場所を移動し、マンションのホールが直接見える位置に陣取った。

歩道に出て来ると、男は素早く左右を見回し、駅の方へ向かった。ただし、千駄ヶ谷駅ではなく都営大江戸《おおえど》線の国立競技場駅。あれだけ派手な襲撃をしてきた人間が地下鉄移動か、と皮肉に思ったが、自分たちが車を一台奪ってしまったのだ、と思い出す。

尾行は楽だった。大江戸線の車両は小さいので、相手に気づかれずに跡をつけるのは難しいのだが、程よく混み合っていたせいで、上手く人の陰に隠れることができたのだ。それに相手は、周辺を気にする様子すら見せない。尾行されているとは思ってもいないようだった。

男はずっとつり革に摑まったまま、微動だにしない。駅に着いて人の乗り降りがある時だけ、必要なだけ動く感じだった。何度か携帯電話を取り出して着信をチェックしていたが、その都度顔をしかめる。どうやら、期待している相手から連絡が入らないらしい。

男は、築地市場《つきじしじょう》駅で大江戸線を降りた。この辺だと、築地、銀座《ぎんざ》、新橋《しんばし》まで足を伸ばせる。何か用があるのか、それともこの辺にアジトがあるのか。深い場所にある駅から地上に出ると、男は大きく伸びをしてサングラスをかけた。陽射しが強くなっているので、サングラスをかけていてもそれほど悪目立ちはしない。築地市場のある方向と反対側、銀座七丁目方面に向けて歩き出す。やはり尾行を気にしている様子はなく、ごく普通の足取りだった。逆に自分が尾行されているのではないかと疑い、筒井は時折路地に引っこんだり立ち止まったりして様子をうかがった。急に動きが怪しくなるような人間は、どこにもいない。

男は途中で左側に折れ、中銀カプセルタワービルの前に出た。日本に未来がまだあると信じられていた頃の建築遺産。男は昭和通《しょうわどお》りへ出て、歩道橋を上がって行く。左へ行けば新橋、そのまま真っ直ぐ行けば銀座の喧噪の中に出るが、男は真っ直ぐ進んで昭和通りを渡りきり、歩道橋を下りたところにあるホテルの中に消えた。ほとんど新橋だが、住所で言えば銀座の外れ、というところである。

ホテルの入るビルは、下層階がオフィスで、受付は十二階だった。男の後に、別のエレベーターで受付階まで上がると、男は受付を通り過ぎて、宿泊フロアにつながるエレベーターの方に向かうところだった。筒井は堂々とバッジを示し、男の姿を説明して、部屋を割り出した。

外堀が埋まり始めた。

3

一気にそこまで動いたか。島は胸に顎を埋め、寝ぼけた頭で何とか考えを巡らそうとした。筒井は、本丸のすぐ近くまで迫っている。何かきっかけがあれば、迷わず突入するだろう。島がその懸念を口にすると、高野がわざとらしいのんびりした口調で否定した。

「まだ大丈夫だろう。ホテルと千駄ヶ谷のアジトにも人を張りつけてあるしな。筒井が無茶しようとすれば押さえるよ」

「千駄ヶ谷の方は、アジトなのか？」

「西脇事務所が借りてる部屋、だ。目的は分からないが、アジトと言うのは無理があるかな」

「悪さをしてる場所なら、アジトだ」

「ああ、まあ、定義はお任せする」高野がひらひらと手を振った。「とにかくそこが、今回の一連の事件の中心だった可能性はあるな」

「ガサでもかけるか？」

「馬鹿言うな」高野が慌てて首を振った。「目立った行動は取れない」

「しかし——」

ドアが開き、島の反論は中途半端に終わった。総監の姿を認め、二人とも勢いよく立ち上がる。

「どうだ」

島は端的に状況を説明した。筒井が事件の中核に迫りつつある、と告げると、総監の顔がにわかに曇る。

「あいつは勝手に動いてるんだな？」

「ええ」

「そろそろ押さえるべきかもしれん」

「もう少し待って下さい」ストップをかけたのは、意外にもずっと慎重な姿勢を見せていた高野だった。「筒井はまだ泳がせておきましょう。今後も我々が直接捜査するわけにはいかないんですから、あの男に全貌を摑ませた方がいい。その後は……総監にお任せしますが」

「何か分かれば、取り引き材料には使えるな」総監がうなずいた。

自分でも同じようなことを考えていたのを棚に上げ、島は二人のやり取りに少しだけ白けた気分になった。島自身はまだ、一柳殺しだけでも何とか立件できないかと思っている。公安部が追っていた筋に関しては、それこそ総監の好きにすればいい。いざという時、外務省や経産省に対して有利な立場に立てるよう、隠し球として持っていればいいのだ。殺しだけは許されない。どんな大義名分があろうが、見逃すわけにはいかないのだ――しかし、そういう考えも揺らいでいる。公安部が追っていた事件から殺しまで、一直線につながる可能性が高い。つまり、殺しを立件すれば、必然的にスパイ事件の実態も明らかになるのだ。それを望まない人間は多い。自分の青臭い正義感だけで、事を進めてしまっていいのか。

「島参事官」総監が鋭い視線を向けてきた。

「はい」

「全て、総合的に判断する。現段階では、勝手に刑事部を——渋谷中央署の特捜を動かしてはいかん」

「分かりました」クソ、読まれていたか。総監になるほどの男は、ただ世渡りが上手いだけではない。何か人より秀でた能力を持っているはずで、現総監の場合、相手の顔色を読むのに長けている。上司だけではなく、部下もその対象だ。ほとんど読心術の範疇《はんちゅう》に入るほどだ、と言う者もいる。ここ数日の自分のパートナーである高野も似たようなものだ。そういえば二人とも、公安畑出身である。あそこに長くいると、自然とこういう能力が身につくのだろうか。

「とにかく、しばらく様子を見る。現場判断で、どうしようもなくなったら止めろ。それまでは手出し無用だ」総監が、圧力をかけるように島の顔をじっと見る。「ボランティアの連中の方はどうだ?」

「あいつらの動きはコントロールできません」島は首を振った。「今のところ、まずい動きはしていませんが」

「誰が頭を張ってる?」

「自発的に集まった連中ですから、何とも」

「一番厄介なパターンだな……今回の件に首を突っこんでいる連中の名簿を作れ。何かあったら……」

最後まで言わず、総監は部屋を出て行ってしまった。島は吐息をつき、胸の中に溜まっていた緊張を解放した。様々な考えが脳裏を去来し、自分が進むべき道が分からなくなっている。理想と現実の間に大きなギャップがあるのだ。いや、この時点では何が理想なのかも分からない。今はひたすら、現実的になるべきではないのか。

「忠告すべきかもしれん」島はぼそりと言った。

「筒井に？」

「ああ」

「何て言う？」

「事件は解決できないかもしれない、と」

高野が眉を釣り上げた。

「あんたの今までの言い分と違うな。殺しだけは別格、とか言ってたんじゃないのか」

「その原則に変わりはない。だけど、考えてみろ。一柳は国家に対する裏切り者だ」

「だから、然るべき罰を受けたとでも？」

「それは俺の口からは言えない。国内では解決できないかもしれない、ということだ」

「向こうに任せるのか……そういう外交ルートは？」

「俺は知らない。あんたの方が知っているだろう」島は首を振った。

「それは、おたくらの方——捜査共助課の仕事じゃないか。ただ、現地での処罰を依頼しても、その結果が俺たちの耳に入るとは限らない」

「分かってる。そうなったかもしれない、ということで満足するしかないだろう。一柳を殺した犯人を日本から蹴り出せれば、それでいい」

「あんたはともかく、筒井がそれで納得するかね」

「分からん。爆発する可能性もある」過去の経緯を考えれば。

「それで、筒井に説明する役目は誰がやる？」

「総監は嫌がっているが、ボランティア部隊に任せようと思う。向こうの方が士気が高い。取り敢えず、連中に接触しないとな」言いながら、島は自分がまた狡猾な計算をしているのだ、と気づいた。ボランティア部隊は勝手に筒井に手を貸しているだけ。あの連中に何かあっても、こちらに累が及ぶとは考えられない。

「お前、悪い奴だな」

高野が頰を引き攣らせる。考えを読まれてしまったのだ、と気づく。というより、向こうも同じように考えていたのだろう。島はゆっくりと脚を組み、意識して低い声で語りかけた。

「そろそろ着地点を探そうじゃないか」

4

現場は二か所。それに対して自分は一人。関係者はこれからさらに増えることが予想され、筒井は気持ちが引き裂かれそうになっていた。どちらを重点的に攻めるべきだろう。実行犯か、裏で計画を練っていた人間か……筒井は、先ほどホテルに消えた男――偽名かもしれないが中国人らしい――が一柳を手にかけた実行犯で、全体の絵を描いたのは石澤では、と想像していた。一柳の死までが、石澤のシナリオ通りではないかもしれないが。

ロビーの、座り心地のいいソファに身を沈めていると、嫌でも眠気が襲ってくる。この二日――今日で三日目――の疲労と緊張は、今まで経験したことのないものだった。

電話が鳴った。ほとんど客がいないロビーで、携帯電話で話すのは躊躇われたが、十二階からわざわざ地上まで下りるわけにはいかない。仕方なく電話を耳に押し当てると、冴の興奮した声が飛びこんできた。

「美咲ちゃんが、一柳のパソコンにログインしたわ」

「本当ですか？」思わず立ち上がる。何が出てくるかは分からないものの、拳を突き上げ、快哉《かいさい》を叫びたい気持ちだった。体中をアドレナリンが駆け巡り、疲れや痛みが吹っ飛ぶ。

「ええ。それで、彼の日記が出てきた。膨大な日記……それこそ、十年以上前からのもの。今、二人で読みこんでる」

「何か分かったんですか」バックアップ魔。いかにも一柳らしい話だ。

「もちろん。一柳は……」

「スパイだった。産業スパイ」言ってしまってから、気になって周囲を見回す。天井の高いロビーにほとんど人気はなく、夏も近いのに、ひどく寒々とした感じがする。冷房が効き過ぎているわけでもないのに。

「とにかく、自分の目で確かめた方がいいかもしれないわね。今、どこにいるの？」

「銀座のホテルです。石澤に接触した中国人を追って来ました」

「そこは目を離したくないわね……ねえ、思い切ってやってみる？」

「何をですか？」

「そこを誰かに任せる」

「誰かって……」先ほど電話してきた男とか。他人に事件の主導権を譲り渡すようで嫌だったが、背に腹は替えられない、という気持ちもある。

「あなた、まだ監視されてるわよ」

まさか。視界の中に、それらしい人間はいない。しかし、刑事は尾行や監視の表も裏も知り尽くしているものだ。同じように事情が分かっている刑事を尾行するとしたら、それなりのノウハウを使うだろう。

「試してみましょう」冴が切り出した。「私が連絡を取ってみる。合図があったら、あなたはそこを離れてこっちへ戻って来て。日記を解析するにも、人手は多い方がいいから」

「分かりました」断る理由を思い浮かべることができず、筒井は同意した。

電話を切り、できるだけリラックスして座っていよう、と意識する。だが、ソファは先ほどまでのソファとは明らかに違い、筒井を拒絶するようだった。居心地が悪くなって立ち上がった瞬間、誰かに後ろから肩を叩かれる。

「振り返るな」先ほど電話で忠告してきた男の声だった。代官山で接近してきた時と同じように、顔を見せるつもりはないようだった。「ここで見張り交替だ」

「信用していいんだな？」

「ああ」

「いつ戻るか、分からない。ここに戻って来るかどうかも」

「それでも構わない」相手の声はあくまで平静だった。「向こうが何かしでかしたら、一発ぶん殴ってやってもいいか？」

「それは俺に取っておいてもらわないと」

「十分痛めつけただろうが」

「まだ足りない――あいつが一柳を殺したとしたら」

相手が息を呑む気配がした。短い沈黙の後、「そうだな」と短く答える。

「人を殺した人間が、そのまま自由でいるのは許されない」

「俺も昔はそう思ってた——いや、今でもそう思ってる」

微妙な言い方に、筒井は首を傾げた。相手が少しだけ近づいて来たように感じる。

「どういう意味だ？」

「一柳が本当に産業スパイだったらどうする？　裏には複雑な事情があるだろう。俺たちが追って行っても、最後は手からすり抜けるかもしれない」

この男はどこまで知っている？　筒井はにわかに緊張したが、今ここで言い争っても何にもならないと気づいた。

「ここは任せます」

「ああ、心配しないでくれ」

「あなたなら大丈夫でしょう、鳴沢さん」

振り返らず、筒井は歩き出した。相手から離れる時、彼が——たぶん鳴沢が、少しだけ困惑した気配を発するのが分かる。自分の正体は悟られないと思っていたのだとしたら、ずいぶん楽観的な人だ。筒井が聞いている伝説とはだいぶ違う。

伝説——そこに姿を見せただけで、マッチ棒を電信柱に変えてしまう男。とにかく事件が大きく広がり、簡単に済む話が複雑に、微罪釈放で済む犯罪が死刑求刑までいってしまう、と言われている。

だがこの件は、彼の「事件力」とでも言うべき力をもってしても及ばない高みにあるのではないか。彼自身それが分かっていて、先ほどの諦めのような発言が出たのかもしれない。


「鳴沢さんって、どんな人ですか」

「何よ、いきなり」冴が一柳の日記——プリントアウトした膨大な紙——から顔を上げた。何かを警戒するように、目を細めている。

「いや、現場を任せておいて大丈夫かな、って」

「彼一人じゃないわ。他にも何人かいるはずよ」

「そういう意味じゃなくて、何かあった時、鳴沢さんを止められる人がいるんですか？」

「いないこともないらしいけど」ぶつぶつつぶやくように言って、冴が日記に視線を落とした。「私はよく知らないから」

それは嘘だ、と筒井には直感で分かった。この二人の人生は、どこかで深く交わったことがあるに違いない。鳴沢が、ここの前所長を知っていたこと。冴が気軽に連絡を取っていること——「すぐにコールバックしてくれる」という発言を思い出す。警察を辞めてしまえば縁は切れがちだが、二人の関係は、今でも相棒同士のように思える。

「下らないこと言ってないで、早く読んで。何ページあると思ってるの？」

「全部で二メガありました」美咲が割って入る。

「ええと、それは――」急に単位が変わって、筒井は戸惑った。

低いテーブルの上に日記を広げ、床に直に座った美咲――ソファの上で屈みこむ格好に疲れたのだろう――が、顔を上げる。

「日本語表記のためには、一文字辺り二バイト必要です。一キロバイトで五百字、一メガバイトで五十万字、二メガなら――」

「百万字か」

「計算、速いですね」

美咲が皮肉に唇を歪める。馬鹿にするなよ、と思ったが、口にはしない。これほど明るい美咲を見るのは初めてだったから。日記が見つかって、明らかに浮き立っている。

「四百字詰め原稿用紙で二千五百枚ね。十年分だから、それぐらいあってもおかしくないけど、読む方は大変よ」冴が大きく肩を回した。

「だいたい、何で容量で説明するんだよ」筒井は文句を言った。

「だって、テキストファイルですから。容量以外でどうやってサイズを説明するんですか？　ワープロならともかく、行数の概念がないんですよ」

「ああ、分かった、分かった」筒井は手を振り、彼女の言葉を遮った。このままでは、またやりこめられてしまう。「それより、よくログオンできたな。パスワード、知ってたんじゃないのか？」

「推理です」

「そういうのは嫌いだと思ってたけど」

「間違えました。推論です」しれっとした表情で美咲が訂正した。「きちんと論理的に、パスワードを推定しました」

「どうやって……」

「それは秘密にしておきます」美咲が唇の前で人差し指を立てた。

筒井は溜息をついて、プリントアウトに意識を戻した。全部読みこむ必要はないのだ。ここ一、二年で十分だろう。それ以前の物を読むのは、むしろ気が引ける。彼の妻——美咲の母の死に触れることになる。それは完全なプライバシーの領域に触れることになるし、今回の一件と関係があるとも思えない。

冴の仕切りで、日記を分担して読んでいくことにした。取り敢えず、一人一年分。大したことはないと思って手に取ったのだが、一柳の文章には略語が多く、非常に読みにくい。日記というより、メモという感じだった。

一昨年一月の日記。

1月20日：早朝七時からMt。本社の態度、依然として硬し。今後変化の見込みなし。後で聞いた話では、何か所かのLは撤退の可能性がある。M、USへ去る。不機嫌で、羽田への見送りを拒否。経理を騙してタクシーを出してやる。

1月21日：本日午前五時出社。本社とTVC。長引いて三時間。埒明かず。午前十時、仕事放棄で会社を出る。あと、ぶらぶら。

1月23日：今度は研究所内で、存続に関する会議。本社では、Jを削減対象にしている、との噂。実績を出すのが一番で、上の人間は発破をかけるが、この阿呆ども、何より必要な予算を削減してしまったことを忘れている。けしからん話、かつ阿呆らしい話。この会社はいよいよ駄目だ。午後は自室でSlp。誰も何も言わない。市場の原理、クソ食らえ。俺たちは金のために働いているんじゃない。金融の奴隷じゃない。ただ名誉のためだけだ。

グランファーマ総合研究所が潰れかけている、という情報は正しかったのだ。リーマンショック、さらにギリシャ危機に端を発した欧州の経済危機が影を落としているのは、箇単に想像できる。医療に関しては不況も関係ないように思えるが、新しい薬品——さらに言えば一柳が取り組んでいるナノマシンのような新しい技術——の開発には、莫大な研究費がかかるだろう。支えきれなくなったら、研究そのものをストップさせるしかない。それにしても、各地にある研究所を閉鎖するような話になっていたなら、相当深刻だ。企業の心臓、あるいは頭脳を手放そうとするようなものではないか。

何か見つける度に、筒井たちは情報をつき合わせた。その結果、次第にグランファーマ研究所が抱える問題点がはっきりしてきた。同時に、一柳があんなことを始めた動機も、おぼろげながら想像できるようになった。彼が何か具体的に書き残しているとしたら、去年の日記——冴の担当——か、今年の日記——美咲が読んでいる——にあるはずだ。

昼過ぎ、冴が一時休憩を宣言した。美咲はまったく疲れていない様子で、不満そうに頬を膨らませたが、冴は軽くやり過ごした。

「私たちのように年を取ると、こんなに続けて字は読めないのよ」冴が大袈裟に、瞼を指先で押さえる。

私「たち」？　筒井は反発を覚えた。一緒にしないでくれ。こっちは全然疲れていないんだから。だが、プリントアウトした紙に視線を落とすと、目がちかちかしてきた。

読み進めるのを断念し、椅子に背中を押しつける。肩が鉄板のように硬く、冷たくなっていた。使われていなかった前所長のデスクには、プリントアウト、さらに筒井が書き殴ったメモが散乱している。そもそも、印字する時に、もっと大きな文字にしてくれれば、こんなに目が疲れなかったのに。

壁の時計に目をやる。既に午後一時、休憩を入れるにはいいタイミングだし、これからやることもあった。グランファーマ総合研究所に揺さぶりをかける。あの連中とは散々話したが、会社の窮地については一言も喋らなかった。もしも、日本支部が閉鎖の危機にあるという情報が分かっていたら、もう少し捜査は先に進んでいたかもしれない。

「何か、食べる物を調達してくるわ」冴が立ち上がる。

「牛丼にしませんか？　一番早い」

「私、パスします」美咲が抗議した。「あんなもの、脂と砂糖と塩の塊なんだから。体に悪いです」

「そういう台詞は、もう少し年取ってから言ってくれないかな」筒井は額を揉んだ。「君の年で、体に悪いなんて言ったら、笑われるぜ」

「アメリカにいると、気になるんです。皆、緩慢に自殺しているようなものだから。向こうの方が、平均寿命、全然短いんですよ」

「どれだけ長く生きるかじゃなくて、どう生きるかが問題なんじゃないか」

「年寄り臭いわ」美咲が鼻を鳴らす。

「大きなお世話だ」

「はいはい、二人ともその辺で」冴が両手を叩き合わせる。鋭い音が、二人に沈黙を強いた。「筒井君は安い牛丼。美咲ちゃんは、申し訳ないけどお弁当ね。何か、体によさそうなものを探してくるから」

美咲がぼんやりとした表情でうなずいた。依然として、冴にも気持ちを許していないらしい。時に皮肉を吐いたり反発したりするものの、基本的に美咲の感情はフラットなのではないかと思った。人の感情は、皺だらけの布のようなもので、目の前が小さな山でも、一センチ進むと谷になる。それが普通の状態なのだ。感情は常に揺れ動き、決して二十四時間同じではない。しかし彼女は自分の感情にアイロンをかけ、山も谷もなくしてしまったようだ。

「その間に、俺は電話します」

「グランファーマ？」

「ええ」ちらりと美咲の顔を見る。無関心。父親の秘密が飛び出してくる可能性があるが、興味がないようだった。

「じゃあ、ちょっと出てくるわ。十分ぐらいで戻るけど、電話するなら固定電話にした方がいいと思う」

「携帯は盗聴されてると思うんですか？」

「念のためよ、念のため」軽い調子で冴が手を振り、事務所を出て行った。

筒井は美咲と余計な話をしないで済むよう、すぐに受話器を取り上げた。グランファーマ総合研究所の電話番号は、既に頭に入っている。叩くように番号を入力し、総務部長の清岡を呼び出す。面と向かって話した時と同じ、少し頼りない声が耳に飛びこんできた。

「渋谷中央署の筒井です」

「ああ、はい」

「覚えていらっしゃいますか」相手の生返事に苛立って、少しだけ皮肉をぶつけた。

「ええ、あの若い刑事さんでしょう？」

覚えていたのだ、と気持ちを引き締めた。あの特捜本部で「若い」と言えば自分と長沢だが、長沢は実年齢よりも老けて見える。

「ちょっとお聴きしたいことがありまして、電話しました」

「何でしょう」声が忙《せわ》しない。

「グランファーマ総合研究所の日本支部は、撤退する可能性があったんですか？　撤退というか、閉鎖というか……」

清岡が沈黙する。それを、筒井は肯定と受け取った。傍《かたわ》らにあった鉛筆を取り上げ、尻のところでデスクを叩く。沈黙を噛み締めている間に、そのスピードが次第に上がっていった。すぐに苛々《いらいら》する性癖は、自分でも分かっている。

「本社の方、だいぶ経営が厳しいみたいですね。日経には載っていない情報だと思いますけど、やっぱり最初は、リーマンショックの影響からですか？」

「新しい薬を開発するには、金がかかるんです」清岡が溜息をつくように言った。

「それは分かります。薬じゃなくてナノマシンだったら、もっと大変ですよね」

「ええ」

「ナノマシンの開発、実質的にストップしていたんじゃないですか？　一柳さんは、かなりいいところまで進んでいたという話でしたよね」

「世界で最も先を行っていたと思います」清岡が少しだけ元気を取り返す。一応、会社を褒められた気になっているのだろう。

「でも、ストップした」

「……ええ、実質的には」

「本社から、開発停止の命令が出たのは、二年前の五月ですね？」筒井は殴り書きしたメモを見直した。その部分に二重の下線を引き、最後にボールペンの先を叩きつけるようにピリオドを打つ。

「どうしてそれを知っているんですか？」

「警察ですから。それぐらいのことは調べます」

「そうですか」

清岡が吐息をついた。それに被せるように、筒井は追い討ちをかける。

「開発停止……実質的に中止ということですよね？　それから一柳さんはどうしていたんですか。仕事を取り上げられたようなものですよね」

「彼のようなタイプは……」清岡が言い淀《よど》んだ。

「優秀な技術者は？」

「超優秀、です」清岡が言い直す。人柄はともかく能力だけは認めなければならない人間というのがいるが、一柳はまさにそういうタイプだったらしい。

「――そういう人が、いきなり金の都合だけで研究をストップさせられたら、どうなるんですか」

「腐ってましたよ」

「二年間、ずっと？」

「まあ、最初の半年ぐらいはひどいものでした。出社しないこともありましたしね」

「それは問題にならなかったんですか」

「問題にしたらしたで、また大変ですから」今度は盛大な溜息。「技術者たちの機嫌を取るのも大変なんです」

「腐って、それでどうしたんですか？」

「はい？」質問の意味が分からなかったようで、清岡が少し甲高い声を出した。

「ずっと仕事を拒絶していたんですか？」

「いや、もちろん他にも仕事はありますから。ナノマシンは一柳の専門ですが、それだけということはありません。うちの会社も、仕事をしない人間に給料を払うわけにはいきませんから」

ここからはさらに突っこんだ質問だ。筒井は、一つ深呼吸してから続けた。

「一柳さんは、ナノマシンの情報をどこかに流していませんでしたか？」

「は？」

清岡の声は、頭から抜けるようだった。この驚き方は演技ではない、と判断する。

「意味が分かりませんが……」

「どこかに情報を売り渡していなかったか、という意味です」

「まさか」今度は怒り。「何か根拠があって、そんなことを言ってるんですか？　言いがかりだったら……」

「警察の、我々とは別のセクションが捜査していたんです。それを知らなかったんですか？」

「いや……」激昂していたのが急に引っこみ、声が不安で揺らぐ。「そんなことがあったんですか？」

「私も詳しくは知りません。何かと秘密の多い部署が捜査していたようなので」

おそらく公安部は、これを会社ぐるみの犯行とは見ていなかった。一柳に関しては徹底した動向監視をしていたはずだが、会社には手をつけていなかったのだろう。会社を捜索するとすれば、一柳を逮捕してから——というシナリオを描いていたはずだ。

「どういうことなんでしょう」

「産業スパイ事件、かもしれません。だとしたら、古典的な手口です。自社の情報を売り渡して対価を得る、という」

「信じられない……」

「一柳さんは家を買いました。御社の給料、彼の年齢で借りられるローンの額、その他を考えると、いかにも不自然です。その金はどこから出たんでしょうか」銀行の入金記録については言わなかった。そこまで教える必要はない。

「その……スパイの相手が誰かは、分かっているんですか？」

「特定はできていません。例えばの話ですが、一柳さんは自分の研究を大事にする人ですよね？」

「何よりも」

「その人がいきなり手を縛られたらどうなるでしょう。かなり進んでいた研究を、そのまま棚上げするような状況は、我慢できないはずです。何としても完成させようとするんじゃないでしょうか」

「つまり？」清岡が唾を呑む気配がした。

「そこから先は、まだ分かりません。でも、社内でも少し調べてくれませんか？　会社に何の痕跡も残さず、誰かに情報を渡すことはできないと思います。データ管理は完璧だと思いますが、一柳さんだったら、それを破るぐらいは簡単なんじゃないですか」

「……恐らく」

「また連絡します」

ゆっくりと置いた受話器に、汗の跡がついていた。天井を向いて大きく溜息をついた瞬間、美咲が泣いているのに気づく。しまった、と思った時には遅かった。どうしてこんな話を、彼女がいる前でしてしまったのだろう。いくら感情がフラットに見えるといっても、言ってみれば父親の悪口を聞かされたようなものである。冷静でいられるわけがない。

立ち上がり、彼女の方に近づいた。美咲が険しい表情で、やはり立ち上がる。涙が頬を流れていたが、泣いているというよりは怒っているように見えた。

「聞かせるつもりはなかったんだ」

「別に、いいです」不貞腐《ふてくさ》れているわけではなく、本当にどうでもいいと思っている様子だった。

「いいって……泣いてるじゃないか」

「泣いてません」

「泣いてる」自分も動転している、と気づいた。美咲は感情を覆い隠しているが、そもそも「泣く」というオプションなどない、と思っていたのだ。

「泣いてません！」美咲が言葉を叩きつけた。両手をきつく拳に握り、両脇に垂らしている。肩が震えていた。

筒井はゆっくり首を振り、自分の無能さを嚙み締めた。十四歳の女の子とどう話していいか、分からない。これから刑事として――警察官としてやっていけるかどうかは分からないが、自信を喪失するには十分な状況だった。

「配慮が足りなかった。こんな話を君に聞かせるべきじゃなかった」

「そんなこと、何とも思ってません」

強がりか？ 泣き顔を見ても本音は読めなかったが、その言葉に嘘はないような気がした。

「俺は、君のお父さんをスパイかもしれないって言ったんだぞ？ ショックを受けて当然じゃないか」

美咲が掌で素早く左右の頰を拭った。それだけで、涙は完全に乾いたように見えた。一つ溜息をつくと、強い視線で筒井を射貫く。

「別にショックじゃないですよ」

「ちょっと待ってくれよ」筒井は、同情や慰めの言葉を忘れ、むしろ怒りを覚えていた。「最初会った時から思っていたけど、何でそんなに冷静なんだ？ 自分の家族のことだろう。そういうのが格好いいと思ってる?」

「馬鹿じゃないですか?」本当に馬鹿にしきった口調で美咲が言った。「家族のことなんか、赤の他人の筒井さんに言っても仕方ないでしょう」

「じゃあ、全部一人で背負いきれるんだね?」三十歳の男が、十四歳の少女に言う台詞ではないと思いながら、つい言葉をぶつけてしまった。

「当たり前じゃないですか。私は一人きりなんですから」

「吐き出せばいいのに……」

「吐き出すのも、相手を選びます」

「俺じゃ不足か」

「そうですね」あっさり言い切り、美咲が腰を下ろした。ペットボトルを手にし、半分に減っていたミネラルウォーターを一気に喉に流しこむ。

「今泣いたのは、吐き出したからじゃないのか」

美咲の目が暗くなった。本音を言っていいかどうか、迷っている。つまり自分は、まだ全然信用されていない。言葉でそう言われなくても、態度を見れば明白だった。

「どうして泣いたかぐらい、教えてくれないかな……そういうのは、自分でも分からないかもしれないけど」

「分かってます」

美咲の答えが、筒井には意外だった。椅子を回して反対向きに腰かけ、背もたれに両手を預ける。二人の距離は三メートル……微妙だ。互いの私的な空間を侵す心配はないが、親身になって話し合うには遠過ぎる。

「お父さんのことなんだろう？」

「初めて……父の気持ちが分かったかもしれない。父にとっては、自分の研究が全てだったんです」

うなずいた。もしかしたら、美咲をアメリカに追いやったのも、そのためだったのかもしれない。娘の世話に追われて、自分の時間が削られたらたまらない、とでも考えていたのではないか。想像はできても、筒井には許しがたかった。人間には様々な義務がある。父親には父親の……。

「私が父だったら、同じようにしたかもしれない」

「どういうこと？」

「研究のために、大事な物を捨てるとか」

美咲が手元の日記を取り上げた。無言で視線を落とすと、また鼻をぐずぐず言わせる。そこに、一柳の本音が書かれていたのか……筒井の電話の内容ではなく、日記を読んで涙腺が緩んだのかもしれない。

「理系の人間……研究者にとって、一番大事なのは自分の研究なんです。文系の人には分からないかもしれないけど、入りこんでしまうんですよ。そのためには他の全てを捨ててもいいって思う」

「だからって、会社を裏切るようなことは……」

「私でも、同じようにしたかもしれません」美咲が繰り返した。「誰かが研究費用を肩代わりしてくれるとか、丸ごと抱えこんで研究を続けさせてくれるとか……それは大変な誘惑だと思います」

「それで、一柳さんがやったことを、全て許せるのか？」

「許せるかどうかは分かりません。まだ、父が何をやっていたか、全部は分からないんですから。でも、理解はできます。どうしてそんなことをやったかは……常識外れかもしれないし、ただの我儘《わがまま》かもしれないけど、私には分かる」

「どうして」

「娘だから……じゃありません。私も同じような人間だからです。ああ……」美咲が呆けた調子で溜息をつく。「結局親子だから、ですかね。親子だから似てるんです。それは嬉しいことではないけど、理解はできます」

「そんな風に簡単に割り切っていいのか？」

「割り切ってるんじゃなくて、分かるんです」美咲の眼差《まなざ》しは揺るがなかった。

だったら、これ以上何も言う必要はない。筒井は彼女を凝視した。最初に会った時に感じた印象――大人なのか子どもなのか分からない――は、ますます強くなっている。

「これから調べていけば、もっと辛い事実が出てくるかもしれない。それでもいいのか?」

「私は……やっぱり、研究者タイプの人間なのかもしれない。分からないことがあると、そのままにしておけないんです。最後まで理解できないと、気持ちが悪くてしかたがないから」美咲が笑おうとした。その努力は無様に失敗し、奇妙に引き攣った表情が現れただけだったが。「どんな小さな謎でも、最後の符号《コード》が見つからないと方程式は解けないじゃないですか。それって、すごく気持ち悪くないですか」

必ずしも同意はできなかったが、筒井はうなずいた。彼女を覆う皮膜が、少しだけ剝がれたような気がする。本当の彼女を知ることにどれだけの意味があるかは分からなかったが、仮面を被ったまま暮らして行くことが、いいとは思えない。

「とにかく、少し休憩しよう。この日記の解読が終わったら……」

「終わったら?」

「勝負をかける。面倒なことを、一気に全部取り除きたいんだ」

「そう、ですね」

美咲の集中力が切れたような気がした。いや、違う。それまでの気持ちが、どこか別の方に向いたのだ。顎に拳を当て、表情を引き締めて、虚空《こくう》のどこか一点を見詰めている。

「どうかしたか?」

「コード、ですよね」

「コード？」

「私、言いましたよね。最後のコードって話」

「ああ」筒井は眉をひそめた。どうしたんだ？　わずかながら感情の揺らぎを見せたと思ったら、調子がおかしくなってしまったのか？

「やっぱり、私自身が最後のコードなのかもしれません」

5

総監から、一時間に一回直接電話がかかるようになってきた。気にかけてくれるのはありがたいが、かかってくる度に機嫌が悪くなっていくのはたまらない。

今も、厳しい追及と叱責を受けたところだった。電話をぶち壊してやりたいという欲求と戦いながら、島はゆっくりと電話をテーブルに置いた。高野は腹のところで両手を組んだまま、不機嫌そうに壁を見詰めている。

動きは完全に止まっていた。筒井は、何故か小野寺の事務所に戻って、そのままずっと閉じこもっている。籠城《ろうじょう》を決めこんでいるのか、何か作業をしているのか……あの男のことだ、後者の可能性が高い。何しろ執念深いのだ。

「銀座のホテルの方は？」

「動き、なし」高野がつまらなそうに言った。

「千駄ヶ谷は？」

「石澤か？　籠り切りだよ」

「仕事はしなくていいのかね」

「あそこで悪巧みするのも仕事なんじゃないのか」

沈黙。わざわざ高野に確認するまでもない、既に分かっていることばかりだ。ただ、総監の焦りと怒りがこちらにも乗り移って、島の苛立ちを加速させる。何かせずにはいられなかった。

「筒井は、これからどうするつもりだろう」

「さあ」高野が肩をすくめる。「奴がどこまで突っこんでいるかは分からない。何だったら、小野寺の事務所に電話して、直接聞いてみたらどうだ？」

「まさか」島は吐き捨てるように言った。電話して何を話す？「お前の捜査はどこまで進んだ」と確認でもするか？　あり得ない。自分たちは最後まで、陰の存在でいなければならないのだ。警察官は――特にキャリアは、表に出ると矢面《やおもて》に立つ羽目になる。目立たず、ひたすら水面下で息を潜めていること――それが出世のための基本中の基本である。

考えてみれば、因果な商売だ。下につく人間が、必ずしも優秀とは限らない。せめてこちらの言ったことを素早く理解して実行するだけの能力があればいいが、警察官の中には、かなりの割合で問題児がいるものだ。命令を理解できない者、理解できてもサボることを優先する者、志に欠け、最初からやる気のない者。あるいは筒井のように、自分の気持ちの赴《おもむ》くまま、上の人間など無視して突っ走る者も、時にはいる。大抵のキャリア官僚は、そういう凡庸《ぼんよう》あるいは危険な部下を上手くコントロールしながら、大した手柄を立てない代わりにヘマもせず、淡々と一生を終える。だがこの瞬間、自分たちは細く脆《もろ》いロープの上を辛うじて歩いている、という実感があった。次の一歩を間違えれば、谷底へ落ちる。

電話が鳴った。総監かもしれない。切ったばかりだが、ふと頭に浮かんだ疑問を放っておけずに、確認の電話をしてきたというところか――高野も同じことを考えているようで、電話は放置されたまま、二人の間で鳴り続けた。五回鳴ったところで、高野が「クソ」と吐き捨てて電話に手を伸ばす。人差し指を立てて「一回貸しだぞ」と忠告してから、受話器を摑んだ。

「はい」無愛想な声は最初だけで、その後は沈黙に沈んだ。相手の話が、高野を困惑させているらしい。いつもの軽い調子は影を潜め、眉間に深い溝《みぞ》が二本、刻まれている。やがて、ゆっくりと息を吐き出してから、「どういうことだ？」と訊ねた。電話の相手も答えに窮しているようで、高野の眉間の皺が二本から三本に増える。

「分かった。尾行を始めてくれ」

電話を切り、相変わらず難しい表情を浮かべたまま高野が腕組みをした。

「どうした」ただならぬ気配を感じ取り——高野からいつもの軽妙な調子が消えている——島は身を乗り出して訊ねた。

「筒井が動いた」

島は咄嗟に腕時計を見た。既に午後五時。夕方の喧噪が始まる中、筒井は何をしようとしているのか。

「何が始まったんだ？」

「車を借りた」高野が平板な声で告げる。

「車を借りた？」おうむ返しに言ってしまって、自分の間抜けさ加減に腹が立つ。確認するにしても、もう少し気の利いた言い方がある。

「ああ。小野寺が、駅前のレンタカー屋でワンボックスカーを借り出してきた。筒井も一柳美咲も、それに乗って出かけている。特に隠密行動をしているわけじゃない。こっちが動いていることも分かってるんじゃないかな」

「どっちへ向かってる？」

「尾行を始めたばかりだから、分からない」高野が首を振った。「大きな車が必要になる理由が、何かあるんだろうな」

皮肉な調子が蘇っていたので、少しだけほっとしたが、今度は別種の緊張感が溢れ出してくる。三人で動いた……美咲を急遽アメリカに送り返すことにして、空港まで送っている、というわけではあるまい。それなら、すぐに分かるはずだ。航空会社には手配を回しており、美咲の名前でチケットを購入する人間が出てきたら、連絡が入ることになっている。

島は立ち上がり、上着に袖を通した。スーツを着るのも久しぶりだった。

「どうした」高野が、疑わしげに島を睨む。

「出かけるぞ。あんたも一緒に来い」

「どうして」

「最終局面かもしれない。三人一緒だと目立つし、動きにくいはずだよな？　それを、わざわざ車を借りてまで動き出した。筒井の奴、何か摑んだのかもしれないぞ」

「それで勝負に出た？」

「ああ——そろそろ、収穫の時期かもしれない」

高野が目を細める。島の功名心の大きさを推し量ろうとしている様子だった。だが島は、既にこれが功名心なのかどうかすら、分からなくなっていた。最初は、筒井を泳がせて勝手に捜査をさせ、刈り取れるだけの果実を手に入れるつもりだった。だが今は、あの男を、そして美咲を危険に陥れてはいけない、という気持ちが強くなっている。筒井は、潜在能力はあるかもしれないが経験に乏しい。小野寺は戦力としてある程度は期待できるだろうが、公的な権利は何もない。彼らに何かあったら、寝覚めが悪い。それに総監の絶対命令「誰も傷つけるな」は、あくまで守らなくてはならない。

「戦力を三つに分散させたままにする」島は指を三本立てた。「Aグループはこのまま筒井の尾行。Bグループは銀座のホテルの監視。Cグループは、千駄ヶ谷で張り込み継続だ」

「妥当だな」高野も上着を着こんだ。「で、俺たちはどう動く?」

「二階の駐車場で待機だ。筒井たちの行き先が分かったら、そちらを追うことにしよう。一課の捜査指揮車を用意させる」

「分かった。そっちのお世話になる」

高野が先に廊下に出た。島は彼の後に続いたが、この部屋を出るのは実に久しぶりだと気づいた。トイレに行ったのも、何時間前だったか……狭い部屋から外に出られたのに、解放感はない。むしろ、高まる緊張で心臓が締めつけられる思いがするだけだった。

6

石澤が籠った千駄ヶ谷のマンション近く。冴が、レンタカーをコイン式の駐車場に停め、一呼吸置いてから、「偵察は自分一人で行く」と唐突に言い出した。筒井は自分が行くと主張したが、彼女も強硬だった。

「あなたは、顔を知られている可能性が高い。ここにいて、美咲ちゃんを守って」

そう言われると、言い返せない。美咲と二人きりというのは、どうにも息が詰まる思いがしたが、こればかりは仕方がない。

冴と入れ替わりに、運転席に座る。隣には美咲。早くも気詰まりな雰囲気が流れ始めた。ずっと一柳の日記を読み続けていた美咲は、自分の中に深く入りこんでしまったようだった。何か考えている。だが筒井には、答えの出ない質問と格闘しているようにしか思えなかった。

少しだけ、そこから抜け出す手助けをしてやりたい。

「俺がどうして無茶をするか、だけど」

「はい？」美咲が顔を上げると、ポニーテールがふわりと揺れる。車内に入りこむ夕日が、その顔を赤く染めた。

「元々そういう性格だから、ということもあるけど、もう誰も傷つけたくないからだ」

「何度もそう言ってますけど、誰かを傷つけたんですか？」

「ああ——意図的に、じゃないけど」筒井は息を吞んだ。嫌な記憶が奔流のように頭に流れこんできて、複雑な感情を膨らませる。「ちょうど二年ぐらい前だった。俺は機動捜査隊にいて、もうすぐ所轄で刑事になる、というところだった。人事に関しては、この説明で分かるかな？」

「小学生でも分かりますね」

よし、彼女のペースはいつも通りだ。ほっとして筒井は話を続けた。

「機動捜査隊は、突発的な事件に対応して、現場で捜査をする。長くても一日か二日。あとは所轄や本庁の刑事たちが引き継いで担当する……あの夜、俺は待機中だった。何も起きそうにない夜で、非番になるのをじっと待つだけだと思っていた。でも、午前一時頃になって、突然通報が入ったんだ」

あの瞬間の興奮は、今でも忘れられない。殺人事件発生。犯人は、別居中の妻と二歳の子どもを刺し殺し、逃走中。まだ現場付近にいるはず——湯気が上がるほど新しい事件だった。筒井たちは、現場の捜査ではなく犯人の捜索に駆り出され、現場付近を虱潰《しらみつぶ》しに探した。

「犯人は、離婚の話し合いをするために、前に住んでいた家に来ていた。義理の父親——奥さんの父親が仲裁役で一緒にいて、一部始終を見ていたんだ」筒井はちらりと美咲を見た。震えてもいないし、顔色も普通。また感情にアイロンをかけてしまったのかもしれない、と思ったが、構わず続ける。ここまで話したのだ、彼女にも最後まで知る権利がある。「話し合いは夜中まで続いたんだけど、急に激昂した犯人が、台所から包丁を持ち出して、妻と子どもを刺し殺した。父親は、止めに入る暇もなかったらしい。犯人が逃げ出した後、慌てて一一〇番通報してきた」

犯人が家を出てから父親が通報するまで、五分ほどタイムラグがあったようだ。筒井たちに出動命令が下ったのはその後だったが、犯人はまだ遠くに逃げていない、と見られていた。よほど慌てていたのか、靴も履かず、乗ってきた車もその場に残したまま、徒歩で逃げ出したのだ。電車は既になくなっていたし、簡単にタクシーが拾える場所でもない。呆然《ぼうぜん》としたまま歩いているか、どこかに身を隠している、と推測された。

臨場して十分後、筒井は古いビルの非常階段に身を隠している犯人を見つけた。取り敢えず、発見すれば仕事の九十パーセントは終わったと考えていい。分隊長は、しばらく様子を見守るように、と無線で筒井に指示してきた。現場にはお前一人だし、応援を待て、と。その時点で、筒井は嫌な予感を抱えていた。

「そいつを見た瞬間、変な感じがしたんだ。ぼうっとして、心ここにあらずといった感じで。人を殺したばかりの人間だから、正気なわけがないんだけど、異常に危なく見えた。だから俺は、分隊長に、『早く取り押さえるべきだ』と進言したんだ。でも、分隊長は命令を覆さなかった」

そして筒井は、従わざるを得なかった。命令はあくまで命令である。一人で見守り続けた五分間は、一時間にも思えるほど長かった。

だが、応援部隊が揃って分隊長が新たな命令を下す前に、犯人が突然動き出した。力強くはないが軽快な足取りで、非常階段を上り始める。危険を察知した筒井は、咄嗟に道路に飛び出し、男の後を追って非常階段に取りついた。他の刑事たちが「待て！」と叫ぶのは聞こえたが、新たな命令を待っていては手遅れになるような予感がしていた。

筒井が三階の踊り場に辿り着いた時、目の前を男の体が落下していった。その直後に聞いた様々な音を、筒井は今でも頭の中で正確に再現できる。どさっという音に、何かが折れる音が混じり、さらに空気が抜けるような音が続いた。

犯人は首の骨を折って、ほぼ即死。それ故、犯人がどうして自殺したのかは、結局分からなかった。もちろん、二人の人間——しかも妻子である——を殺してしまった後悔はあったはずだ。言ってみれば、時間差での一家心中のようなものである。だが、直接のきっかけが何だったのかが分からず、それが機動捜査隊、さらには刑事部を揺さぶり始めた。筒井は直後から、嫌な想像に頭を支配された。

「犯人は、俺に気づいたのかもしれない。捕まるのを恐れて自殺したんじゃないか、という見方が出てきたんだ。だとしたら、問題は複雑になる。俺が上手く隠れていなかったのが原因だ、と言い出す奴らがいてね」

「それ、命令がおかしかったんじゃないですか」美咲がようやく口を開いた。「見つけたらすぐに捕まえるように指示するのが、普通でしょう」

「もちろん、俺はそう言った。一対一でも、制圧する自信もあったし。でも、俺みたいな下っ端の言うことを、上は聞いてくれない……結局、俺のミスでもあったんだと思う。命令を無視しても、捕まえにいけばよかったんだから。人が死ぬよりは、命令無視で処分される方がましだ」

筒井は目の前に手をかざした。ごつごつした手がぼうっと浮かび上がる。何もしていないのに――何もしていないからこそ、かもしれない――この手には血がついているように思える。

「――それで?」美咲が唾を呑む気配が感じられた。

「もちろん、大問題になった。犯人を取り逃がすだけじゃなくて、目の前で死なれるのは、警察にとってあってはいけないミスだから。それで――」

突然、顔の横で破裂音が響いた。反射的に身を伏せ、美咲を庇おうとしたが、できない。「動くな」という冷たい台詞と同時に、右のこめかみに硬いものが押しつけられる。かすかにオイルの臭いが漂い、筒井は今、自分の命が風前の灯なのだと悟った。銃。首から頭にかけて、冷たく硬い物の感触があった。吹き飛ばされたガラス。間一髪で何とか死を免れたのだ。顔を動かせないので、相手が誰かは分からない。動いた瞬間に銃が火を噴いて、筒井の脳みそを車内にまき散らすだろう。この声は……聞き覚えがない。ホテルまで尾行した男だろうと思ってはいたが、確かめる術はなかった。

「降りろ」

筒井は手探りでドアハンドルに手を伸ばした。このまま勢いよく開けて相手を吹き飛ばそうかとも思ったが、自分がそうするより先に、相手は引き金を引ける。相手の指先一センチの動きに、自分の生死がかかっている。

これほど死に近づいたのは初めてなのに、不思議と怖くはなかった。二年前のあの事件は、間違いなく自分を変えてしまったのだと思う。刑事の仕事は人の死と向き合うことだが、目の前で誰かに死なれることなど、ほとんどない。あれを見てしまったが故に、自分の中で何かが壊れた。

こめかみに押し当てられた銃口の感触が消える。だが、状況が変わっていないのは明らかだった。外しようのない至近距離から狙われているのは間違いないのだから。筒井はゆっくりとドアを開け、両足を地面に下ろした。相手は常に自分の背中側に回っているので、姿は見えない。ドアを開け放したまま、アスファルトの上に立った。

「馬鹿な真似はよせ」効果的な台詞ではないと思いながら、言ってみた。「こんな場所で銃を撃ったら、逃げられない」

「そっちの元気なお嬢さんも降りてもらおうか」

逃げろ、と叫ぼうとして、ちらりと助手席に目をやった。ドアは既に開いており、もう一人の男が美咲の腕を引っ張っていた。美咲はドアにしがみついて必死に抵抗していたが、敵うわけもない。やがて外に引きずり出され、筒井にははっきり聞き取れない英語で悪態をついた。

いきなり背後で空気が動き、後頭部に衝撃と痛みが走る。クソ、予告なしか……筒井は薄れゆく意識を何とか保とうと必死に目を開けながら、ドアにしがみついて体を支えた。こいつら、中国人だとばかり思っていたが……日本語はしっかりしている。日本人なのか？　一味は何人いるんだ？

背後の男が、筒井の背中を蹴飛ばした。車の脇に這いつくばる格好になり、背中を踏みつけられる。それに加え、後頭部に硬い感触。

「お嬢さん、昨日の話の続きだ。キーを知っているな？　どこにある？」

「そんなもの、ないわ」美咲が叫ぶ。声が震えていた。クソ、今すぐこいつを吹っ飛ばして助けたい。だがそれで自分が死んでしまったら、美咲がどうなるか分からないのだ。筒井は全身に力を入れて緊張を保ちつつ、微動だにしないように努めた。

「家捜ししても見つからなかった。あんたが知ってるとしか思えない。暗号化されたファイルのキーワード……それさえ分かれば、あんたらには用はない。自由にしてやるよ」

「知らないわよ、そんなもの」

「だったら、こいつを殺す」

筒井は、さらに強く銃口が後頭部に押しつけられるのを感じた。と思った次の瞬間には、ジャケットの襟首《えりくび》を摑まれる。強引に引っ張られて立つと、眩暈が襲い、足元がふらふらした。相手は筒井の首に手を回したまま、こめかみに銃口を押し当てた。

「どうする？　教えればここで解放してやる。今後はあんたらに危害が及ぶこともない」

「7279」美咲がぽつりとつぶやいた。一度言葉を切り、突然激しい声で「メモぐらい取りなさいよ！」と叫んだ。「あんたたちの頭じゃ覚えきれないから！　私の頭の中にだけあるの！」

一瞬、その場の動きが止まった。美咲の自由を奪っていた男が、左腕を彼女の首に回したまま、右手でスーツのポケットからメモ帳とボールペンを取り出す。片手で何とかメモを車に押しつけ、メモを取れる姿勢を取った。

「もう一度」筒井の背後に回った男が、冷酷な口調で命じる。

「7279‐9065‐5HR7‐WWO9‐8005‐AC7G‐6921」一気に喋って呼吸を継ぐ。「四文字ごとにハイフンを入れなさいよ、馬鹿」

「繰り返せ」

メモを取っていた男が、筒井には聞こえないほど低い声で、美咲の耳元で復唱した。美咲は恐怖で顔を強張らせるわけでもなく、馬鹿にしたような表情で相手の声に耳を傾けていた。

「最後は6921。6721じゃないわよ、間抜け」

数字とアルファベットだけで二十八文字。美咲はこれを覚えていたというのか？　筒井も記憶力には自信があるが、彼女には負ける、と認めざるを得ない。ジュニア数学オリンピック金賞は伊達《だて》ではないのだ。もちろん、記憶力がよければ数学の天才になれるわけではないだろうが。

「よし。これで終わりだ」

それが口先だけだということは、筒井には分かっていた。この男たちはまず、このキーワードが本物かどうか、確かめるだろう。嘘だと分かれば、今度は美咲を痛めつけるはずだ。その際、俺は邪魔になる。

セーフティを外す音がかちりと聞こえた。小さな音のはずなのに、鼓膜が破れそうな轟音に聞こえる。筒井は唾を呑もうとしたが、喉が狭まってしまったようで、うまくいかない。

その時、背後で空気がかすかに動いた。美咲の目の色がわずかに変わる。次の瞬間、筒井を拘束していた男が、太く短い悲鳴を上げた。銃口の感触が消える。今だ——筒井は思い切って体を翻した。アスファルトを蹴り、その場で後転する格好で、相手の体に脚を浴びせかけていく。膝がどこかに当たり、相手がくぐもった呻《うめ》き声《ごえ》を上げる。二人はもつれ合って地面に倒れたが、筒井が上になった。

頭の中で何かが音を立てて壊れ、目の前が真っ赤になる。喉の奥からうなり声を上げながら、筒井は男に襲いかかった。全体重を肘に乗せて、側頭部に一発。相手がまだ銃を持っているかもしれないという可能性も忘れ、拳を振り上げて顔の真ん中に一撃を見舞った。鼻が折れる感触が伝わり、吹き出した血が男の顔面を見る間に赤く染めていく。両肩を押さえたまま、その場で飛び上がって両膝《りょうひざ》を腹に落とす。空気が漏れる音がすると同時に、男の口の端から泡が溢れ、鼻血と混じり合ってピンク色に変わった。

「口は狙うな！」

誰かが——聞き慣れた声だ——鋭く忠告する。それが筒井を一瞬で冷静に引き戻した。だが、まだアドレナリンが体内を駆け巡っており、怒りが冷静さを押し殺す。立ち上がると、右足を引き、男の側頭部を思い切り蹴りつけた。首が折れたのではないかと思えるほどの勢いで顔がそっぽを向き、男の全身から力が抜ける。

筒井は荒い息を吐きながら、車に寄りかかった。慌てて体を捻り、美咲の無事を確認する。冴がつき添って、両肩を抱いていた。大きく溜息をつき、自分たちを救ってくれた男と対面する。百八十センチを超える長身、がっしりした体形、少し獣じみた顔。

「鳴沢さんですね？」

鳴沢が無言でうなずく。「遅いですよ」と文句を言っても、彼の表情は変わらなかった。ゆっくりと周囲を見回すと、自分たちが囲まれているのが分かった。十人……もう少しいるか。見知った顔は一つもなかったが、発する気配から、全員が警察官だと分かった。

「何事ですか？」

「君を監視——守っていた」鳴沢がようやく口を開いた。「何度も忠告しただろう」

「その割には、助けに来るのが遅いですね」

「迂闊《うかつ》に手は出せないからな……それより、やることができたぞ」鳴沢が屈みこみ、気絶した男の首根っこを摑んで軽々と引き上げた。そのまま担ぎ上げると、すぐ近くの路上に停めたワンボックスカーへ歩いて行き、ゴミ袋を捨てるようにシートに押しこんだ。呆気にとられて見ていると、一度外へ出て来て、顎をしゃくって車に乗るよう、指示する。

筒井は、ワンボックスカーの三列目に、美咲と並んで座った。二列目には鳴沢が巨体を押しこみ、気絶した男を監視している。運転席、助手席にも人が乗りこみ、ワンボックスカーはすぐに走り出した。

「どこへ行くんですか」

「尋問」

「この男は、中国人じゃないんですか?」

「中国人だろう」

「だったらどうやって――」

「こいつも日本語はきちんと喋れるようだが、通訳は用意した」鳴沢が素っ気なく答える。

「この件は、君が想像しているよりずっと大きい。警察でかかわっている人数も多いんだ。そして全員が怒っている」

「それはどういう――」

「この男に吐かせよう。本丸を落とすのはその後だ。誰が本丸かも、もう分かってるだろう?」

それ以上説明する気はないようで、鳴沢が口を閉ざした。筒井は、横で呆然と座っている美咲に声をかけた。

「怪我は?」

「血」美咲がのろのろと顔を上げる。

「何だって?」慌てて少し体を引き、美咲の全身を改める。怪我している様子はなかった。

「筒井さんです」

美咲が額に手を当てる。慌てて額を拭うと、掌にべったりと血がついてきた。この前の傷跡が、先ほどの一件でまた開いてしまったらしい。美咲が体をよじり、パンツのポケットからハンカチを取り出す。一瞬躊躇った後、筒井は受け取って額に当てた。気休めにもならないはずが、何故か痛みが引いたように感じられる。

「洗って返すよ」

「結構です」

むっとしたが、こんなところで喧嘩するわけにはいかない。話題を変えることにした。アドレナリンの噴出はまだ続いており、黙っているのは難しい。

「さっきの暗証番号……パスワードだけど」

「アメリカへ行く前に、父が覚えておけって」

「パスワードを破るソフトぐらいありそうだけど」

「父が、そんなヘマをするわけがありません」美咲が鼻を鳴らした。「父のパソコンの中にも、問題のファイルがありました。でも調べてみたら、解読ソフトを走らせるとファイル自体が壊れるような仕掛けになっていたんです。だから、あの連中には正確なパスワードが必要だった」

「あんな長いパスワードをわざわざ覚えたのか？」

「あれは嘘です。本物は、数字とアルファベットの組み合わせで四十文字です」

この娘と記憶力で勝負するのは絶対にやめよう、と筒井は心の中で誓った。あるいは他のことでも。

のように。

筒井は、怒りで全身が沸騰《ふっとう》するのを意識した。意識したということは、まだ余裕があるのかもしれない。本当に怒っている時は、考える間もなく手が出てしまうのだ——あの時のように。

7

今、怒りながらも比較的落ち着いていられるのは、周りにいる人間全員が怒っているせいもある。蒼白い、高温の炎のような怒り。

尋問場所になった鳴沢の家は、多摩センターが最寄り駅の一戸建てだった。豪華とは言えないが広い家で、何故彼がこんな家に一人で住んでいるのかは分からなかったが、わざわざ事情を聞くような状況でもない。

広いリビングルームの一角を取調室代わりにし、筒井も含めた数人が男二人を締め上げた。このやり方は、普通の取り調べよりもずっと効率的だと、筒井はすぐに気づいた。何か疑問点があれば、相談しながら話を進められる。年齢も所属もバラバラな一団が、たった一つの目的——男たちに全面自供させる——のためだけに集まっているのは、不思議な光景だった。

取り調べの中心は、やはり鳴沢と筒井になった。筒井は、これまで調べてきた事実、それに一柳の日記を材料に、自分で描いたシナリオをどんどん男たちにぶつけていった。

午後十一時過ぎ、男たちは完全に落ちた。話がまとまった瞬間、部屋に漲《みなぎ》っていた怒気が薄れ、ほっとしたような緩やかな空気が流れ出すのを筒井は感じた。欠伸を噛み殺す者、小声で笑い合う者、外へ煙草を吸いに行く者。鳴沢が「台所は自由に使ってくれ」と言ったので、誰かがお湯を沸かし始めた。買い出しをしてきた人間がいるので、これから夜食の時間なのだ。もっとも筒井は、何か食べようという気になれなかったが。アドレナリンの噴出は、食欲を失わせるのかもしれない。

この一団はボランティアだ、と鳴沢は説明した。業務命令ではなく、事件を知って義憤に駆られ、自発的に集まったメンバー。そんな連中が自分たちを見守っていたと思うと、複雑な気持ちになる。正規の監視でなかったのは、やはり自分が警察から見捨てられた証拠ではないか。

捕まえた男たちは、リビングルームの隣にある小部屋――鳴沢の寝室兼クローゼットだという――に押しこめ、監視もつけた。皆が食事をする匂いを嗅がされるのはたまらないだろうな、と思ったが、これも罰のうちである。

しかし、深夜の食事会は長続きはしなかった。全員が疲れているし、明日以降仕事のある人間もいる。ボランティアということで、特にリーダーはいないのだが、ここが鳴沢の家ということもあって、彼が仕切り始めた。まだ電車があるので、帰れる人間は帰る。それ以外の人間はここで雑魚寝。そして深夜から早朝にかけて、新たな仕事をする人間も決められた。

新たな仕事。冴と美咲を冴の事務所まで連れ帰り、捕まえた男たちを然るべき場所――特捜本部のある渋谷中央署の前――に放置する。誰かが「首に札をつけておかないと分からないんじゃないか」と冗談を飛ばし、乾いた笑いが零れたが、特捜本部も馬鹿ではあるまい。見れば分かるはずだ。そして本間たちが、一柳殺しの実行犯であるこの男たちをどう始末するかは、筒井の意思の及ぶところではない。それが悔しくもあったが、自分はより大きな問題に取り組まねばならないのだ。

「どうする」何人かが帰った後、食事の残骸を片づけながら鳴沢が訊ねた。どうやら、散らかっているのが一秒たりとも我慢できない性格らしい。

「石澤を攻めます」

「明日の朝一番だな……俺も行く」

「いつまでも鳴沢さんに迷惑はかけられませんよ。仕事はどうするんですか」

「有給を消化してる。溜まってるんでね」こともなげに鳴沢が言った。

「まさか……」

「何が『まさか』なんだ」

「こんなことしても、仕事のプラスになりませんよ」

「プラスマイナスだけで、何かするわけじゃない」鳴沢が首を振った。「誰かが、君の首に鈴をつけなくちゃいけないだろう」

「俺は野良犬じゃないです」似たようなものだと思いながら、つい反論した。

「このままだと、野良犬になるぞ」静かだがはっきりとした口調で鳴沢が言った。「さっきもそうだ。俺が止めていなければ、君はあの男を殺していたかもしれない。少なくとも、話ができないぐらいには痛めつけただろう。そうしたら、捜査はストップしていた」

　言葉に詰まる。確かにあの時は、怒りと憎しみで、後先のことを考えていなかった。

「それは誰にとってもいいことじゃない。有能な刑事になる可能性がある男を潰すわけにはいかないから」

「そんな風に見てくれている人がいるとは思いませんでしたよ」白けた口調で筒井は言った。「俺にはもう、居場所がないのかと思っていた」

「居場所がなくなっていたら、とっくに追い出されている。あの一件については俺も聞いているけど、少なくとも俺は、君の判断を支持する」

　無言で鳴沢の顔を凝視する。こんな風にはっきり言ってくれた人は、今までいなかった。あれは組織の冷酷さと同時に甘さを、それに判断先送りのいい加減な体質を感じさせる出来事だった。結果、四万人の職員がいる警視庁の中で、自分一人が浮いている感じを抱くようになってしまったのは間違いない。

「その件については、俺には分かりません」

「無理に考えることもない。状況は変わるんだ」

「ずいぶん達観してますね」

「自分の力でやれるところまではやる。そこから先は……流れに身を任せることだな」

「鳴沢さんは、そういう人じゃないって聞いてましたけど」

「じゃあ、どんな人間だ？」鳴沢の顔に、薄い笑みのような表情が浮かんだ。

「最後まで自分を押し通す人だって」

「何度も痛い目に遭ってれば、世の中には自分一人の力ではどうしようもないことがあるぐらい、分かるよ」鳴沢が筒井の肩を小突いた。「ただ、そこまでは死ぬ気で頑張る。そのうちに限界は広がるんだ」


筒井は大きく深呼吸した。梅雨の晴れ間。朝の空気はまだ冷たく、肺を心地よく刺激する。胸の中が冷たくなるのに比例して、頭も冷えた。自分は冷静だ、と意識する。その裏には、一種の諦めもあった。次第に明らかになる事件の全容……自分一人では絶対に手に負えないし、警察全体としても腰が引けてしまうのは理解できる。所詮《しょせん》「役所」なのだ。命綱である「予算」を持ち出されれば、最後は引かざるを得ない。

鳴沢はここまで、自分のレガシィを転がしてきていた。それほど大きな車ではないが、後部座席にはきちんと二人座れる。石澤と並んで事情聴取をするには、十分だろう。

午前七時、石澤が姿を現した。昨日よりも明らかに警戒している。あの男が捕まった情報は、もう耳に入っているのかもしれない。既にディフェンス網を張り巡らせたかもしれないが、それはあくまで、全ての中心にいる西脇を守るためだろう。石澤は単なる駒に過ぎない。自分に対する防御は弱いはずだ。

筒井は彼を背後から追いかけ、一気にダッシュして追いつくと、腕を摑んだ。石澤の喉の奥から「ひっ」と短い悲鳴が上がる。腕を振るって縛めから逃れようとしたが、筒井は肘の上の痛点を確実に摑んで相手の動きを封じた。

「ちょっと話をさせてくれませんか」

「あんたか……」一応見知った相手であるせいか、石澤が少しだけ緊張を解いた。だが、基本的に険しい表情を浮かべていることに変わりはない。「話すことは何もない」

「こっちにはあるんです」

「ふざけるな。令状は持ってるのか？」

「令状が必要なんですか？　あくまで任意なんですが」

「任意だったら、断ることもできるはずだ」

「今は、ね。ただし、喋ってくれるまで、何度でも来ますよ」

「冗談じゃない――」石澤の強気な態度が、ふいに揺らいだ。いつの間にか横に立っていた鳴沢――この男はいつも、図体の大きな猫のように静かに動く――の存在感が、彼に恐怖を植えつけたようだ。

「とにかく、少し時間をいただきます」筒井は、彼の腕を握る手に力を入れた。「早く話してもらえれば、それだけ早く済みますよ」

石澤は何も言わなかったが、体の力を抜いた。それでも筒井は気を抜かず、腕を摑んだまま車へ連行する。鳴沢が背後に回って、逃げ道を塞いだ。

石澤を後部座席に押しこめると、鳴沢がすぐに車を発進させた。

「どこへ行くんだ」石澤が緊張した口調で訊ねる。

「あそこは駐停車禁止なんです。少し走りながら話しましょう」筒井は意識して落ち着いた口調で言った。頭の中で、これからのシナリオを確認する。追いこむ手段はいくらでもあったが、まずは一番新しい情報を提示することにした。

「昨夜、中国籍の高《コウ》と張《チョウ》という人間の身柄を拘束しました。あなたは、この二人を知ってますよね」

「知らない」

「向こうはあなたの名前を知っていると言ってますけど、どういうことですか？　一方的な知り合いですか？　違いますよね。あの男は、中国の医療機器メーカー――中医集団の関係者です。他にも何人か、来日して動いている人間がいる。あなたは、その動きを全て把握しているはずだ」

石澤は無言で、筒井の質問を受け止めた。

「話す気がないなら、黙って聞いていて下さい」自分の中で高まってくる圧力を、このままにはしておけなかった。話さないと爆発してしまう。「中医集団は、医療機器メーカーとして、急速な発展を遂げています。最近は医薬品分野にも進出しました。しかしこの分野では、中国はまだ世界レベルと肩を並べるまでには至っていません。それでも野望は大きい。何とか世界をリードする存在になろうとしている。そこで目をつけたのが、ナノマシンなんです」一度言葉を切り、石澤の顔をじっと見た。無表情。全てを拒絶するような気配を漂わせていた。「殺された一柳さんは、この分野の研究では世界的な第一人者でした。中医集団では、どうしても彼の技術が欲しかった。ただ、当然まっとうな手段では無理です。グランファーマにとっても、この分野で将来の主導権を握るために、門外不出の案件でしたからね。それで中医集団は、不正な方法でこの研究を盗み出すことに決めた――研究の中心人物だった一柳さんの買収です。ただ、急に接触しても、一柳さんが乗ってくるとは思えない。そこで重要な役割を果たしたのが、西脇先生だったんですね」

「失礼なことを言うな」石澤が吐き捨てる。「何の根拠がある?」

根拠はある。だが筒井は敢えて口にしなかった。沈黙を味わわせることで、石澤にこちらが握っている情報の確かさを意識させる。

「西脇先生は、親中派の代表的な代議士です。向こうに幾らでもコネがあるでしょう。しかも外務省で、一柳さんの父親とは先輩後輩の関係だった。それで中医集団は、一柳さんとの橋渡し役を西脇先生に頼んだんです。その際、実際に動いたのはあなたですね」

「私は何も言わない」

「どうぞ、ご自由に」筒井は肩をすくめた。「弁解は、私が全部喋り終わってからで結構です」筒井は深呼吸した。掌に汗をかいており、外の空気が恋しい。だが、窓を開けると、自分の言葉も外へ流れ出してしまいそうだった。「表沙汰になっていない事実ですが、一柳さんが勤務するグランファーマ総合研究所は、不況の影響で事業縮小を迫られました。真っ先に削られたのが研究予算です。それも一時的なものではなく、世界各地にある研究所の廃止まで視野にいれたものですよ。それが、一柳さんには大変なショックだったんです。彼は、独自にナノマシンの研究を進めて、最も大きな課題である『エンジン問題』をクリアできそうなところまできていました。ところが研究自体が、予算縮小で一時ストップしてしまって、再開の目処《めど》も立たない。あなたたちは、そういう事情を知って、一柳さんに接触した。彼が、会社に対する忠誠心よりも、自分の功名心を優先させる人間だと知ってのことでしょう。相手を落とすには、まず徹底的に性格も調べるはずですから」

我慢しきれず、筒井は一瞬だけ窓を開けた。乾いた冷たい空気が車内を満たし、一瞬で頭がすっきりする。昨日までの自分と何かが違っているようにも思えた。決心がついたというか……何の決心かは、自分でも分からなかったが。

「一柳さんは、研究を全てに優先させるタイプでした。それこそ、家族よりも。だからこそ、研究資金を提供するという話に、一も二もなく飛びついたんでしょう。一柳さんは、自分の研究内容を少しずつ中医集団に渡し、その見返りとして多額の現金を受け取っていました。その金は、西脇先生の二つの資金管理団体を通過しています」

ちらりと横を見ると、石澤は無表情だった。追いこんでいない、と焦りを感じる。少しだけ喋るペースを早めた。

「情報を少しずつ渡したのは、彼も用心していたからだと思います。もしかしたら景気が好転して、グランファーマ研究所の予算も復活するかもしれない、そうなった時に、自分の身をどこに置くか、ということも考えていたんでしょう。それが、彼の甘さでもあったんですけどね。会社を裏切ったのに、それを隠して今までと同じように仕事ができると思っていたなら……とにかく一柳さんは、研究結果のファイルを渡した時に、一部を暗号化してロックをかけました。理論の最も中心的な部分で、それがないと話にならないようなものです。彼はそれを、最終的な取り引き材料にしようとした」

窓を閉じる。急に、自分の声が大きく響くようになった。石澤に鋭い視線を送ったが、依然として平静を保っている様子だった。面の皮が厚いのは間違いないが、もしかしたら倫理観や正義感のあり方が、そもそも自分たちとは違っているのかもしれない。

「一柳さんの目的はただ一つ、自分の研究を完成させることでした。その背景には、研究者としての功名心と誇りがあったと思います。しかし、グランファーマの経営状態は、欧州経済危機の影響でさらに悪化しました。だから一柳さんは、最終的にグランファーマで研究が続けられなくなると判断して、中国に渡ろうとしていたんです。キーになるファイルに関してあれこれ駆け引きをしながら、彼は中医集団への移籍を持ちかけました。ただ、中医集団ではこれに難色を示したようです。当然ですよね？　既に大金を払って、情報の大部分は手に入れていて、後は自分たちだけで研究を進めることもできた。それに一柳さんは、どこから見ても産業スパイです。一度会社を裏切った人間は、また裏切る可能性がある。そんな人間を雇うのは、腹の中に爆弾を抱えこむようなものです。結局交渉は決裂し、一柳さんは微妙な立場に置かれました。中医集団は、そこで最終手段に出たんです。一柳さんを脅して、無理矢理最後のキーを手に入れようとした。ところがそこで、手違いがあったんですね。一柳さんがあまりにも強硬に抵抗して、『今までのことを全部表沙汰にする』と言い出した。それで焦った高たちが、一柳さんを殺してしまったんです。そのために、肝心のキーが分からなくなってしまい、高たちは一柳さんの唯一の家族である娘さんをつけ狙った。変わり者で知られた一柳さんが、唯一普通につながっているのが娘さんだと読んだんでしょう」

ちらりと石澤を見ると、組み合わせた手を落ち着きなく動かしている。自分の言葉が彼の心の平静を侵した、と筒井は確信した。

「この事件は、表面上は一柳さんが殺された殺人事件です。ただしその裏には、大規模な産業スパイ事件が隠れていた。代議士事務所が介在していたとすると、さらに大変な問題ですよね。ナノマシンは、今後何十年か、医療分野では先進的なテーマになるでしょう。最初にリードを取った企業が、あるいは国が勝てる。日本は、この分野で世界のトップに立てる可能性があるのに、西脇さんは、それを潰したようなものです。これは、国家に対する重大な裏切りになるんじゃないですか」筒井は「先生」を捨てて「さん」づけにした。後は呼び捨てにするタイミングを計るだけだ。徐々に西脇を貶《おとし》め、石澤の頭に「容疑者だ」という意識を植えつけなければならない。

「私は何も言わない」

「だったら、西脇さんに直接聴いてみていいですね？　もちろん、言い逃れすると思います。Aという人とBという人を引き合わせる時、必ず目的を確認するわけじゃないでしょうからね。ただ、もしもそこに金のやり取りがあったらどうなんでしょう。外国人から献金は受け取れません。献金でないとすると、さらに厄介なことになるでしょうね。何かで便宜を図る代わりに金を受け取っていたら……当然お分かりでしょうが、収賄《しゅうわい》になります。口座から、金の流れを調べますよ」

「そんなことは認められない」

「現金でやり取りをしていたんじゃない限り、必ず記録は残ります。中医集団から一柳さんに渡った金は、そちらの管理する口座を経由している。我々はそれを詳しく調べることもできるんですよ。もっとも、もう明らかになっていると思いますけどね」

「どういうことだ」石澤の顔が瞬時に蒼褪《あおざ》めた。

「俺たちが調べ始めるよりもずっと前から、他の部署があなたたちをターゲットにしていたんですよ」

「まさか……」

「詳しいことは俺も知りませんけどね」筒井は肩をすくめた。「ただ、この一件はもう動いていないでしょう。いろいろと、クソみたいな大人の事情があるようですから」

「で、あんたはどうするつもりなんだ?」動いていない、と聞いて、石澤は急に気を大きくしたようだった。「あんたのように……若い刑事が、一人で事件を解決するつもりか?」

本当は「小僧」とでも言いたかったのだろう。だが不思議と、そう考えても怒りは湧いてこなかった。自分の中で何かが変わった、ともう一度意識する。

「この話はこれで終わりです。高たちは、警察の前に放り出してきました。殺人事件を捜査している特捜本部が、どういう対応をするかは、俺には分かりません」

車はいつの間にか、駅の近くまできていた。

「このまま駅までお送りします」

「これで終わりなのか？」石澤が、気の抜けた声で言った。「言うだけ言って、何もしないつもりなのか？」

「一つだけ、覚えていてくれればいいんです」筒井は言った。自分の声の落ち着きが信じられなかった。「このことは、俺だけじゃなく、複数の人間が知っています。全員を始末できると思いますか？」

いつでも刺せる。

石澤がどこまで本気で怯えるかは分からなかったが、言うべきことは言った。自分という人間が生きている限り、心休まる時がこなければいいのだ。不安を抱えたまま生きる人間は、いつか必ず精神のバランスを崩す。ずっと先の、もしかしたら訪れないかもしれない結末。だが今は、それでいいのではないかと思った。ある日急に状況が変わって、石澤や西脇を刑務所にぶちこめる日が来るかもしれない。それができなくても、世間の目に晒すとか。それが政治家にとって致命傷になりかねないことは、筒井にも簡単に想像できる。

鳴沢が、車を駅のロータリーに停めた。呆気に取られたまま、石澤は動こうともしない。表情は固まっている。筒井は素早く車を降り、石澤が座る方の座席のドアを開けた。石澤が、困惑したように筒井の顔を見上げる。

「どうぞ。仕事に遅れますよ」

ようやく石澤が腰を上げた。何度も振り返りながら、駅の構内に入って行く。背中が見えなくなった頃、筒井は右手を上げて、銃を撃つ真似をした。架空の弾丸が彼の背中を撃ち抜いたかどうかは分からない。

「本当にこれでよかったのか？」いつの間にか、鳴沢が横に立っていた。

「これ以外、俺に何か打つ手がありましたか？」強がってはみたが、自分の判断に百パーセントの自信があるわけではない。

「俺には論評する権利がない。君が、自分で決着がついたと思っているなら、それでいい」

「まだ終わってません」筒井は深呼吸した。「あいつらの責任を問うのは、物理的に難しいかもしれない。でも俺は、諦めません。この一件で責任を負うべき人間は、他にもまだいます」体の向きを変え、鳴沢と正面から向き合う。「会議室に座って、俺たちの動きを黙って見ていた連中がいるはずですよね。鳴沢さん、その連中を知っているでしょう？」

「――ああ」鳴沢の視線が少しだけ揺らいだ。「それは分かるけど、そこまでやるべきかどうか……」

「今一番大事なのは何だと思います？」

「一柳美咲の安全を確保すること」

「そのためには、俺一人の力じゃどうしようもありません。状況をこんな風にしてしまった警視庁には、組織として責任を負う義務があります」

「そうかもしれない」今までは常に素早く結論を出してきた鳴沢にしては珍しい、曖昧な答えだった。「しかし、同じことを繰り返すつもりか？」

「今回は、これはなしです」筒井は、鳴沢に向かって拳を突き出した。

「何だったら、俺も一緒についていってもいいが……俺は外様《とざま》なんだ。途中から警視庁に入ってきた人間だし、失う物は何もない」

「でも、もしかしたら俺じゃなくて鳴沢さんが、拳を使いたくなるかもしれませんよ」素早くパンチを繰り出すと、鳴沢が大きな左手を広げて軽く受け止めた。そのまま、筒井の拳を握り締めるように、ぎりぎりと力を入れる。

「やめて下さいよ」顔をしかめて、筒井は腕を引いた。「馬鹿力っていうのは本当なんですね」

「馬鹿は余計だ」鳴沢の表情が少しだけ緩んだ。「それより一柳美咲の安全を確保する方法について、俺にも少し考えがある。探ってみるから、それが終わるまで待ってくれないか。時差があるから、少し時間がかかる」

休まず、続けて動かなくてはならない、と思った。しかし鳴沢の言葉が、焦る気持ちに待ったをかける。この男を完全に信じていいかどうかは分からなかったが、ここまでやってくれた気持ちは大事にすべきだろう。だいたい彼らが「ボランティア」として集まってきたのも、警視庁のやり方に不安と不満を感じているからではないか。組織はしばしば間違う。そして間違ったことを誰も指摘しないまま、「ノウハウ」や「伝統」として根づかせてしまう。

そんなことが正しいわけがない。今回は、きっちり正すチャンスだと思ったのではないか。

そのためなら、自分が捨石になるのも仕方ないだろう。むしろ望むところだ、と思う。警察官人生は一度終わったようなものなのだ。それが中途半端に引き延ばされているだけのような、今の状態。きっちり決着をつけて、新しい人生を歩みだすのも悪くないだろう。気持ちは晴れてはいない。むしろ、所々《ところどころ》雲がかかっている。だが、雲一つない晴天の心など、むしろ信用できないのではないか。さあ、次のステージだ……その前に、この近くに停めたままの、冴のコルベットを回収しなくては。駐車料金がどれぐらいになるだろうと心配している自分の小ささを、筒井は笑った。

8

「筒井が来る？」島は思わず立ち上がりかけた。あの男と鳴沢が、石澤と話をした事実は摑んでいる。島自身、その現場近くにいて、二人が石澤を放免するのを見届けてから警視庁に戻って来たのだった。

「ああ」高野が渋い表情を浮かべた。不安気に、手の中で携帯を弄っている。

「誰からの情報だ？」

「ボランティア部隊の連中から」

「目的は」

「落とし前、だろうな」

「無視するわけにはいかないのか」座り直した島は、尻の辺りが落ち着かなくなった。

「もちろん、できる」高野がしれっとして言った。「ここは警察だぞ？　上下関係は絶対だ。命令すれば、あいつは従わざるを得ない。当然、ここへ来るのを強制的に妨害することもできるし、俺たちが逃げてもいい。ただ……」

「ただ？」

「あいつは辞めるかもしれない。懐に辞表を忍ばせてくる可能性もある。仮に俺たちが面会を拒絶した場合、あいつは辞めて、全てぶちまけるかもしれない」

「マスコミに？」島は掌に汗をかくのを感じた。前回、筒井がトラブルを引き起こした時も、真っ先に懸念されたのがそれだった。

「ああ」

「マスコミが、単純にそれを信じると思うか？」

「現職、ないし辞めたばかりの人間が喋れば」高野が能面のような表情になった。「週刊誌なんかだったら、書き得ということもあるんじゃないか？」

「冗談じゃない」島は思わず声を張り上げ、立ち上がった。

「今、そんなことを心配しても仕方がない。それより、渋谷中央署の前に放り出されていた二人の中国人は、どう処理する」高野の声はますます冷静になっていた。「立件できるか？　裁判に持っていけるか？　どこかで横槍が入るのは間違いない」

島は唾を呑んだ。司法システムは、ある意味民主主義社会の基幹である。だが、民主主義そのものが、時の権力が選んだ上衣《うわぎ》に過ぎない。最も大事なのは権力を守ることであり、司法システムの適切な運用は、しばしば後回しにされる。

「いっそ、全部放り出して逃げるか」高野が小声で言った。皮肉な笑みが浮かぶ。

「本気で言ってるのか？」

「責任の押しつけ合いは、我々が最も得意とするところじゃないか。俺たちはそっぽを向いて、渋谷中央署の連中に、適宜処理させておく手はある。だいたい、指揮命令系統から言えば、筒井は我々の下にはいないんだから。文句を言われる筋合いはない」

「その理屈、通用すると思うか？　だいたい――」

いきなりドアが開いた。筒井。全身がぼろぼろだ。ジャケットの右胸の部分に大きなかぎ裂きができ、ジーンズの膝にも穴が空いている。Tシャツはよれよれ。額の傷には雑に絆創膏が張ってあるだけで、そこに血が滲み、目が半分塞がっているようだった。右足も引きずっている。

　ハリウッド映画なら、クライマックスシーンだな、と島は皮肉に思った。真相を知った主人公が、裏切り者の総本山に殴りこみをかける場面。違いは、筒井が銃を持っていないことだけだ。

「話をさせて下さい、島参事官」

　筒井の口調は穏やかだったが、その裏に潜む苛立ちと怒りを、島は敏感に感じ取った。

「一人か」

「ここには」

　ここには？　微妙な言い回しが気になる。近くに誰かが控えているとでもいうのか。

「馬鹿なことを考えるな」高野が宥めにかかった。丸めこみなら、この男の方が得意なはずである。

「話をさせて下さい」筒井が繰り返した。「話もできないんですか」

「自分の立場をわきまえろ！」島は声を張り上げた。取り敢えず、正論をぶつける。「君は、直接我々の指揮下にはない。何か話があるなら、まず直属の渋谷中央署の本間課長にしたまえ」

「あなたは立場をわきまえているんですか？　それで、何度も我々を危険な目に遭わせた？」

島は唇を引き結んだ。我々？　自分だけではなく、ボランティア部隊の人間のことも指しているのか？　それに加えて、二人の民間人がいる。小野寺冴と、一柳美咲。小野寺は簡単に圧力に屈するタイプではないし、美咲は被害者の娘という微妙なポジションにいる。

「とにかく、話をさせて下さい」

「話してどうする」

「まず、俺の考えを聞いて下さい」

9

二対一。筒井は緊張感を覚えたが、恐怖はなかった。むしろ対峙している二人の方が、追いこまれているようだ。二人はテーブルに着き、自分は立ったまま。高い目線から見下ろす形なので、精神的には優位に立てているはずだ。

「高と張という中国人が、一柳を殺したことを自供しました。この二人は、中国の医療機器メーカー、中医集団から送りこまれてきた人間です。エージェント、トラブルシュータ

「……肩書きは何でもいい」筒井は顔の前でさっと手を振った。「目的は、一柳の産業スパイ事件……その後始末をつけるためです。そしてあなたたちは、最初からこの事件の構図に気づいていましたよね？　気づいて、無視した」

「それは違う」

　島が反論した。十歳ほど年長のこの男は、自分とは持っているものが違う。キャリア官僚で、今は刑事部の要職にあり、その気になれば一声で筒井を叩き潰すこともできるのだ。しかし、声には弱気が滲んでいる。後ろめたいところがあるからだ。

「無視したわけじゃない。密かに君をバックアップしていたじゃないか」島が必死に言い訳する。

「一柳の事件をこれ以上捜査しないよう、上から圧力がかかったんですね？」

　二人が黙りこむ。島のことは鳴沢に聞いて知っていたが、もう一人の男の名前は分からない。しかしこちらの方が強敵ではないか、と筒井は読んだ。どこか達観したような態度で、この状況を面白がっているような気配すら感じられる。当面無視しよう、と決めた。暖簾《のれん》に腕押しタイプが、一番扱いにくい。

「これは、単なる産業スパイ事件じゃありません。相手は外交的に微妙な立ち位置にある中国ですし、何より一柳が研究していたナノマシンの技術は、あまりにも大き過ぎる。グランファーマ総合研究所の本社はフランスですけど、日本人がナノマシンの理論を完成させたとなったら、この分野で世界的に優位に立てます。日本としては、何としても手放したくないですよね」

「まったく、君の言う通りだな。よく勉強している」

それまで黙っていたもう一人の男が、いきなり口を開いた。持ち上げ方が、いかにも演技臭い。筒井はこれまでの経緯から、自分を懐柔しようとする態度を鋭く見抜くようになっていた。しかし相手は、筒井が睨みつけても、まったく意に介する様子がない。

「我々公安部としては、きちんと捜査をしてきたんだ。ただ、我々が考えていたよりも、ずっと規模が大きい話だったな。単純な産業スパイ事件と見ていたんだが……」

「立件できなかったのはどうしてですか」

筒井の質問に、相手が肩をすくめた。顔には薄い笑みさえ浮かんでいる。

「タイミングの問題がある。もしも一柳が殺されるようなことがなかったら、近々立件していただろう」

「できなかったでしょうね」筒井は冷然と言い放った。「今回は、誰も予想できないトラブルがありましたけど、いざ立件しようという段階になったら、必ず横槍が入ったはずです。立件すれば、中国との関係が微妙になりますし、今の政権に、対中国で断固たる対応をする力があるとは思えない。そして、西脇を守ろうとする勢力もあるでしょう」

「まったく、君の言う通りだ」相手が身を乗り出した。「政権交代して以降、我々も混乱させられている。官僚機構の中にいる以上、常に上からの圧力を受けているんだからな。政治家が右往左往する影響を、もろに受けているんだ。今回も――」

筒井はいきなりテーブルを蹴飛ばした。少し動いただけだが、ぺらぺら喋っていた男の腹に角が直撃する。低い呻き声を上げて、男が体を折り曲げた。島が慌てて立ち上がり、筒井を睨みつける。

「筒井、馬鹿なことはやめろ。二回同じことをしたら、庇い切れない」

「庇ってくれる必要なんかなかったんだ」筒井は静かに言った。違和感……組織にいることで、自分はやわやわと締めつけられている。もちろん、このまま自分を押し殺して生きていくこともできるだろうが、それは自分にも警察という組織にとってもよくないのではないか、と思えてきた。だいたい、こんなことをしてしまって、今まで通りに仕事を続けられるとは思えない。一つ、深呼吸。怒りはすっと引き、すぐに冷静になれた。「俺の処分は、どうぞ好きにして下さい。もう、一度辞めたようなものなんだ。今さら馘になっても、何とも思いませんよ」

「警察は、君が考えているより懐が深いんだぞ」島が諭すように言った。「君は不祥事を起こしたわけじゃない。あの一件は、純粋な正義感から出た行動だと評価されている」

「だったら今回も、純粋な正義感で動いていると思って下さい。人が一人殺されて、何もなしで済むわけがない。しかもあなたたちは、被害者の娘を保護しようともしなかった」

「全容をあぶり出すためだ。安全に関しては、君の腕に賭けた」

「そういうことにしておきます」まったく納得できないまま、筒井はうなずいた。ここで激しく遣り合っても、話は先へ進まない。「話を戻します。一柳が殺されて、公安部が捜査している一件が問題になってきた。産業スパイの主役が、あくまで中国の一企業だったとしても、あの国は特殊です。裏で何者かが糸を引いていた可能性も否定できない。事件そのものが、日中関係を悪化させる可能性を秘めていたわけですよね？　だから、外務省辺りが圧力をかけてきたんでしょう」

「ああ、そうだ」腹を押さえて喘《あえ》いでいた相手が、苦しそうな表情で認めた。「あのクソ野郎どもは、外交問題に配慮していたわけじゃない。事態が面倒になって、自分たちが苦労するのが嫌だっただけだ」

それはあんたらも同じだろう、と筒井は思った。だが、二人の様子を見ると、一概にそうも言えなくなる。自分と同じように徹夜が続いたためか、二人ともボロ雑巾のようだった。

「外交問題を盾にされたら、いくら警察でもそのまま勝手に動くわけにはいきませんよね」

「まったくその通りだ」筒井が同意したと思ったのか、相手が大きくうなずく。

「いろいろ、役所同士の難しい問題もあるんですよね」

「分かってるじゃないか」

相手が薄い笑みを浮かべる。それを見て筒井は、この男は絶対に信用できない、と確信した。キャリア官僚が人間的に優れ、常に正しい判断を下すとは限らない。こいつらの最優先事項は、「生き残る」ことなのだろう。得点を積み重ねるのではなく、失点を減らすことで、元々自分が持っていた得点をキープしようとする。最も多くの得点を残した者が、警察庁長官、あるいは警視総監の椅子に辿り着くのだ。だがその過程で、他の人間を犠牲にするのは許されない。

「政治家も絡んでいたし」

二人が黙りこむ。信用できない男は無視して、筒井は島をターゲットに選んだ。

「刑事部は、そんな事情に左右されないと思っていました」

島は沈黙を貫いた。しかし耳が赤くなっているので、急所を突いたと分かる。見ると、いつの間にか貧乏揺すりをしていた。この男も、相当のストレスを溜めこんでいたのだ、と理解する。

「俺は政治のことはよく分かりませんけど、西脇っていうのは、大物なんですか？　捜査をストップさせるほどに？」

「西脇が圧力をかけて捜査をストップさせた事実はない」島が低い声で否定した。

「分かりました」筒井はゆっくりとうなずいた。「明確な命令はなかった。でも、西脇の立場を慮る人間がいたはずですよね。あの男を巻きこみ、傷つけてはいけない——そんな風に考えた馬鹿野郎がいたんでしょう」

「それは——」

「それが誰でも、俺には関係ありません」筒井は島の言葉を遮った。「厳密に言えば捜査妨害になると思いますけど、そんなこと、どうやって立件するんですか？　今までも、こんな風に何件もの事件が封印されてきたんでしょう」

「そうなんだ」島の相方が口を開く。「大人の事情があるんだよ。それは分かってくれ」

「クソみたいな事情ですね」そして今、自分もクソのような状況に足を突っこもうとしている。いや、既に膝まで埋まっているかもしれない。

島が口元を引き攣らせた。反論しようとしたようだが、睨みつけると黙ってしまう。自分はどれだけ恐れられているのだろうと、筒井は少しだけ愉快な気分になった。誰でも一度は、自分のようにやっておくべきかもしれない。組織の中で、ある程度は優位に立てる——恐れる人間がいれば、だが。

「高たちはどうなりましたか？　特捜本部は逮捕したんですか？」

「いや」島が首を振った。「容疑不十分だ。本人も否定している」

前言を翻したか……しかしそれは、ある程度予想できたことだ。

「殺人では立件できないと？　あいつらの他にも、何人か共犯者がいるはずですよ」

「今のところ、難しい」

「そうですか」

部屋の空気が少しだけ変わった。二人とも、自分があっさり引いたことに驚いているのだろう。どれだけ無理な注文をつけてくると思っていたのか……言葉を切ったまま、狭い室内を見回す。窓もない部屋で、かすかに煙草の臭いが漂っている。筒井は小さく息を吸い、吐いて、壁に背中を預けた。激しい疲れと全身の痛みを意識したが、自分はまだ義務を果たしていない、と気持ちを奮い立たせる。

「話をまとめます。公安部では、一柳の産業スパイ事件について捜査を進めていた。一方その裏では、一柳と中医集団の交渉が行き詰まり、決裂しました。中医集団の送ってきたエージェントの高と張が一柳を殺したんですが、その一件が外務省などにショックを与えたんでしょうね。一柳殺しの捜査が進めば、立件できるかどうか分からなかったスパイ事件も明らかになるかもしれない。そうすれば、日中関係にまた難しい課題が生まれかねないし、中医集団と一柳をつないだ西脇の責任も問われることになるでしょう。いろいろな人たちが、いろいろな利益を守るために、立件しないよう圧力をかけてきたんですね？　そしてあなたたちは、それに負けた。だから、特捜本部から捜査一課を引き上げさせたんでしょう。そのまま、立ち消えにするつもりだったかもしれませんけど、そこにまた、不確定要素が入りこみました。一柳美咲の存在です」

一度言葉を切り、壁から背中を引き剝がす。椅子に座りたくて仕方がなかったが、こうやって立っていることも、自分に課された義務だと思う。

「一柳が中医集団に渡したファイルの中に、暗号化されているものがありました。一柳が死んで、キーになるパスワードは分からなくなりました。中医集団は、一柳が娘にパスワードを託していると読んで、彼女が帰って来た時から狙い始めたんです。警察は、その状態を知っていて、彼女を見殺しにした」

「それは違う」島が素早く反論した。「我々は、上の命令に黙って従うつもりはなかった。だから、警察庁の命令を無視して、君たちを監視……見守っていたんだぞ」

「一度も、積極的には助けてくれませんでしたよね」筒井は皮肉に唇を歪めた。「俺たちを守ってくれたのは、義俠心から動いたボランティアの人たちでした。あなたたちも結局、彼らにほとんど任せ切りだった。もしも何かあっても、勝手にやっているということで、自分たちには被害が及びませんからね。狡猾です」

「失礼なことを言うな」

島が怒りをぶつけてきたが、筒井は引かなかった。

「脅しは、弱点がある人間にしか通用しません。俺は、このまま辞めさせられることになっても、別に構わない。馘を恐れない人間に、組織の理屈は通用しませんよ。だいたい、もしも俺が上手く事件をまとめたら、後から手柄だけ持って行くつもりだったんじゃないですか」

沈黙。筒井はそれを肯定と判断した。この辺の話には明確な根拠があったわけではなく、鳴沢の推測もかなり入っている。要するに筒井はデコイ——囮だった。敵が上手く引っかかれば釣り上げる。筒井も美咲も、単なる材料としてしか見ていなかったのだ。

「一つ、気になることがあります」筒井は人差し指を立てた。「連中は、どうやって一柳美咲の帰国を知ったんですか？　まさか、警察の中に、情報を流していた人間が……」

「それはない」島が即座に否定した。

その言葉は信じるしかないだろう、と思う。情報はどこからでも漏れ得る。高たちも、あちこちに情報網を張り巡らせていたはずだ。あるいは単純に、俺の跡を——特別な存在ではなく、一人の担当刑事として——つけて、幸運にも美咲に辿り着いたのかもしれない。だったら俺のミスだ。

「残念ながら、やはり事件としてまとめることはできないようですね……高たちはどうなりますか」

「旅券の不備が見つかっている」島が頬を引き攣らせながら答える。「強制送還になるだろうな」

「他の仲間は？」

「割り出せる。必ず日本から追い出す」

「スパイ事件は表沙汰にならないんですね？」

「それに関しては何とも言えない。立件できるかどうかは、今後の捜査次第だ。もしも立件できなくて、君が喋らなければ、表沙汰にはならない」

筒井はうなずいた。元々自分が捜査すべき事件でもないし、一柳の行動が本当に悪いことだったのか、判断もできない。もちろん会社を裏切り、国の利益を削ぐことになるかもしれない行動だったのは間違いないし、それも極めて利己的な動機によるものだったが……少なくとも、唯一の家族である美咲は、父親の心情を理解している。

「喋るつもりはありません」

「分かった」島の喉仏が上下した。

「喋らない代わりに、やって欲しいことがあります」

「交換条件か？」島の眉が吊り上がった。

「世の中、只で動く人間なんかいませんよ」我ながら安っぽい台詞だと思ったが、この一線は譲れない。「一つだけ、気になっていることがあります。中医集団は、これで諦めると思いますか？　大事な情報は、九割方手に入れているんですよ」

「それは……諦めないかもしれないな」島が渋々うなずいた。

「だとしたら、一柳美咲はこれからも危険です。保護できませんか」

二人が顔を見合わせた。頭のいいキャリア組なら、ここで答えを出してみせろよ、と筒井は皮肉に思った。しかし二人は、何も言わない。

「どうしますか？　当然、考えてくれますよね」

突然、ドアが開いた。振り向くと、美咲が立っている。腰に両手を当て、背筋をすっと伸ばして、意識してか、大人っぽい顔つきをしている。服装はジーンズにパーカー、ニューバランスの白いスニーカーという、子どもっぽい物だったが。

「一柳美咲です」

凛とした声。筒井は、冴の喋り方を思い出していた。しばらく一緒にいるうちに、うつってしまったのだろうか。

「当然、私を守ってくれますよね？　警察にはその義務があると思います」

「それは、これから検討して……」島が愛想笑いを浮かべる。

「検討する必要はありません。ここですぐ決めて下さい」

「いや、こういうことには時間がかかるんだ」

「すぐに決めてくれないと、訴訟を起こします。私は今、アメリカに住んでいます。同級生の父親に、優秀な弁護士が何人もいるんですよ。そういう人たちと相談しました。私を守るべきなのに守らないのは、不作為の違法ということで、損害賠償を請求します。そうしたら、私を守らず危険に晒したということが、世間にばれますよ」

二人が、険しい表情で美咲を見た。同時に、筒井に視線を投げる。島が「君がしっかりすべきじゃないのか」と非難した。

「筒井さんは現場の人間です」美咲が冷たく言い放った。「お願いしていることは、むしろ行政的な問題で、あなたたちが処理すべき事案かと思います。そこで一つ、私から提案があるんですが」

「……何だ」島が嫌そうに訊ねる。

「FBIの証人保護プログラムはご存じですよね。あれを、アメリカで発動していただけるよう、お願いしたいんですが」

「それは無茶だ」

「アメリカなら、中国側もそう簡単に手を出せないでしょう。それにアメリカには、協力してくれる人もいます。裏技でも何でも使って下さい。こういう時こそ、国I採用のキャリアの人には汗を流して欲しいですね」

「保証はできない」島が硬い口調で言った。

「保証なんかいりません。やるしかないんです。あなたたちは私を助けもせず、危険に晒した。それもただ、自分たちの功名心のためじゃないですか。事件の背景を明るみに出すために、私たちを囮に使っていたんですよね？　それは絶対に、正しいことじゃない。責任は取ってもらいます。それは警察官であることと関係なく、人間としてやらなくてはならないことなんですよ……できないって言うなら、外で鳴沢さんが待ってますから」

美咲は一礼して部屋を出た。筒井も慌てて後に続く。彼女が言っていた通り、鳴沢が壁に背中を預け、腕組みをして立っていた。「安全を確保する方法について、俺にも少し考えがある」と言っていたのは、こういうことだったのか……しかし、俺ではなく美咲に言ったのはどうしてだろう。

「ここへ来たのは私の意志です」前を向いて歩きながら、美咲が言った。

「無茶だ」

「自分のことは、自分で決着をつけます」

「君は十四歳なんだぞ？」

「だから？」立ち止まり、美咲が踵を返す。「年齢なんか、関係ありません。やる時はやるんです」

筒井は、少し離れた所にいる鳴沢に目を向けた。彼は苦笑しながら首を振るだけだった。美咲は、鳴沢にも迷惑をかけたのか。何という度胸。

だが筒井は、自分にも彼女の度胸が欲しい、と強く願った。

10

深夜まで国際便の発着がある羽田空港も、今はただの寂しい空間だ。利用客は少なく、冷房が効き過ぎているせいもあって、どこかひんやりとしている。ふと上を見上げると、屋根が相当変わった形をしていると気づく。船底が幾つも並んでいる感じ。硬い屋根ではなく、巨大な布が垂れ下がっているようでもあった。

美咲は無意識のうちに、むき出しの腕を摩《こす》った。相変わらず、冷房は好きになれない。

目の前にいる筒井は、どこか落ち着きがない。二人で遅い夕食を終え、オープンスペースになっている江戸小路のカフェで時間を潰しているのだが、先ほどからずっと、周囲にちらちらと視線を投げ続けている。

「何かあったんですか」

「いや」

何度話しかけても、返事は最低限。話す気があるのかどうかも分からない。コーヒーが少なくなって、カップの底が見えてきた頃、ようやく筒井が自分から口を開いた。

「前にちょっと話したことがあったな」

「何ですか？」

「俺がトラブった話」

「ああ……そう言えば筒井さんって、刑事になるの、遅かったんじゃないですか？　普通、所轄で刑事になるのは、若い人が多いですよね。体力があるうちに……所轄の交番勤務の後、大卒だったら、二十代半ばまでには刑事になるはずですよね。忙しいから、希望者がいないっていう話も聞きますけど」

「そんな話、どこで聞いたんだ？　小野寺さん？　鳴沢さん？」

「それぐらい、ネットを調べればすぐ分かりますよ……でも、鳴沢さんも不思議な人ですよね。何かあって、新潟県警を辞めたんでしょう？　でも、ぎりぎり警視庁の試験を受けられる年齢だったからこっちへ来たって聞きました。それで、ずっと所轄を回ってるんですよね？　もう、結構ベテランなのに」

「あの人は、いろいろトラブルが多いから」

「筒井さんもそうなるんですかね」

「さあね」

あの一件が一段落してから二週間、美咲はほとんど外へ出られなかった。冴の家やホテルを転々として、寝る時以外は必ず誰かが側にいた。まだ危険性が残っていることは十分承知していたが、さすがに数日経つと、閉所恐怖症に見舞われたものである。ひたすら勉強に没頭し、本を読み、空いた時間には父親の日記に目を通し続けた。ついでにちょっと、警察の組織についても調べてみた。

父親の研究はどうなるのだろう、という好奇心が次第に芽生えてきた。人類の未来を救うためには、絶対に必要な研究。中国の会社が完成させるのだろうか。でも、私にも研究する権利はあるはずだ。研究に一子相伝も何もないはずだが、レースに参入する権利は誰にでも等しくある。

思考が彷徨《さまよ》ってしまった。顔を上げ、筒井の目を見る。そこから何か読み取ろうとしたが、分からない。私もまだまだ修行が足りないな、と思う。学校や本で学んで覚えられることが全てではない、とも分かってきた。顔色を読む術などは、年齢を重ねないと身につかないのだ。父親のように、人からどう見えるかを気にせず生きていくやり方もあるだろうけど、私は父親のようになるつもりはない。考え方は理解できても、あんな風に生きていたから、父親は不幸に巻きこまれたのだろう、とも思う。

「上司をぶん殴ったんだ」

「はい？」話のつながりが見えず、美咲は首を傾げた。

「被疑者を死なせた一件は、大問題になった。何とか曖昧に済ませようとしたんだけど」

「でしょうね」大人の事情、というやつだろう。まったく、日本人の「大人」という人種は、理解できない。これでよく、会社や国がきちんと動いていくものだ……そもそも「きちんと」は動いていないか。

「被疑者が勝手に自殺した。その事実は動かしようがない、止めることもできなかった、という結論に従った人間がいた——俺以外、全員そう考えていた。現場の目撃者は誰もいなかったから、そうすることも可能だったと思う。だけどそれは、事実じゃない」

「筒井さんが、一人で責任を取るとか言い出したんでしょう」

「何で分かる」

筒井が目を見開いた。それを見て美咲は鼻で笑う。

「筒井さん、単純だから」

筒井の顔が一瞬紅潮したが、すぐに元に戻った。まったく単純な人なわけで……そう考えると、つい表情が緩んでしまう。

「少し、暴れた」

「分かります」

「そんなことが許されるとは思えなかった。俺が責任を取らされて、馘になると思っていた。馘にならなくても、それなりの処分を受けるとか。だけど、全員、話を都合のいい方向へ丸めていこうとしたんだ。対外的には、俺たちが発見する前に、容疑者が勝手に飛び降り自殺した、という説明で終わらせようとした」

「それで、上司を殴ったんですね」

「顎を骨折させた」筒井がゆっくりと顎を撫でた。「二か月ぐらい、まともに喋れなかったし、食べ物も流動食ばかりだった」

「いいダイエットになったんじゃないですか」

皮肉に突っこんでみたが、筒井はどこかぼんやりとした表情でうなずくだけだった。

「俺の言い分が通るはずもなかった」

「それが組織です」

初めて会った頃の筒井なら、「分かったようなことを言うな」と突っこんできたに違いない。でも、今は違った。何だか全てを受け入れ、悟ってしまったように見える。

「馘を覚悟したけど、そうはならなかった。むしろ周りは、腫れ物に触るように俺に接し始めたんだ。元々希望していた刑事課への異動も叶った。普通、あの状況ではそういう風にはならない。田舎の署をたらい回しにされると思う」

彼の話が全て本当だとしたら、日本の警察組織というのは私の理解を超えている、と美咲は呆れた。筒井が両手を組み合わせ、静かに続けた。

「たぶん、口封じだったんだ。警察を辞めさせれば、あの時何があったのか、俺が洗いざらいぶちまけると思っている。それより、中に置いて監視しながら、懐柔しておいた方がいいと思ったんだろうな。今回も、似たようなことだったのかもしれない。連中は好き勝手に動く俺を利用して、事件の全容を明るみに出そうとしたんだろうけど、そんなことが上手く行くはずがない。俺を利用するということは、君を利用することでもあるんだから。それは許されない」

筒井が美咲の顔を指差した。美咲は真っ直ぐ伸びた彼の人差し指を握り、ゆっくりとテーブルに下ろした。

「人を指差したら、アメリカでは撃たれますよ」

「それは、君が気をつければいいことだ。ここは日本だから」

「分かりました。十分気をつけます」敬礼の真似をすると、案の定、物凄く嫌そうな顔をされた。真面目な表情に戻って訊ねてみる。「筒井さん、これからどうなるんですか？」

「さあ」筒井が肩をすくめる。「いつまで警察にいられるか分からないからな。馘になるかもしれないし、突然後ろから刺されるかもしれない」

「何でそこまで覚悟……諦めちゃってるんですか？」

「別に諦めてはいない。こんなものだと思ってるから……俺のことはともかく、君はもう何も心配することはない。向こうで、ＦＢＩが面倒を見てくれるから。今までの自分と違う自分になってしまうのは、申し訳ないけど」

「人のアイデンティティって、どこから生まれるんでしょうね」

筒井が難しそうな顔をしてうなずいた。この人を煙に巻くのは、本当に楽しい。適当にあしらわず、一瞬でも真面目に考えてくれるからだ。

「私ぐらいの年齢だと、まだ個人の人格は完成していないと思います」

「本当に？　クソ生意気な――」

「クソ、は禁止です」

「……分かった」筒井が唇を閉ざす。

「ほとんど、家族に頼っていますよね。両親の性格を引き継いで、後は学校の友だちに影響されて、アイデンティティが確立される。でも、私にはもう、家族がいません」

「……ああ」

「だから、周囲の環境が重要です。後は自分で考えて、自分のアイデンティティを確立していくしかないでしょう。それって、結構楽しくないですか？　何だか舞台で役を演じているみたいで」

「そんなに簡単なことじゃないと思う」

「やってみないと分からないでしょう」美咲は、頬に自然に笑みが広がるのを感じた。これは紛れもない本音である。筒井は心配しているようだが、美咲にすれば心躍る未来だった。不安はないでもないが、期待の方がはるかに上回る。「誰もいない砂漠なんかに放り出されたら困るけど」

「アメリカに砂漠なんかないだろう」

「モハーヴェ砂漠とか、聞いたことないですか？」美咲は薄い笑みを浮かべた。「三百五十万ヘクタールもあるんですよ。それに、大都市部以外がどれだけ田舎か、知らないでしょう。カリフォルニアだって、学校の周りがどれだけクソ田舎か――」

「クソは禁止だ」筒井がにやりと笑った。しかしそれは一瞬で、急に真面目な表情に変わる。「一つだけ、教えてもらっていないことがある」

「何ですか？」

「一柳さんのパソコンのパスワード、どうして分かったんだ？　本当は聞いていた？」

美咲は一瞬口ごもった。あるはずがないと思っていた親子の絆……それが事件解決の手がかりになったなど、言いたくもない。だがいつの間にか、口を開いていた。

「20110722A」

「それは……」

「私がアメリカへ渡った日です。いろいろ考えたんだけど、最後は勘でした」

「最後のAは？」

「父は、よく言っていました。パスワードは、数字だけの組み合わせじゃなくて、必ずアルファベットを混ぜること……でも父は、だいたい最後にAを入れるだけだったんですけどね。よく、そんな風にしてました。用心が足りないですよね」どうして自分はこんな軽い口調で喋っているのだろう、と不思議になる。

「お父さんのこと、結局どう思ってるんだ」

「許されないことをしたとは思います。気持ちは分かるけど、行為は……でも、終わったことですから」

「許したのか」

美咲はまじまじと筒井の顔を見た。

彼には教えていないことがある。日記のある一部分――それだけは、自分と父親だけの秘密だと思っていた。

父親は、自分が危険な領域に足を踏み入れていることを悟っていた。家族にも危険が及びかねないが、自分には守る術がない。どこか、連中の長い触手が届かないところまで逃がさなければならない――そのためのアメリカ留学だったのだ。自分の才能を評価してのことではなかったのだと思うと、少しだけ腹が立つが、感情表現が下手で性格に問題がある父親にすれば、精一杯の行動だったのだろう。家を買って引っ越したのも、連中と縁を切るための一つの手だった。そんなことをすれば逆に目立つし、私にキーワードを教えこんだりして、本気で守ってくれる気があったのかどうかは分からないが……いや、あれは、自分の研究を私に託したつもりだったのかもしれない。

あの人は、やはり変人だった。教師のように接したかと思えば、赤の他人みたいに見えることもあったし。好きか嫌いかと問われれば、「好きではない」と答えるしかない。それでも……それでもいい、と思う。終わったことを振り返り、後悔しても仕方がないのだから。十四歳でそんなことを考えているようじゃ、お先真っ暗だ。私には未来だけがある。

そう信じたかった。

「一つぐらい、秘密があってもいいでしょう」美咲は人差し指を立てた。

「一つだけとは思えないけど」

「そうですね。それにこれからも、どんどん増えると思います。今度会ったら……」会える保証はない。私はたぶん、日本には戻らないだろう。少なくとも、一柳美咲としては。筒井がアメリカまで会いに来るとも思えない。だいたい、会う用事もないはずだ。全てを捨てるというのは、過去の人間関係も清算することに他ならない。

ふいに、心配になった。自分のことではなく、筒井という男が。

「ちゃんと生きて下さいね」

「は？」

「筒井さん、自棄《やけ》っぱちになってるようなところがあるから」おそらくこの男は、過去の呪縛《じゅばく》から逃れられていない。未だに居場所を見つけられず、明日の予定を考える余裕すらないのだろう。

「君に心配されるようになったらおしまいだ」

「そうですね。筒井さんの方が、私より未来は短いですから」

「そういうクソ生意気な台詞は――」

「クソは禁止です」美咲はゆっくりと顔に笑みを広げた。「少しだけ、譲ったらどうですか。一応、心配している人間がいるっていうこと、忘れないで下さいね」

心理学などまったく信じていないが、女性に母性本能があるのは、それこそ本能的に分かる。「危ないことを見たくない」という気持ちの裏返しかもしれないが。

筒井がゆっくり腕時計に視線を落とす。

「時間だ」

美咲は立ち上がり、スーツケースのハンドルを持った。この子もずいぶん危ない目に遭わせたけど、結局無事だった。これからはこのスーツケースが、幸運のお守りになるかもしれない。

「ロスへ着いたら……」

「電話とか、まずいでしょうね。メールします。新しいメアド、取りますから」

「ああ」

「それじゃ」

歩き出すと、筒井は横に並んだ。ぎりぎりまで見送るつもりらしい。美咲は何も言わなかった。自分に母性本能があるように、筒井にも父性本能があるはずだ。二人とも親の気持ちで相手を心配するような関係って、何なんだろう。もしかしたら、馬鹿にしていた心理学を勉強するのも面白いかもしれない。観測と記録だけではなく、しっかり脳科学を勉強して、あらゆる思考と行動を数値化できれば、信用できるようになるのではないか。

エレベーターで三階まで降り、出発ロビーに入る。出国手続きにはもう列がなく、自分は既にかなり遅れていることに美咲は気づいた。

何も、アメリカに行かなくても。

日本でだって、生きていく術はあるはずだ。協力してくれる人だっているだろう。十四歳だということを強調すれば、見捨てられることはないはずだ。

でも、この国には私の過去がある。思い悩んでも、後悔してもどうにも変えられない過去が。たぶん私はまだ、父親の死を乗り越えてもいない。もしかしたら、ボディブローのように、これからじわじわと悲しみや孤独感が湧き上がってくるかもしれない。そんな時、一人きりで大丈夫なのだろうか。

考えても仕方のないことは考えない。父も言っていた。「分からないことは、後回しにしていい。他のことをやっているうちに、自然に分かるようになるかもしれない」。基本的にどうしようもない人だったけど、一万回に一回ぐらいは、役に立つことを言うわけだ。

一瞬だけ振り向いた。筒井は既に、立ち止まってズボンのポケットに手を入れていた。二人を分ける見えない壁は、すぐそこに迫っている。何か、言った方がいいんだろうか。言って貰った方がいいんだろうか。

いらない。言葉なんか必要のないシチュエーションだってある。

11

二十四時間開いているという国際線の展望デッキには、筒井の他に誰もいない。茶色いタイル張りのデッキは、中央部分が滑走路方向に向かって大きく突き出しているので、筒井はそちらに歩いて行った。この時刻には、発着便もほとんどない。少し冷えた空気が肌に心地好く、この二十日ほどの疲労感を洗い流していく。

筒井は、フェンスの金網に指先を絡めた。所々に、隙間が大きくなっているポイントがある。航空機ファンのためなのだ、とすぐに分かった。ここから一眼レフカメラのレンズを突き出し、撮影するのにちょうど具合がいい。美咲が飛び立つ便を確かめようと思った。しかし、飛行場の仕組みに詳しくもないので、どこから飛行機が飛び立つのか分からない。まあ、あと何分か後に飛ぶ便に乗っていると考えればいいのだろう。

冴や鳴沢も、美咲を見送りたいと言っていたが、筒井が断った。この一件はあくまで自分の担当であり、最後は一人で締めたいから、と。自分でも理屈はあまり通っていないように思えたが、何故か二人は納得してくれた。ただ、それは失敗だったかもしれないと思う。真夜中が近いこの時間、人気がない展望デッキに一人で佇《たたず》んでいると、余計なことをいろいろ考えてしまう。

明日からは、一応通常業務に戻ることになっている。俺が島たちを脅した事実は、どれほど広がっているだろう。渋谷中央署の連中は既に知っているかもしれない。だとしたら、今までの腫れ物に触るような扱いが、さらにエスカレートするはずだ。

辞めたいという気持ちは、今でも心の半分ほどを占める。これから、警察という組織で、自分に居場所があるとも思えない。ただその一方で、警察を離れてしまっては美咲を守れないという冷静な考えもあった。

何となく警察官になって、あんなトラブルに巻きこまれ、自分は不運だと嘆くこともあった。だが、自分の立場に満足している人間など、一人もいないだろう。自分の同期を見ても、絶対の正義感を持ち、社会の役に立ちたいから警察官になったという人間ばかりではない――いや、酔っ払ってそんなことを話す人間は、明らかに浮いていた。ほとんどが、就職難の時代に社会に放り出され、安定した職場として警察官を選んだに過ぎない。給料はそれなりに高いし、一部の職場を除けば仕事時間もきっちり決まっている。もちろんきついこともあるが、時給で換算すれば――しみったれたことを考えてるな、とつい苦笑してしまう。鳴沢にこんなことを聞かせたら、激怒しそうだ。あの人は、刑事以外の職業など考えてもいないだろうから。

人は少しずつ変わっていく。

今、自分も変化の階段を一段上がった、と筒井は意識していた。何となく夢中で、ごつごつした人間関係の中を泳いできただけの警察官人生だが、今ははっきりとした目標ができたのだから。

守るべき人がいる限り、俺は警察を辞めない。しがみついてやる。たった一つの、しかも個人的な目的のためでもいい。

耳をつんざくような甲高い音を残し、飛行機が夜空に舞い上がる。たぶん、美咲はあれに乗っているだろう。手を振るべきかと考え、急に恥ずかしくなって背中を向けた。

こんな風に誰かを見送る機会など、何度もないはずだ。しかし、最後とも思えない。美咲との接点がある限り、日本とアメリカの往復は何度も繰り返されるはずだ。

取り敢えず、夏休みだな。アメリカ行きの資金は十分にあるだろうか。帰ったら、まず口座の残高を調べよう、と筒井は思った。

解説

杉江松恋

逃げる、逃げる、逃げる。

非情な猟犬に駆り立てられた兎は、ひたすら逃げ回るしかない。

おのれの知力の限りを尽くし、体力が尽きるその限界のときまで。

しかし、それは決して惨めなだけの逃亡ではない。

万に一つでも機会があれば、か弱い兎も必ずや反撃に転じるだろう。

いつかそのときが来ると信じての逃避行なのだ。犬どもよ、今に見ていろ——。

『ラスト・コード』は、堂場瞬一が書き下ろし形式で発表した長編小説だ。単行本は二〇一二年七月二十五日に中央公論新社から刊行された。今回が初めての文庫化である。〈刑事・鳴沢了《なるさわりょう》〉や〈警視庁失踪課・高城賢吾《たかしろけんご》〉などのシリーズで名を馳せる堂場は、もう一つの看板であるスポーツ小説とともに警察小説の書き手としてのイメージが強い。

本書の主人公の一人・筒井明良《つついあきら》も、警視庁渋谷中央署刑事課に奉職する警察官だ。春の異動でやって来たばかりの筒井にとって、それは初めて担当する殺人事件だった。現場となったのは東京都渋谷区の高級住宅街・代官山である。被害者の一柳正起《いちやなぎまさおき》は、世界規模の医療関連企業〈グランファーマ総合研究所〉日本支部に籍があった。近所における一柳の評判は芳しくなく、世間の狭い変わり者と見なされていた。一人娘の美咲《みさき》は十四歳で、義務教育を受けるべき年齢であるのに行方が知れない。やがて筒井は、彼女が天才的頭脳の持ち主であり、現在はアメリカに留学中であることを知る。

連絡をとったことにより美咲は帰国するが、空港で出迎えた彼女は父の死を哀しむ素振りさえ見せない。そのことを訝《いぶか》しむ暇もなく、筒井は少女を守るために闘わなければならなくなる。空港からの帰路、謎の集団が二人の行く手を阻み、少女の身柄を奪取しようとしたのだ。ある事情から、本来はもっとも頼りにするべき仲間の警察官にさえすがることができず、筒井は美咲と共に逃げ続けることになる。

一般的な警察捜査小説の形はとっていないが、本書においても解くべき謎は存在する。凶行の犠牲となった一柳正起は死ぬまで何をやっていたのか。それを解き明かすためには筒井が手にしている材料だけでは不足で、欠けている部分を埋める必要がある。タイトルが『ラスト・コード』となっているのはそういう意味で、駆け回っているうちに最後の「コード（暗号）」を彼が手にすることができるか否かが焦点となるのだ。筒井本人はただ駆けているだけだが、将棋の対局を観戦するかのようにそれを見ている立場の人間がいて、読者は逐一状況を知らされる。その視点の落差が物語に興趣を生み出すわけである。

もう一つの関心事は、逃げ回るという意味では同志である筒井と美咲の間の絶望的なディスコミュニケーションだ。ただでさえ十四歳という多感な年頃なのに、さらに天才的な頭脳の持ち主という条件が付加される。美咲にとって筒井は頭が悪すぎ（アメリカに砂漠があることさえ知らなかった）、共感するどころか、同じ人間として見ることも難しい相手だ。筒井からしてみれば、親の死に直面しても涙一つ流さない美咲は、子供らしからぬ、面を被った存在のように見える。この断絶が解消されない限り、真の決着は訪れない。

いわゆるバディ（相棒）ものの定石の一つに、始めは反目し合うだけの関係だった二人が、冒険行を共にするにつれて心が通いあい、真の相棒として成長していくというものがある。「手錠のまゝの脱獄」（一九五八年。スタンリー・クレイマー監督）などのアクション映画にしばしば用いられたプロットだ。「クリムゾン・タイド」（一九九五年）、「エネミー・オブ・アメリカ」（一九九八年）などの作品のあるトニー・スコットもこうしたバディ・フィルムの良き作り手である。これは余談ながら、阿部《あべ》和重《かずしげ》と伊坂《いさか》幸太郎《こうたろう》はトニー・スコットに強い影響を受けており、二〇一四年の話題作となった『キャプテンサンダーボルト』（文藝春秋）は彼へのオマージュともいうべき逃避行型のバディ・フィルムである。

逃避行小説として有名なのが、シルベスター・スタローン主演映画「コブラ」（ジョージ・P・コスマトス監督）の原作として知られるポーラ・ゴズリング『逃げるアヒル』（一九七八年。ハヤカワ・ミステリ文庫）である。出会ったばかりの男女が殺人事件に巻きこまれ、真犯人を捜すことになる。いわゆるボーイ・ミーツ・ガールの作品ということもでき、その源流はウィリアム・アイリッシュ『暁の死線』（一九四四年。創元推理文庫）あたりにまでさかのぼる。

『ラスト・コード』は、そうした系譜に連なる作品なのである。

堂場瞬一は二〇一五年十月に自身にとっては百冊目にあたる著書『Killers』（講談社）を刊行する。それを記念して作成されたブックレット『堂場瞬一100冊の軌跡』（非売品）には著者が自作について振り返るコメントが収録されているのだが、本書については以下のように述べられている（ちなみに六十二冊目の著書の由）。

「思い切りエンタメ系に振った話です。珍しく、冒険小説と言ってもいい感じで、ラインナップの中ではすごく異質です。主人公の女の子が14歳と若いので、正直書くのにすごく困りました（笑）」

とは言うものの、ミステリーや冒険小説と子供の取り合わせは決して悪いものではない。少女が登場する作品ということで挙げていけば、まずマイクル・Z・リューイン『沈黙のセールスマン』（一九七八年。ハヤカワ・ミステリ文庫）とディック・ロクティ『眠れる犬』（一九八五年。扶桑社ミステリー）は外せない。前者は、心優しい私立探偵アルバート・サムスンを主人公とする連作の一作で、離婚した妻に引き取られた娘が不意に訪ねてきたため戸惑う探偵が、彼女にいいところを見せるべく大企業を相手にした事件で奮闘する物語、後者は冴えない中年探偵レオ・ブラッドワースが聡明な少女セレンディピティ・ダークイストから愛犬捜しを頼まれたことから、彼女と手に手をとっての逃避行に巻き込まれる話だ。両作とも探偵が少女の前で父性を発揮しようとするのが見せ場になっているのがミソである。一九七〇年代から八〇年代のアメリカではステロタイプに陥りがちだった私立探偵のキャラクターをリニューアルしようとする動きがあったが、その中で選択肢の一つとして「探偵と少女」という組み合わせが行われたのだろう。

私立探偵小説ファンに人気の高いロバート・B・パーカー『初秋』（一九八〇年。ハヤカワ・ミステリ文庫）は、血のつながりのない少年に探偵が男としての生き方を伝授する話なのだが、アメリカ的な父子の物語の変奏版であることは明らかで、これも探偵にファミリーを背負わせようとする試みの一つだ。個人的には同作よりも上だと思うのが、コリン・ウィルコックス『父親は銃を抱いて眠る』（一九七八年。文春文庫）で、遮《さえぎ》る物のないキャンプ場で正体不明の敵に襲撃された主人公が息子を守って闘う話なのである。

冒険小説のジャンルに目を向けると、英国作家ネヴィル・シュートに『パイド・パイパー』（一九四二年。創元推理文庫）という古典的名作がある。第二次世界大戦下のフランスを舞台とし、縁もゆかりもない子供たちを安全な場所まで送り届けなければならなくなった老紳士の奮闘を描いたものである。未熟かつ無防備な子供がハンデになって主人公が窮地に陥る、というのは冒険小説の形としてたしかに魅力的だ。逆に子供を誘拐した犯人が珍道中を余儀なくされるというパターンもあり、O・ヘンリー「赤い酋長の身代金」（新潮文庫『賢者の贈りもの』他収録）などが代表例である。

現在では手に入りにくくなってしまっているが、本書を読んでおもしろいと感じた人にぜひ手に取ってもらいたいのが、フランスの作家ルー・デュラン『ダディ』（一九八七年。新潮文庫）だ。やはり第二次世界大戦下のフランスを舞台に、非情なナチスの手から逃れ続けなければならなくなった十一歳の天才少年の運命を描いている。身体の未熟さと精神の成熟さを兼ね備え持つ主人公のキャラクターが印象的で、私は本書を読みながらこの作品のことを連想したのである。

閑話休題。自らも熱心なミステリーファンである堂場は、こうした作品群についても熟知しているだろうから、先の引用の「正直書くのにすごく困」った、というのは作家的な謙遜なのではないかと思われる。『ラスト・コード』で堂場が試みているのは、子供を主人公の足枷として用いるという定型をもう一回ひっくり返すことだ。

三十歳の筒井刑事が鼻白むような知性を十四歳の美咲が示すのは、彼女を「子供」と見て侮りがちな「大人」に対して、彼らの抱いている先入観や常識はそれほど堅固なものだろうか、ということを検討する機会を与えるためである。おそらくは登場人物の中でもっとも高い知能の持ち主であろう美咲は、反面、もっとも世間知という毒に侵されていない人物でもあるのだ。彼女は、自分の未来は自身で切り拓くのだという強い意志と、それができるはずだという世界への信頼の持ち主として描かれている。両親を亡くし、一人で生きていかなければならない運命について語った言葉は、どこまでも前向きだ。

「[……]でも、私にはもう、家族がいません[……]だから、周囲の環境が重要です。後は自分で考えて、自分のアイデンティティを確立していくしかないでしょう。それって、結構楽しくないですか？　何だか舞台で役を演じているみたいで」

どうだろう、この力強い言葉は。筒井の側から物語を見続けた読者は、美咲のこの一言に出会うとき、胸を打たれたような気持ちになるはずだ。大人だからこうしなければならない、子供だからこうあるべきだ、という固定観念を『ラスト・コード』という小説は壊す。そのために書かれた小説なのである。実は一柳美咲こそが、物語にとっての、そして読者にとっての「最後のコード」であったのだ。

堂場作品には、他のシリーズで活躍するキャラクターが別作品に顔を出して活躍する、という趣向の遊びがあり、それも読者の楽しみの一つになっている。本書には〈刑事・鳴沢了〉シリーズの常連であった小野寺冴《おのでらさえ》が重要な役回りで登場するが、鳴沢自身もある場面で顔を出している。ファンにとってはたまらないプレゼントとなることだろう。また、この稿を書いている途中で楽しみな情報が入ってきた。堂場は二〇一六年一月から三ヶ月連続で古代文字の謎を追う書き下ろし冒険小説を刊行するが、その中に謎解きに協力するという役回りで美咲と筒井のコンビが登場する予定なのだという。新作で二人がどう描かれるか、そして作品世界がどのように広がるのか。注目していきたい。

（すぎえ・まつこい　ミステリ評論家）

『ラスト・コード』二〇一二年七月　中央公論新社刊

この作品はフィクションで、実在する個人、団体等とは一切関係ありません。

中公文庫

ラスト・コード

2015年11月25日　初版発行
2019年10月15日　10刷発行

著　者　堂《どう》場《ば》瞬一《しゅんいち》

発行者　松田陽三

発行所　中央公論新社
〒100-8152　東京都千代田区大手町1-7-1
電話　販売 03-5299-1730　編集 03-5299-1890
URL http://www.chuko.co.jp/

DTP　ハンズ・ミケ
印　刷　三晃印刷
製　本　小泉製本

Published by CHUOKORON-SHINSHA, INC.
Printed in Japan　ISBN978-4-12-206188-0 C1193

各書目の下段の数字はISBNコードです。978-4-12が省略してあります。

中公文庫既刊より

と-25-43
バビロンの秘文字（上）
堂場瞬一
カメラマン・鷹見の眼前で恋人の勤務先が爆破。彼女が持ち出した古代文書を狙う、CIA、ロシア、謎の過激派組織――。世界を駆けるエンタメ超大作。
206679-3

と-25-44
バビロンの秘文字（下）
堂場瞬一
激化するバビロン文書争奪戦。鷹見は襲撃者の手をかいくぐり文書解読に奔走する。四五〇〇年前に記された、世界を揺るがす真実とは？〈解説〉竹内海南江
206680-9

と-25-1
雪虫　刑事・鳴沢了
堂場瞬一
俺は刑事に生まれたんだ――鳴沢了は、湯沢での殺人と五十年前の事件の関連を確信するが、父は彼を事件から遠ざける。新警察小説。〈解説〉関口苑生
204445-6

と-25-15
蝕罪　警視庁失踪課・高城賢吾
堂場瞬一
警視庁に新設された失踪事案を専門に取り扱う部署・失踪課。実態はお荷物署員を集めた窓際部署だった。そこにアル中の刑事が配属される。〈解説〉香山二三郎
205116-4

と-25-32
ルーキー　刑事の挑戦・一之瀬拓真
堂場瞬一
千代田署刑事課に配属された新人・一之瀬。起きる事件は盗難ばかりというビジネス街で、初日から若い男性が被害者の殺人事件に直面する。書き下ろし。
205916-0

と-25-37
特捜本部　刑事の挑戦・一之瀬拓真
堂場瞬一
公園のゴミ箱から、切断された女性の腕が発見される。その指には一之瀬も見覚えのあるリングが……。捜査一課での日々が始まる、シリーズ第四弾。
206262-7

と-25-42
零れた明日　刑事の挑戦・一之瀬拓真
堂場瞬一
一世を風靡したバンドのボーカルが社長を務める、芸能事務所の社員が殺された。ストーカー絡みの犯行、という線で捜査を進めていた特捜本部だったが……。
206568-0